一部三国

誉华夏

刘乾辉 著

北方文艺出版社

·哈尔滨·

图书在版编目（CIP）数据

一部三国誉华夏 / 刘乾辉著 . -- 哈尔滨：北方文
艺出版社，2023.8

ISBN 978-7-5317-5998-0

Ⅰ.①一… Ⅱ.①刘… Ⅲ.①散文集 – 中国 – 当代
Ⅳ.① I267

中国国家版本馆 CIP 数据核字（2023）第 139560 号

一 部 三 国 誉 华 夏
YIBU SANGUO YU HUAXIA

作　　者 / 刘乾辉

责任编辑 / 滕　蕾　　　　　　　装帧设计 / 圣立文化

出版发行 / 北方文艺出版社　　　邮　编 / 150008

发行电话 /（0451）86825533　　经　销 / 新华书店

地　　址 / 哈尔滨市南岗区宣庆小区 1 号楼　网　址 / www.bfwy.com

印　　刷 / 成都新凯江印刷有限公司　开　本 / 710mm×1000mm　1/ 16

字　　数 / 300 千　　　　　　　　印　张 / 19

版　　次 / 2023 年 8 月第 1 版　　印　次 / 2023 年 8 月第 1 次印刷

书　　号 / ISBN 978-7-5317-5998-0　定　价 / 76.00 元

自 序

散文《汉魏风骨看曹家》《烟火东坡》分别荣获2019年度、2020年度四川省报纸副刊作品奖散文与随笔类一等奖，散文集《翱翔在历史的天空》荣获第八届《中国作家》剑门关文学奖二等奖；令人魂牵梦萦的故乡，在乡村振兴中意气风发；辛勤笔耕终结果，第三本散文集即将由北方文艺出版社出版……好消息一个接一个，我心飞扬。

一

《一部三国誉华夏》是我继第一本散文集《皇帝这个活儿不好干》、第二本散文集《翱翔在历史的天空》之后出版的第三本散文集。

如同前两本散文集，第三本散文集也是不同散文的集合，要出版，总得有个书名。

因为第二批四川历史名人中有陈寿，我创作了《一部三国誉华夏》，加之我是一个三国迷——从少年看《三国演义》连环画，到青年读《三国演义》小说，再到中年品《三国志》史书，可以说三国文化伴我经历人生的风风雨雨。如今出版第三本散文集，就将书名定为《一部三国誉华夏》吧，以志我是三国"铁粉"。

二

收入《一部三国誉华夏》的篇什，主要创作于2020年、2021年、2022年。

这3年，我所在的单位紧锣密鼓进行媒体融合改革，无论怎样，我都没有放弃散文创作。下乡采访颠簸之途，深夜值班等稿之机，风雨大作蜗居之际，或构思，或书写，或修改，或查资料，不放过任何零碎时光，聚小溪而成大河，垒细土而致高山，如今，第三本散文集终于完稿。

《一部三国誉华夏》共分五辑：

第一辑"星耀长空"，集中撰写了第二批四川历史名人。巴蜀好风雅，乃文翁之化也；司马相如琴挑卓文君，他们的爱情故事保鲜千年。其实，他创作的汉赋才赢得生前身后名；一部《三国演义》，风靡全世界。而陈寿的《三国志》，乃演义之母本；生于乱世的常璩，没有荒废他的年华，《华阳国志》成为地方志的开山之祖；陈子昂在幽州台上的那声叹息，让一代又一代骚客跟着扼腕；薛涛的芳华，在一任又一任西川节度使的筵席上流转。热闹散去，青灯伴余年；驰骋于康巴大地的格萨尔王，正应了孟夫子那句话，"苦其心志，劳其筋骨"后方走向辉煌；生于宰相家的张栻，在岳麓书院开创的朱张会讲，展现"一时舆马之众，饮池水立涸"的盛况；中进士而受隐君子数学之书，著成《数书九章》。褒奖他的人誉其成就如光芒万丈，毁损他的人言其心肠如蛇蝎狠毒，究竟哪一个才是真实的秦九韶？巴蜀文脉，前有马扬李苏登顶，中有升庵继之，殆临星火欲熄之危，调元刻《函海》，文星再耀天府。四川历史上的这10位名人，其人虽逝，其言如苍穹之星，照耀后学不畏艰辛——其途虽远，行则必至。

第二辑"蜀道珍珠"，从诗文的角度，鲜活了历史遗留在蜀道上的串串珠宝。明月峡，不仅有满江明月、满峡号子，更有千古吟哦；观音岩，为战死南诏的冤魂默默祈祷；柏林古镇，因利阆古道而兴，也因古道废弛而存；木门寺，千年经声不再，红旗卷起工农戟，人民当家做了主人；杨古雪，九曲坡上咏絮才；青山观，九子八进士的美誉，激励了一代又一代乡民；寻乐书岩，贾儒珍的精神皈依之地；鹤鸣山，摩崖道教造像、大唐中兴颂石刻、剑州重阳亭铭三绝，表明此地不仅仙气飘飘，而且文化厚重；武连废县，见证张问安、张问陶兄弟风雨对床之情；古城青溪，有厚重的历史，有厚重的"老物件"，有代代相传的风俗，更有新时代的朝气。蜀道上的粒粒珍珠，不仅是前人的"风华"，更有今人的结晶。曾家山，广元冉冉升起的一颗文旅新星；广元港，千里嘉陵第一港，过重庆，经武汉，达南京，至上海，直入汪洋。九万里寻道只争朝夕，三千年读史水润炎黄。已有之蜀道名珠，辉映史册。今人在蜀道上，将创造更加耀眼的珍奇。

第三辑"月明千秋"，内容丰富多彩。生我养我的父亲母亲，不论我走到哪里，你们的音容笑貌，今生难忘；那山那水那乡场，我儿时的喜怒哀乐，永远的故乡，永远的乡愁。无论我怎样书写您，都不为过；唐诗宋词，国人引以为傲，那轮明月，那场霏雨，再次氤氲我的千千结；嘉陵江、蜀道，是一条江、一条道，但又不是普通的江河、道路，它是华夏儿女生存栖息之所；闲时栽藿香，不仅栽出了乐趣，更栽出了人生哲理；三国烽烟笼罩广元，徒增几行清泪。父兮母今，难离的故乡，一首首诗一阙阙词，那条奔腾的江那条沧桑的道，散发馥郁香味的小植物，三国鏖战急，如同亘古之月，朗照千秋。

第四辑"剑门细语"，彼时真性情流露也。偶有所感，偶有所获，不欺人，不欺己，记录之。片言只语，不成文不成章。唯其真实，胜过华丽的谎言。

第五辑"他山之石"，收散文评论。借他人慧眼，指点散文创作迷津，非抬高作者身价也。读罢一家之言，确实收到振聋发聩之效。

"附录"收《万千辛苦只为春味悠长》一文。任广元日报社综合经济部主任、时政要闻部主任期间，每年采摘明前茶鲜叶的时候，我都会深入旺苍县高阳镇采访，10年间，我见证了当地党委政府带领群众苦干实干慧干，让一片叶子富裕了一方百姓。10年高阳情，就以《万千辛苦只为春味悠长》一文作为本书的最后一篇文章吧。同时，我的第一本散文集《皇帝这个活儿不好干》以《缘结侏罗系煤层》作为代序、我的第二本散文集《翱翔在历史的天空》以《携手走进新时代　同心共筑新闻梦》作为代序、第三本散文集《一部三国誉华夏》以《万千辛苦只为春味悠长》作为结尾，三篇文章都是作者人生的重要经历，保持了散文集的一贯风格。

三

随着第三本散文集《一部三国誉华夏》的出版，我创作系列蜀道文化散文的初衷，闯过险滩，越过激流，终于实现了。

在第一本散文集《皇帝这个活儿不好干》中，我重点书写了12位与剑门蜀道紧密接触的重量级人物——首咏剑门关的张载，避安史之乱而入蜀的李隆基，到成都讨生活的杜甫，跟随杜鸿渐入蜀平叛的岑参，一生陷入牛李党争而不得志的李商隐，获得东坡点赞的鲜于侁，为了一个抗金梦而奔走蜀道的陆游，因仕宦而往返畏途的状元杨慎，广元第一部县志编撰者张赓谟，编辑汪洋恣肆《函海》的李调元，嘉陵江畔女诗人梁清芬，一锤定音武则天无疑生于广元的郭沫若，挖掘他们留存于蜀道的诗文，书写他们的喜怒哀乐，让无言的道路充满生机。

在第二本散文集《翱翔在历史的天空》中，我浓墨重彩讴歌了十大关隘驿铺——秦蜀交界的七盘关，飞流入洞的龙门阁，诸葛武侯付出心血的筹笔驿，仙踪难觅的飞仙观，佛窟丛林千佛崖，祭祀千秋一女皇的皇泽寺，上控西秦下扼巴西的天雄关，三国烽烟笼罩的剑门关，静卧湖底的白水关，邓艾偷渡的摩天岭。

如果说第一本散文集《皇帝这个活儿不好干》中的12位名人，书写方式是一条线，那么，第二本散文集《翱翔在历史的天空》中的10大遗迹和第三本散文集《一部三国誉华夏》中的13粒"珍珠"，书写方式就是一个点。这个点，在历史的长河中，又迎来一众翘楚的膜拜。一如既往，切入的角度仍然是士大夫的诗词文章。

三本散文集以广元为圆，以人物和关隘为圆心，诗韵山川，上演接力赛，共推出了35篇蜀道文化散文。站在南山之巅，迎着兔年的春风，我长啸一声，为剑门蜀道放歌的心愿，终于实现了！

四

《翱翔在历史的天空》和《一部三国誉华夏》两本散文集，都深耕名人。

为延续中华优秀传统文化的巴蜀脉络，四川省于2017年、2020年公布了四川首批10位历史名人、第二批四川历史名人名单。

大禹、李冰、落下闳、扬雄、诸葛亮、武则天、李白、杜甫、苏轼、杨慎、文翁、司马相如、陈寿、常璩、陈子昂、薛涛、格萨尔王、张栻、秦九韶、李调元，这20位巨人，如同天上的繁星，令人仰望。多少个风和日丽的清晨，多少个狂风暴雨的夜晚，我阅读他们的史料，感知他们的喜怒哀乐；烈日当空抑或雨雪霏霏，阻挡不了跋涉的脚步，我亲临他们的故土，瞻仰邑人对他们的尊崇。

书写，怀着无比虔诚的恭敬；书写，鲜活他们历史的本来面目；书写，让更多人记住他们；书写，让后人站在他们的肩膀上前行。这20篇历史文化散文，是一个晚辈对他们的敬礼。

五

熬过了寒冬，春天将更加美好。

春天里，小河淙淙，惠风和畅，万物葱绿，鸟儿欣喜不已，欢快地鸣唱。

春天里，背上简单的行囊，欣赏祖国的大山大水大森林，用笔书写真实的文字，不负初心。

春天里，手捧卷帙，在软绵绵的阳光下，读几首心仪的诗，赏几阕平仄的词，与古人来一场心灵之约。

这个春天将更加活泼，因为动如脱兔。

愿每个人的美好愿望，在癸卯兔年变为美好现实。

2023年早春

目录

103
蜀道珍珠

177
月明千秋

249
剑门细语

星耀长空

·星耀长空之细语呢喃·

❀ 帝王气吞寰宇，将士用命，文人抒怀，百姓不废稼穑，共同缔造了大汉帝国。

❀ 新婚的激情是美妙的，但终究是短暂的。激情过后，复归柴米油盐的寻常。

❀ 男人在岳父心中的分量，是由他的地位决定的。

❀ 人一旦"发毛"，力量就如火山喷发，会创造一个又一个奇迹。

❀ 一个人若要成就事功，不仅依赖他的才干，更要"逢时"。若生不"逢时"，纵有补天大才，也只能唏嘘叹息。

❀ 就在陈子昂的长吁短叹声中，蛰伏的唐诗及唐朝的诗人们，仿佛听到一声惊雷，唐诗的春天来了！

❀ 肉体上的陈子昂不复存在了，但精神上的陈子昂，与他的奏疏诗文长留天地间！

❀ 在强大的制度面前，个体是多么渺小。

❀ 一个家庭的兴旺，不能一蹴而就，而要靠数代的持续努力，方能走向辉煌。

❀ 世间无捷径，一切荣耀无不是用恒心和汗水换来的。

❀ 看罢"书单"，李调元漫步悠闲、吟风弄月的公子哥形象，瞬间会转变为觅残简断碑、弓腰疾书的老学究模样。世间一切成绩，归之于勤！

❀ 80年前，晋王朝尚在孵化之中，破壳前的王朝充满朝气，故能厚赏刘禅一班人。

❀ 历朝历代都有人编写地方志。这些地方志如天上的流星，一闪即逝。唯独常璩的《华阳国志》，一经问世便长盛不衰。何也？史家，靠他的作品说话。史家，活在他的作品里！

❀ 秦九韶的"堕落"，既有他个人的原因，也与那个黑暗的时代有关。时代在飘摇，秦九韶也飘摇，忘记了圣贤书的谆谆教诲！

❀ 细究人的一生，好人也会做坏事，坏人也会做好事，世上没有绝对的好人坏人。区分点在大节上，大节不亏，受人尊敬；大节已污，必遭唾骂。

蜀中官学先天下

——第二批四川历史名人之文翁

———— ❀ ————

杜甫歌吟：但见文翁能化俗，焉知李广未封侯。

王安石赞誉：文翁出治蜀，蜀士始文章。

备受诗圣和宰相夸奖的一代循吏文翁，于汉景帝末年、汉武帝初年为蜀郡守。他任职期间，在物质条件和意识形态两方面，对蜀郡做出了彪炳史册的贡献。

一、群星竞耀

综合《汉书》《华阳国志》及《文氏家谱》等官方、民间史料记载，文翁，名党，字仲翁，因化蜀而名扬天下，世人尊称文翁。公元前187年，文翁生于今安徽省六安市舒城县春秋乡文冲村，卒于公元前110年。

为更好地理解文翁，我们有必要对文翁的生卒年做简要介绍。公元前188年，吕后宽厚仁慈的儿子惠帝刘盈辞世。公元前187年，吕雉从幕后走上前台，执掌汉朝权柄，史称吕后元年；公元前110年，汉武帝认为自己的功勋超过了尧舜，遂封禅泰山，并改年号为元封。

文翁生活的时代，是一个群星璀璨的时代。从文官方面讲，贾谊、晁错、司马迁、司马相如、东方朔……献策于朝廷；从武将方面看，周亚夫、李广、卫青、霍去病……跃马疆场；天文学家落下闳，推算《太初历》以应农时；更有外交官张骞，凿空西域，开通丝绸之路。

自汉高祖一统天下始，惠帝、文帝、景帝70余年间，国家施行黄老之道与民休息之策，物阜民丰，天下大治。武帝即位，纳董仲舒之言，罢黜百家，独尊儒术。同时，一改和亲之策，起用卫青、霍去病这些青年将才，对雄踞草原袭扰汉廷的匈奴用兵。

景帝末武帝初，文翁入蜀，任蜀郡守。此时，距李冰任蜀守大约过去了100年。雄心万丈的汉武帝虽初即位，欲有一番大作为，国家意识形态遂急遽变化。在繁星满天的文帝、景帝、武帝三世，文翁以"巴蜀好文雅"之功，释放自己的光亮，赢得了一代又一代华夏子孙的礼赞。唐朝著名的边塞派诗人岑参前往嘉州做刺史，过成都，就拜谒文翁讲堂，留下了"文翁不可见，空使蜀人传"的佳句。

二、化蛮夷风

"水旱从人，不知饥馑，时无荒年，天下谓之天府"，李冰开凿都江堰后，成都平原的农业生产条件可谓发生了天翻地覆的变化，继之而来的是吃饭不愁。在那个战火纷飞的战国晚期，李冰对蜀地的贡献，功莫大焉。

"见蜀地辟陋有蛮夷风"，初临巴蜀大地的文翁，发现治下虽然物质上富有了，但精神上仍然贫困。有责任、有抱负的文翁，治蜀的三把火怎样烧呢？怎样才能让蛮夷之地比肩学风蔚然的齐鲁大地呢？关键是人才！

天下万事，关键在人。当然，人才不会从天上自己掉下来。"乃选郡县小吏开敏有材者张叔等十余人，亲自饬厉，遣诣京师，受业博士，或学律令。"没有人才，就培养人才。文翁培养人才，眼光独到。首先是立足本土选才培才。当时，汉朝立国70余年，特别是经过文景之治，国家的人才不再匮乏。直接引进人才治蜀，简单不费神。但引进的人才，可能留不住或水土不服，故文翁没有走这条捷径。于是，文翁挑选张叔等十余人，外出培养。其次是送入京师。汉初与民休养生息，天下大治。但毫无疑问，天下优质资源还是集中在天子脚下。故文翁将他选拔出来的"乡巴佬"，送入京师开眼界，跟随京中的翘楚深造。第三，用好人才。"数岁，蜀生皆成就还归，文翁以为右职，用次察举，官有至郡守、刺史者"。这批蜀生没有"滞留海外、学而不归"的根本原因，是文翁合理发挥了人才的作用。不仅用作副职，还进一步推荐他们，比如张叔后来做了朝中的侍中、扬州刺史。用了这三招，解了蜀地缺人才的燃眉之急。

但是，选才送入京师学习，培养的人才毕竟有限，不能从根本上去掉"蛮夷风"。怎样才能造就一批又一批的人才呢？"修起学官于成都市中，招下县子弟以为学官弟子"，万丈高楼平地起，文翁于成都市中修建官办学校，聚蜀地子弟而育之。办学在华夏大地上有悠久的传统，春秋时孔子有学生3000人。但孔子办的是私人学校，文翁就不一样，办的是官学，是公立学校，且他办学方法是一套一套的。"为除更徭，高者以补郡县吏，次为孝弟力田。"文翁给他的学生免除了徭役，且量才选用。才学高的学生补缺郡县官员，才学稍差的也选拔为教化乡民的官员。文翁此举，收到奇效——"县邑吏民见而荣之，数年，争欲为学官弟子，富人至出钱以求之"。学官不愁生员，普通百姓子弟争相入学，富贵人家花钱也要让孩子得到教育。

文翁办官学，不仅开天下之先，且教学中重视实践。"每出行县，益从学官诸生明经饬行者与俱，使传教令，出入闱阁"。文翁每次到属县巡查，选拔明经且品行好的学生一同前往，宣传政令，出入衙门。常言说，读万卷书行万里路，理论联系实际，本领只有在实践中增长。2000多年前的文翁就知晓此理，真不简单。

有付出就有回报，"由是大化，蜀地学于京师者比齐鲁焉"。蜀地重学之风深入人心，到京师深造的学子与开化的齐鲁相差不多了。

文翁兴办官学的创新之举传入朝廷，得到一代雄主汉武帝的首肯。"至武帝时，乃令天下郡国皆立学校官"，汉武帝发布诏令，全国都举办官学。文翁在蜀郡办学之举，走出剑门，惠及天下苍生。

巴蜀好风雅，乃文翁之化也。为官一任，造福一方。文翁化蜀，功比李冰。此二人，一个在物质上，一个在精神上，让巴蜀百姓成为一个大写的人！

三、水泽郫繁

文翁生活的西汉，仍然是农业社会。不可否认，粮食依然唱主角。水利是农业的命脉，要有好收成，就不能靠天吃饭，就必须兴修水利，方能"水旱从人"。

《华阳国志·蜀志》云："以庐江文翁为蜀守，穿湔江口，溉灌郫繁田千七百顷。"作为蜀郡的"一把手"，抓农业生产，文翁义不容辞。农业兴，前提是水利兴。《华阳国志》述及的湔江，古称湔水、蒙水、彭水等，发源于彭州市龙门山脉，在巍峨的群山之间，九曲回环，穿山而出，在今金堂县赵镇街道办事处流入沱江，全长139公里。湔前口，位于今彭州市关口，是文翁水利工程的渠首。文翁欣赏李冰都江堰无坝水利工程，道法自然，于关口湔江以下形成无坝引水渠系，灌溉湔江流经的郫、繁二县田地1700顷。

今天的水利工程大都为有坝拦水工程，优势明显，但对生态环境造成的破坏也显而易见。相反，无坝水利工程尊重自然，既造福人类，又不以牺牲环境为代价，做到了人与自然和谐相处。文翁的智慧，值得今人认真研究借鉴。

文翁治湔，功在当代，利在千秋。清代进士何鹏霄在《文翁论》中说："湔江疏水二道，灌田二千余顷，蜀民赖以沃饶，至今歌其赐者比之李冰！"虽说文翁治湔无法与李冰兴修都江堰相提并论，但他继承蜀地先贤治水传统，繁荣水利，滋润农田，依然值得后人尊敬。

四、祭祀偶像

文翁治蜀晚期，正是汉武帝痛击匈奴，卫青、霍去病跃马疆场的高光时刻。

自元光六年（公元前129年）至元狩四年（公元前119年）10年之间，汉武帝不拘一格重用卫青、霍去病等青年才俊，以雷霆之势发动河南之战、漠南之战、河西之战、漠北之战，消灭匈奴有生力量，"漠南无王庭"，一举解决王朝西北边疆之患，让河西走廊响起曼妙的驼铃声。

汉武帝痛击匈奴，开疆拓土。作为郡守的文翁，以他特有的方式——重教育，治江河，滋养蜀地，不负苍生。

元封元年（公元前110年），汉武帝举行了盛大的封禅仪式，将自己的功劳镌刻在泰山的石头上。也就是这一年，作为蜀郡守的文翁，病逝于成都。

据《文氏家谱》，文翁有子三人，分别是士宏、士运、士廉。文翁离世后，大儿子士宏按乡俗，携母亲扶柩回故里安葬——实现了文翁叶落归根的遗愿。

文翁虽逝，但他的功绩长留人间。班固在《汉书·循吏传》结尾处浓墨重彩地写道，汉平帝"元始四年（公元4年），诏书祀百辟卿士有益于民者，蜀郡以文翁，九江以召父应诏书。岁时郡二千石率官属行礼"。由此可见，西汉末年，文翁已入列国家祀典。

这里，有必要解释何为"循吏"了。据百度百科，"循吏"之名最早见于《史记》的《循吏列传》，后为《汉书》《后汉书》直至《清史稿》所承袭，成为正史中记述那些重农宣教、清正廉洁、所居民富、所去见思的州县级地方官的固定体例。一句话，"循吏"就是老百姓口中的"好官"。

文翁的不朽勋业，不仅存在于发黄的史书中，他当年举办官学的石室精舍，今天已是闻名海内外的成都石室中学。他培养的学子，说为全人类做贡献也不为过呢！

五、古今一校

辛丑牛年仲冬，笔者慕名拜谒成都石室中学。

在四川学子口中，蜀地最有名的中学是"四七九"，这个"四"，指的是成都四中，也就是成都石室中学。

成都石室中学，百度上搜索出来的地址是成都市文庙前街93号。笔者至石室中学，看见校门上给出的地址是下汪家拐街15号。中国的行政区划，从古至今都在调整。文庙街、下汪家拐街，实际上是一条路不同段而已。就笔者拜访石室中学时间看，学校的地址应是四川省成都市青羊区汪家拐街道下汪家拐街15号。

一年成聚，二年成邑，三年成都。成都之名，自开明王朝迁都始，至今未变；作为各朝代州郡治所的驻地，千百年来，人们在这块土地上繁衍生息，从未易治；石室中学办学之地，自文翁筑"石室精舍"始，过去了2000多年，至今未变。故而，百岁老人、一代国学大师季羡林先生题词"古今一校，扬辉千秋"。

学校的建筑明显呈现汉代特色。在校门口流连忘返，笔者仔细欣赏著名的社会活动家赵朴初题写的六个大字"成都石室中学"。

一步一回头，离开文翁化蜀实践之地。世间事，大多在唏嘘之声中过去了！

倏忽之间，先贤授道之声跨越时空，在耳旁响起……

千古辞宗

——第二批四川历史名人之司马相如

大约在公元前179年，在今四川省蓬安县锦屏镇，一个婴儿一声响亮的哭喊，向世人宣告：他来到了令人无限留恋的人间。这个小孩口吃，说话不流畅，长大后患消渴疾。小孩慢慢长成大人，生活在汉文帝、汉景帝、汉武帝时代。离世后，有关他的爱情传奇，无论时代发生怎样的巨变，仍被人们津津乐道。离世后，神州大地文人遍野，人们却不吝褒誉，把一顶"皇冠"——一代辞宗送给他。

这个平凡而又非凡的人，就是司马相如。

一、群英荟萃

司马相如一生经历文帝、景帝、武帝三朝，文帝、景帝、武帝三位帝王，从辈分上讲，是爷爷、父亲、孙子三代。文帝、景帝治国呕心沥血，他们统治的天下，被后世誉为"文景之治"。武帝击垮骄横剽悍的匈奴，打通河西走廊，开凿丝绸之路，使一个强盛的西汉王朝屹立东方！

三位帝王治下的华夏大地，人才如雨后春笋，纷纷刺破厚厚的土层，茁壮成长。

司马迁不朽之巨著《史记》，在《李将军列传》中写道："广出猎，见草中石，以为虎而射之，中石没镞，视之，石也。"唐代的卢纶，吟出流传千古的好诗："林暗草惊风，将军夜引弓。平明寻白羽，没在石棱中。"故事的主人公就是李广，生年不详，比司马相如早一年离世。

李广在景帝执政期间，就任边关太守。与李广相比，卫青、霍去病这舅甥二人，不仅出身低微，且资历浅，但他们却是武帝时代闪耀的将星。一生七击匈奴的卫青，在军中被武帝拜为大将军；"匈奴未灭，无以家为"的霍去病，任骠骑大将军。在二人的雷霆出击下，匈奴"漠南无王庭"。司马相如离世一年后，年仅24岁的霍去病溘然长逝。10多年后，卫青病殁，武帝在自己的茂陵东北角为他造墓，形似阴山，不忘伊人战功。

霍去病打仗善于长途奔袭，勇于冒险。张骞也有敢为天下先的精神，一生两次深入神秘的西域。第一次出使月氏，半道落入匈奴人手中，被羁绊10余年后逃脱，不负出使初心，奔向西域，联络大宛等国，合击匈奴。第二次，携乌孙使者返回长安。在司马迁笔下，张骞此行乃"凿空"之旅。汉朝的强大，丝绸之路上响起曼妙的驼铃声便是明证。

武帝时期，不仅肃清了西北部边患，文化也繁盛。与司马相如差不多同年出身的董仲舒，进献"罢黜百家，独尊儒术"之策，武帝欣然纳之。自此，无论王朝如何更替，儒家思想始终巍然屹立，占据统治地位。落下闳与司马相如同为巴郡老乡，在家乡落阳山观天测地。他研制的历法，武帝在太初年间颁行天下，是为《太初历》。落下闳还敲定了春节，让华夏儿女有了共同的节日。身受腐刑，仍埋头疾书，司马迁终成《史记》。鲁迅赞美它，乃"史家之绝唱，无韵之离骚"。

景帝朝，司马相如曾为武骑常侍；武帝朝，司马相如曾任郎、中郎将、孝文园令等职，并随驾出猎，李广、董仲舒、卫青、张骞、落下闳、司马迁等人曾与司马相如同朝为官，成为同僚。

可以说，司马相如不是一人独领风骚，而是生活在一个群星璀璨的时代。这个时代，帝王气吞寰宇，将士用命，文人抒怀，百姓不废稼穑，共同缔造了大汉帝国。

二、凤凰于飞

司马相如琴挑卓文君，乃万世"阳谋"。

话还得从司马相如第一次出仕说起。

《史记》说司马相如"以赀为郎",这个"郎",是司马家钱多,相如因而凭借家产出任郎官,还是用钱买了个"郎"?历史漫漶,今天的我们已无从知道这个"郎"来路是否磊落了。

总之,司马相如是郎官了,事奉不喜辞赋的汉景帝,并且任武骑常侍。虽然司马相如少时学过剑术,但他不喜欢这个职务。此时,恰巧梁孝王刘武入朝。刘武是汉文帝与皇后窦氏的小儿子。窦太后非常疼爱刘武,甚至希望大儿子刘启百年后,将皇位传给刘武。陪同刘武来朝的人,有邹阳、枚乘、庄忌,这些人有一个共同的特点,就是能说会道。司马相如一见这些"游说之士",就喜欢上了他们。司马相如随即给汉景帝打报告,说自己病了,不能胜任目前的职务。司马相如前脚辞了官,后脚就跟刘武到了梁国。司马相如与这帮口齿伶俐之人同吃同住了好几年,并写下《子虚赋》。谁知刘武早薨,失去依靠的司马相如只得返回成都。

归家的司马相如,与他的好朋友临邛县令王吉,联手上演了一出流传千古的"双簧"。这场"阳谋","上当"的当然是卓文君。

司马相如前往临邛,住在县城的都亭。"双簧"大戏正式上演了。

县令王吉:佯装恭敬,每天都要去拜见。

司马相如:当初接见,后来称病,派仆人谢绝上门请见的县令。

县令王吉:遭拒,不死心继续求见,行为举止更加小心谨慎。

卓王孙:听说本县来了位"牛人",县令见他都要低三下四,于是宴请司马相如。客人来了一百多人,而且县令也到了。

司马相如:以生病为由,拒绝赴宴。

县令王吉:不敢动筷,亲自去都亭恭请。

司马相如:极不情愿动身前往,风采迷倒众食客。

你看,县令王吉、司马相如这"双簧"演技!

县令王吉:酒醉饭饱,把琴放相如面前,请弹以自娱。

司马相如:先是委婉拒绝,继而弹奏了一两支曲子。

"是时卓王孙有女文君新寡,好音。"一个居成都,一个居临邛,两地相距150余里,古时交通不便,通信艰难,司马相如怎知卓文君不久前死了夫君？司马相如怎知卓文君喜好音乐？这些"功课"，肯定是县令王吉提前做的。司马相如临邛之行，就是冲着卓王孙家守寡的卓文君来的。

司马相如：假装与县令相互敬重，实则用琴声引诱卓文君。

后人把司马相如"勾引"卓文君的曲子美其名曰《凤求凰》。

卓文君：从门缝里偷窥司马相如，满心欢喜，却愁没有机会表达爱慕之意。

"相如归，而家贫，无以自业"，"家居徒四壁立"，司马相如穷得一贫如洗。"相如乃使人重赐文君侍者通殷勤"，"重赐"的银子从何而来？估计是王县令私下赞助给司马相如的。

司马相如、卓文君：当晚，卓文君私奔，司马相如用马车载着富家美妇，快速奔回成都。

一桩姻缘，在王吉、司马相如二人精心"策划"下，一锤定音！归家，迎接卓文君的是空空如也的房屋。

获悉女儿如此胆大妄为，气急败坏的卓王孙做出一个狠心的决定，不给她一分钱的陪嫁。

新婚的激情是美妙的，但终究是短暂的。激情过后，复归柴米油盐的寻常。

过惯了好日子的卓文君，面对如白开水的生活，噘起了小嘴巴，不乐意了。卓文君怂恿司马相如："不如跟我返回临邛，向弟弟借钱做生意。"司马相如卖掉撑面子的车骑，用所得之钱在街上盘下一家店面，开起了酒馆。卓文君在炉边卖酒，司马相如穿着店小二的行头，与伙计一同洗涤酒器。消息传到卓王孙耳里，把这个临邛富翁羞得无脸出门。后来，在家人苦劝下，卓王孙一肚子怨气地拨给卓文君一百个仆人、一百万钱。得到大笔钱财的卓文君，与夫君司马相如不再经营酒馆，折返成都，买田买地，置办家产，过上了富人的生活。

"自由恋爱"的卓文君，婚姻的保鲜期有多长？是白头偕老还是滑入"油腻"？由于资料缺乏，不得而知。但有文章说卓文君写过一首《白头吟》的诗，诗中有"凄凄复凄凄，嫁娶不须啼；愿得一心人，白首不相离"之句，从表达的幽怨情感看，步入日常生活的卓文君过得并不开心，司马相如似乎还变了心。

不管怎么说，在西汉那样的封建社会，卓文君敢于追求自己心仪的男子，追求自己做主的婚姻，是那个时代的一抹亮光。

三、靡辞华繁

司马相如是靠他的大赋"走红"文坛的。千年之后，笔者手捧《史记》，读《司马相如列传》中的二赋，中途几次欲放弃，鼓起莫大的勇气、凭借顽强的毅力，终于读完《子虚赋》《上林赋》。怎么读的呢？读一段原文，看一下"百度"的译文，至于众多识读不了的字，则采取"四川人生得尖，认字认半边"的方法敷衍过去，用"囫囵吞枣"来形容，一点不为过。读后感慨，对不起先贤用心血创作的赋文。

《子虚赋》作于司马相如客游于梁之际，目的是"讨好"梁孝王刘武。

"其山则盘纡茀郁，隆崇嵂崒；岑崟参差，日月蔽亏；交错纠纷，上干青云；罢池陂陀，下属江河。其土则丹青赭垩，雌黄白坿，锡碧金银，众色炫耀，照烂龙鳞。其石则赤玉玫瑰，琳瑉琨吾，瑊玏玄厉，碝石碔砆。

"于是郑女曼姬，被阿緆，揄紵缟，杂纤罗，垂雾縠。襞积褰绉，郁桡溪谷。衯衯裶裶，扬袘戌削，蜚纤垂髾。扶与猗靡，噏呷萃蔡。下摩兰蕙，上拂羽盖。错翡翠之威蕤，缪绕玉绥。眇眇忽忽，若神仙之仿佛。

"今足下不称楚王之德厚，而盛推云梦以为高，奢言淫乐而显侈靡，窃为足下不取也。"

《子虚赋》八个自然段，内容可概括为三部分。一部分写楚之云梦泽自然风貌，一部分写楚王游猎之乐，一部分写讽谏。

司马相如写下《子虚赋》，并没"一炮走红"。在悄然流逝的时光中，梁孝王刘武死了，汉景帝刘启也呜呼哀哉了，司马相如落寞地回成都了，权力转接到汉武帝刘彻手中。武帝是位贪玩的主，读《子虚赋》怅然若失，恨不与作者同时。恰巧，狗监杨得意在旁，说老乡司马相如作此赋。汉武帝大吃一惊，当即召司马相如进京。

司马相如献《子虚赋》姊妹篇《上林赋》：

"左苍梧，右西极；丹水更其南，紫渊径其北。终始灞浐，出入泾渭；酆镐潦潏，纡馀委蛇，经营乎其内。荡荡乎八川分流，相背而异态。东西南北，驰骛往来，出乎椒丘之阙，行乎洲淤之浦，经乎桂林之中，过乎泱漭之野。

"于是乎离宫别馆，弥山跨谷，高廊四注，重坐曲阁，华榱璧珰，辇道纚属，步栌周流，长途中宿。夷嵕筑堂，累台增成，岩窔洞房，頫杳眇而无见，仰攀橑而扪天，奔星更于闺闼，宛虹拖于楯轩，青龙蚴蟉于东箱，象舆婉僤于西清，灵圉燕于闲馆，偓佺之伦，暴于南荣。

"于是乎乃解酒罢猎，而命有司曰：'地可垦辟，悉为农郊，以赡萌隶，隤墙填堑，使山泽之人得至焉。实陂池而勿禁，虚宫馆而勿仞，发仓廪以救贫穷，补不足，恤鳏寡，存孤独，出德号，省刑罚，改制度，易服色，革正朔，与天下为更始。'"

《上林赋》穷尽想象，用尽天下辞藻，以极其夸张的笔墨，摹写上林苑的富丽堂皇，天子出猎时盛况空前。

《子虚赋》《上林赋》，成就司马相如在汉代文坛霸主之位。司马相如笔下的汉大赋，至少有三个显著特点：一是铺陈夸张，二是规制宏伟，三是文笔腻歪。

虽说《上林赋》奇崛瑰丽，但最后也归于"讽谏"，没有落入卖弄辞藻的窠臼。

秦汉之际，皇帝好仙道。秦始皇求丹药、派人入海寻仙人，"齐人徐市等上书，言海中有三神山，名曰蓬莱、方丈、瀛洲，仙人居之。请得斋戒，与童男女求之。于是遣徐市发童男女数千人，入海求仙人"。结果呢？当然被方士蒙骗了。汉武帝也盼长生不老，司马相如奏《大人赋》：

"低回阴山翔以纡曲兮，吾乃今目睹西王母曤然白首，载胜而穴处兮，亦幸有三足乌为之使。必长生若此而不死兮，虽济万世不足以喜。

"下峥嵘而无地兮，上寥廓而无天。视眩眠而无见兮，听惝恍而无闻。乘虚无而上遐兮，超无有而独存。"

司马相如《大人赋》虽然借鉴了屈原《远游》的语言及立意，但《大人赋》的主旨又与《远游》迥然不同。

与《子虚赋》《上林赋》相比较，在语言上，《大人赋》同样靡丽；在行文上，《大人赋》同样具有排山倒海的气势；在主旨上，《大人赋》也归于讽谏——仙人也孤清，不如世俗之人间。

司马相如天马行空般的大赋，与汉武帝纵横捭阖的雄才大略，是那个时代天上耀眼的两颗星。

四、边陲勋业

后元三年（公元前141年），景帝去世。年仅16岁的刘彻登基，是为汉武帝。武帝即位初期，权力在祖母窦太后手中。

建元六年（公元前135年），窦太后走完风雨人生路，武帝执掌权柄的时代开始了。这一年，武帝经营西南。六年后，卫青首征雄踞西北的匈奴。武帝一生，定西南夷，逐匈奴，为大汉疆域立下赫赫战功。

大行王恢击东越，帐下番阳令唐蒙在南越吃到蜀郡特产枸杞酱。回到长安，唐蒙告诉武帝："经夜郎，乘船牂柯江，是降服南越的一条奇计。"武帝颔首同意。

"相如为郎数岁，会唐蒙使略通夜郎西僰中，发巴蜀吏卒千人，郡又多为发转漕万馀人，用兴法诛其渠帅，巴蜀民大惊恐。上闻之，乃使相如责唐蒙，因喻告巴蜀民以非上意"。司马相如担任郎官期间，正逢唐蒙开通夜郎及西面的僰中。郎中将唐蒙征发巴郡、蜀郡官吏士卒千余人，二郡又派遣水陆运输人员上万人，协助打通夜郎道。不知何故，唐蒙以军兴法诛杀了这批人的头领。此举造成巴蜀民众大为恐慌。武帝担心激起民变，遂派司马相如入蜀责备唐蒙。

司马相如患口吃病，说话不流畅，武帝为何还要遣他入蜀呢？一是司马相如为蜀人，对蜀地情况了解。二是司马相如有文才，写个"安民告示"乃小菜一碟。三是司马相如为朝廷命官，且是武帝身边人，有一定威望。司马相如以郎中将的身份，带着武帝的殷切希望，返回蜀中。司马相如以他的健笔，写下《喻巴蜀檄》。文中，司马相如先述大汉国威，继而叙写唐蒙所为非天子本意。接着笔锋一转，采用对比的手法，赞誉边关士民为国效力，不惜牺牲生命。指责蜀民半途逃亡或自杀，乃不明大义之举。"陛下患使者有司之若彼，悼不肖愚民之如此，故遣信使晓谕百姓以发卒之事，因数之以不忠死亡之罪，让三老孝悌以不教之过。方今田时，重烦百姓，已亲见近县，恐远所溪谷山泽之民不遍闻，檄到，亟下县道，使咸知陛下之意，唯毋忽也"。陛下担心使者、官吏不能尽忠办事，又担忧不肖子民为非作歹，故派使臣把征发士卒的事情向巴蜀民众讲清楚，谴责地方三老没能教育好子弟，现在正是农忙时节，不便叨扰，赶快把檄文下发下去，让边远之地的民众也要知晓皇帝的良苦用心。

宣谕武帝的旨意后，司马相如回京复命。

"唐蒙已略通夜郎，因通西南夷道，发巴、蜀、广汉卒，作者数万人。治道二岁，道不成，士卒多物故，费以巨万计。蜀民及汉用事者多言其不便。是时邛笮之君长闻南夷与汉通，得赏赐多，多欲愿为内臣妾，请吏，比南夷。天子问相如，相如曰：'邛、笮、冉、駹者近蜀，道亦易通，秦时尝通为郡县，至汉兴而罢。今诚复通，为置郡县，愈于南夷。'天子以为然，乃拜相如为中郎将，建节往使。副使王然于、壶充国、吕越人驰四乘之传，因巴蜀吏币物以赂西夷"。汉武帝虽然呵斥唐蒙杀人之举，但并未改变降服西南夷之策。前往夜郎之道，历数年之苦，终于打通。唐蒙欲开凿通往西南夷的道路，于是征调巴、蜀、广汉郡的士卒及百姓数万人，筑路两年，死伤巨大，耗费巨额钱财。蜀地百姓、朝中大臣都说此举于国不利。此时，邛、笮的"一把手"听闻南夷已与汉朝交往，得到不少"油水"，都愿意做汉朝的臣属国，请求设置官吏，希望享受到南夷的优惠待遇。汉武帝在朝堂上征询司马相如的看法，司马相如回答："邛、笮、冉、駹之地距离蜀郡近，道路易通，秦朝时就已经设置了郡县，由于秦末动乱，这些偏远之地就与中原王朝断绝了往来。如今重新开通，设置郡县，以利往来，其意义超过南夷。"汉武帝赞同司马相如的观点，就拜司马相如为中郎将，令其持节出使。副使王然于、壶充国、吕越人乘坐高贵的四传之车，携带丰富的财物，通过巴蜀的官员去笼络西南夷。

司马相如到达蜀郡，太守和属官亲到郊外恭迎，县令甚至背着弓弩在前面开道，蜀人认为特别"有面子"。卓王孙、临邛有脸面的人物，都到司马相如门下，献上牛酒，畅叙欢乐之情。

"卓王孙喟然而叹，自以得使女尚司马长卿晚，而厚分与其女财，与男等同"。面对女婿巨大的荣耀，临邛"首富"慨然而叹，只恨把女儿嫁给司马相如太晚。此时的卓王孙，脑筋来了个急转弯，不再重男轻女，又分给卓文君丰厚的钱财，与儿子一样了。看来，男人在岳父心中的分量是由他的地位决定的。

"司马长卿便略定西夷，邛、筰、冉、駹、斯榆之君皆请为内臣。除边关，关益斥，西至沫、若水，南至牂柯为徼，通零关道，桥孙水以通邛都"。司马相如此次出使，可谓马到成功。邛、筰、冉、駹、斯榆的君长都请求成为大汉的臣国。拆除原来的关隘，边界向外扩展，西面到达沫水、若水，南面到达牂柯。同时，打通了零关道，在孙水上架桥，直通邛都。

"还报天子，天子大说。"司马相如回长安复命，汉武帝龙颜大悦。

虽说司马相如一举平定了西夷，但蜀中官绅和朝中大臣却认为，此举乃"割齐民以附夷狄"。司马相如大为恼火，发愤写下《难蜀父老》，让天下百姓理解皇帝的一片苦心。"盖世必有非常之人，然后有非常之事；有非常之事，然后有非常之功。非常者，固常人之所异也。故曰非常之原，黎民惧焉；及臻厥成，天下晏如也"。在司马相如看来，世有非常之人，方成就非常之功。万事开头难，及至成功，黎民百姓乐享太平盛世。

后来，有人状告司马相如，说他借出使收受贿赂，捞取钱财，汉武帝就罢免了他的官职。此时的司马相如，在他的岳父卓王孙那儿获得了数不清的钱财，为何还要贪婪呢？难道人在金钱面前真的欲壑难填？

汉武帝通西南夷之策，司马相如举双手赞成。元封二年（公元前109年），西汉王朝灭滇国，设置益州郡。至此，西南诸夷又回到中原王朝这个大家庭。遗憾的是，在元狩五年（公元前118年），司马相如就不幸病逝，他无缘目睹这一盛事。

五、知音三枚

常言道：物以类聚，人以群分。赋圣司马相如，一生知音三枚，让人羡慕不已。

"会梁孝王卒，相如归，而家贫，无以自业。素与临邛令王吉相善，吉曰：'长卿久宦游不遂，而来过我。'"人生芳华，司马相如追随梁孝王刘武。不幸，刘武半道崩殂，司马相如只得归家。自古好文辞之士，生活能力均差。宦游的司马相如，回家后找不到谋生的手段。落难见真情，关键时刻，临邛县令王吉言："如若过得不惬意，直接来找我。"就凭这句话，司马相如直奔临邛而来。后面发生的故事，本文《凤凰于飞》一节已详述，此不赘言。司马相如"东漂"梁国多年，返蜀已属"大龄青年"，解决婚姻当是人生首要问题。王吉急司马相如之所急，并画上圆满符号，确是知音。

卓文君私奔，司马相如身上的"新闻"，便保鲜千载。而引爆这一"热点"之人，正是王吉。

司马相如的第二枚知音，当是汉武帝。

文人以文获罪，甚至丢掉性命者，历朝历代都有。西汉扬雄，著《法言》《太玄》，因事王莽，遭时人耻笑："惟寂寞，自投阁；爱清静，作符命。"魏晋时期的嵇康，作《与山巨源绝交书》，不曾料将自己送上了断头台。韩愈反对唐宪宗迎佛骨，上《论佛骨表》。结果呢？"一封朝奏九重天，夕贬潮阳路八千。欲为圣明除弊事，肯将衰朽惜残年。云横秦岭家何在？雪拥蓝关马不前。知汝远来应有意，好收吾骨瘴江边"。从《左迁至蓝关示侄孙湘》诗我们知道，韩愈被贬往瘴气弥漫的南方。而且，这一去，可能就回不来了。名满天下的东坡苏轼，因诗下狱，"乌台诗案"中差点小命不保。明末清初文学家金圣叹，一生清高孤傲，却冤死贪官之手："天悲悼我地亦忧，万里河山带白头。明日太阳来吊唁，家家户户泪长流。"

那么，司马相如和他的文章，命运也是如此悲惨吗？

汉武帝读《子虚赋》，感叹"朕独不得与此人同时哉"，钦佩之情油然而生；

司马相如说《子虚赋》乃言诸侯之事，不足道也，愿为天子作游猎赋，汉武帝当即"令尚书给笔札"。《上林赋》成，"奏之天子"，汉武帝非常高兴，封司马相如为郎官；

唐蒙"略通夜郎西僰中"，诛渠帅，蜀民大惊。汉武帝赓即派司马相如入蜀，传达圣意，安抚百姓。司马相如作《喻巴蜀檄》，阐述武帝仁爱子民，希望蜀中父老乡亲向边郡之士学习，为国分忧，为国立功。司马相如回京复命，对刘彻经略西南宏图十分钦佩，刘彻对司马相如的表现也十分认可；

于是，刘彻决定让司马相如再次入蜀。司马相如搞定西夷，邛、笮、冉、駹、斯榆的君长，都愿做大汉的臣属国。"还报天子，天子大说"。司马相如禀报天子，刘彻那高兴劲，可谓一张脸都笑烂了。一项战略总有反对之声。朝廷定西南夷之策，朝臣和巴蜀百姓都有非议，司马相如针锋相对，作《难蜀父老》，告诫蜀中乡亲，不要一叶障目不见泰山，要用长远眼光审视当下政策。司马相如出使收金，汉武帝免了他的官，一年多后又起用，可见刘彻对司马相如多么怜惜；

汉武帝爱出猎，喜张扬个性，"自击熊豨，驰逐野兽"。司马相如著《上书谏猎》，认为帝王乃一国之根本，不能逞匹夫之勇而伤国脉。"上善之"，司马相如又被表扬了一番；

汉武帝过宜春宫。想起前朝兴亡事，司马相如作《哀二世赋》。刘彻不认为司马相如在讽刺自己，是正直之举，拜他任孝文园令；

司马相如见汉武帝对仙道入迷，作《大人赋》以讽。"相如既奏《大人之颂》，天子大悦，飘飘有凌云之气，似游天地之间意"。一篇赋文又把刘彻乐得手舞足蹈；

司马相如绝笔《封禅书》，会人走茶凉吗？司马相如去世五年后，汉武帝祭后土。去世八年，汉武帝先礼拜中岳嵩山，在泰山祭天，最后在梁父山祭地。

"天子曰：'司马相如病甚，可往从悉取其书；若不然，后失之矣。'"一介文士，以文立世，他最担心和害怕的事，当是身后其文不传矣。刘彻太懂司马相如了，命令官员将他的著作全部取来，藏之皇家馆阁，以传后世。司马相如若泉下有知，对刘彻此举定会感激涕零。

有不少史家认为刘彻刻薄寡恩，但通过刘彻和司马相如际遇看，这对君臣关系当是封建社会的典范。

司马相如的第三枚知音，乃史圣司马迁。

司马迁生活的西汉，还没发明纸，故文人著文，均惜墨如金。司马迁在《史记》这本不朽的著作中，作列传70篇，其中专为文人骚客作传仅两篇，分别是《屈原贾生列传》和《司马相如列传》。《屈原贾生列传》言简意赅，而《司马相如列传》汪洋恣肆。

《子虚赋》《上林赋》《喻巴蜀檄》《难蜀父老》《上书谏猎》《哀二世

赋》《大人赋》《封禅书》四赋四文，司马迁全文照收、一字不落地写进列传中，且记载了皇帝读后的"反应"。《遗平陵侯书》《与五公子相难》《草木书》三篇不采，但司马迁在传末对篇名作了交代。不仅如此，司马迁把司马相如的辞赋与《春秋》《易》《大雅》《小雅》这些传世经典相提并论，其讽谏主旨与《诗经》没什么两样。扬雄却认为司马相如的辞章，好比演奏郑、卫之"靡靡之音"，只在收尾处象征性歌咏了一点雅正之乐。看来，扬雄不解司马迁之意。

司马相如享受的这种待遇实属罕见，何也？

首先，对司马相如在汉武帝那儿得到的"优待"，司马迁羡慕到嫉妒的地步了。其次，结合自己的遭遇，司马迁以这种方式向汉武帝表达"抗议"，无言地诉说你刘彻对我司马迁不公。第三，文人惺惺惜惺惺。最后，司马迁崇拜雄才大略的汉武帝，通过夸司马相如间接肯定刘彻的所作所为。

一生三知音，司马相如此生不悔。

六、封禅遗书

刘勰在《文心雕龙·封禅》一文中指出："观相如《封禅》，蔚为唱首。尔其表权舆，序皇王，炳玄符，镜鸿业，驱前古于当今之下，腾休明于列圣之上，歌之以祯瑞，赞之以介丘，绝笔兹文，固维新之作也。"

《封禅书》是司马相如的绝笔。司马相如病入膏肓之际，汉武帝派所忠前往家中取书。卓文君言道，相如时时著书，刚写好就被取走，家中没有他的著作了。只留下一卷书，遗言交与使者。这一卷书，乃劝说刘彻前往泰山梁父山祭祀天地的《封禅书》。

"大汉之德，烽涌原泉，沕潏漫衍，旁魄四塞，云尃雾散，上畅九垓，下溯八埏"。威威大汉，恩德广布，如源泉，奔流不息，润泽四境；又如祥云，上通九天，下至八方。

"夫修德以锡符，奉符以行事，不为进越也。故圣王弗替，而修礼地祇，谒款天神，勒功中岳，以章至尊，舒盛德，发号荣，受厚福，以浸黎民。皇皇哉斯事，天下之壮观，王者之卒业，不可贬也。愿陛下全之"。有美德上天就会降下祥瑞，按符瑞行事，不是越制不尊。故功显德隆之帝王，不反对封禅，只会增进礼数，尊重地神，崇敬天神，抵嵩山刻石记功，达泰山祭拜上苍，让德行更加广大，滋润臣民。这是多么隆重而盛大的事情啊，不可废弃，愿陛下成全这桩美事。

"圣王之德，兢兢翼翼也。故曰'兴必虑衰，安必思危'。是以汤武至尊严，不失肃祗；舜在假典，顾省厥遗，此之谓也"。圣明帝王的美德，就是小心谨慎。兴旺发达时想到衰败，安逸时考虑到危险。所以像商汤周武王这样彪炳史册的一代帝王，不错过敬神；舜在祭祀时，反省自己的过失，说的就是这个道理。《封禅书》的主旨，如同《子虚赋》《上林赋》《大人赋》一样，归结为讽谏。

把绝笔之文定为劝汉武帝封禅，不是率性而为，是司马相如深思熟虑之后做出的慎重决定。何也？首先，在司马相如看来，封禅是皇帝大有作为、国家强大时的应有之举。击匈奴、定西南夷，罢黜百家独尊儒术，刘彻是一位雄主，封禅实至名归。其次，皇上封禅，张扬国威，震慑边境不安定分子。司马相如重病之时，西北边的匈奴虽受重创，但还未彻底击垮，时常骚扰，丝绸之路还未开通。西南夷有的尚在观望，有的"夜郎自大"，道阻且险，汉朝需要展现强盛的国力，让西南夷臣服。封禅可起到不战而屈人之兵的作用。最后，在国内，封禅可凝聚人心。人心拧成一股绳，宏伟的战略才有实现的基础。当时或后世，总有人反对刘彻封禅，认为封禅乃劳民伤财之举。其实，刘彻封禅，宣扬王朝雄风，在那个时代具有合理性。

司马相如居家茂陵，茂陵可是刘彻百年之后的归依之地。司马相如走了，在另一个世界，关注他挚爱的大汉帝国，关注成就他一生事业的刘彻。

蓬安的青葱岁月、梁园的谈笑风生、临邛的曼妙琴声、成都的高谈阔论、长安的文采飞扬……这一切，都远去了。身后，卓文君泪眼蒙眬。

七、古井悠然

在邛崃市里仁街，有公园名文君井，相传是司马相如、卓文君烹茶卖酒之地。园内琴台、当垆亭、文君井、荷池，布局井然。

琴台，司马相如演奏《凤求凰》、琴挑新寡的卓文君之地。琴台亭内有绿绮古琴一张，当然是仿品。绿绮从何而来？文艺青年司马相如当年远走梁国，为梁王刘武所喜，获赠绿绮古琴。绿绮之声，几百年后醉倒盛唐的诗仙。李白说："蜀僧抱绿绮，西下峨眉峰。为我一挥手，如听万壑松。"今天的文君井公园，挂有"成都古琴文化学会文君琴社"的招牌，看来，这袅袅琴音，从西汉一直流淌到今天。

私奔后的卓文君，面对司马相如家徒四壁的窘迫，不得不回到临邛。爱情很甜蜜，现实很残酷。生活还得继续，小两口只得卖酒为生。公园内当炉亭，再现文君当炉、相如涤器情景。临邛首富卓王孙碍于情面，不得不拨付财产给他"丢脸"的女儿。

笔者辛丑牛年冬月慕名一游公园，文君井被木栅栏保护着，市民喝茶聊天，绿树成荫，竹影婆娑，池内锦鲤悠游。但在历史的长河中，文君井也曾一度荒芜。20世纪50年代，当地政府为恢复"井泉清冽、甃砌异常，井口径不过二尺，井腹渐宽，如瓶胆然"的古文君井（《邛崃县志》），请郭沫若题词。郭沫若欣然同意，挥毫题咏：

卜算子·题文君井

文君当炉时，相如涤器处。反抗封建是前驱，佳话传千古。会当一凭吊，酌取井中水，用以烹茶涤尘思，清逸谅无比。

在公园墙壁上，绘有汉代临邛四景图：酿酒、冶铁、制盐、制茶。郭沫若词中言及烹茶，非空穴来风。汉代的临邛，物产真丰富。

冬季，阳光轻柔地映照池塘，锦鲤翕嘴摇尾，亲昵地嬉戏追逐，惬意地享受着慢时光。

岁月不居，时节如流。在如花的年龄，留下无悔的决定，不负芳华。司马相如、卓文君虽然远去了，但他们飞蛾扑火般的勇气，在大地上永远年轻。

一部三国誉华夏

——第二批四川历史名人之陈寿

———— ❖ ————

　　跨蜀汉、曹魏、西晋三朝，历刘禅、曹奂、司马炎、司马衷四帝，这就是他的生命长度；

　　身后一部三国，赞谋略、扬英雄，褒忠义、贬篡逆，叹兴亡、道更替，这就是他的生命厚度。

　　时间已远，万物新生，但不灭的三国，永远活在后人的谈资中。

　　创造这一奇迹的人，就是巴西郡安汉人陈寿。

一、父亲被髡

　　诸葛亮离世的前一年——蜀汉建兴十一年（233年），一个小男孩来到风云变幻的人世。斯时，魏、蜀、吴三国虽然鼎立天下，但连年征战，"白骨露于野，千里无鸡鸣。生民百遗一，念之断人肠"的局面依旧。鉴于此，家人给这个小男孩取名陈寿，希望他在乱世中能够平安过一生。

　　今南充西山，建有陈寿旧居。陈列在旧居的安汉陈氏族谱，列有先祖之名讳，却无寿父之名，何也？建兴六年（228年），诸葛亮率军第一次北伐，"亮出军向祁山，时有宿将魏延、吴懿等，论者皆言以为宜令为先锋，而亮违众拔谡，统大众在前，与魏将张郃战于街亭，为郃所破，士卒离散"（《三国志·蜀书·董刘马陈董吕传》），"寿父为马谡参军，谡为诸葛亮所诛，寿父亦坐被髡"（《晋书·陈寿传》）。发生在建兴六年的蜀魏街亭之战，诸葛亮不听刘备"马谡言过其实，不可大用"遗言，让"好论军计"的马谡守咽喉之地街亭，结果被魏将张郃杀得大败。无奈，诸葛亮只得挥泪斩马谡。在这场大战中，陈寿的父亲也参加了，且是马谡的参军。马谡付出了生命，陈寿的父亲呢？"被髡"，也就是受到被处以剃光头发的惩罚。髡刑，在古代有羞辱之意。或许正是这件不光彩之事，一代史学大家陈寿在著作中没有留下父亲的大名。当然，寿父从军受刑之际，陈寿要等五年之后才来到这个纷争的人世呢。

成年之后，陈寿在对待父母的后事上备受煎熬。"遭父丧，有疾，使婢丸药，客往见之，乡党以为贬议"，父亲病故，全家恸哭。不幸的是，悲戚中的陈寿也患了重病。无奈，陈寿便让家中女婢将药做成丸状，恰巧客人前来吊唁，看见这一幕。对在守孝期间发生这样的事，乡邻给了陈寿差评。这件事有什么严重后果？"及蜀平，坐是沉滞者累年"，受此事牵绊，陈寿多年得不到提拔任用。后来，陈寿的母亲也归西了。"母遗言令葬洛阳，寿遵其志。又坐不以母归葬，竟被贬议"，陈寿按照母亲的遗愿，葬母于洛阳。哪知议论又起，声讨陈寿不让母亲叶落归根。人言真是可畏——"寿至此再致废辱"，陈寿遭到再次被免官的严惩。

汉魏之际，统治阶级推行以孝治天下。陈寿在孝道上的"失足"，给自己带来无尽的痛苦。在强大的制度面前，个体是多么渺小。

二、师事谯周

万卷楼，陈寿读书之地。对于"万卷楼"之名，明代学者曹学佺在《蜀中广记》中说："陈寿隐居于此""有万卷楼在山之麓"。

有一种说法是，陈寿的父亲受髡刑后，便离开军队回到安汉老家，耗巨资修建万卷楼并广购蜀中书籍，以让子女受到良好的教育。

17岁之前，陈寿在家苦读，学业初成。公元250年，陈寿离开故土，前往蜀国都城成都求学，师事"蜀中孔子"谯周。陈寿游学成都的前一年，即正始十年（249年），曹魏发生惊天巨变。司马懿趁曹爽离开洛阳，祭扫高平陵之时，发动政变，诛大将军曹爽。自此，政归司马氏，曹操辛苦打下的江山名存实亡。高平陵事件深刻影响了三国走势。陈寿的青少年时期，天下真的纷乱不已。乱世，生命有如蝼蚁之轻，但陈寿没有随波逐流，在治学的道路上，坚定地走下去。

在诸葛亮当政期间，谯周任劝学从事；蒋琬总摄蜀汉大权后，谯周任典学从事。可以说，谯周是蜀汉学人的领头羊。谯周对史学有浓厚的兴趣，著有《古史考》《三巴记》《益州志》《蜀本纪》。陈寿投在谯周门下，精研学问4年。特别是史学，受益良多，为他日后著《三国志》奠定了坚实的基础。陈寿不仅遍览群书，开阔了视野，还树立了正直的品性。

学有所成的陈寿风华正茂，任职观阁令史。当时，蜀汉的擎天之柱诸葛亮、蒋琬、费祎都先后撒手人寰，后主刘禅宠信宦官黄皓。黄皓专权，大将军姜维都得让他三分。"宦人黄皓专弄威权，大臣皆曲意附之，寿独不为之屈，由是屡被谴黜"，仗着皇帝宠溺，黄皓耍弄权势，朝中大臣皆违背自己的心意攀附他。唯独陈寿不肯低头，故多次被贬谪。

谯周对他的学生非常了解，"卿必以才学成名，当被损折，亦非不幸也，宜深慎之"，陈寿因为有才，人又正直，日后仕途坎坷，谯周早就预见到了。

263年，司马昭派钟会、邓艾两路大军伐蜀。邓艾经阴平古道直出江油关，迅即兵临城下。在谯周的劝说下，刘禅出城投降。立国43年的蜀汉政权，经历两代君主后，在三国中率先灭亡。就这样，刚刚30岁的陈寿做了亡国之民。

三、三个贵人

纵观陈寿生前身后事，得到朝廷重量级人物张华、杜预、范頵的大力相助，方有与《史记》齐名的《三国志》。

"及蜀平，坐是沉滞者累年"。蜀国已灭亡多年，陈寿因父丧遭遇贬议，仍居乡野，得不到当朝者起用。"司空张华爱其才，以寿虽不远嫌，原情不至贬废，举为孝廉，除佐著作郎，出补阳平令"。在司空张华的举荐下，陈寿再次出仕，任佐著作郎，不久又补任阳平令。

张华者，何方人物也？张华是张良的十六世孙。张良是刘邦帐下重要谋士，刘邦曾感叹，运筹帷幄之中，决胜于千里之外，"吾不如子房"。张华喜舞文弄墨，是魏晋时期著名的文学家，著有《博物志》，此书可与《山海经》相媲美。历魏仕晋的张华，贵为司马王朝的司空。

"撰蜀相诸葛亮集，奏之，除著作郎，领本郡中正。撰魏、吴、蜀三国志，凡六十五篇，时人称其善叙事，有良史之才"。任职佐著作郎、著作郎，陈寿方有机会接触三国史料，完成大名鼎鼎的《三国志》。可以说，没有伯乐张华的慧眼识珠，陈寿这匹千里马终将埋没不名。"夏侯湛时著魏书，见寿所作，便坏己书而罢。张华深善之，谓陈寿曰：'当以晋书相付耳。'"夏侯湛著有记录魏国历史的魏书，见到陈寿撰的《三国志》郁闷不已，当即毁掉自己心爱的文稿。张华闻听此事，对陈寿说，"这件事当记述在晋书里"。张华对陈寿的推崇，已到"疯狂"的境地。就是这位陈寿的贵人，在西晋波谲云诡的政治斗争中，于永康元年（300年）惨遭屠戮。

"张华将举寿为中书郎，荀勖忌华而疾寿，遂讽吏部，迁寿为长广太守"。张华与荀勖都是晋初重臣，都喜文学，但二人意见常相左。荀勖善窥人主之意，参与重大政事又守口如瓶，当世之人把他看作贰臣。张华欲荐陈寿为中书郎，荀勖因为忌惮张华，就到吏部散布陈寿的坏话。结果，陈寿不但没升成官，还被"赶出"了京城。

"杜预将之镇，复荐之于帝，宜补黄散，由是授御史治书，以母忧去职"。荆州是西晋与东吴对垒的前线，羊祜都督荆州诸军事时，爱兵惠民，威望极高。因病回朝，荐杜预出镇荆州。临行前，杜预向晋武帝举荐陈寿。司马炎接受了杜预的建议，授陈寿御史治书之职。关键时刻，陈寿总有贵人相处，方化险为夷。

杜预者，一代诗圣杜甫的远祖。与张华、羊祜主张灭吴，而荀勖认为时机不成熟，东吴不可伐。后杜预督师灭吴，结束了三国纷乱的局面，国家走向统一，杜预因此名载青史。

陈寿的仕进之途，坎坷多于顺利。元康七年（297年），65岁的陈寿走到了生命的尽头，病逝于洛阳。

陈寿的《三国志》乃私人著述，非国家行为。斯人已没，随着时间流逝，其书极有可能散佚在岁月的长河中。历史上，此种情况屡屡发生。值得庆幸的是，范頵一言阻止了悲剧的发生。

"梁州大中正尚书郎范頵等上表曰：'昔汉武帝诏曰'司马相如病甚，可遣悉取其书'，使者得其遗书，言封禅事，天子异焉。臣等按故治书侍御史陈寿作三国志，辞多劝诫，明乎得失，有益风化。虽文艳不若相如，而质直过之。愿垂采录。'于是诏下河南尹、洛阳令就家写其书"。这段引文源自《晋书·陈寿传》，它透露诸多重要信息。一是从梁州大中正尚书郎范頵对陈寿的评语看，他一定读过《三国志》。二是范頵十分佩服陈寿，故而把他与一代才子司马相如相提并论。三是陈寿的《三国志》，是站在朝廷立场上的一部正史，明得失，可成风化人。四是陈寿摒弃个人私见，秉笔述史，"质直"可信，是一部良史。五是朝廷采纳了范頵的建议，让河南尹、洛阳令到陈寿家中抄录《三国志》。六是陈寿晚年，当政者是晋惠帝司马衷。"就家写其书"，表明"白痴"皇帝也有可爱的一面。他没有野蛮地下令收走竹简，而是让臣子前去誊写一份，"手稿"仍留给陈寿家人。七是范頵为了让皇帝听进自己的谏言，采取了高超的策略。明言汉武帝与司马相如君臣典故，暗说晋惠帝与陈寿事。在美好的对比下，高高在上的帝王欣然允准臣下的请求。

由于范頵的良言，《三国志》受到朝廷保护，流传至今。这位梁州大中正，可谓陈寿的知音。

其实，《三国演义》的作者罗贯中和我辈，都应感恩张华、杜预、范頵，是他们帮陈寿完成了一个完整的史学梦。

四、非议突袭

玄谓太祖曰："天下将乱，非命世之才不能济也，能安之者，其在君乎！"

先主不甚乐读书，喜狗马、音乐、美衣服。身长七尺五寸，垂手下膝，顾自见其耳。少语言，善下人，喜怒不形于色。

琬语人曰："吾观孙氏兄弟虽各才秀明达，然皆禄祚不终，惟中弟孝廉，形貌奇伟，骨体不恒，有大贵之表，年又最寿，尔试识之。"

……

人如草木，终有一枯。"善叙事"的陈寿，丢下《三国志》，找他的老师谯周诉说衷肠去了。

常言道：盖棺论定。可《晋书》却说："或云丁仪、丁廙有盛名于魏，寿谓其子曰：'可觅千斛米见与，当为尊公作佳传。'丁不与之，竟不为立传。寿父为马谡参军，谡为诸葛亮所诛，寿父亦坐被髡，诸葛瞻又轻寿；寿为亮立传谓'亮将略非长，无应敌之才'，言'瞻惟工书，名过其实'，议者以此少之。"《晋书》言之凿凿，陈寿又盖棺难定了？

一句"将略非长，无应敌之才"，陈寿真的在贬损诸葛亮吗？要说清这个问题，看看《诸葛亮传》吧。

陈寿表述的诸葛亮的志向："亮躬耕陇亩，好为《梁父吟》。身长八尺，每自比于管仲、乐毅，时人莫之许也。"

陈寿表述的诸葛亮的谋略："君不见申生在内而危，重耳在外而安乎？""且北方之人，不习水战，又荆州之民附操者，逼兵势耳，非心服也。今将军诚能命猛将统兵数万，与豫州协规同力，破操军必矣。操军破，必北还，如此则荆、吴之势强，鼎足之形成矣。""及军退，宣王案行其营垒处所，曰：'天下奇才也！'"

陈寿表述的诸葛亮的忠诚："亮涕泣曰：'臣敢竭股肱之力，效忠贞之节，继之以死！'"

陈寿表述的诸葛亮的治国："于是外连东吴，内平南越，立法施度，整理戎旅，工械技巧，物究其极，科教严明，赏罚必信，无恶不惩，无善不显，至于吏不容奸，人怀自厉，道不拾遗，强不侵弱，风化肃然也。"

陈寿表述的诸葛亮的清廉："初，亮自表后主曰：'成都有桑八百株，薄田十五顷，子弟衣食，自有余饶。至于臣在外任，无别调度，随身衣食，悉仰于官，不别治生，以长尺过。若臣死之日，不使内有余帛，外有赢财，以负陛下。'及卒，如其所言。"

……

笔者不嫌累赘，大量引用陈寿撰写的《诸葛亮传》原文，旨在说明陈寿对诸葛亮赞美有加，怎会恶意中伤，更没有贬低。

"索米立传"的主人公是丁仪、丁廙兄弟。如果陈寿为二丁立传，适宜否？群雄逐鹿的三国时代，董卓、孙策、吕布、公孙瓒、张济、袁术、袁绍、刘表，可谓诸侯林立；典韦、许褚、张辽、张郃、关羽、张飞、赵云、马超、程普、黄盖、太史慈、丁奉，可谓猛将如云；郭嘉、荀彧、许攸、贾诩、司马懿、庞统、法正、蒋琬、费祎、鲁肃、张昭、诸葛瑾、陆逊，可谓谋士麇集；曹操、曹丕、曹植、孔融、陈琳、王粲、徐干、阮瑀、应玚、刘桢，可谓文士荟萃。政治上，二丁与曹植过从甚密，劝曹操立植为世子，后曹丕即王位，二丁被诛。文学上，二丁在曹魏时期小有名气，但与当世"建安七子"及"三曹"相比，就小巫见大巫了。清代中叶，对三国史料有深入研究的潘眉曾云："丁仪、丁廙，官不过右刺奸掾及黄门侍郎，外无摧锋接刃之功，内无升堂庙胜之效，党于陈思王，冀摇冢嗣，启衅骨肉，事既不成，刑戮随之，斯实魏朝罪人，不得立传明矣。"所以说，在群星璀璨的三国，陈寿不为二丁立传，无可非议，是正确的决策。

其实，《晋书》对陈寿的记录，是站在一个"人"的角度，理智地进行评价。只要是尘世间的人，总会有优点、缺点，世间根本就不存在"完美无缺的人"。《三国演义》把诸葛亮描绘成"神人"，鲁迅就批评罗贯中"状诸葛之多智而近妖"。

一个有缺点、有毛病、有遗憾的人，才是一个我们可以信任的、真实的人！

开山之祖

——第二批四川历史名人之常璩

❖

那洪荒中的古蜀国，在他的笔下，渐渐清晰；

那优美的传说，在他的著作中，时至今日依然那么迷人；

那有德、有才的烈女、士女，因他的记述，没有消失在无情的岁月中；

……

这个人，就是乱世中的常璩。

一、乱世中的乱世

公开资料表明，《华阳国志》的作者常璩，大约生于291年，故于361年。这个时间段，是乱世中的乱世、黑暗中的黑暗。乱世之由，得从西晋王朝立国说起。

景耀六年（263年），在钟会、邓艾的夹击下，刘禅于成都投降，刘备建立的蜀汉王朝仅二世而亡。

咸熙二年（265年），曹奂禅位于司马炎，曹丕代汉自立的魏国寿终正寝，西晋正式登上历史舞台。

天纪四年（280年），孙皓到王濬营中投降，东吴灰飞烟灭。

最终，三国一统，归于晋。

晋武帝司马炎是一位有能力的皇帝，他总结曹魏覆亡的原因，认为没有藩王拱卫，于是大封宗室子弟为王。此举虽然加强了皇家力量，但又为八王之乱埋下祸根。

太熙元年（290年），司马炎病逝，他的儿子司马衷即位，是为晋惠帝。第二年，常璩在蜀郡江原县出生。常璩出生的这一年，持续16年的八王之乱发生。

部分史学家以为，晋惠帝处理不了朝廷大事，皇后贾南风干政，直接引发了八王之乱。八王之乱导致建立不久的西晋王朝国灭，同时引起五胡乱华，让天下处于极度混乱和无序之中。

八王乱起，流民滋生。

东汉末年，天下大乱，诸侯割据。张鲁统治东川时，李特的祖辈从巴西郡宕渠县迁至汉中。李特祖父是李虎，父亲是李慕。一代人杰曹操灭张鲁，李虎带领五百多家归附阿瞒，获将军之职，迁至略阳（今陕西省西南部、嘉陵江上游，邻接甘肃省）以北地区，号称巴氐。李虎此举，其子李慕也分得一杯羹，官至东羌猎将。自李虎始，李氏渐成略阳氐人的望族。

常璩幼时，蜀地收成尚可，但关中大荒，十万饥民涌入梁、益二州就食，流民与土著肯定矛盾重重。可以说，常璩是在动乱中渐渐长大。流民大军中，就有李特一家老小。途经剑门雄关时，刘禅将如此险峻山河拱手让人，李特唏嘘不已。为少受欺凌，流民组织起来，推李特为首。

立国不久的西晋，内部冲突不断。为自保，益州刺史赵廞就反叛朝廷。对于李特，赵廞既利用他们对抗朝廷的进攻，又防备他们反攻自己，可谓又爱又恨。永宁元年（301年），李特率部攻成都，赵廞逃跑途中死于下属之手。

赵廞败亡，朝廷任命梁州刺史罗尚为益州刺史。在西晋军队的围剿下，太安二年（303年），李特兵败新繁，不幸身亡。

李特战死后，流民并未举手投降，为了一口饭，为了活命，其弟李流站出来，率流民继续同罗尚作战。屋漏偏逢连夜雨，李流于304年病死。千钧一发之际，李特之子李雄接过帅旗，攻占成都，当年十月自立为成都王。时间在刀光剑影、杀声震天中进入306年，李雄彻底脱离西晋王朝，在成都称帝，国号成。11年后，西晋覆灭，晋室东渡，以建康为都，是为东晋。

可以说，常璩是在兵荒马乱中度过了他的青少年时代。

二、钟鸣鼎食之家

常璩生于蜀郡江原县小亭乡，他是如何描述家乡的呢？

《华阳国志·蜀志》江原县条目云："小亭有好稻田。东方常氏为大姓。文井江上有常堤三十里，上有天马祠。"

李冰开凿都江堰后，温润的成都平原变得水旱从人。常璩所在的小亭乡，有良田沃土，是水稻的天堂。在西晋那个年代，稻谷不仅让人不知饥馑，且是小康的标配。不但有上好的田地，且"有常堤三十里"，水源丰沛，灌溉不愁。有田有水有气候，丰收在望。由此可见，常氏家族乃是钟鸣鼎食之家。用当下的话讲，常璩生在米箩笸里。

常璩的故乡不仅山美水美，还人杰辈出。他在《华阳国志》"先贤士女总赞""后贤"等卷，提的常氏名人多达二十余人，不愧"东方常氏为大姓"之美誉。

下面笔者略述几位常氏知名人士。

常洽，汉献帝时人，自荆州刺史迁京兆尹、侍中、长水校尉，以兵卫大驾西幸。常洽不仅官阶俸秩不低，且是皇帝身边之人。"傕等作难，常侍天子左右，为傕所杀。"西凉董卓进京，把控朝廷，司徒王允用美人计杀之。随后，董卓部将李傕、郭汜犯上作乱，汉献帝惶惶如丧家之犬。长水校尉常洽护卫左右，为李傕所杀。

常勖，三国时蜀汉人，"治《毛诗》《尚书》，涉洽群籍，多所通览"，"魏征西将军邓艾伐蜀，破诸葛瞻于绵竹，威震西土。诸县长吏或望风降下，或委官奔走，勖独率吏民固城拒守。后主檄令，乃诣艾，故郫谷帛全完。刺史袁邵嘉勖志节，辟为主簿"，常勖不仅博览群书，且忠贞不贰。

常骞，西晋时人，"治《毛诗》《三礼》，以清尚知名"，"以选为王国侍郎，出为绵竹令；国王归之，复入为郎中令。从王起义有功，封关内侯"，"骞性泛爱，敦友宗族，当官修理，恕以抚物，好咨问，动必谦让，州乡以为仪范"，常骞学问宏富，为官清廉，友善宗族。

常宽，成汉时人，"治《毛诗》《三礼》《春秋》《尚书》，尤耽意大

《易》，博涉《史》《汉》，强识多闻"，"依孟阳宗、卢师矩著《典言》五篇，撰《蜀后志》及《后贤传》，续陈寿《耆旧》作《梁益篇》。元帝践祚，嘉其德行洁白，拜武平太守，民悦其政"，常宽治学广博，著述颇丰，为政以民为要，深得时人美誉。

蜀乱，江原不免，常宽带领族人避祸，远走湖北。成汉王朝建立，蜀郡平静，常氏族人方返里。不知何故，常璩仍留桑梓，未随常宽远徙。

《华阳国志》对常氏名人着墨不少，但未见常璩叙及其祖、其父、其子，可见常璩这一支其名不显。

常璩不遗余力地炫耀江原，其意不外乎说家乡钟灵毓秀、人杰地灵，他能著述《华阳国志》，乃顺理成章，没什么大惊小怪。

三、全性命于乱世

从304年建立至349年亡国，成汉王朝在历史上留下短暂的背影。常璩的芳华，却在背影中度过。

无情的历史，不曾停下它忙碌的脚步。316年，立国仅50余年的西晋为匈奴所灭。第二年，琅琊王司马睿在建康称帝，是为东晋。僻居西南一隅的成汉王朝，也没消停。开国之君李雄，颇有才能，在位30年，于334年驾崩。由于皇位未传其子，祸乱由此开始。李雄薨后，传位于其兄之子李班。数月后，李雄子李期弑李班，自立为帝。338年，李骧子李寿杀李期，改国号为汉。李寿不知稼穑之艰，荒淫无度，寿死其子李势继位。这个李势，生性残忍，杀人如麻。一片血腥中，王朝走向没落。

347年，东晋大将桓温从水路进攻，李势降。两年后，成汉的残余势力也被肃清。立国40余年的成汉，只能在历史的故纸堆里去寻找了。

常璩一生中，不得不提的两个人，他们分别是范长生和桓温。

江原青城山范长生，为自保，将本族上千户人家组织起来，形成一大势力。常家未走之人，包括常璩，大约也依附他，以求生存。

"雄遣信奉迎范贤，欲推戴之，贤不许，更劝雄自立。永兴元年（304年）冬十月，杨褒、杨珪共劝雄称王，雄遂称成都王"，流民枭雄李雄意识到，得不到土著的支持，流民无法在成都站稳脚跟。于是，李雄欲拥戴本土"实力派"范长生为老大。范长生不但没同意自己出面收拾局面，反而劝李雄自立。得到范长生的首肯，李雄就不客气了——遂称成都王。

"迎范贤为丞相……贤既至，尊为四时八节天地太师，封西山侯，复其部曲，军征不预，租税皆入贤家"。《华阳国志》卷九中的这段文字，充分说明范长生的势力非同一般。李雄不但封范长生为丞相，还一步到位直接封侯。而且，范长生的人马，仍归他老人家统管。非但如此，范长生的部曲还不承担兵役，赋税却进了他的腰包。范长生为何牛气冲天？答案隐藏在"四时八节天地太师"头衔里。这个称谓表明范长生是道教的头头。东汉末年黄巾起义，其领头者张角信奉道教。三国时天师道教祖张陵之孙张鲁，在汉中实行政教合一的统治。范长生，乃是蜀地道教的领袖。有如此威望和实力，李雄怎能不倚重之。

《晋书·桓温传》有一句名言："既不能流芳后世，不足复遗臭万载邪！"此语与"宁教我负天下人，休教天下人负我"何其相似！要么流芳百世要么遗臭万年的桓温率军西进，一路势如破竹，成汉政权顷刻土崩瓦解。"势悉众出，战于笮桥。中书监王嘏、散骑常侍常璩劝势降，乃夜开东门走。至葭萌，使散骑常侍王幼送降文于温。势至建康，封归义侯"。为免生灵涂炭，在常璩的劝说下，李势降，封为归义侯。

在存国40余年的成汉王朝，常璩在做什么？一是活命，二是出仕，三是读书。千万别小瞧这三件事，如果常璩不这样做，也就没有后面的《华阳国志》了。

四、愤而著书立说

李势的胡作非为，导致桓温灭国。对于成汉的官员，在有雄才大略的桓温眼中，并不都是庸才，有的才识卓越，比如常璩，就直接任用为参军。

常璩满怀希望，随桓温至建康。常璩以为，此时的朝廷，会像80年前一样优待降臣。理想很丰满，现实却很骨感。常璩错了。80年前，晋王朝尚在孵化之中，破壳前的王朝充满朝气，故能厚赏刘禅一班人。此时的东晋王朝，偏安江左，门阀制度森严，官员被士家大族垄断，常璩不但未获重用，反而遭到名门望族的冷落和嘲讽。永和九年（353年），轰动文坛的那场名流雅聚，常璩就不在王羲之的名单中，便是明证。

遭受白眼的常璩，肯定想到了司马迁那振聋发聩的呐喊："盖文王拘而演《周易》；仲尼厄而作《春秋》；屈原放逐，乃赋《离骚》；左丘失明，厥有《国语》；孙子膑脚，《兵法》修列；不韦迁蜀，世传《吕览》；韩非囚秦，《说难》《孤愤》；《诗》三百篇，大底圣贤发愤之所为作也。"不平则鸣，晚年的常璩不再醉心官场，把精力放在著书立说上。别以为中原是正统、巴蜀是蛮荒，西南悠远的历史，会让尔等刮目相看。

正因为如此，《华阳国志》有三大显著特征。

一是状西南之地历史悠久。"蜀之为国，肇于人皇，与巴同囿。至黄帝，为其子昌意娶蜀山氏之女，生子高阳，是为帝颛顼；封其支庶于蜀，世为侯伯。历夏、商、周，武王伐纣，蜀与焉"。蜀之开国，鸿蒙至久远的人皇时代。颛顼帝的母亲，就是咱蜀中人氏。常璩只差没捅破这层窗户纸——不论是中原富户还是江南人家，你们都是蜀人的后代呢！逐鹿中原，咱们的先辈一样跃马疆场。

常璩叙写了混沌之初，再来段"近代史"。"汉祖自汉中出三秦伐楚，萧何发蜀、汉米万船而给助军粮，收其精锐以补伤疾"。没有东川、西川做后盾，哪来汉家400年基业！

二是话物产富饶。"其宝则有璧玉、金、银、珠、碧、铜、铁、铅、锡、赭、垩、锦、绣、罽、氂、犀、象、毡、毦，丹黄、空青、桑、漆、麻、纻之饶，滇、獠、賨、僰僮仆六百之富""其山林泽渔，园囿瓜果，四节代熟，靡不有焉"。常璩说，蜀地要什么有什么，富得流油。

三是赞人文荟萃。"其耽怀道术，服膺六艺，弓车之招，旄旌之命，徵名聘德，忠臣孝子，烈士贤女，高劭足以振玄风，贞淑可以方蘋蘩者，奕世载美。是以四方述作，来世志士莫不仰高轨以咨咏，宪洪猷而仪则，擅名八区，为世师表矣"。上天钟爱，蜀地英杰遍地。常璩在《华阳国志》作"先贤士女总赞""后贤"两卷，专颂巴蜀之人德业功名。

"日阅数人，得百钱，则闭肆下帘，授《老》《庄》"。严君平大隐隐于市，每天看相数人，所挣之钱够生活之需即可。闭肆收帘后干什么？给弟子讲授《老》《庄》之学。常璩寥寥数语，一个超级隐者跃然眼前。

"武帝见而善之，曰：'吾独不得与此人同世。'"让雄才大略汉武帝感叹恨不能与此人同世的司马相如，不仅是汉赋辞宗，也是后人作赋的法则。

"初与刘歆、王莽、董贤同官，并至三公，雄历三帝，独不易官"。作《法言》《太玄》的扬雄，安贫乐道，终成儒之大者。

《华阳国志校补图注》作者任乃强有语："以抒写不堪东人诮谇之郁气。"看来，常璩的目的达到了。

五、华阳百世流芳

晋穆帝永和四年（348年），愤愤不平中的常璩年届六秩，开始了《华阳国志》的撰述。困难可想而知，不说别的，单就交通而言，古时道阻且长，非有惊人之毅力不可抵达。心中有理想，脚下有力量，困难也就不是困难了。历时六年，永和十年（354年），一部述写四川、云南、贵州三省全境以及陕西、甘肃、湖北部分地方地理和历史的巨著——《华阳国志》终于杀青。自此，地方志的编纂有了准绳。

《华阳国志》一共十二卷，约11万字。目录如下：卷一巴志，卷二汉中志，卷三蜀志，卷四南中志，卷五公孙述刘二牧志，卷六刘先主志，卷七刘后主志，卷八大同志，卷九李特雄期寿势志，卷十先贤士女总赞，卷十一后贤志，卷十二序志并士女目录。

一部《华阳国志》，足慰常璩一生。大约在晋穆帝升平五年（361年），70岁的常璩走完他坎坷的人生路。

常璩的身后事却不寂寞，在岁月的长河中，如一坛老酒，历久弥新。范晔的《后汉书》、裴松之注释的《三国志》、郦道元的《水经注》、司马光的《资治通鉴》，这些人的不朽著作，都引用了《华阳国志》的资料。据报道，有清一代从事该书校勘者就有20多家。

历朝历代都有人编写地方志。这些地方志如天上的流星，一闪即逝。唯独常璩的《华阳国志》，一经问世便长盛不衰。何也？史家，靠他的作品说话。史家，活在他的作品里！

六、华阳结缘街子

辛丑牛年，笔者赶往崇州市街子镇，一睹华阳国志馆的风采。

常璩在《华阳国志》中自报家门："小亭有好稻田。东方常氏为大姓。"

华阳国志馆介绍江原县小亭为今之崇州市怀远镇。笔者纳闷，为何不将此馆建在作者家乡？乡人告知，怀远少人去，街子游客多，故而不得已为之。

街子镇傍味江，御龙桥下，味江之水碧如玉，憾其水量不足，无波澜壮阔的粗野，只有小家碧玉的秀美。

华阳国志馆门前流水欢唱，大门有一联云：如鉴如衡千秋笔，求真求是百代师。走进大门，撞进眼帘的是常璩塑像。常璩目光炯炯有神，下颏胡须浓密如墨，右手执毛笔，左手持竹卷，做沉思状。馆内按独步崇阳（罗元黼馆）、秉笔（抄志坊）、青史留名（汉青堂）、口传心授（讲史堂）、高山仰望（常璩馆）、藏书阁、味水垂星（史家馆）、为镜堂（中堂）、春风大雅（神龛堂）九大内容布局，井井有条。

最吸引笔者之处有二，一是不同时代的《华阳国志》版本，二是历代名家对《华阳国志》的评价。当今对《华阳国志》的研究，成就最高者当数刘琳的《华阳国志校注》和任乃强的《华阳国志校补图注》。

"郡书者，矜其乡贤，美其邦族，施于本国，颇得流行，置于地方，罕闻爱异。其有如常璩之详审，刘昞之该博，而能传诸不朽、见美来裔者，盖无几焉。"唐代史学家刘知几对常璩的《华阳国志》给予高度评价。

在街子镇，还有唐末"一瓢诗人"唐求的唐公祠，建于清咸丰年间的六角、五层字库塔等古迹。

街子被称为古镇，古镇不仅有古建筑，一定也有古文化、古历史。否则，古镇将没有长久的生命力。

唐诗拓荒者

——第二批四川历史名人之陈子昂

——— ❀ ———

明末胡震亨《唐音癸签》云："唐人推重子昂，自卢黄门后，不一而足。如杜子美则云：'有才继骚雅''名与日月悬'。韩退之则云：'国朝盛文章，子昂始高蹈。'独颜真卿有异论，僧皎然采而著之《诗式》。近代李于麟，加贬尤剧。余谓诸贤轩轾，各有深意。子昂自以复古反正，于有唐一代诗，功为大耳。正如夥涉为王，殿屋非必沉沉，但大泽一呼，为群雄驱先，自不得不取冠汉史。王弇州云：'陈正字淘洗六朝铅华都尽，托寄大阮，微加断裁，第天韵不及。'胡元瑞云：'子昂削浮靡而振古雅，虽不能远追魏晋，然在唐初，自是杰出。'斯两言良为折衷矣。"

陈胜揭竿而起，天下英雄诛暴秦遂呈云涌之势。唐诗群星闪烁，开创者谁？射洪陈子昂也。

一、蜀中多怪才

大名鼎鼎的陈子昂，出生官宦世家。"其先居新城，六世祖太乐，当齐时。兄弟竞豪杰，梁武帝命为郡司马。父元敬，世高赀，岁饥，出粟万石赈乡里。举明经，调文林郎"。陈子昂的家族，在六世祖时，就是豪杰，喜佛的梁武帝任命他做郡司马。到父亲陈元敬这一代，家中更是富得流油。有一年，射洪遭遇灾荒，陈元敬拿出家中万石存粮赈济乡邻。陈元敬有财，更有才，考中明经科进士，朝廷授予他文林郎官职。

"子昂十八未知书，以富家子，尚气决，弋博自如。它日入乡校，感悔，即痛修饬。文明初，举进士"。从《新唐书·陈子昂传》的记叙我们知道，陈子昂年少时也是个"问题小孩"，不喜欢读书，仗着家里有钱，任性好斗。进入学校，陈子昂幡然醒悟，时光荏苒，自己年届十八，竟未熟读"四书五经"，遂苦读。

其实，蜀中才俊自古多怪才。

司马相如少时不仅好读书，也喜击剑。扬雄呢？"少而好学，博览无所不见，默而好深沉之思"。不仅擅长学习，达到博览群书的层次。扬雄还有一特点，不喜言语，却爱仰望星空，思考人生、思考宇宙。"五岁诵六甲，十岁观百家。轩辕以来，颇得闻矣"。李白更是不得了，5岁的时候能背诵《六甲》这样的奇书，10岁的时候遍览百家经籍。轩辕黄帝以来的华夏历史，烂熟于胸。"慎幼警敏，十一岁能诗。十二拟作古战场文、过秦论，长老惊异。入京，赋黄叶诗，李东阳见而嗟赏，令受业门下"。陈子昂18岁还不知书，状元杨升庵11岁就能吟诗，12岁模拟李华《吊古战场文》、贾谊《过秦论》而作的古文，得到爷爷杨春赏识。入京，作黄叶诗，文坛领袖李东阳读后拍案叫绝，收为弟子。

少时懵懂不谙世事的不止陈子昂。"苏老泉，二十七。始发愤，读书籍"。《三字经》说苏东坡的父亲苏洵，27岁方发愤读书。陈子昂若泉下有知，一定会大笑，世上尚有比我更不懂事的人呢？！

陈子昂错过了少年读书时光，18岁始迈进"乡校"，成为一名读书人。读了书的陈子昂，心中也有一个科举梦。唐朝科举制度已日臻完善，但陈子昂的科举之路并非一帆风顺。他曾在唐高宗调露二年（680年）、永淳元年（682年）先后两次进京求取功名，都铩羽而归。回到故乡金华山挑灯夜读，终在唐睿宗文明元年（684年）金榜题名。陈子昂生于唐高宗龙朔元年（661年，有争议），24岁雁塔题名，也就是说，陈子昂花了6年时光，拿下"进士"这块金字招牌。人一旦"发毛"，力量就如火山喷发，会创造一个又一个奇迹。

二、常怀天下忧

"怪事年年有，今年特别多。"用这句话形容唐王朝的684年特别合适。

683年的年底，"惧内"的唐高宗走完了人生路，儿子李显继位。第二年，唐中宗用了新的年号——嗣圣。或许是为了抗衡母亲手中的权力，李显火箭般提拔自己的岳父韦玄贞，甚至在情急之下口无遮拦地说，把天下给他都可以，何况一个侍中？儿子太不了解自己的母亲了！此言一出，李显就被武则天从皇帝宝座上拉了下来，嗣圣这个年号用了一月左右就寿终正寝了。当年二月，弟弟李旦即位，年号文明。在九月，年号又换成了光宅。嗣圣、文明、光宅，接连三个年号，方艰难地度过这一年。

频繁地改动年号，肯定是武则天的"旨意"，武氏有改年号的"嗜好"。比起哥哥李显来，李旦聪明得多，自己虽是皇帝，但不管事，一切由母亲说了算。也就是怪事特别多的684年，来自蜀中的陈子昂考中了进士。天授元年（690年），大约临朝称制6年后，武则天改唐为周，直接做了女皇帝。天下一切事，更是她一人说了算。走上仕途的陈子昂，实际上在武则天手上过日子。

今人心目中的陈子昂，是一介诗人。其实，《新唐书·陈子昂传》用了大量篇幅，记载他上奏的书、言、事、疏、科、颂，除颂只提了篇名外，其余六篇全文收录于传记。

陈子昂给朝廷上奏的第一篇文章，是他关于前任皇帝高宗的陵墓选址的意见——

"山陵穿复，必资徒役，率羸弊之众，兴数万之军，调发近畿，督拽稚老，铲山堙石，驱以就功，春作无时，何望有秋？雕氓遗噍，再罹艰苦，有不堪其困，则逸为盗贼，揭梃叫呼，可不深图哉！"陈子昂说，把高宗灵柩运回长安下葬，一定会劳师动众，困顿百姓。若有人不堪其苦，铤而走险登高一呼，后果难料。

"且天子以四海为家，舜葬苍梧，禹葬会稽，岂爱夷裔而鄙中国耶？示无外也"。陈子昂援引古例，表明天子不葬在都城附近是视四海为一家。

"今景山崇秀，北对嵩、邙，右眄汝、海，祝融、太昊之故墟在焉。园陵之美，复何以加？"陈子昂进一步说，洛阳风景秀丽，是选择陵园的上佳之地。

看过奏文，武则天认为陈子昂是一个难得的人才。

笔者以为，陈子昂的观点不足取，也是不可能实现的，何也？其一，按帝制，高宗之陵在他生前已营造，怎么可能半道而废？其二，在长安修陵会疲弊民众，难道在洛阳建陵百姓就不受苦了？其三，李唐王朝定都长安，那里长眠着高宗的爷爷高祖、父亲太宗，高宗不归，有违礼制。其四，洛阳仅是陪都，高宗不归，他的子孙及群臣不会答应。

陈子昂上此明明不可实现的书奏，实则揣测到武则天不愿回长安之意，为自己向上爬捞取资本而已。但陈子昂的文章确实写得好，文辞隽永，议论得体。

垂拱初年，诏问群臣："调元气当以何道？"陈子昂上言："兴明堂、太学。"

"臣闻明堂有天地之制，阴阳之统，二十四气、八风、十二月、四时、五行、二十八宿，莫不率备。王者政失则灾，政顺则祥。臣愿陛下为唐恢万世之业，相国南郊，建明堂，与天下更始，按《周礼》《月令》而成之"。陈子昂以为，明堂是人与天、神相通的机关，政顺则万事万物祥和。

"太学者，政教之地也，君臣上下之取则也，俎豆揖让之所兴也，天子于此得贤臣焉。……愿引胄子使归太学，国家之大务不可废已"。陈子昂慷慨激昂，太学乃为国培才的重地，愿士兵放下武器捧起书本，国家千秋大业不可废。

武则天亲自召见陈子昂，并命中书省供给笔墨，可谓荣宠。陈子昂表达了三条意见：

"昔尧、舜不下席而化天下，盖黜陟幽明能折衷者。陛下知难得人，则不如少出使。

"刺史、县令，政教之首。陛下布德泽，下诏书，必待刺史、县令谨宣而奉行之。不得其人，则委弃有司，挂墙屋耳，百姓安得知之？一州得才刺史，十万户赖其福；得不才刺史，十万户受其困。

"宜修文德，去刑罚，劝农桑，以息疲民。蛮夷知中国有圣王，必累译至矣。"

陈子昂说，其一，巡察天下的"钦差大臣"，要有"黜陟幽明"的本领，如尧舜不下席而能治天下。否则，最好不骚扰百姓。其二，郡县治，天下安。选好地方官，一州有位好刺史，十万百姓享福。其三，修文德，与民休养。

斯时，吐蕃、九姓叛乱，田扬名派遣金山道十姓兵前去征讨。十姓首领率三万骑出战，大胜，于是请求朝见。武则天责备十姓君长擅自出兵，击破回纥，故而拒绝十姓入朝。"有司乃以扬名擅破回纥，归十姓之罪，拒而遣还，不使入朝，恐非羁戎之长策也"。陈子昂上疏劝谏武则天，这样做，不是对待边疆戎族的好办法。陈子昂不幸而言中，后来，吐蕃不时侵袭边疆，成为武则天时代最大的边患。

武则天谋划开凿蜀山，从雅州道剪灭生羌，进而袭击吐蕃。"蜀所恃，有险也；蜀所安，无役也。今开蜀险，役蜀人，险开则便寇，人役则伤财。臣恐未及见羌，而奸盗在其中矣。……善为天下者，计大而不计小，务德而不务刑，据安念危，值利思害"。陈子昂上疏认为不可。蜀地因险而存，蜀民无役而安。今开蜀地，利于寇贼；兴徭役，伤民财。善于治理天下的人君，谋长远而弃蝇头小利，修德而弃刑罚，居安思危，见利思害，天下方太平。

武则天临朝称制期间，最后一次召见陈子昂，让他陈述为政的关键，务求实话实说，不要空发议论。"子昂乃奏八科：一措刑，二官人，三知贤，四去疑，五招谏，六劝赏，七息兵，八安宗子"。陈子昂的"八科"，可谓招招点穴，刀刀见血。武则天为肃清称帝路上的绊脚石，重用酷吏，大兴告密之风，排斥异己，屠杀李唐宗室。这些不计后果的刺耳言辞，武则天会雷霆震怒吗？恰恰相反，陈子昂升官了，任右卫胄曹参军。

武则天终于走上前台，称帝了，陈子昂上《周受命颂》。不用说，这是一篇谄媚之文。陈子昂的仕途生命，存活于则天称制、武周时期，他有这样的举动，当属无奈，后人不必求全苛责。

写了这么多，人们不禁要问，陈子昂的奏疏到底有无真知灼见？为了回答这一问题，我们不妨先看看《武后建言十二事》。

十二事具体内容为：一是劝农桑，薄赋徭；二是给复三辅地；三是息兵，以道德化天下；四是南、北中尚禁浮巧；五是省功费力役；六是广言路；七是杜谗口；八是王公以降皆习《老子》；九是父在为母服齐衰三年；十是上元前勋官已给告身者，无追核；十一是京官八品以上，益廪入；十二是百官任事久，材高位下者，得进阶申滞。

简言之，武则天的这十二条举措就是四点：一是强国富民，二是重视人才，三是善待百官，四是尊重妇女。

可以说，陈子昂的疏章，除有关边防之策外，武则天早已知晓，并且推行了。且武氏关于女性之论，作为男人的陈子昂，无论如何也想不到，更做不到。话又说回来，陈子昂的这些见解产生于他30岁前后，在那个时代，实属了不起。《新唐书》的作者或许正是相中了这一点，才不吝笔墨、不遗余力地将奏章全文著录于传记，以供后来治世者参阅。

三、千古失意人

唐代边塞诗，苍凉刚健。王翰《凉州词》："醉卧沙场君莫笑，古来征战几人回。"王之涣《凉州词》："羌笛何须怨杨柳，春风不度玉门关。"王昌龄《出塞》："秦时明月汉时关，万里长征人未还。"高适《燕歌行》："战士军前半死生，美人帐下犹歌舞。"岑参《走马川行奉送封大夫出师西征》："将军金甲夜不脱，半夜军行戈相拨，风头如刀面如割。"卢纶《塞下曲》："平明寻白羽，没在石棱中。"李贺《马诗》："大漠沙如雪，燕山月似钩。"……唐诗，如那个时代，总令华夏子孙羡慕不已。而边塞诗，是天上最耀眼的那颗星。

陈子昂一生，先后两次"出塞"。垂拱二年（686年），随左补阙乔知之军队到达居延海、张掖河。万岁通天元年（696年），又随建安王武攸宜征讨契丹。特别是这次北征，陈子昂感叹良多，创作颇丰。

陈子昂第二次从军，统帅是武攸宜。武攸宜的父亲武士让，是武则天父亲武士彟的亲哥哥。顺理成章，武攸宜便是武则天的侄儿。武则天改唐为周，武氏子弟一夜之间飞黄腾达。为封堵天下悠悠之口，武则天便找机会让他们立功。这不，武攸宜便领军征讨契丹了。"次渔阳，前军败，举军震恐，攸宜轻易无将略，子昂谏曰：'陛下发天下兵以属大王，安危成败在此举，安可忽哉？今大王法制不立，如小儿戏。愿审智愚，量勇怯，度众寡，以长攻短，此刷耻之道也。夫按军尚威严，择亲信以虞不测。大王提重兵精甲，屯之境上，朱亥窃发之变，良可惧也。王能听愚计，分麾下万人为前驱，契丹小丑，指日可擒。'攸宜以其儒者，谢不纳"。武攸宜前军刚到渔阳，与契丹接仗，大败，军心浮动。陈子昂先是批评主帅武攸宜军中法纪涣散，如儿戏。接着献计，分一万精兵作先锋，击叛军。武攸宜乃纨绔子弟，本次出征，其姑母有让他镀金之意。武攸宜以陈子昂是一介书生，不懂行伍为由，谢绝了他的计谋。"居数日，复进计，攸宜怒，徙署军曹"。陈子昂建功心切，过了没几天又献计。这下可惹恼了武攸宜，把陈子昂直接贬去做看管军需物资的小吏。

大军进驻之地，乃古燕国辖地。燕昭王、燕太子丹礼贤下士，而乐毅、邹衍、郭隗、田光又何其幸运，遭遇贤主，实现人生抱负。想到古人，陈子昂思绪难平。

郭 隗

逢时独为贵，历代非无才。

隗君亦何幸，遂起黄金台。

陈子昂北征契丹，彷徨苦闷之际，写下著名的《蓟丘览古赠卢居士藏用》七首诗歌，寄给在终南山修道的好朋友卢藏用，《郭隗》是组诗中的最后一首。

燕昭王欲报齐国伐燕之仇，求贤以强国，苦无良策。大臣郭隗对燕昭王说："欲求大贤，请先尊重我这个平庸之辈吧，而后贤能之士不请自来。"燕昭王恍然大悟，马上修建华屋让郭隗居住，又大大地增加郭隗的俸禄。郭隗又建议燕昭王筑黄金台，延天下名士入燕。军事奇才乐毅自魏来燕，训练士卒；阴阳家邹衍自稷下学宫奔燕，帮助燕国发展农业。数年后，弱小的燕国国力大增，乐毅遂率赵、楚、韩、魏、燕五国联军伐齐，攻下齐国70余城。

脚踏古燕大地，陈子昂终于明白，一个人若要成就事功，不仅依赖他的才干，更要"逢时"。若生不"逢时"，纵有补天大才，也只能唏嘘叹息。郭隗刚好逢着燕昭王，言听计从，多么幸运啊！

其实，陈子昂此次登临之作，影响最大、流传千古的当是《登幽州台歌》：

前不见古人，后不见来者。

念天地之悠悠，独怆然而涕下。

前代如燕昭王那样的明君，我没有乐毅那样的好运气，赶不上了。后代肯定也会出现明君，但生命有限，我也逢不着了。苍天悠悠，报效国家、建功立业，就那么难吗？岁月易逝，仰天长啸，我只能洒泪千行。

凛冽的北风，吹醒了陈子昂。《轩辕台》《燕昭王》《乐生》《燕太子》《田光先生》《邹衍》《郭隗》这组诗和《登幽州台歌》，具有鲜明的特色。从语言上看，质朴刚健，摒弃了齐梁靡艳的文辞。从内容上看，批判现实，不哗众取宠。从思想上看，情感丰沛，不无病呻吟。

透过《蓟丘览古赠卢居士藏用七首》和《登幽州台歌》，陈子昂诗歌"兴寄""风骨"特点已悄然形成。

陈子昂此次出征事功未建，却在深沉、强烈的悲愤中收获了诗歌。千百年后，这些诗歌仍能引起一代又一代读者的共鸣，真可谓无心插柳柳成荫。

四、连连何叹息

陈子昂《感遇诗三十八首》非一时一地而作。从内容上看，儒、释、道三家兼有；从时间上看，纵贯古今；从语言上看，质朴不奢靡；从传承上看，用《诗经》、屈赋比兴手法。品读其中八首，领略唐诗走向巅峰前伯玉的首倡之功。

其 二

兰若生春夏，芊蔚何青青。
幽独空林色，朱蕤冒紫茎。
迟迟白日晚，袅袅秋风生。
岁华尽摇落，芳意竟何成。

春夏间的兰草杜若，其叶繁茂，红色的花儿垂在紫茎上，多么芬芳，在林间独树一帜。白天缓缓而过，秋风徐徐。一场细雨后，落英满地，芳华不再。此诗，一扫六朝靡艳之辞，洗尽铅华，彰显本真。看似写自然界草木一秋，实则咏君子高洁，不染世俗。然而，这样的君子无人赏识，终"摇落"，空老林泉，事业不成，令人扼腕。

其　三

> 苍苍丁零塞，今古缅荒途。
> 亭堠何摧兀，暴骨无全躯。
> 黄沙幕南起，白日隐西隅。
> 汉甲三十万，曾以事匈奴。
> 但见沙场死，谁怜塞上孤。

　　丁零要塞，早已荒残。黄沙弥漫，阳光晦暗。汉朝三十万大军，曾在这里与匈奴决战。多少男儿埋尸异域，多少家庭孤苦无依，天下又有几人怜惜他们呢！文人一旦走出宫廷，丢掉脂粉气，眼中的世界就大了。此诗抨击统治者穷兵黩武，给底层百姓造成无尽的苦痛。

其　四

> 乐羊为魏将，食子殉军功。
> 骨肉且相薄，他人安得忠。
> 吾闻中山相，乃属放麑翁。
> 孤兽犹不忍，况以奉君终。

　　此诗用了两个典故。

　　魏文侯派乐羊率军攻打中山，其子恰在中山国。中山国君一怒之下杀了乐羊的儿子不说，还把他的儿子做成肉羹送给乐羊。为表示忠于魏国，乐羊亲自吃了自己儿子的肉。

　　秦巴西随中山国君出猎，国君捕获一只小麑，让他侍养。谁知母麑一路跟随，哀鸣不已。秦巴西动了恻隐之心，放走小麑，让母子团聚。

　　人性之恶，人性之善，人不同则选择不同。乐羊的忠，是灭绝人性的忠。秦巴西的忠，闪耀人性光辉。此诗暗讽武则天摧残李唐宗室，甚至害死自己亲生骨肉。

其 五

市人矜巧智，于道若童蒙。

倾夺相夸侈，不知身所终。

曷见玄真子，观世玉壶中。

宵然遗天地，乘化入无穷。

　　集市上的商贩耍小聪明，在"道"面前，就像三岁小孩，懵然不知。相互倾轧相互夸耀，却不知自己如何而终。逍遥自在的玄真子，在玉壶中观察世道。神秘的宇宙，变化无穷啊！市侩之徒，看不见自然之道宵渺变化！现实无奈，陈子昂身上有道家深深的烙印。

其二十一

蜻蛉游天地，与世本无患。

飞飞未能止，黄雀来相干。

穰侯富秦宠，金石比交欢。

出入咸阳里，诸侯莫敢言。

宁知山东客，激怒秦王肝。

布衣取丞相，千载为辛酸。

　　蜻蜓在大地上自由飞翔，与世无争。飞得正高兴时，却被黄雀盯上。穰侯魏冉为秦昭王忙前忙后，也深得恩宠。出入咸阳的大街小巷，诸侯不敢高声喧哗。谁知来自山东的范雎，一番言语触到秦昭王痛点，魏冉自此被疏远。想起这件事，千年后还令人心酸。陈子昂此诗，用《诗经》比兴手法，以蜻蜓被黄雀侵袭起兴，而引入魏冉被范雎取代主题，形象生动。叹帝王刻薄寡恩，叹富贵无常。

其二十七

朝发宜都渚，浩然思故乡。

故乡不可见，路隔巫山阳。

巫山彩云没，高丘正微茫。

伫立望已久，涕落沾衣裳。

岂兹越乡感，忆昔楚襄王。

朝云无处所，荆国亦沦亡。

　　早晨从宜都江边出发，家乡思念之情浓郁。道路被巫山阻隔，故土遥远不可见。彩云笼罩，高山迷茫。伫立船头，泪水涕零，沾湿衣裳。不仅是离别桑梓多愁善感，更想起了楚襄王。灿烂的朝云非常短暂，楚国也灭亡了。陈子昂诗，讥刺现实乃一大特点。明写游子思家、楚襄王游山玩水，暗指武则天荒淫，导致正直之士居山野，空有其才，不为朝廷所用，追求陷入渺茫。

其二十九

丁亥岁云暮，西山事甲兵。

赢粮匝邛道，荷戟争羌城。

严冬阴风劲，穷岫泄云生。

昏曀无昼夜，羽檄复相惊。

拳局竟万仞，崩危走九冥。

籍籍峰壑里，哀哀冰雪行。

圣人御宇宙，闻道泰阶平。

肉食谋何失，藜藿缅纵横。

　　丁亥年，西山发生战事。运送军粮绕走邛道，行军时惊动了羌城。天上乌云滚滚，地下寒风呼呼。天色昏沉，不辨白天夜晚，前方不利，军情让人胆战心惊。攀爬似要崩塌的险山，穿越冰雪覆盖的沟壑。圣人用道德化天下，不逞强好胜。享受国家俸禄的显宦，决策失误让士兵蒙受苦难。陈子昂所处的环境，先是武则天架空皇帝，继而改朝换代，自己成为九五至尊。赓即，武氏子弟鸡犬升天，大多为朝廷公卿。但他们才具平平，给国家和人民造成不少灾难。此诗讽刺统治者用人失察，甚至任人唯亲，造成士兵无端丧命这一现象。

其三十四

朔风吹海树，萧条边已秋。

亭上谁家子，哀哀明月楼。

自言幽燕客，结发事远游。

赤丸杀公吏，白刃报私仇。

避仇至海上，被役此边州。

故乡三千里，辽水复悠悠。

每愤胡兵入，常为汉国羞。

何知七十战，白首未封侯。

北风凛冽，肃杀的秋天到了。哨亭上谁家的男儿，在月光下独自哀伤。他说生于豪侠之地幽燕，长大后在外面闯荡。用红色弹丸杀了官府公人，也曾受人之托报过私仇。躲避仇家，来到边境服役。辽水波光粼粼，故乡远在三千里外。看到胡兵侵扰，常为汉皇蒙羞。身经七十余战，头发白了，都未封侯。此诗就是陈子昂的"自画像"。满身本领，一腔热血，常思报国，不入当权者法眼，其结果，都付之东流。幽怨絮叨，欲与谁说！

陈子昂这三十八首感遇而发的诗歌，有这几方面显著的特点：其一，语言朴素清新，其味淡远悠长，当然不是卖弄辞藻这类营生所能比拟的；其二，内容深耕现实这块丰厚的土壤，忧黎庶，不无病呻吟；其三，思想具有正义感，不与统治阶级同流合污，讥讽嘲笑当权者，而不是拍他们的马屁，甚至给他们唱赞歌。文学创作，陈子昂之前的屈原、三曹、阮籍是这样，陈子昂之后的杜子美、辛弃疾、曹雪芹、鲁迅也是如此；其四，创作方法擅长比兴，情感丰沛，以使所咏之物（事）栩栩如生。唯有如此，其诗文方能走出简册，为人民所乐道。否则，就会被时间无情地抛弃，进入历史的故纸堆。

就在陈子昂的长吁短叹声中，蛰伏的唐诗及唐朝的诗人们，仿佛听到一声惊雷，唐诗的春天来了！

五、芳华驻天壤

在世人眼中，一个读书人的成就，与他的官职密不可分。陈子昂短暂的一生，出任了哪些官职？

建言营陵东都，武则天认为陈子昂是一个奇才，"擢麟台正字"，这是朝廷委任给伯玉的第一个官职。武则天让陈子昂论为政之要，伯玉上"八科"，"俄迁右卫胄曹参军"。后来，陈子昂母亲不幸离世，伯玉去官，为母守丧。服终，"擢右拾遗"。后世称陈子昂为陈拾遗，源于朝廷的这次任命。

那个时代的文人做官心切，而从军获取功名是一条"捷径"，高适、岑参都走过这条路，且成功了。陈子昂也随武攸宜北征，遗憾的是，不仅两次献计不纳，且被"徙署军曹"。陈子昂的从军路失败了。

不知是才能不被赏识，嫌官小？还是与同僚关系不融洽，开展工作困难？抑或在官场受到排挤打压？总之，出仕后的陈子昂闷闷不乐。于是，借父亲年事已高，"居职不乐"的陈子昂解官回老家了。

不久，陈子昂的父亲撒手西去。双亲不在，陈子昂哀恸号啕。乡邻闻其鸣咽，也为之流涕。然则祸不单行，贪婪的射洪县令段简盯上了陈子昂。常言说，不怕贼偷，就怕贼惦记。家人惶恐，送钱二十万缗，以求消灾。段简嫌钱送得太少，把陈子昂关入监狱。一个小小县令，面对二十万缗，居然瞧不上眼，胃口之大，令人咋舌。封建官场，贪墨之风何时了！突生横祸，陈子昂给自己打了一卦。卦成，陈子昂仰天长叹，吾命休矣。果然，陈子昂死于狱中，年四十三。人间少了一才子，阴间多了一冤魂。

陈子昂的儿子名陈光，也喜诗，颇有文名。出仕，官做到了商州刺史。陈光有两个儿子，名陈易甫、陈简甫，都是朝廷御史。

陈子昂故后，他的好友卢藏用收集其文，编为《右拾遗陈子昂文集》（十卷），并作序。

陈子昂已死，但有关他千金毁琴，以及与武三思、上官婉儿的恩仇，一直长传不衰。

陈子昂青壮之时，痛悔少年游荡，遂披星戴月苦读，终满腹经纶。然两次奔赴帝京考取功名，不料都名落孙山。陈子昂不愿又两手空空归故乡，正心灰意冷之际，见人卖胡琴，要价百万，无人敢买。陈子昂不讨价还价，直接拿出千缗买走。次日，于长安宣阳里摆宴。席间，陈子昂捧琴高呼："蜀人陈伯玉，著文百轴，却埋没无人知。此琴淫人心智，我怎会留恋。"语毕，当场砸碎胡琴，分发诗文与宴席者。京兆司功王适读后，惊叹万分："是必为海内文宗！"此举让陈子昂名扬帝京。

陈子昂与权贵武三思、才女上官婉儿又是如何结怨的呢？上官婉儿乃宰相上官仪的孙女，上官仪惹怒武则天被杀，上官婉儿也没入宫廷为奴。然上官婉儿天生丽质，又才华出众，终得武则天赏识，常伴左右，并为其撰写诏敕。风姿绰约的上官婉儿，嫁给唐中宗李显。武则天侄儿武三思巴结姑母，欲谋太子之位。上官婉儿喜诗文，身边有一大帮文士，欲推她为诗坛魁首，然其诗总被陈子昂压制，不得出头，遂恨陈子昂。武三思知道后，欲整治陈子昂，以助上官婉儿。恰逢陈子昂解官归里，武三思逮住机会，唆使县令段简编织罪名，于狱中灭掉陈子昂。就这样，陈子昂栽倒在武三思手上，魂散故乡狴犴。

围绕陈子昂的故事还有很多，大多荒诞不经。特别是上官婉儿欲坐文坛头把交椅，伙同奸夫武三思害死陈子昂一说，更是经不起推敲。其实，陈子昂生前文名不显（"惜乎湮厄当世"，卢藏用语），如同杜子美一样，死后才为世人所重。既然文名不扬，何来争座次之说？！只是陈子昂中年而逝，人们惋惜。又恨武则天一个女人靠淫威当了皇帝，借泼污武三思、上官婉儿，发泄心中不满，以此怀念陈子昂而已。

临风而呼天地之悠悠，肉体上的陈子昂不复存在了，但精神上的陈子昂，与他的奏疏诗文长留天地间！

六、涛声伴书声

久有登临意，今朝始成行。

射洪金华山与青城山、鹤鸣山、云台山齐名，是蜀中四大道教名山之一。位于后山的陈子昂读书台，更是天下士人仰望的钟灵毓秀之地。

前山是道教殿宇。

山门有一联："鹤舞千年树，虹飞百尺桥。"上山的石梯、青瓦翘角，在虬枝蔓柯的榕树遮蔽下，更显清幽。

陡立于汤汤涪江边的金华山不高，但在丘陵为主的川中，仍有鹤立鸡群的突兀。古人誉为"涪江保障"，不为诳语。

拾级而上，是道教奉敬的殿宇。首先映入眼帘的是"真武大帝坐中间，三清初平分两边。灵官无髯执金鞭，年年供奉鸡满山"的灵官殿，继而是药王殿，供奉药王孙思邈，两厢陪祀的是岐伯、张仲景、华佗、李时珍。童颜鹤发，他们都仙气飘飘。

一路攀登，东岳殿、祖师殿、三清殿、文昌殿……但给我印象深刻的是寄托俗世生活的财神殿、车神殿、观音送子殿。财神殿，人们希望自己手头宽余，不为柴米油盐发愁，且有闲碎银子，去实现自己的诗和远方。车神殿，轿车成为家庭的标配后，当然希望家人出行平安。观音送子殿，楹柱上的联语"人生思繁衍延后代废弃男尊女卑瞻望前程鹏展翅，家业谋发达育儿孙坚树理想信念培德启智子成龙"，更是道出世俗心声。无论儒家、道家、佛家，还是入世、无为、出世，其实都是现实生活的需要，为俗人服务的。俗人生活，人间烟火，乃世间最美景致。

后山是陈子昂读书台。

仍然是拾级而上，古读书台匾下，有一联语："亭台不落匡山后，杖策曾经工部来。"匡山，少年李白苦读之地。徐知道叛乱，杜甫流寓梓、阆间，曾拜谒与爷爷杜审言同时代的陈子昂读书台，留下"悲风为我起，激烈伤雄才"佳句。这副联语，用唐诗两座巅峰之典，褒誉"上遏贞观之微波，下决开元之正派"的陈伯玉。

真实的陈子昂读书台，早已隐入尘烟。眼前的读书台，乃后人为纪念陈子昂而修建，是一个三进的院落。

感遇厅，因陈子昂《感遇》遗篇而得名。"三唐冠冕"匾下，用汉白玉塑青年陈子昂像。陈子昂雄姿英发，目视远方。厅内镌刻陈子昂《感遇诗三十八首》和其好友卢藏用撰写的《陈伯玉先生别传》。

穿过感遇厅，便是拾遗亭。拾遗亭，因陈子昂曾做官右拾遗而得名。"海内文宗"匾下，塑中年陈子昂坐像。亭内以铜版腐蚀画展示陈子昂座右铭，其具体内容是君臣——事君端忠贞、父母——事父尽孝敬、待士——待士慕谦让、兄弟——兄弟敦和睦、为官——从官重公慎、朋友——朋友笃信诚、莅民——莅民尚宽平、立身——立身贵廉明。

第三进院落是明远亭。亭内塑子昂读书像，为胸怀天下而潜心苦读的情景。廊内玻璃框置一顽石，名臭石头。细看解说词，相传臭石头为武三思党羽、陷害陈子昂的邑令段简所化。用石击之，立刻发出阵阵臭味，比喻奸佞小人必将遗臭万年。

前山道观，后山读书台，树木参天，而以柏树为最。古时兵燹不断，而古木犹存，幸哉。

陈子昂家庭殷实，少时游侠任气，18岁时幡然醒悟，多少个月明星稀的夜晚，多少个风雨大作的黄昏，多少个旭日东升的清晨，手不释卷发奋攻读，终为栋梁之材。郁郁金华山，滔滔涪江水，聆听陈子昂琅琅书声。这悦耳之声，不论时代怎样变迁，都在山野间、市井里飘荡，不曾断绝。

壬寅年仲秋，忙中偷闲凭吊先贤遗迹，感慨良多。

管领春风总不如

——第二批四川历史名人之薛涛

❋

同时代的诗人王建夸奖她："万里桥边女校书，枇杷花里闭门居。扫眉才子知多少，管领春风总不如。"

几百年后状元杨慎褒誉她："有讽喻而不露，得诗人之妙，使李白见之亦当叩首……"

让诗仙叩拜，谁的诗这么牛？此人便是蜀中"四大才女"之一薛涛！

一、少小入蜀

唐代宗大历三年（768年），薛涛出生在有"世界大都会"美誉的长安。

那一年，李白离世好几年了，杜甫离开夔州准备与兄弟相会。

那一年，白居易还没出生，她短暂的恋人元稹也没来到人世。

那一年，安史之乱虽然早已平定，但王朝落寞的余晖已然出现。

……

薛涛的父亲叫薛郧，膝下就薛涛这么个独苗，所以分外喜爱，教她习字写诗。

一天，偶有闲暇的薛郧在自家庭院的梧桐树下纳凉，仰望天空，脑海中突然闪现一句："庭除一古桐，耸干入云中。"在旁边玩耍的薛涛，笑容满面地对父亲说："枝迎南北鸟，叶送往来风。"这年，薛涛才八九岁，还是一个小屁孩。续上形象生动的下文，薛郧对女儿的聪慧颔首赞许。继而，他眼中又流露出一丝忧郁。"枝迎南北鸟，叶送往来风"，难道女儿一生漂泊不定？

"南北鸟""往来风"，薛涛真是一语成谶。

薛郧是一个正直的官员，对朝廷丑恶之事敢于"亮剑"，当然就开罪当权者，被贬出京城，谪迁到巴蜀成都。福不双至，祸不单行。几年后，薛郧出使南诏，不幸染上瘴疠，抛下妻女，一命归西。自安史之乱，唐王朝和南诏国关系恶化。《旧唐书》卷一百九十七列传第一百四十七·南蛮西南蛮云："鲜于仲通为剑南节度使，张虔陀为云南太守。仲通褊急寡谋，虔陀矫诈，待之不以礼。旧事，南诏常与其妻子谒见都督，虔陀皆私之。有所征求，阁罗凤多不应，虔陀遣人骂辱之，仍密奏其罪。阁罗凤忿怨，因发兵反攻，围虔陀，杀之。"鲜于仲通攻南诏，"仅以身免"，为超度亡灵，他于今广元市嘉陵江边开凿观音岩，以慰死难将士。真是边关不宁，百姓遭殃。

父亲病故，薛涛尚未成人，才14岁。没有大树的荫庇，母女俩的生计陷入困顿。无奈之下，官家女薛涛凭借"容姿既丽"和"通音律，善辩慧，工诗赋"，在16岁时身入乐籍，成为一名营妓。

从父母的掌上明珠跌落至"卖笑"为生，表面繁华的大唐，她的底层子民生活不易。

二、幕府女校书

唐中叶之际，王朝的西南边陲时常遭到南诏、吐蕃的侵扰。贞元元年（785年），韦皋以中书令的身份出任剑南西川节度使，承担靖边重任。

韦皋也是个文艺青年。

忆玉箫

黄雀衔来已数春，别时留解赠佳人。

长江不见鱼书至，为遣相思梦入秦。

韦皋时常在他的幕府举行酒宴，觥筹交错时，不仅有乐伎歌声绕梁，也会吟诗以助酒兴。听说薛涛少有才名，韦皋便让她一显身手。薛涛毫不犹豫接过笔墨，当即赋诗一首：

乱猿啼处访高唐，路入烟霞草木香。
山色未能忘宋玉，水声犹是哭襄王。
朝朝夜夜阳台下，为雨为云楚国亡。
惆怅庙前多少柳，春来空斗画眉长。

这首《谒巫山庙》借历史典故，描摹景物，抒发兴亡之感，没有一点脂粉气。众嘉宾读罢，纷纷给薛涛点赞。

自此，薛涛便成为筵席上的常客。不仅如此，薛涛还协助韦皋处理公文。由于薛涛文字功底深厚，总能把枯燥的公文写得文采斐然，韦皋深为满意。一天，韦皋突发奇想，向朝廷举荐薛涛担任校书郎（《唐才子传》以为是武元衡所荐）。校书郎级别不高，但影响大。唐代王昌龄、白居易、杜牧、李商隐这些诗界知名人士都是校书郎出身。虽然朝廷未准韦皋所请，但女校书之名却不胫而走，薛涛的名声越来越响了。

年轻、不谙世事的薛涛，深受韦皋倚重，不免有点骄傲了。借通过她方能求见韦皋之机，收受贿赂。世间没有不透风的墙，事情败露，韦皋一怒之下，将薛涛罚往边地松州。

松州乃抗蕃前线，山高谷深，旌旗猎猎。长于富贵乡的薛涛见此情景，心灵受到极大震撼：

罚赴边有怀上韦令公二首（其一）

闻道边城苦，而今到始知。
羞将筵上曲，唱与陇头儿。

过去只听说边城苦寒，如今身临其境，方有贴切感受。羞将筵席上绵软的曲儿，唱给戍边将士。是啊，事非经过不知难。幕府灯红酒绿，不知今夕何夕。离开"喧然名都会，吹箫间笙簧"的锦官城，才知将士思乡心切。这种离别苦，孤处松州的薛涛无以排遣，只能写诗：

鹰离鞲

爪利如锋眼似铃，平原捉兔称高情。

无端窜向青云外，不得君王臂上擎。

远赴松州，身处荒凉的薛涛创作出了有名的《十离诗》——《犬离主》《笔离手》《马离厩》《鹦鹉离笼》《燕离巢》《珠离掌》《鱼离池》《鹰离鞲》《竹离亭》《镜离台》。薛涛将日常生活中的离别艺术化，以简洁的文字，生动的比喻，意在向韦皋表达心愿：自己错了。其实，韦皋只是疏远薛涛，并不想将她一棒子打死，见惩罚效果达到，就派人接回了薛涛。

"凡破吐蕃四十八万，禽杀节度、都督、城主、笼官千五百，斩首五万余级，获牛羊二十五万，收器械六百三十万，其功烈为西南剧"。贞元二十一年（805年），唐德宗驾崩了，镇蜀长达21年的韦皋也突然暴薨。总体来说，韦皋治蜀期间，蜀中安定，薛涛的生活优哉游哉。但她的青春，也悄悄地溜走了。

三、短命的姐弟恋

元和四年（809年）三月，元稹以监察御史的身份，巡按剑南东川节度使。元稹和薛涛，一场轰轰烈烈的姐弟恋就此上演。

唐代在今巴蜀地区设置了山南道和剑南道，后来剑南道又分剑南东川节度使和剑南西川节度使，节度使驻地分别是梓州和成都。

代表朝廷巡视剑南东川的元稹，是一个"考霸"。贞元九年（793年），元稹考中明经科；贞元十九年（803年），元稹考中书判拔萃科，入秘书省任校书郎；元和元年（806年），元稹考中才识兼茂明于体用科，且为第一名，授职左拾遗。

元稹任校书郎后，定下了终身大事，新娘是韦丛。韦丛的父亲当时已是高官，而元稹此时官名、文名均不显，可以说韦丛是下嫁元稹。嫁给元稹的韦丛，并不以大小姐的身份自居，洗衣做饭、相夫教子，尽到了一个妻子的责任。7年后，韦丛英年早逝，元稹伤心欲绝：

遣悲怀三首·其二
昔日戏言身后事，今朝都到眼前来。

衣裳已施行看尽，针线犹存未忍开。

尚想旧情怜婢仆，也曾因梦送钱财。

诚知此恨人人有，贫贱夫妻百事哀。

没曾想到，过去的戏言成真，今天在我的眼前徐徐展开。衣裳快施舍尽了，你的针线盒还保存着，实在不忍心打开。想起你的恩德，我对仆人格外怜惜。又在梦中见到你，给你送上银两。阴阳相隔不能见，这种恨与痛苦，普天下的人都有这种情感，只不过贫苦的夫妻生活不易，日子特别艰难。

离思五首·其四
曾经沧海难为水，除却巫山不是云。

取次花丛懒回顾，半缘修道半缘君。

领略过茫茫沧海的水，其他地方的水就没什么可说的了。观看过巫山的云，就再也没有云彩可欣赏了。走过百花园，我也无心品味，一方面是我已入道修行，一方面是你（韦丛）的原因。

谁又能相信，对亡妻有如此深厚感情的人竟在婚内出轨了。

此时，韦皋已亡4年。元稹31岁，薛涛42岁。元稹风华正茂，薛涛是徐娘半老。但是，薛涛义无反顾，如同飞蛾扑火，从成都赶赴梓州，扑入恋人的怀中。韦皋欣赏薛涛，但两人毕竟地位悬殊，可以说，在韦皋面前，薛涛是压抑的。与元稹两情相悦，是听从了心的召唤。

据说两人相见的第二天，薛涛就创作了《池上双鸟》：

双栖绿池上，朝暮共飞还。

更忆将趋日，同心莲叶间。

出双入对，世界上还有什么事比与相爱的人在一起更重要！

风花雪月的元稹，没有忘记此行的重任。"劾奏故剑南东川节度使严砺违制擅赋，又籍没涂山甫等吏民八十八户、田宅一百一十一亩、奴婢二十七人、草千五百束、钱七千贯。时砺已死，七州刺史皆责罚"。（《旧唐书·元稹传》）弹劾严砺，东川节度使所辖七州刺史均受到处罚。

美好的时光总是过得很快。元稹入蜀时还是柳絮纷飞的春天，如今已是赤日炎炎的夏季。激情燃烧后，复归平静。元稹返回京师长安，没有带上薛涛，薛涛只身回到成都。

分别后，除了相思，还能留下什么？

春望词·四首

花开不同赏，花落不同悲。
欲问相思处，花开花落时。

揽草结同心，将以遗知音。
春愁正断绝，春鸟复哀吟。

风花日将老，佳期犹渺渺。
不结同心人，空结同心草。

那堪花满枝，翻作两相思。
玉箸垂朝镜，春风知不知。

花开时，不能一起欣赏；花落时，不能一起悲叹。同心人，岁月老去，还不知何时能见面。可以说，分别盼重逢，薛涛是望眼欲穿。

遗憾的是，往后余生，元稹、薛涛各处天涯一隅，再未相见。这场不足百天的姐弟恋就此夭折！

后人读元稹悼亡诗，联想起他婚内与薛涛的卿卿我我、海誓山盟，就骂元稹口是心非，是个"人渣"。

元稹果真是"人渣"吗？

元稹是北魏鲜卑拓跋氏皇室后裔，考取功名进入仕途后，娶显贵韦夏卿女为妻，追求的是功名利禄。虽说薛涛有诗名，但身为乐籍，说难听一点，是位风尘女子。元稹要仕途，薛涛要爱情，这两人在花下郎情妾意可以，若要结合，在那个时代断然不可能走到一起。所以，元稹悼念亡妻，其情亦真；元稹爱上薛涛，其情亦浓。这就是人性的复杂性！断不可以简单的"爱恨"二字评价二人之情！

四、道袍终老

元和十年（815年）三月，元稹第二次入蜀，任通州司马。司马乃闲职，州郡差事办得好与差，与你没有半毛钱的关系。元稹这次任职，可不是匆匆过客，时间长达3年有余。这段时间，薛涛未从成都东去通州，元稹也未从通州西往成都。他们元和四年春夏间的激情已成历史。

巡察东川回京，韦丛就病逝了。才子何患孤独？

……

戏调初微拒，柔情已暗通。

低鬟蝉影动，回步玉尘蒙。

转面流花雪，登床抱绮丛。

鸳鸯交颈舞，翡翠合欢笼。

眉黛羞频聚，朱唇暖更融。

气清兰蕊馥，肤润玉肌丰。

无力慵移腕，多娇爱敛躬。

汗光珠点点，发乱绿松松。

……

从笔者引述的"肉麻"的《会真诗三十韵》看，元稹身边不缺美女，生活在温柔乡中呢。

东川话别后，薛涛时常给元稹寄诗以慰相思。当时西川信纸幅面宽，而薛涛诗多为绝句，字少而留白多。于是，薛涛汲井水自制纸张，且将纸染成桃红色，再裁剪为窄幅信笺。短诗配以粉红信笺，情韵浓郁。不多久，薛涛桃红色窄笺便俘获了文人雅士，成为一种时尚，后人称之为"薛涛笺"。

时间漫漫流逝，薛涛并未忘记元稹。长庆元年（821年），年过五十的她还写诗寄给元稹：

寄旧诗与元微之

诗篇调态人皆有，细腻风光我独知。

月下咏花怜暗澹，雨朝题柳为欹垂。

长教碧玉藏深处，总向红笺写自随。

老大不能收拾得，与君开似教男儿。

这首诗至少传达三点信息：一是薛涛此时还是单身（细腻风光我独知），二是寄信用的是桃红色纸张（总向红笺写自随），三是穿着打扮随意了（老大不能收拾得）。

韦丛之后，元稹娶妻、纳妾，虽然如此，他还是给薛涛回了信：

锦江滑腻蛾眉秀，幻出文君与薛涛。

言语巧偷鹦鹉舌，文章分得凤凰毛。

纷纷词客多停笔，个个公侯欲梦刀。

别后相思隔烟水，菖蒲花发五云高。

难怪元稹很有女人缘，从《寄赠薛涛》诗中就可看出端倪：元稹夸薛涛胆大心细（幻出文君与薛涛），元稹赞薛涛才识卓越（文章分得凤凰毛），元稹褒薛涛貌美如花（个个公侯欲梦刀），元稹誉薛涛品行高洁（菖蒲花发五云高）。

然则元稹终究未归，生活还得继续。炽烈的火焰升空后，情感复归平静，标志性事件便是薛涛脱下艳装，穿上道袍。

从韦皋至李德裕，其间十一任剑南西川节度使，包括武元衡、段文昌这些中唐著名的政治人物，薛涛在他们的座间谈笑风生。

《唐才子传·薛涛传》记述了一则趣闻："高骈镇蜀门日，命之佐酒，改一字慁音令，且得形象，曰：'口似没梁斗。'答曰：'川似三条椽。'公曰：'奈一条曲何？'曰：'相公为西川节度，尚用一破斗，况穷酒佐杂一曲椽，何足怪哉！'其敏捷类此特多，座客赏叹。"细心的读者会发现，这则故事有谬。唐僖宗乾符二年（875年），高骈任成都府尹、剑南西川节度使。此时，薛涛已逝去43年了。

人生垂暮，薛涛从杜甫曾居住的浣花溪移居至碧鸡坊，并筑一楼以吟诗怡情。

童年的欢乐时光模糊了，节度使宴席上吟诗作对的时光不清晰了，元稹的面庞虚幻了……大和六年（832年）夏，一生历代宗、德宗、顺宗、宪宗、穆宗、敬宗、文宗七朝的薛涛，身着道服，平静地走完了人生路。

雪山作证

——第二批四川历史名人之格萨尔王

像雄鹰，在无垠的天空飞翔；像骏马，在广袤的草原驰骋；像江河，在辽阔的大地奔流……

黑格尔说，中国没有史诗。但康巴大地上一部《格萨尔王传》——世界上最长的活史诗，彻底否定了大哲学家的观点。

一、乡人传英名

地方志的滥觞，始于东晋常璩的《华阳国志》。此后，各地编志以存史、编志以资政、编志以育人之风盛行。我的故乡安县，也有修编地方志的良好传统。格萨尔王的英名，我就是从《安县志》上知晓的。

《安县志》为出生在永安镇的萧崇素立了传。萧崇素1929年与田汉、夏衍、周扬在上海从事左翼戏剧运动，20世纪50年代以后，"潜心于民间文学、民族学、民俗学、人类文化学等的研究"。

特别值得一提的是，20世纪80年代，已届古稀之年的萧崇素，"致力于对藏族伟大史诗《格萨尔》的抢救、发掘、整理和研究，出任四川省《格萨尔》工作领导小组副组长兼办公室主任"。为了获得第一手资料，萧崇素不辞艰辛，经常奔走于藏区。功夫不负有心人，萧崇素的努力终有回报——"其部分著述在格萨尔国际学术研讨会上发表"。鉴于萧崇素对《格萨尔》史诗的巨大贡献，1986年，中国社科院、文化部、国家民委和中国民研会授予他先进个人荣誉，以表彰他在"格萨尔搜集、整理、研究"方面做出的显著成绩。

人生暮年，不服老，仍拼搏不已。究其因，为英雄人格所折服。萧崇素此举，值得吾辈崇敬。

二、少小多磨难

孟子云："天将降大任于斯人也，必先苦其心志，劳其筋骨，饿其体肤，空乏其身，行拂乱其所为，所以动心忍性，曾益其所不能。"格萨尔的经历，再次证明先贤的见解是多么正确。

格萨尔的父亲僧伦王是岭部落幼系王，母亲是葛萨。但僧伦王的大妃嘉萨容不下葛萨，无奈之下，僧伦王的大哥绒擦察根王出面调解，葛萨分得少量的牛、羊、马后，极不情愿地搬迁到今天打滚的然尼、热火通一带生活。此地左邻吉曲河，右挨苏曲河，前望雅砻江，背倚箭羽山，坚强的葛萨就在三面临水一面靠山的环境下乐观地度日。

1038年，格萨尔来到了人世间，出生地是甘孜藏族自治州德格县阿须乡吉苏雅格康多。

最先晓得格萨尔降生的亲人，除了母亲就是僧伦王与嘉萨之子嘉擦协嘎——也就是格萨尔的大哥。嘉擦协嘎见弟弟长相出众，放在椅子上，竟然坐得端端正正，随口道："我这个小弟坐得真稳，就叫'觉如'。"此后，"觉如"成为格萨尔的小名。

格萨尔的二伯父错通看见觉如，直觉告诉他这个小孩将来是岭部落权力的强力争夺者。为消除潜在竞争者，错通耍出各种伎俩陷害葛萨母子。好在有大伯绒擦察根王和大哥嘉擦协嘎明里暗里地保护，觉如终能安全地过日子。但还是在他7岁那年，母子俩被赶出了岭地，迁往川甘青三省交会的玛柯——玛麦玉隆松多。

牛麦青云在《永恒的史诗 不朽的名人——浅谈四川历史名人"格萨尔王"》一文中说，"地鼠成灾，草木稀疏，母子二人靠挖人生果、吃地鼠肉、摘野菜度日"。生活的艰辛，并没有压垮觉如。渐渐长大的觉如，勇敢地挑起生活的重担。灭地鼠，治理草场，视为畏途的玛柯成为水草丰茂之地，牛羊当然成群了。

有一年，岭地遭遇大雪灾，大哥嘉擦协嘎出面说情，葛萨觉如母子同意岭部落到玛麦玉隆松多避灾。渡过难关的父老乡亲，对觉如母子不计前嫌、以德报怨的做法大加赞赏。

在玛柯生活的9年里，面对生活的苦难，格萨尔不但没有倒下，反而更加坚强。他骑着烈马，奔驰在蓝天下，成为远近闻名的英俊小伙。

三、雪山铭伟业

1054年，觉如走向辉煌人生的关键之年。错通倡议，岭部落决定举办赛马大会。脱颖而出者，不仅将岭部落大王收入囊中，而且绝世美女"珠牡"还会成为他的王妃。

16岁的觉如，遭到二伯父错通的刁难，差点与这次赛马大会失之交臂。好在有大伯父绒擦察根王和大哥嘉擦协嘎的鼎力相助，觉如回到久别的岭地参赛。想起母亲和自己这些年遭受的委屈，浑身的力量犹如火山喷发，而这力量，瞬间又化作钢铁般的意志。练就一身功夫的觉如，在赛马大会上一鸣惊人。蟾宫折桂的翩翩少年，被岭国民众尊为"森青洛布赞堆岭·格萨尔王"。

格萨尔称王后，没有陶醉在权力的光环中，余生都在争战中度过。他先是一统岭地上、中、下部落及长、中、幼三系，接着通过"魔岭大战""霍岭大战""姜岭大战""门岭大战"四大战役，建立以今甘孜藏族自治州德格县俄支乡为核心的"通瓦滚曼""岭"王国，使岭部落群众过上了安定的生活。

格萨尔从16岁称王至81岁去世，都在马背上驰骋疆场。格萨尔的征战，以"抑强扶弱、除暴安良、匡扶正义、利益众生"为准则，而非穷兵黩武。正如史诗所咏："除了雪域高原的公义，我格萨尔没有一点私心；除了黑发藏人的公敌，我格萨尔没有一个私敌。"

1119年，格萨尔走到了生命的尽头，他倾注心血的侄儿扎拉泽加（嘉擦协嘎之子）继承王位。

斯人虽逝，但他的不朽业绩在康巴人民口中代代传唱！

四、青山遮不住

《格萨尔王传》这么伟大的史诗却没有文字记载，仅依靠神授艺人、圆光艺人、顿悟艺人、闻知艺人、吟诵艺人、掘藏艺人口口相传，原因何在？

1448年，德格家族和岭家结成亲家，对岭家土地，开始是蚕食，而后是鲸吞。斗转星移，到清朝时，德格家族的后人做宣御史，而岭家后人做安抚史。也就是说，德格家族的官越做越大，岭家的官越做越小。崛起的德格家族为巩固在朝廷的地位，开始消灭这部史诗和岭文化。对《格萨尔王传》有深入研究的刘安全认为，"灭到没有一点文字记载"。

记述可毁，记忆不可灭。青山遮不住，毕竟东流去。英雄格萨尔如一只矫捷的鹰，永远翱翔在苍茫雪山。

天人之道

—— 第二批四川历史名人之张栻

惟楚有材，于斯为盛。

他创办城南书院，主讲岳麓书院，士子"以不得卒业于湖湘为恨"。时人把他与朱熹、吕祖谦并称为"东南三贤"。

他就是祖籍绵竹的南宋理学大家张栻。

一、官宦之家

宋高宗绍兴三年（1133年），张栻生于四川阆中。此时，靖康之耻已发生6年。《宋史·张栻传》介绍张栻是汉州绵竹人，这得从他的祖先说起。

张栻一世祖名张九皋，他的哥哥是张九龄，做过唐朝宰相。"草木有本心，何求美人折"这样的千古佳句，就出自张九龄的笔下。

张九皋曾任唐岭南节度使，由韶州曲江迁长安。八世祖张璘随唐僖宗避黄巢之乱入蜀，遂由长安徙成都。十世祖张文矩早逝，夫人杨氏携子由成都定居绵竹，张家遂为绵竹人。

张栻曾祖张弦，封冀国公，至和元年（1054年）知雷州。祖张咸，封雍国公，任宣德郎金书剑南西川节度判官。父亲张浚，力主北伐，曾任丞相，世称张魏公。南宋初年，朝廷设川陕宣抚处置使，驻地秦州，张浚就任这个职务。与金兵交战失利，张浚将处置使司迁往阆中，并将母亲由绵竹接至阆中，其妻宇文氏一同前往。在父亲鏖战金军的岁月里，张栻降生。传至张栻，为十四代。

张栻出生的这一年，其父张浚的部下利州路经略安抚使刘子羽，在今天朝天区两河口镇的潭毒关，据胡床坐垒口，吓退金兵。比张栻年长8岁的陆游，在乾道八年（1172年）过潭毒关，前往成都做闲散的参议官，有感于此事，写诗慨叹报国无门。

隆兴二年（1164年）八月，张浚去世。

可以说，张栻生于官宦世家。

张栻生活于南宋高宗、孝宗两朝。1127年，金人南下，攻破汴京，掳掠徽、钦二帝北去，北宋灭亡。宋徽宗第九子康王赵构于南京应天府即位，建立南宋，是为宋高宗。1132年，宋高宗迁都杭州。宋高宗是太宗赵光义一脉，然其无子，在绍兴三十二年（1162年），让位于养子赵昚。赵昚就是宋孝宗，他是太祖赵匡胤一脉。天道好轮回，烛影斧声180余年后，皇权回到大宋开创者后代的手中。

张栻求官、讲学生涯，主要发生在孝宗朝。

二、拜师胡宏

生为中国人，大都读过韩愈的名篇《师说》，"人非生而知之者，孰能无惑？惑而不从师，其为惑也，终不解矣"。那么，张栻的老师是谁？"颖悟夙成，浚爱之，自幼学，所教莫非仁义忠孝之实"，张浚非常喜欢这个早慧的儿子，亲自教授他孔老夫子仁义忠孝之学。也就是说，张栻的第一位老师是他爹张浚。

"长师胡宏"，长大后，张栻拜胡宏为师，学习理学。

胡宏是谁？著名史学家钱穆有言："南渡以来，湖湘之学称盛，而胡宏仁仲岿然为之宗师，学者称为五峰先生。"钱穆认为胡宏开创了以经世致用为特色的湖湘学派。那么，胡宏的老师又是谁呢？就是成语"程门立雪"的主人公杨时。大家知道，宋代理学深刻地影响着国人的思想，其中一支的师承关系是陈抟→穆修→周敦颐→程颢、程颐→杨时。胡宏的老师就是二程，那么张栻就是二程的再传弟子。

理学又是什么？胡适在《中国哲学常识》一书中做了阐释：理学挂着儒家

的招牌，其实是禅宗、道家、道教、儒教的混合产品。其中有先天太极等等，是道教的分子；又谈心说性，是佛教留下的问题；也信灾异感应，是汉朝儒教的遗迹。但其中的主要观念却是古来道家的自然哲学里的天道观念，又叫作"天理"观念，故名为道学，又名为理学。

宦海中的张浚，随着朝廷的一纸任命而奔波。动荡中，张栻也跟着父亲颠簸。绍兴二十年至绍兴三十年（1150—1160年），张浚在永州闲住，张栻随父，当然也居住在永州。岁月不居，张栻到了风华正茂的年龄。闻五峰先生在衡山传程氏之学，遂去信问疑。29岁时，张栻终于得见自己的偶像，并拜胡宏为师。"宏一见，即以孔门论仁亲切之旨告之"，胡宏刚见到张栻，不避亲疏，就把孔子和门人亲切谈论仁义的事情毫无保留地讲解给自己的弟子。"退而思，若有得焉"，张栻回家，琢磨老师的讲话，似乎疑窦顿开，又似乎悟到了真谛。"圣门有人矣"，胡宏收到张栻这样的高徒，开心地说："先圣后继有人了！"

遗憾的是，就在张栻参拜老师的当年，胡宏撒手西去。也就是说，张栻与胡宏二人仅一面之缘。但就是这次相见，双方都难以忘记。胡宏对张栻学问的影响是一生的，且是深刻的。这就是老师！

三、名家云集

张栻在宋史有传，传文长达近3000字。传记所述的人物，除父亲浚、皇帝眘外，还有胡宏、汤思退、刘珙、虞允文、史正志、张说、刘大辩、曾觌、朱熹。胡宏、朱熹本文会详细书写，此不备述。先看看张栻与其他人物的交往。

西江月·被谪怀感

四十九年如梦，八千里路为家。思量骨肉在天涯，暗觉盈盈泪洒。

玉殿两朝拜相，金旨七度宣麻。番思世事总如华，枉做一场话靶。

这首看破红尘的感怀词，词作者汤思退，乃南宋颇具争议的宰相。

宋高宗、宋孝宗两朝，主和派、主战派一直相争。高宗朝，主战派代表人物岳飞被秦桧以"莫须有"的罪名冤杀。而汤思退，在政治上依附奸相秦桧。

孝宗初即位，初生牛犊不怕虎，起用闲置的主战派人物张浚。哪知张浚兵败符离，主和派又得势，汤思退拜相，遂与金罢兵讲和。历史很有趣，隆兴二年（1164年），汤思退和张浚都作古了。

"久之，刘珙荐于上，除知抚州，未上，改严州"。荐张栻者刘珙，刘珙的父亲刘子羽，乃张栻的父亲张浚部下。湖南安抚使知潭州的刘珙，为楚地士子做了一件大好事。乾道元年（1165年），他重建毁于战火的岳麓书院。赋闲长沙的张栻如龙入渊，有了用武之地——主讲岳麓书院！

状元杨慎眼中的南宋人物，如何？曰："虞雍公战伐之奇，妙算之策，忠烈义勇，为南宋第一，与张魏公相上下。"升庵评论的虞雍公，虞允文是也，隆州仁寿人。从年龄上看，虞允文比张浚小，但属一辈人。虞允文早年喜文辞，力主抗金，乾道五年（1169年）拜相。但在张栻的传记中，史官对虞允文的所作所为评价偏负面。虞允文以恢复中原为目标，认为张栻与自己的想法一致，多次派人向他示好，张栻竟不理睬。还有一事，也是贬低虞允文。知阁门事张说除签书枢密院事，张栻连夜起草奏疏认为不可。到朝堂，质问虞允文的话很重："宦官执政，自京、黼始，近习执政，自相公始。"把虞允文比作蔡京、王黼之流，着实让人难堪。又在宋孝宗面前"告状"："所用之人，不但文官不买账，而且武将也会愤怒。"无奈，宋孝宗只得暂停这次人事任命。但虞允文已暗中依附张说，把张栻调出朝廷，去袁州任职。张说的任命一出，天下哗然。后来，张说贬谪而亡。张栻传中所涉虞允文细节，使虞允文形象更加立体丰满，不损其大节。细究人的一生，好人也会做坏事，坏人也会做好事，世上没有绝对的好人坏人。区分点在大节上，大节不亏，受人尊敬；大节已污，必遭唾骂。

不论是北宋还是南宋，朝廷似乎都缺钱。史正志为发运使，实行均输法。蒙骗皇上说，货物取之于州郡，非取之于民。张栻一针见血地指出："不过巧为名色以取之于民耳。"宋孝宗经过查证，果如张栻所言，遂废止此事。

信阳太守刘大辩倚仗权势，广招流民，希望得到朝廷奖掖。张栻认为刘大辩有诈，所招流民不满百，却以数十倍之数上报朝廷。张栻请求治刘大辩之罪，没有得到朝廷回复。不达目的不罢休，张栻多次上奏，朝廷无奈，只好将刘大辩调往他郡任职。张栻苛责自己没有尽到责任，遂以离职"要挟"宋孝宗。张栻的憨直，可见一斑。

张栻不给曾觌面子一事，足见其品性。曾觌原为赵昚做建王时旧人，赵昚受高宗禅，为宋孝宗，曾觌由是青云直上，爬上开府仪同三司这样的高位。一朝掌权，曾觌便大肆贪婪。以儒家仁义为本的张栻，怎会瞧得起这种人！张栻做都司时，一次坐轿子外出，路遇曾觌。曾觌见是张栻，举手欲向张栻作揖。张栻呢？赶忙用手关上窗棂。此举弄得曾觌举手不是，放手也不是，羞惭万分。古之君子爱惜自己的名声，如同鸟儿爱惜自己的羽毛一样。

四、屡次上疏

张栻的仕宦生涯，在孝宗朝。在他的传记中，有翔实记录，给孝宗上疏或廷对竟多达十余次。

张浚位高权重，没有考中进士的张栻，在父亲的庇佑下，走入官场。张栻官场的第一份差事是"辟宣抚司都督府书写机宜文字"，一入仕，便与核心机密打交道。张栻的起点，便是很多人一辈子奋斗的终点。高宗"厌倦了"至高无上的权力，让位养子昚。孝宗新立，欲有一番作为，起用赋闲的张浚。张栻在老爹的幕府"内赞密谋，外参庶务"，并抓住机会向孝宗进言，陛下上念国家之仇恨，下悯中原百姓遭受蹂躏，忧愤于心，日夜思考拯救他们。"臣谓此心之发，即天理之所存也。"这样的心思一旦产生，天理便存在了。张栻希望孝宗效法古人，任用贤才，不断打拼。"则今日之功可以必成，而因循之弊可革矣"，那么陛下的功业必成，因循守旧的弊端可以革除。"孝宗异其言，于是遂定君臣之契"，张栻慷慨激昂的宏论俘虏了孝宗，二人从此有了默契。可以说，张栻不出手则罢，一旦出手便是大手笔。

雄心勃勃的张浚，谁知北伐惨败。张浚再次下野，不久，郁闷而终。张栻安埋好父亲，面对朝中主和派，断然上疏："是以讲和之念未忘于胸中，而至忧恻怛之心无以感格于天人之际，此所以事屡败而功不成也。"张栻认为北伐之所以失败，是因为朝廷首鼠两端摇摆不定。"公行赏罚，以快军民之愤，则人心悦，士气充，而敌不难矣"，张栻希望朝廷赏罚分明，让军民同仇敌忾。人心喜悦，战士斗志昂扬，消灭敌人不难。张栻从理学的高度写了这篇奏疏，然而没有下文。也就是说，孝宗让张栻的愿望落空了。

张栻向孝宗的建议，充满了道教和儒家的思想。张栻认为，先王之所以能建功立业，在于自己的诚心感动了上天。那么陛下你呢？"诚深察之日用之间，念虑云为之际，亦有私意之发以害吾之诚者乎？有则克而去之"，你应该好好省察自己平日的思想和行为，是否有私心萌发而损害诚意呢？如果有则把私心去掉。哈哈，张栻用道家学说教孝宗修身检行了。"夫欲复中原之地，先有以得之心，欲得中原之心，先有以得吾民之心。求所以得吾民之心者，岂有他哉？不尽其力，不伤其财而已矣"，要收复中原，必须得民心。如何才能得民心呢？不奴役百姓，不掠夺百姓财物。张栻先以道家之言让孝宗警醒，接着又用儒家民本思想启发孝宗爱民。

张栻做吏部侍郎时，金国连年遭灾，宰相认为可乘机伐金，以雪前耻，张栻认为不可。但宋与金有深仇大恨，怎样才能克复中原呢？"修德立政，用贤养民，选将帅，练甲兵，通内修外攘、进战退守以为一事，且必治其实而不为虚文，则必胜之形隐然可见，虽有浅陋畏怯之人，亦且奋跃而争先矣"，张栻否定此时伐金后，也给出了收复中原的方案，那就是修为政之德，选贤爱民，训练士卒。历朝历代都有清流、务实两派。清流官员话说得"高大上"，也有听众市场，但于国于事无补。务实官员话说得朴实甚至难听，因为脚踏实地，却于国于民有用。张栻提出"必治其实而不为虚文"的主张，足见他是一个务实派。

张栻给孝宗上疏，反对虞允文任用近习、史正志搞均输、刘大辩诈谖，前文已写，此不再述。

后来，张栻任侍讲。一天，给孝宗讲解《诗经·国风·周南·葛覃》一诗。

> 葛之覃兮，施于中谷，维叶萋萋。黄鸟于飞，集于灌木，其鸣喈喈。
> 葛之覃兮，施于中谷，维叶莫莫。是刈是濩，为絺为绤，服之无斁。
> 言告师氏，言告言归。薄污我私，薄澣我衣。害澣害否？归宁父母。

张栻抑扬顿挫吟诵完《葛覃》，对孝宗说，如果皇帝不忘稼穑，后妃勤于纺织，那么天下大事不放在心上的情况就少了。听罢老师的一番宏论，孝宗感慨地说："王安石说'人言没什么可怕'的话，真是误国啊！"

张栻在朝廷或在地方都给孝宗上疏，而上疏的内容都出自他的本心，而非顺着皇帝的心思说些言不由衷的漂亮话，但孝宗都没降罪于他，这是为何？"所谓可以理夺云尔"。看来，孝宗是一个讲理的皇帝。不然，就有张栻的好果子吃了。

五、主政州郡

张栻为官，按其履职地点，可分为朝廷和州郡。

在朝，不外乎给皇帝上疏、建言，或讲读，其结果，自己做不了主；其效果，也不直接。总之，是务虚，有清议之嫌。在朝的作为，笔者在《屡次上疏》一节已详述，此不重复。

在州郡，作为主官，做事就不能放空炮，心中要装着老百姓。张栻到哪些地方任过职呢？

"久之，刘珙荐于上，除知抚州，未上，改严州""退而家居累年，孝宗念之，诏除旧职，知静江府，经略安抚广南西路""寻除秘阁修撰、荆湖北路转运副使。改知江陵府，安抚本路"。诏任地方有抚州、严州、静江府、广南西路、荆湖北路、江陵府，真能"自己说了算"的州郡其实仅严州、静江府和江陵府。"栻在朝未期岁，而召对至六七，所言大抵皆修身务学，畏天恤民，抑侥幸，屏谗谀，于是宰相益惮之，而近习尤不悦"。常言道，木秀于林，风必摧之；行高于人，众必非之。此言不假，张栻出任地方长官，实际上是被权臣排挤出朝，贬往山穷水恶之地。

大约张栻与朱熹第三次见面两年后，张栻知严州。巧的是，南宋另一著名理学家吕祖谦也于当年出任严州教授。两人关系甚好，相互切磋学问。吕祖谦从经传中收集关于父子兄弟夫妇人伦之道的内容，编辑一书，名为《阃范》。张栻作序，称此书每个家庭都应收藏，世人应该广泛学习。

张栻在静江烧了几把火，官场风气为之一新。举措一，精简州兵，裁汰冗员，补上缺额。特别是将各州黥面的士卒中强壮者选拔出来，加强训练，发挥作用。举措二，晓谕各溪洞酋长和豪强，消除怨恨，相互和好，不能互相杀伐。于是，边蛮的首领心悦诚服。举措三，革除横山买马弊端60余条，诸蛮高兴，争相把好马卖给朝廷。

张栻主政江陵府，其做派也是雷厉风行。首先是安民。张栻到任，一天之内除去贪官污吏14人。湖北多盗，原因竟是官员放纵所至。张栻清盗的办法很绝，对于纵贼之大员，弹劾；对于窝藏盗贼者，逮捕并斩首；对于群盗者，让他们相互告发以减轻其罪。此举一经施行，"群盗皆遁去"。其次是安军。对主将和民帅，张栻不分彼此，皆以礼相待，诸将欢喜。用忠义教育士兵，低层队长立了功就给他们升职。于是乎，士卒感念奋发，斗志昂扬。最后是安边。江陵府濒临边境，有奸民越过南宋边界进入金国境内盗窃财物，官府抓获了数人，其中也有金朝逃跑的奴隶。张栻说："朝廷没有正名讨敌，不能使边境纠纷理曲在我。"于是在边界上，将南宋为盗者斩首，而把逃逸的奴隶送还金国。此举，金朝感慨："南宋有高人啊！"

张栻主政静江和江陵，其所作所为，充分体现了湖湘学者经世致用的为学理念。由此看来，张栻并不是一个坐而论道的老学究，而是一个脚踏大地、胸中有韬略的理学大师。

六、朱张会讲

张栻与朱熹，南宋的两位理学名家，一生共有三次晤面。

张栻与朱熹两人初识，时间在孝宗隆兴元年（1163年）。当时的具体情形是，高宗退居二线当了太上皇，孝宗立。新上位的孝宗欲干一番事业，但大事要报告太上皇。斯时，主战派张浚被提拔为枢密使，张栻是朝廷"红人"——孝宗时常问言于他，朱熹则奉旨入都奏事。这年冬天，张、朱二人第一次相见。客观地说，此时二人地位悬殊。当时他们是否谈及理学，文献少载，不得而知。朱熹曾回忆与张栻初次见面，言及张魏公欲有所作为，必须让主和派汤思退离开相位，否则会一事无成。朱熹刚30岁出头，见解可谓老辣。

张、朱两人第二次相见，是一年后，张栻父亲张浚去世，朱熹千里迢迢前来奔丧。九月二十日，朱熹赶到豫章，等到张浚的船来并上船凭吊。吊唁后朱熹并未离去，而是从豫章送到了丰城，在船上与张栻谈了三天三夜。此次长谈，张栻给朱熹留下了深刻的印象。朱熹认为张栻聪明颖悟，对学问的认识很正确。

张、朱二人第三次会面，时间是乾道三年（1167年），地点在潭州的岳麓书院、城南书院。

朱熹为什么不远千里要见张栻呢？他自己说得很明白："余蚤从延平李先生学，受《中庸》之书，求喜怒哀乐未发之旨未达而先生没。"朱熹师事李侗，学习《中庸》，还未真正理解《中庸》所说的"喜怒哀乐未发之旨"，老师却撒手人寰。这时候，朱熹闻张栻得五峰先生真传，于是，在弟子陪同下，从福建来到长沙。也就是说，朱熹是向张栻问疑的。

此时的张栻，在岳麓书院、城南书院收徒讲学。岳麓书院、应天书院、白鹿洞书院、嵩阳书院，被誉为中国四大书院。岳麓书院由潭州太守朱洞首建于北宋开宝九年（976年），因兵燹，湖南安抚使知潭州刘珙于乾道元年（1165年）重建。岳麓、城南被湘江分隔，朱、张二人时常同舟往还于两书院。乘舟之地，后人名之曰"朱张渡"。张、朱二人在两书院究竟讲了什么？朱汉民、邓洪波在《岳麓书院史》一书中透露，他俩讨论了理学中中和、太极、知行、仁等问题。会讲时，可以说万人空巷，出现"一时舆马之众，饮池水立涸"盛况。结果呢？朱熹接受了张栻的学术观点。

朱张会讲后，二人又一同畅游衡山。不知不觉，两个月时光悄悄溜走。临别，张栻赋诗，赠别好友朱熹："遗经得紬绎，心事两绸缪。超然会太极，眼底无全牛。惟兹断金友，出处宁殊谋。南山对床语，匪为林壑幽。"朱熹为表达谢意，也吟诗一首，回赠张栻："昔我抱冰炭，从君识乾坤。始知太极蕴，要眇难名论。谓有宁有迹，谓无复何存。惟应酬酢处，特达见本根。"

朱熹、张栻乾道三年（1167年）这次讲学，开书院史上不同学派自由交流对话、相互质疑论辩风气之先，在学界影响深远，后人用"朱张会讲"定格此次学术事件。借会讲东风，岳麓书院名声大噪。元代理学家吴澄在《重建岳麓书院记》中写道："自此之后，岳麓之为岳麓，非前之岳麓矣！"

张、朱二人此次一别，余生再未相见！

七、英年早逝

在江陵府任上，张栻抑豪贵一心为民，孝宗深知他的才能，进职为右文殿修撰提举武夷山冲佑观。尚未就职，竟一病不起。张栻知自己不久于人世，拖着病体，仍给孝宗上疏，劝他亲君子远小人。48岁本命年，张栻终未战胜病魔，驾鹤西去。张栻归葬湖南宁乡其父张浚墓侧。南宋爱国词人辛弃疾惊闻张栻仙逝，含悲写下《送湖南部曲》，其诗最后四句云："观书老眼明如镜，论事惊人胆满躯。万里云霄送君去，不妨风雨破吾庐。"辛弃疾对失去故人的悲痛，让今天的我们仍感慨万分。

孝宗闻张栻殁，哀痛不已。他任职的静江、江陵等地，上自士大夫，下至平头百姓，都号啕恸哭。孝宗孙子宋宁宗嘉定年间，朝廷给张栻上谥号"宣"。宋理宗好理学，他在位时，理学红遍大江南北。淳祐初年，张栻死后哀荣至极——从祀孔子庙！

张栻有子名焯，先于其父而亡。

今天的人们对张栻有些陌生了，但在朱熹眼中："己之学乃铢积寸累而成，如敬夫，则于大本卓然先有见者也。"与张栻相比，朱熹认为自己的学问是一天又一天一点一滴积累而成，但张栻对于学问的根本早已了然于胸。张栻的著作《论语孟子说》《太极图说》《洙泗言仁》《诸葛忠武侯传》《经世纪年》都流行于世，没有湮没在历史的尘埃中。

清人全祖望（史学家、文学家）称："宣公居长沙之二水，而蜀中反疏。然自宇文挺臣、范文叔、陈平甫传之入蜀，二江之讲舍不下长沙。黄兼山、杨浩斋、程沧洲砥柱岷、峨，蜀学之盛，终出于宣公之绪。"张栻虽生于蜀，但其一生主要讲学于湖南。蜀人从张栻学于湘，后返回巴蜀。张栻弟子和再传弟子将湖湘之学传播于家乡。湖南大学岳麓书院教授、院长肖永明也认为："使得蜀学继北宋三苏之后，在南宋再次勃兴。蜀中后学对张栻学术的讨论与继承，反而是四川盛过了湖南。"

其人虽亡，但其思想仍在传播，从这个角度讲，张栻以另一种方式存活于天地间。

八、柏林森森

辛丑牛年夏末，笔者不惧酷暑，赶赴绵竹县汉旺镇，探访张栻故里。

为方便读者阅读，笔者将绵竹张栻谱系并祖、父称呼略述如下：张九皋→……张廷坚→张文矩→张纮→张咸→张浚→张栻。张咸，字君说，封雍国公，世称张贤良（因考中"贤良方正"和"能言直谏"两科被后人称为"张贤良"）；张浚，字德远，封魏国公，世称紫岩先生。

首先映入眼帘的是"柏林公园"四个大字，公园无人值守，似已荒废。进入园内，照壁上笔走龙蛇的诗文甚是醒目。

送紫岩张先生北伐

号令风霆迅，天声动北陬。

长驱渡河洛，直捣向燕幽。

马蹀阏氏血，旗枭可汗头。

归来报明主，恢复旧神州。

此诗为岳飞所作。诗末附有一小段文字，介绍了诗的来历——此诗忠武王故里汤阴石刻，今余复刻诸绵竹，为紫岩公浚故里也。隆庆五年夏邑令陶弼识。

隆庆是明穆宗朱载垕的年号。1566年，朱载垕的父亲朱厚熜，也就是几十年不上朝喜炼丹的嘉靖帝驾崩了。"二龙不相见"的太子朱载垕即位，改年号为隆庆。隆庆五年，即1571年。第二年，明穆宗便一命归天。他的儿子朱翊钧，也就是10岁的万历帝登基做了皇帝。

岳飞、张浚都是主战派，意气相投，故而张浚北伐，岳飞兴奋不已，诗赠好友。希望张浚蹀血阏氏、斩杀可汗，收复被金人占领的大好河山。

张浚在1164年便撒手人寰，而陶弼从汤阴复刻此诗是1571年，时间飞逝407年，足见张浚影响深远。

柏树枝干挺拔，垂柯蔽日，沿路前行，武都居士墓铭、宋贤良张公碑、南宋重立宋贤良张公碑碑记、张魏公法森院当福田粮碑记，静静地矗立在墨绿的柏树丛中。宋封雍国公张咸之墓、宋封秦国夫人张计氏墓祭台前香灰铺陈，表明张氏后人不久前曾来扫墓。祭祀不断，其家族定然涵养深厚。

其实，柏林公园就是张栻祖父张咸、祖母计氏的墓园。

细看武都居士墓铭（张纮墓志铭）与宋贤良张公碑文，笔者发现二者记述多有不同之处。比如张氏从成都迁居绵竹的时间，宋贤良张公碑说是宋太宗淳化中（淳化中，曾祖徙于广汉之绵竹，故君说为绵竹人），而张纮墓志铭却说是宋真宗咸平年间（父文矩，咸平中遇均寇之乱，徙居绵竹）；比如张氏从成都迁居绵竹实施之人，张纮墓志铭说是张文矩，而宋贤良张公碑说是张廷坚；比如张氏从成都迁居绵竹的原因，张纮墓志铭说是遭遇王均之乱，而宋贤良张公碑未交代；比如张氏从成都迁居绵竹的后人，张纮墓志铭无儿子张咸其人（子男四人，长曰矩，次曰镒，克家以谨；次曰钺、曰锜），而宋贤良张公碑说他的父亲就是张纮（父讳纮，以殿中丞致仕，君说升朝，赠朝奉郎）……这些疑问，有待学者进一步考证。

时值炎夏，公园又无人管理，长脚花蚊肆意叮人。不一会儿，我们手臂、小腿便被咬得大包小包，一行人只得逃离出来，未再继续访问森森柏林内其他古迹，甚憾。

九、附录二则

其一，张、朱临别互赠诗文。

诗送元晦尊兄

张　栻

君侯起南服，豪气盖九州。顷登文石陛，忠言动宸旒。

坐令声利场，缩颈仍包羞。却来卧衡门，无愧知日休。

尽收湖海气，仰希洙泗游。不远关山阻，为我再月留。

遗经得紬绎，心事两绸缪。超然会太极，眼底无全牛。

惟兹断金友，出处宁殊谋。南山对床语，匪为林壑幽。

白云政在望，归袂风飗飀。朝来出别语，已抱离索忧。

妙质贵强矫，精微更穷搜。毫厘有弗察，体用岂周流。

驱车万里道，中途可停辀。勉哉共无斁，邈矣追前修。

二诗奉酬敬夫赠言并以为别

朱　熹

一

我行二千里，访子南山阴。不忧天风寒，况惮湘水深。

辞家仲秋旦，税驾九月初。问此为何时，严冬岁云徂。

劳君步玉趾，送我登南山。南山高不极，雪深路漫漫。

泥行复几程，今夕宿楮洲。明当分背去，惆怅不得留。

诵君赠我诗，三叹增绸缪。厚意不敢忘，为君商声讴。

二

昔我抱冰炭，从君识乾坤。始知太极蕴，要眇难名论。

谓有宁有迹，谓无复何存。惟应酬酢处，特达见本根。

万化自此流，千圣同兹源。旷然远莫御，惕若初不烦。

云何学力微，未胜物欲昏。涓涓始欲达，已被黄河吞。

岂知一寸胶，救此千丈浑。勉哉共无斁，此语期相敦。

其二，朱汉民、邓洪波《岳麓书院史》摘录。

1. 中和说：中和说主要是讲先天道德本体和后天道德心理的关系问题，是理学心性哲学的重要组成部分，故一直受到理学家的重视。

2. 太极说："太极"是理学一个十分重要的范畴，自理学开山周敦颐作《太极图说》，理学家们大多都以"太极"范畴展开思想体系。

3. 知行说：知行关系既是一个哲学认识论的问题，又是一个道德修养、教育方法的问题，所以理学家一直非常重视这个问题，张栻和朱熹也讨论了知和行的关系问题。

4. 仁说："仁"最初作为一个重要的伦理学范畴始于孔子。理学家们特别重视对"仁"的研究，争论得比较多、分歧也较大。论者或以"爱之理，心之德"论仁，或以与"天地万物为一体"论仁，或以知觉论仁。

数学鬼才天下奇

——第二批四川历史名人之秦九韶

褒奖他的人说：那时欧洲漫长的黑夜犹未结束，中国人的创造却像旭日一般在东方发出万丈光芒。

损毁他的人却这样说：盖秦向在广中多蓄毒药，如所不喜者必遭其毒手，其险可知也。

如此两极的评价，哪一副面孔才是真实的秦九韶？

一、进士之家

毁誉参半的数学家秦九韶，出生在一个出产进士的家庭。

祖父秦臻舜，大约生于宋高宗建炎二年（1128年），殁于宋宁宗嘉泰四年（1204年），一生历高宗赵构、孝宗赵眘、光宗赵惇、宁宗赵扩四朝。宋高宗绍兴三十年（1160年），秦臻舜捕获了那个时代读书人的最高梦想——进士及第。在宋孝宗淳熙十六年（1189年），秦臻舜的仕途迎来了一次关键任命，朝廷诏命他为宗正少卿。在宋代，宗正寺职责是修纂牒、谱、图、籍，也就是为皇家服务。秦臻舜尽心竭力完成了宋高宗在位期间的牒、谱、图、籍，得到宋光宗的赞扬，权右谏议大夫。宋宁宗庆元六年（1200年），秦臻舜回到普州安度晚年。

父亲秦季槱，大约生于宋高宗绍兴三十一年（1161年），亡于宋理宗嘉熙二年（1238年），一生历高宗、孝宗、光宗、宁宗、理宗五朝。宋光宗绍熙四年（1193年），秦季槔红运当头，将读书人艳羡的进士头衔揽入怀中。在古代，中了进士就能踏入仕途。秦季槔的官途在宋宁宗嘉定十二年（1219年）"出丑"。那一年，兴元军士权兴、张福、莫简等叛乱，乱军围攻巴州。作为巴州知州的秦季槔，率家人弃城而走。但这件事对秦季槔的仕途生涯似乎影响不大，他后来依然为官。在《宋史》中有传、对广元多有题咏的洪咨夔、李曾伯，他二人对秦季槔赞誉有加。

秦九韶于宋宁宗嘉定元年（1208年）生于普州，故于宋度宗咸淳四年（1268年），一生历宁宗赵扩、理宗赵昀、度宗赵禥三朝。宋理宗绍定五年（1232年），秦九韶也吉星高照，延续祖、父好运，摘得进士归。

秦家祖孙三代，从南宋的建立者宋高宗到宋度宗，前后六朝都经历了。宋度宗之后的恭帝、端宗、帝昺三位帝王，都是打酱油的。秦九韶卒后10余年，一直偏安一隅的南宋小朝廷也魂归大海。这说明秦家人长寿，或者说南宋皇帝命短。

秦家祖孙三代生活的南宋王朝，从内部讲，宋高宗属宋太宗一脉，但继承他皇权的宋孝宗，却是宋太祖一脉。也就是说，北宋经历一帝，皇权旁落兄弟之手；南宋经历一帝，皇权重回哥哥之手。从外部讲，南宋与金有不共戴天之仇，最后亡于崛起在草原的元朝手中。秦家人生活的南宋王朝，矛盾可谓错综复杂。

南宋普州的秦家，在功名上，与北宋眉州的苏家有得一比。

二、仕进坎坷

纵观秦九韶一生，其时代风雨飘摇。

朝廷外：南宋立国始，便向金屈膝纳贡。后宋蒙联手，于宋理宗端平元年（1234年）灭金。金灭，宋可谓报了"靖康"之仇。但接踵而来的是，南宋又面临草原雄鹰的铁骑蹂躏，直至金瓯倾覆。朝廷内：先是史弥远擅权，后有贾似道专政。进士秦九韶在内忧外患中苦苦挣扎。

秦九韶的仕宦人生大致经历如下：宋理宗绍定二年（1229年），郪县尉；宋理宗端平三年（1236年），蕲州通判；宋理宗嘉熙元年（1237年），知和州；宋理宗淳祐四年（1244年），建康府通判；宋理宗宝祐二年（1254年），江宁知府；宋理宗宝祐六年（1258年），琼州守；宋理宗景定二年（1261年），梅州知军州事。

宋度宗咸淳四年（1268年），秦九韶卒于梅州任上。

从时间上看，秦九韶的官宦生涯始于宋理宗朝，终于宋度宗朝。从职务上看，秦九韶主要任州县小吏，非中枢大员。从职位上看，秦九韶主要是负责执行，而非决策。秦九韶主要仕途经历在宋理宗朝，宋理宗在位40年，用了8个年号。如武则天，喜改年号，但他显然没有女皇的能力。皇帝是宋宁宗、宋理宗、宋度宗，宰相是史弥远、贾似道，更有金兵、蒙古兵虎视眈眈，秦九韶的一生在坎坷中蹉跎了。

人之初，秦九韶也是一个有为青年。他在《数书九章》序中曾说，"际时狄患，历岁遥塞，不自意全于矢石间。尝险罹忧，荏苒十祀，心槁气落。"据记载，18岁时，"在乡里为义兵首"。为抵抗外族袭扰，秦九韶在家乡普州拉起一支队伍，亲冒矢石，冲锋陷阵，前后坚持了10余年。

秦九韶在任州县官吏时，贪财好货。履职和州时，他利用手中权力贩盐。要知道，自古以来，盐为官营。秦九韶竟敢违背朝廷律令，私自买卖，从中获利，真是胆大包天。定居湖州后，所建住宅"极其宏敞"，"后为列屋，以处秀姬、管弦"。用度开支都需要钱，而仅凭他的俸禄，是不足以支撑他的消费的。那么钱从何来？当然只有贪了。

秦九韶的"堕落"，既有他个人的原因，也与那个黑暗的时代有关。时代在飘摇，秦九韶也飘摇，忘记了圣贤书的谆谆教诲！

三、数书九章

秦九韶扬名于历史，是因为他的不朽著作《数书九章》。

宋理宗淳祐四年（1244年），对秦九韶来说，是悲惨的，疼爱他的母亲不幸离世。秦九韶从建康府通判任上匆匆赶回湖州，为母守孝。

"早岁侍亲中都，因得访习于太史，又尝从隐君子受数学""肆意其间，旁谀方能，探索杳渺，粗若有得焉"，秦九韶静下心来，将自己多年来的所思所想所得，整理、归纳、撰写，经过三年的打磨，于淳祐七年（1247年）完稿，命名为《数学大略》（《数书九章》）。

《数书九章》一书由序和九章（每章两卷，共十八卷）组成。具体内容为：

第一章大衍类。大衍总数术，卷一，（一）蓍卦发微，（二）古历会积，（三）推计土功，（四）推库额钱；卷二，（一）分粜推原，（二）程行计地，（三）程行相及，（四）积尺寻源，（五）余米推数。

第二章天时类。卷三，（一）推气治历，（二）治历推闰，（三）治历演纪，（四）缀术推星；卷四，（一）揆日究微，（二）天池测雨，（三）圆罂测雨，（四）峻积验雪，（五）竹器验雪。

第三章田域类。卷五，（一）尖田求积，（二）三斜求积，（三）斜荡求积，（四）计地容民，（五）蕉田求积，（六）均分梯田；卷六，（一）漂田推积，（二）环田三积，（三）围田先计。

第四章测望类。卷七，（一）望山高远，（二）临台测水，（三）陡岸测水；卷八，（一）表望方城，（二）遥度圆城，（三）望敌圆营，（四）望敌远近，（五）古池推元，（六）表望浮图。

第五章赋役类。卷九，（一）复邑修赋；卷十，（一）围田租亩，（二）筑埂均功，（三）宽减屯租，（四）户田均宽，（五）均科绵税，（六）户税移割，（七）移运均劳（分郡县乡科均），（八）均定劝分。

第六章钱谷类。卷十一，（一）折解轻赍，（二）算回运费，（三）课粜贵贱；卷十二，（一）囤积量容，（二）积仓知数，（三）推知籴数，（四）分定纲解，（五）累收库本，（六）米谷粒分。

第七章营建类。卷十三，（一）计定城筑，（二）楼橹功料，（三）计造石坝，（四）计浚河渠；卷十四，（一）计作清台，（二）堂皇程筑，（三）砌砖计积，（四）竹围芦束，（五）积木计余。

第八章军旅类。卷十五，（一）计立方营，（二）方变锐阵，（三）计布圆阵；卷十六，（一）圆营敷布，（二）望知敌众，（三）均敷徭役，（四）先计军程，（五）军器功程，（六）计造军衣。

第九章市物类。卷十七，（一）推求物价，（二）均货推本，（三）互易推本，（四）菽粟互易；卷十八，（一）推计互易，（二）炼金计直，（三）推求本息，（四）推求典本，（五）僦直推原。

《数书九章》每章9个问题，采用自问自答的方式著述，也即共提出81个问题，进行了81次解答。

《数书九章》有三大特点。一是将数学上升到一个新高度，"大则可以通神明，顺性命；小则可以经世务，类万物""数与道非二本也"，中国古代重文轻理，进士出身的秦九韶有此认识，实属超前他所处的时代。二是理论和实践相结合，如将求一次同余式算法程序化、三斜求积术。三是为每章吟诗一首，"昆仑磅礴，道本虚一，圣有大衍，微寓于易，奇余取策，群数皆捐，衍而究之，探隐知原，数术之传，以实为体，其书九章，惟兹弗纪，历家虽用，用而不知，小试经世，姑推所为，述大衍第一"……"日中而市，万民所资，贾贸墦鬻，利析锱铢，蹒财役贫，封君低首，逐末兼并，非国之厚，述市易第九"，秦九韶此种做法，体现了他作为进士的才气。

《数书九章》是中国古代数学的高峰，成书距今近800年，但今人要读懂它，也属不易。秦九韶的贡献，《传世名著百部》（郭超、夏于全主编，蓝天出版社出版）认为主要有五点：一大衍求一术的提出，二把数字三次方程解法推广到数字高次方程，三秦九韶在中国第一个解决了已知三角形三边长求三角形面积的办法，四线性方程组解法，五提供了雨量、雪量的测定和计算方法。

可以说，《数书九章》和《九章算术》是中国古代数学著作的双璧。此书虽为瑰宝，秦九韶也曾将它进献给宋理宗，但从他的经历看，皇帝并未发现它的价值，甚憾。世间多少美好的事物，都在遗憾中过去了！

四、盖棺难定

南宋灭亡前夕，秦九韶走完了人生路。进士、奔波于仕途、将数学推向巅峰，似乎可以盖棺论定了。然则同时代刘克庄、周密的记述，似乎又让他盖棺难定。

刘克庄在《缴秦九韶知临江军奏状》中写道："则九韶至琼仅百许日，郡人莫不厌苦其贪暴，作《卒苦歌》以快其去。"

周密《癸辛杂识续集》卷下有《秦九韶》一文，此文似传记。周密对秦九韶有褒有贬，但总体评价负面。今摘录数段：

"既出东南，多交豪富，性极机巧，星象、音律、算术，以至营造等事，无不精究。"

"还尝从李梅亭学骈俪、诗词、游戏、毬马、弓剑，莫不能知。"

"堂成七间，后为列屋，以处秀姬、管弦。制乐度曲，皆极精妙。"

"至郡数月罢归，所携甚富。"

由于秦九韶在《宋史》中无传，后人能看到的材料仅有他本人所著《数书九章》中的《序》和刘克庄、周密的记载。由于刘、周二人在南宋末年的文坛举足轻重，他们认为秦九韶无德，后世便普遍认为秦九韶是个不仁不义之人。

当然也有反对的声音，认为刘克庄、周密之言不足信，秦九韶的形象被他俩"污惨了"。

反对者认为刘克庄、周密与投降派贾似道是一伙的，秦九韶与主战派吴潜是一伙的，刘克庄、周密对秦九韶的攻击，完全是出于立场问题而非事实。

其实这种观点失之偏颇，理由如下：

先说刘克庄。

刘克庄是南宋末年江湖诗派的重要人物之一，一生仕途乖蹇，竟至四起四退。虽说晚年和"蟋蟀宰相"贾似道"走得近"，但也与吴潜交好。他的《贺新郎·送陈真州子华》（北望神州路），斗志昂扬。谁能说刘克庄是投降派？

再说周密。

周密因督买公田一事开罪权相贾似道，担心受到报复，遂辞官。南宋为元所灭，作为遗民，周密不愿仕元，著述以终老。谁能说周密在"德"上有亏欠？

其实，秦九韶本人既与吴潜过从甚密，也与贾似道相唱和。

所以，意图用立场论否定刘克庄、周密的观点，立论不充分。

这涉及怎样看待名人的问题。人有了才，出了名，一部分人天真地认为名人无缺点，是完美的。其实不然。秦丞相李斯，抱治国之器，却对害死公子扶苏负有不可推卸的责任。唐玄宗宰相李林甫，修律颁令，可他口蜜腹剑。写下"曾经沧海难为水，除却巫山不是云"的唐人元稹，貌似对原配忠贞不贰，背地里却对薛涛暗送秋波。宋徽宗的宰相蔡京，书法自成一家，可他贪婪误国。明代画家董其昌，书画一绝，人品却极差……历史上，才与德不相称的名人大有人在。名人也是常人，有七情六欲，当然也有缺点。有功绩，有过错，才是一个正常的人。世上哪有完人？！明白此理，对名人秦九韶身上的污点，就不会戴着有色眼镜去看。不完美的秦九韶，才是一个真实的人。

无论怎样，秦九韶对数学的贡献早已彪炳史册。

西蜀多才君第一

——第二批四川历史名人之李调元

❧

巴蜀自古多才俊。

汉生司马相如、扬雄，唐降李白，宋诞苏轼，明有杨慎，而清之李调元，被誉为百科全书式的一代学者。

一、"吃得亏"成传家宝

欲写好李调元，必先说清他的家世。

李调元的曾祖父名李攀旺（美实公），明天启七年（1627年）生于云龙坝贾家，殁于康熙三十九年（1700年），享年74岁。

李攀旺3岁时，父亡，母亲改嫁南村坝李姓人家，继父是李云卿。从血缘的角度讲，李攀旺当姓贾；从风俗的角度讲，李攀旺当姓李。

状元杨升庵六世祖杨世贤入赘李家，至升庵爷爷杨春这一辈，就复姓杨。与之形成鲜明对比的是，感激李云卿养育之恩，长大成人后的李攀旺没有复姓贾。

李攀旺生活在一个乱世。天启帝朱由校喜刀斧锯凿，做皇帝不合格，做木匠蛮称职。崇祯帝朱由检驾驭天下时，关外女真虎视眈眈，关内李自成、张献忠攻城略地。北京城破，崇祯帝在煤山吊死。吴三桂反，清廷入川平叛。康熙十一年（1672年），清初"神韵"鼻祖王士祯奉命典四川乡试。由京经陕入蜀，他眼中的巴蜀大地是何景象？"十六日，未午次广元……自宁羌至此，荒残凋瘵之状，不忍睹。闻近有旨招集流移，宽其徭赋，募民入蜀者，得拜官"。进士出身的王士祯在《蜀道驿程记》中记述的这段文字清楚地表明，明末至清初，近50年的兵燹造成四川十室九空。

乱世中的李攀旺居无定所，更无法兴业，直到41岁才娶妻。妻姓李，乃成都人氏。由此我们知道，李调元家族是明末清初那场浩劫中幸存下来的四川人。康熙二十年（1681年），李攀旺携妻回南村坝定居。李攀旺有三子，名文彪、士逵、文彩（士逵与文彩是双胞胎）。李攀旺享年七十有四，在那个年代，当是高寿。李攀旺临终留下遗言，要求子孙以"吃得亏"三字立世。

李调元的祖父是李文彩（英华公）。如李攀旺，李文彩也育有三子，长子李化楠、仲子李化梗、三子李化樟。传说李化楠出生时，其父李文彩梦见一道人送一穿靴顶帽男子入府，认为大吉。

李调元的父亲是李化楠（石亭公），母亲罗氏。李化楠生于康熙五十二年（1713年），辞世于乾隆三十三年（1768年），寿55岁。乾隆七年（1742年）中进士，先后官余姚、秀水知县，沧州知州，天津北路、宣化府、顺天府北路同知。乾隆二十一年、二十七年、三十三年，12年间，李化楠三次直接为乾隆帝当差，且都得到乾隆夸奖。李化楠有三子，调元、谭元、声元。声元过继给无子的李化梗。

李调元、李鼎元（李化樟长子）、李骥元（李化樟次子）分别于乾隆二十八年（1763年）、四十三年（1778年）、四十九年（1784年）进士及第，又分别于乾隆二十九年、四十三年、四十九年入翰林院，任庶吉士或编修。

"一门父子三词客"，遂宁相国张鹏翮用这句话形容眉山苏氏门庭之盛。"一门四进士，兄弟三翰林"，后人以此联褒誉罗江李氏之才。时间进入清中叶，李攀旺家族迎来鼎盛期。如果说罗江李家成功有"秘诀"，那就是一个家庭的兴旺，不能一蹴而就，而要靠数代的持续努力，方能走向辉煌。

二、正是男儿读书时

今天的人们，都艳羡李调元在文化上所取得的不朽成绩。殊不知，这些成绩都源自他年少时的苦读和名师的教诲。

雍正十二年（1734年），李调元生于南村坝。是年，父亲李化楠22岁，母亲罗氏23岁。李调元天资聪颖，6岁入乡塾，先生是刘一飞，读《四书》《尔雅》等传统经典。入塾这年九月，母亲罗氏丢下年幼的李调元去往另一个世界。7岁时，李调元作《疏雨滴梧桐》诗："浮云来万里，窗外雨霖霖。滴在梧桐上，高低各自吟。"此诗一出，大受刘一飞好评，并传遍乡里。

李调元8岁时父亲李化楠中举、9岁时父亲中进士。中进士这一年，李化楠于祖居地云龙坝置园林，并取名醒园。"岁晚人闲后，幽斋尽日吟。扫叶随风势，浇花趁日阴。地偏云自在，山近月来侵。种树书长把，无人知此心"。醒园，李化楠的桃源梦。醒园，日后成为李氏族人的精神归依。

12岁这一年，李调元将"涂鸦"之作汇编成集，李化楠取名《幼学草》，并赠诗："一灯勤教子，诵读莫辞辛。书是传家宝，儒为席上珍。志高搴碧汉，落笔动星辰。受得苦中苦，方为人上人。"受得苦中苦，方为人上人，说得多好啊！

李调元在18岁时成婚，娶妻胡氏。第二年，李调元取为诸生，遂有秀才功名。

中进士后，朝廷给李化楠的官职是咸安宫教习，也就是教公子哥儿读书，不就。一晃10年过去了，朝廷再次想起了蜀中这位读书人，让他做浙江余姚县令。不久，李调元也前往江南。"不共蜗居角蛮触，要从鳌背上蓬瀛"，李调元的攻书岁月也迎来根本改变。总的说来，科举之路更加专业了，视野更加开阔了。

在余姚，李调元跟从浙江名士李祖惠学经术，跟从俞醉六习举子业。后俞醉六丁忧归家，李调元又拜钱塘名士陈学川为师。

乾隆二十一年（1756年），李调元回川参加乡试，名落孙山。"大器先须小折磨"，面对落第，李调元并不气馁。这年九月，李化楠调任浙江秀水县令。冬天，李调元也来到秀水。"复受业于编修徐君讳，又从查梧岗学诗，从钱塘名士陈学川习科举文，陆宙冲学画"（赖安海，《李调元编年事辑》）。在秀水，李调元得到名士的指点。这位重量级人物钱陈群（号香树），历官康熙、雍正、乾隆三朝，特别是在乾隆朝，不仅任内阁学士，还充经筵讲官，也就是给皇帝上课。纪晓岚、刘墉都是他的弟子。告老还乡后，食俸于秀水。一日，以《春蚕作茧》试李调元。诗中一联"不梭还自织，非弹却成圆"大受钱老赏识。自此，李调元又跟随钱陈群学习诗法。

乾隆二十二年（1757年），李调元祖父英华公去世。第二年六月，李调元随父回到罗江，葬英华公于云龙山扁担湾。

李化楠丁父忧期间，干了一件大事。"以川中书少，多购诸江浙，航来于家贮之"，喜读书也喜藏书的李化楠，于醒园侧筑藏书楼，将购于江浙的数万卷书按"经、史、子、集"分类，藏于新落成的书楼。

为摒弃一切影响，李调元至鹳鸰寺读书。鹳鸰寺为一寺庙，条件当然无法与家中相比。但人迹罕至，清静，正好心无旁骛地读书。26岁这一年，李调元中举。中举后的李调元仍到鹳鸰寺读书，准备第二年的京城会试。但事与愿违，李调元并未连捷。下第后的李调元，选择留在京师，补国子监学录，受教于《四库全书》总纂官纪昀（纪晓岚）。居家之宅与赵翼门对门，"李杜诗篇万口传，至今已觉不新鲜。江山代有才人出，各领风骚数百年。"这首脍炙人口的诗，就出自赵翼笔下。赵翼不仅能诗，还摘得探花的殊荣。可以说，居京期间的李调元，谈笑有鸿儒，往来无白丁。功夫不负苦心人，乾隆二十八年，李调元30岁之际，终于考中科举时代读书人梦寐以求的进士。

聪慧如李调元，仍通过二十四载苦读方中进士。这充分说明，世间无捷径，一切荣耀无不是用恒心和汗水换来的。

三、宦海沉浮二十载

满腹经纶，换得为皇家当差，李调元也走上这条荆棘路。

自乾隆二十九年（1764年）至乾隆四十九年（1784年），奔波20年。先入翰林院，为庶吉士；继而任吏部文选司主事、考功司主事、考功司员外郎，级别虽低，也是京官；再外放，任广东乡试副主考、广东学政；最后在京畿之地，直隶通永道为道员，职务不高也不低，正四品。

李调元为官刚正不阿，仅举两例为证。其一，李调元任吏部考功司主事时，一项重要的职责就是在乾清宫将循环簿、百官升降签粘履历交给专职太监，同时拿回乾隆钦审的簿册。为交接顺畅，新人都会给太监行贿，独李调元不肯以公事行私贿。此举惹怒太监高云从，他时常借故不出，以警告不懂规矩之人。一次，高云从以误时为由，对李调元大声训斥。李调元也怒，欲扭其面圣。这件事闹得沸沸扬扬，甚至传到乾隆耳里。又查出他漏泄循环簿百官升降事，结果，高云从被处以极刑。其二，李调元任广东学政时，知悉嘉应州生员喜讼刁蛮，遂对上蹿下跳之人当即处治，此举换来嘉应学风焕然一新。

李调元为官有两个贵人相助，一个是乾隆皇帝，一个是袁守侗。丙申年二月，乾隆东巡，李调元扈从。所写《登泰山》诗，得帝赞赏。此诗李调元编入《童山诗集》卷十八：

其 一
岳长东皇势郁蟠，崔巍上逼九霄寒。
天开翠黛三千里，地耸青螺十八盘。
远接黄河环似带，近探白日小如丸。
生平登览寰区遍，始觉今朝眼界宽。

其 二
果是阴晴各异形，芙蓉朵朵变青冥。
鸡鸣海日三更赤，鸟入齐烟九点青。
地府黄昏飞夜雨，天门白昼走风霆。
昨宵偶到层巅宿，亲见灵鞝信有灵。

"生平登览寰区遍，始觉今朝眼界宽""鸡鸣海日三更赤，鸟入齐烟九点青"二句，意境、哲思俱佳，大可玩味。

回京后第二年，李调元赴广东任学政。斯时，李调元因刘培章补湖北监利县典史缺一事，与同事永保闹得不可开交。召见时，乾隆对李调元说，"你是朕特拔之人，当努力报效朝廷"。又问众大臣，李调元能写文章否？众人异口同声回答，李调元翰林出身，当然能文。散朝后，刑部尚书袁守侗语重心长地对李调元说："今日谕旨皆为汝也。"

李调元广东学政任满，升任直隶通永道道员。任上，奉旨护送一部《四库全书》至盛京。行至卢龙县，书遭雨淋，遂参知县失职。恰逢永保升藩司，为李调元上级。此事引发连锁反应，李调元竟被查出纵容家人衙役索要门包，继而获罪入狱，发配伊犁充当苦差。千钧一发之际，直隶总督袁守侗面圣，称李调元文才不错，母亲老迈需奉养，乞求宽免处理。乾隆准允袁守侗所请，答应交二万金赎罪，并准予复官。盘桓一年后，李调元知起复无望，于乾隆四十九年十一月二十九日得到批复，准予归田。

李调元为官并未忘记著述，典广东乡试时，忙中偷闲著《粤东皇华集》。朝鲜副使徐浩修，朝鲜诗人柳几何、李德懋逛琉璃厂书肆，购得诗集《粤东皇华集》，大赞李诗淳雅苍健。李调元丢官返蜀，车上没载金银财宝，载的是他不朽勋业《函海》。此时《函海》已达二十函，辑书一百五十种。

李调元为官表现如何？京察时等级为"浮躁"，因《四库全书》一事发配伊犁。这条官路，李调元不仅走得磕磕绊绊，甚至栽了大跟头。

李调元在狱中作《摸鱼儿·感怀》一词，道尽他宦涯辛酸：

> 叹平生，向人肝胆，他心难似他口。云雨翻覆思前事，处处老拳毒手。蜗左右蛮触斗，十年梦觉忽搔首。此生大谬。算燕许文章，范翰功业，素志竟空负。
>
> 潺江水，难涤衣间积垢。秋风开遍菱藕。五十齐头今衰矣！只可鹭朋鸥友。听击缶，君不见，纷纷鹬蚌争何有？渔翁在后。问昔日陶潜，归来为甚？非为一杯酒。

带上五车书，李调元踏上来时路。余生，去钓一江月、一江雨、一江风！

四、自敲檀板课歌僮

回到罗江的李调元，如鱼入渊，如鸟归林，尽显文人本色。

"此身只合名山老"，李调元喜山水，与遗传有关。乾隆三年（1738年），李调元的父亲李化楠应乡试，再次铩羽而归，乃于南村坝倚山处筑背西朝东茅房，名曰补过亭。搬入草屋，不避寒暑，手捧圣贤书，向举人目标冲刺。乾隆七年（1742年），李化楠春风得意，连捷中进士。选咸安宫教习，不就。回家于云龙坝祖居地置别业，取杜甫诗"哀歌时自短，醉舞为谁醒"意，命其新建轩亭为醒园。常言道：有其父必有其子。李调元归里两年后，就扩修醒园。一不做二不休，又扩修补过亭，名曰困园。一家而有两处亭园，足慰风尘。可李调元并不满足，再于南村坝筑湖，雅称小西湖。挖田成湖，只因一梦。李调元罢官被困通州时，梦南村屋左有荷池，楼台亭榭掩映其间。如今，望着一池碧水，李调元圆梦。

漫步亭园，并不影响李调元悠游山水。"勇气虽惭搏猛虎，狂心竟欲逐猿猴"，乾隆五十四年五月，李调元携从弟李鼎元游乐山大佛、峨眉山，一景一寺，都诗以赞之。此行得诗四十三首，后之研究者名曰咏峨诗。"着破棕鞋又草鞋"，乐山乐水的李调元，不会停下他日渐沉重的脚步。仅乾隆五十六年三月，他就先游安县罗浮山飞鸣禅院，继而造访界牌石岩庵、金姑桥，谒三高（明代高第、高简、高节，高节于嘉靖十一年壬辰科进士及第，且是第三名，人称探花郎）祖茔，再赏绵竹三溪寺、马跪寺。

彭明、什邡、广汉、德阳、金堂、邛州、嘉州、成都……返梓后的李调元，足迹遍西蜀。"堪笑金人成佛后，葛藤依旧满身缠"，李调元也把他的诗情镌刻在苍山峻岭间。

元代以后，戏曲风靡文坛，李调元也深陷其间，几乎不能自拔。李调元在直隶通永道任上下狱，其中一条"罪状"就是沿途备大班小唱，骚扰地方。摆脱羁绊后，李调元于醒园办起了私家戏班，调教优伶上演李渔剧作，曲目多达10种。李调元不仅看戏，还把好心情吟之于诗，"笑对青山曲未终，倚楼闲看打鱼翁"，"习气未除身尚健，自敲檀板课歌僮"。听曲吟诗渐成李调元生活常态。乾隆五十七年十二月初六，李调元把他的戏班带到什邡，在县令宁湘维署中演出。十二月初五是李调元的生日，也就是说，生日第二天，他就在县署中把锣鼓敲得震天响。

李调元听戏的盛事，当在62岁人日时于陆见麟家演《红梅传奇》。李调元诗兴盎然，作《红梅八首并序》。序云："陆生见麟家，有红梅一株，大可拱把，色分深浅，盖燕支、点绛二株接成也。每年春开，烂若赤雪。生曾分二株贻余，余红梅书屋所由名也。今年乙卯人日，自携家乐，邀何九皋同观，主人置酒其下，听演《红梅传奇》，为作一律。异日，州尊庐陵王云浦，首以诗寄和，既而绵竹令清江杨实之、什邡令会稽宁湘维、彰明令河阳马海门陆续继和。于是远近闻之，自仕宦缙绅，以至释道女媛，和者不下百余人。余亦自和，叠成八首，遂成红梅诗社，可为此花生色矣！陆生汇为《红梅唱和集》……"值得一说的是，李调元妹李秀兰，是年60岁，但她早年遭丧夫、丧子之痛，久不作诗，今闻红梅雅韵，亦加入"合唱"队伍："鸳鸯同树被风分，无叶扶持落自纷。苦节谁怜人似雪，晓妆嫩逐女如云。红颜薄命增新感，白发回头忆旧群。独处久抛人世事，忽传兄句到门闻。"读罢此诗，凄凉之情顿生，不得不慨叹人生无常啊！

李调元虽蜗居桑梓，但仍与天下文士频繁互动。随园主人袁枚、总纂官纪晓岚、散文大家桐城姚鼐、同年祝芷塘……谈人生，道诗法，李调元时常与他们书信往来。

乾隆六十年（1795年），李调元从李鼎元来信中知悉，《粤东皇华集》已入袁枚诗话。"白日不到处，青春恰自来。苔花如米小，也学牡丹开。"袁枚的这首小诗《苔》告诉人们，再卑微的人和物，也有其顽强不屈的一面，也有闪亮登场的一刻。李调元寄《童山全集》《雨村诗话》各一套给袁简斋（袁枚号简斋），并在刊于《雨村诗话》卷首的《自序》中阐述自己的为诗之道："大率诗有恒裁，思无定位，立言先知有我，命意不必扰人。诗衷于理，要有理趣，勿坠理障。诗通于禅，要得禅意，勿坠禅机。音近而旨远，节短而韵长，得其一斑可窥全豹矣！"

乾隆对其祖父康熙甚敬，当在位60年后（康熙在位61年），便传位儿子颙琰，是为嘉庆帝。嘉庆元年五月，李调元收到袁枚回信。袁枚对《童山全集》评价甚高："琳琅满目，如入波斯宝藏，美不胜收，容俟卒业后，当择其尤者补入诗话，以光简篇。"对《雨村诗话》也是赞不绝口："定当传播士林，奉为矜式。"一发而不可收，袁枚向李调元索要《函海》，"急欲一睹为快"。李调元览信后作诗二首奉寄，其中一首为："仙山无路得登龙，忽接随园书一封。七集寄来如拱壁，千言读罢若晨钟。天分吴蜀何时聚，人是东南一大宗。只合黄金铸袁虎，几多名士辨香供。"诗中，李调元对袁枚也十分仰慕，对双方不能一晤抱憾不已。嘉庆二年八月，袁枚收到《函海》，题《奉和李雨村观察见寄原韵》二首，并回赠《小仓山房集》。令人意想不到的是，船沉巫峡。嘉庆三年四月，李调元接袁枚儿子书及讣。李调元方知，捎书人船至巫峡，遭暴风雨袭击，船翻，信札及书水浸后无法辨识，只得寄回。为告慰父亲，袁枚儿子在函札中补录其父诗二首，其一云："访君恨乏葛陂龙，接得鸿书笑启封。正想其人如白玉，高吟大作似黄钟。《童山集》著山中业，《函海》书为海内宗。西蜀多才君第一，鸡林合有绣图供。"失一知音，李调元作挽诗两首，向南吊之。

也是在乾隆六十年，借《童山诗集》刊成之机，李调元致书纪晓岚。"今《童山诗集》已刊，他人不寄而独寄先生者，诚以先生博学必有其所未闻，补其所未见，而亦以见平日之拳拳而服膺者，非他人，惟先生也。"哈哈，一生诗不学人的李调元，在纪大学者面前，也低调一回。

嘉庆二年（1797年），接桐城姚鼐书，问及为何伏而不出。李调元作书以答，理由有三，一是性刚直，二是与宰相为忤，三是守清廉不愿贿捐。不得不佩服李调元的远见，乾隆一命归西，嘉庆即处死和珅，党附和珅者多受牵累。李调元没有行贿捐复，躲过一劫。

嘉庆三年（1798年），李调元又与故友祝芷塘探讨人生。二人同科及第，那时京中人以"跌宕风流祝小姐，飞扬跋扈李将军"形容他们。李调元说人生如花，总有得意之时。在老友面前，李调元无所顾忌，开始显摆了："因就家童数人，教之歌舞，每逢出游山水，即携之同游，不见官府，不谈世事，今且十五年矣。虽不能如足下皋比，坐拥有三千徒众之盛，然日掣伶人逾州越县，亦不啻如从者童子之数也。"看来，李调元对戏剧的衷情是发自肺腑的，非附庸风雅。

回到故里，不论是游山玩水，抑或是敲板听曲，还是答友人书，李调元都没忘记他的初心——著书和编书。笔者据案头仅有的资料，简单罗列一下李调元归里后的"成绩单"：乾隆五十二年，著《醒园花谱》；乾隆五十三年，作《西域图志》三十卷；乾隆五十五年，修《梓里旧闻》；乾隆五十九年，作《雨村诗话》十六卷；乾隆六十年，刊成《童山诗集》四十卷、《淡墨录》十六卷；嘉庆二年，刻成《新搜神记》；嘉庆四年，完成大型丛书《函海》的编纂；嘉庆七年，修订昔日《梓里旧闻》十卷毕，并更名为《罗江县志》后予以刊出。

看罢"书单"，李调元漫步悠闲、吟风弄月的公子哥形象，瞬间会转变为觅残简断碑、弓腰疾书的老学究模样。世间一切成绩，归之于勤！

五、生命化为万卷书

一代文星，行将走完人生路。

不论是少年、青年，还是中年、老年，李调元都经历过失去亲人之痛。

6岁时，年仅28岁的母亲罗氏病故，李调元少不更事，便没有亲娘的疼爱。中进士5年后，父亲忽然卒于顺天府北路同知任上，李调元又没有爹了。后来，李调元丢官回乡，继母吴太恭人又仙逝了。李调元发配伊犁，行至涿州，病倒了。是这位吴氏安排侄孙向直隶总督袁守侗求情，愿变卖家产交二万罚金，以赎李调元之罪。若没有吴氏的慷慨，李调元恐怕早已客死他乡。人生路上，三位最亲的人都离李调元远去。

李调元至邛州游玩，巧遇成都武担山才女万氏。"忆得采菱分剥罢，鸳鸯来处一停眸"，才子佳人一见钟情，李调元遂纳万氏为妾。谁知万氏命短，两年后，就匆匆走完人生路。"空误妾，一春闲，生怕还山，添恨上眉端"，心仪之人难再见，岂一个恨字了得。

嘉庆四年（1799年）深秋，李调元从弟李骥元误服凉药于京师忽然病逝。李调元依稀记得，4年前为《凫塘诗稿》作序，以为作诗如制陶。如今，竟阴阳相隔。痛失小弟，李调元悲伤不已。

陈琮（号蕴山）离世，对李调元也是沉重一击。今天的人们对陈蕴山有些陌生了，他是北宋"三陈"的后人。"陈康肃公尧咨善射，当世无双"，欧阳修《卖油翁》一文中的陈尧咨，与大哥陈尧叟、二哥陈尧佐，都是厉害角色。这三人不但都考中进士，陈尧叟和陈尧咨还蟾宫折桂——夺得人人艳羡的状元。李调元癸卯年间获罪，无力支付《函海》刻工经费。陈蕴山认为《函海》为调元"不朽业"，立出三百金交李鼎元赎回。如今，好友不辞而别，李调元惊闻噩耗，作一百韵凭吊知己。

亲朋好友离世，悲则悲矣，痛则痛矣，尚不足以摧毁李调元顽强的生活信念。万卷楼被焚，成为压垮李调元的最后一根稻草。

嘉庆五年（1800年）仲春，为避白莲教义军，李调元寓居成都。其间，发生一件惊天动地的大事——万卷楼被焚。先是李化楠为宦江浙时，购善册数万卷。后有李调元履职直隶通永道，抄《四库全书》、多年所购宋本，都储存于万卷楼。可以说，万卷楼是李化楠、李调元父子两代人的心血。"借书固一痴，积书一痴态"，李调元对书那是骨子里喜欢；一旦化为灰烬，那是"烧书犹烧我"；"不能剺贼胸，但解背詈淬"，恨不能手刃作恶之人。面对"万牛不能载"的书籍化为熊熊大火，无奈之下，李调元建书冢，"不使坟埋骨，偏教冢葬书"。

不使读书无种子，揩干眼泪，李调元建小万卷楼。经过两年多的努力，嘉庆七年十一月初三，小万卷楼竣工。

打量着小万卷楼，李调元愤懑的心情并没有舒展开来，长吁一口气，似乎觉得生命之火即将熄灭。想想自己的一生，竟不如山坡上、田埂边的一窝野草，野草年年有春天，而人呢？

> 人寿虽百年，一看一回老。
> 草生虽一年，一看一回好。
> 草能转春色，人不回春容。
> 一去少不来，百病来相攻。
> 我愿人到老，求天变成草。
> 但留宿根在，严霜打不倒。

李调元"求天变成草"的愿望，最终未能实现。再过九天，隆冬将过，又是新的一年，又是春天。但李调元没能等到，十二月二十一日，一代文豪陨落。

李调元给后人留下了什么？在评选"第二批四川历史名人"时，专家认为，他是清代百科全书式学者，一生著述极为丰富，达130余种，撰有《童山诗集》《童山文集》《蠢翁词》等文学作品，《雨村诗话》《雨村词话》《雨村曲话》《雨村赋话》等诗学、戏剧学、文艺理论作品，编刊其父李化楠所撰饮食专著《醒园录》，辑撰刊刻大型丛书《函海》《续函海》等文献学巨著，造"万卷楼"，藏书十万卷。

特别值得一说的是《函海》，十一至十六函收杨升庵不常见之书。也就是说，如果没有李调元的收藏、刊刻之功，我们对状元杨升庵的了解将大打折扣！

六、闲话才子警世人

无闲话不才子。

笔者以为，李调元在性格修为、管教家人、和睦邻里诸方面都存在不足。

先说性情。

禀性刚直，把控不好，易走向褊急；同样，自信是好事，但一不留神，就滑向自负了。考中进士，走上仕途，才子李调元的性格缺陷就暴露无遗。

知子莫若父。李调元官吏部文选司主事，其父诫之曰："和好同事，取重上官。精神自惜，而才华收敛。"对恃才傲物的儿子，李化楠一再叮咛。

跟随李调元10多年的仆人朱贵，在行将就木时也吐露心声："性太急，口太直，恐谅于君子而不谅于小人，愿处之以和平则死无恨矣。"

乾隆帝也深知李调元脾性不好，曾对直隶总督袁守侗说："惟气性不好，汝当教之。"

可谓众人皆知李调元有性格缺陷，但才子就是才子，终不改矣。

再说身边之人。

李调元奉旨护送《四库全书》，至卢龙书箱被雨淋，遂参知县郭棣泰失职。此事经与李调元有隙的永保搅和，事情发生戏剧性反转——"原告"李调元锒铛入狱，"罪状"是纵容家人衙役索要门包。经讯问，家人吕福、衙役喜吉升，各获银十五两。这二人怎敢如此大胆？说白了，还不是仗着主子的势。在管教身边人问题上，李调元显然失察。而纵容亲近之人，是为官者的大忌。从这个角度看，官场上的李调元还不成熟。

李调元家庭成员关系复杂。先说父辈，其母早早仙逝，其父续弦，且有子女。再说他自己，李调元有妻胡氏，妾更是多，据笔者手头资料看，妾就有万氏、周氏、马氏、姚氏、王氏、林氏。在封建社会，人们信奉多子多福，无可厚非。但家口多，矛盾也就不可避免。在这种情况下，明智的做法是树大分权人大分家，可李调元迟迟没做决断，直到嘉庆三年（1798年），他本人65岁时才命四子分家。万卷楼遇劫，李调元从成都返回罗江南村坝，屡唤长子朝础、次子朝龙，二子竟不到身边。盛怒之下，李调元收回分给他们的田产，用田产的收益修建小万卷楼。两个儿子为何不听父命？原因很多，但大家庭时累积在心中的怨气肯定是其中之一。李调元在教诲子女方面，应当说失败了。

最后说说邻里关系。

李调元在信中就万卷楼被焚向赵翼披露心声："自四月初三日，教匪过涪江，窃幸可免。不意初六日，为土贼所焚，片物不存。不毁于教匪而毁于土贼，心实难平。……窃思土贼不过村中人，非如教匪之来自远方也。……今据看楼长工向贡所供，亲见火起时从中走出何士选、丁娃子二人及打抢日倡言烧楼之刘俸彰及子常禄、宋士义三人，皆地方历来窃贼巨魁。"李调元眼中的"土贼"，实为他的乡邻。乡邻为何对万卷楼痛下杀手呢？表面上看是恨万卷楼，透过现象看本质，实则恨李调元。那么，乡邻为何恨李调元呢？笔者试做分析：李调元交二万金方放归乡里，养优伶且跨州逾县演出，扩园建湖……这么大、这么多的开支，钱从何来？还不是从乡邻身上搜刮来的，可谁又甘心被压榨呢！乡邻心头的火，无法在李调元身上发泄，只好烧了他视为命根子的藏书楼！

饱读圣贤书的李调元，当然明白远亲不如近邻的道理。但现实生活中，他没有处理好邻里关系，最终导致自己栽了跟头。

笔者摆了一阵李调元的闲话，并非苛责先贤。常言道：金无足赤，人无完人。聊李调元的不足，是让后人吸取教训，以免"后人哀之而不鉴之，亦使后人而复哀后人也"的悲剧再次上演。

七、翰林遗风润桑梓

辛丑年六月，笔者前往李调元故里安州、罗江，探寻翰林遗迹。

罗江区调元镇百花村八组云龙坝，乃李调元曾祖李攀旺出生地。放眼望去，水稻拔节生长，苞谷吐穗，泞水汤汤，一派丰收景象。从公路顺台阶而下，正是雨季，青苔布满台阶。平缓的山脊下，岩石裸露。打开紧锁的朱红大门，湿气逼人。一块巨石下，咸丰十年三月二十一日合族众同立的《李氏宗祠敦本堂存赜》映入眼帘。《敦本堂存赜》为摩崖碑文，主要有四个方面的内容：歌颂美实公李攀旺开基不易、李氏一脉自武庠李士逵至庠生李铙端20人所获功名、李氏字派、宗祠祭田。自云龙坝，李氏一脉开枝散叶，在清中叶达到鼎盛。160余年后，宗祠已毁。

离开云龙坝，乘车前往李调元出生地南村坝。清代中叶的南村坝，今属安州区塔水镇童山村四组。乡人说，自李攀旺定居南村坝李家湾，他的后人便在此繁衍生息。当然，李调元一生大部分时光是在李家湾度过的。他去世后，也长眠于此。挂有"原居"牌匾的李调元故居，一看便知是今人复建的。屋内，有李调元、李鼎元、李骥元三兄弟少年读书塑像。供台上遗有香灰，表明仍有李氏后人祭拜先祖。距"原居"不远处，建有一亭，亭内塑李调元像。李调元反剪着手，昂首凝视远方。在茂密的修竹下，乡人指着一段低矮的残垣说，这就是李家大院的土墙。风雨剥蚀，昔日的高墙大院已荡然无存。岁月悠悠，李调元家族的欢声笑语，抑或苦闷呐喊，都沉入历史的长河中。

位于罗江区顺河村六组的鹡鸰寺是李调元读书之地，一定要拜谒。去之前，先做了一番功课。"鹤巢常在千年树，猿去多悬百岁藤"，李化楠前往浙江任职之际，将旧作《游鹡鸰寺》赠予李调元，希望他避开尘世喧嚣，在寺中静心读书。"窗隐禅房灯火暗，云浸佛壁榻床幽""独来独往谁人见，时息时休物亦同"（《寓居鹡鸰寺》二首），遵父训，在仆人陪同下，李调元在小山之上的鹡鸰寺苦读经典。寺内有一疯癫之僧，邋遢不修边幅。一日对李调元语，他梦见土地神说李翰林在此。后山僧云游天下，不知所终。一年后，李调元中秀才。之后，李调元赴父亲任所继续攻读。乾隆二十四年（1759年），乡试名列第五，李调元中举。"扫窗已见蛛悬网，翻盎先看鼠自忙"（《试毕复归鹡鸰寺》）、"毕竟山中气味宜，重来不觉叹凄其"（《重至鹡鸰寺》），中举后的李调元再到人迹罕至的鹡鸰寺孤灯夜读，冲刺次年的春闱。庚辰科会试，落第。乾隆二十八年（1763年），李调元中癸未科进士，钦点翰林院庶吉士。昔年疯僧预言，今日果成真。

神奇鹤鸹寺，怎能不前往一游。待我匆忙赶到时，一把大锁将我挡于寺门之外。透过门缝，欲一睹寺内真容，却什么也看不清。欲绕寺一观，也被铁门铁锁所阻。红墙灰瓦，鹤鸹寺静默无语。寺旁，一株桃树挂满红红的脆桃，静待主人归来。徜徉院坝，在蝉鸣声中抱憾离去。

历史上赫赫有名的醒园，不知倾圮于何年，今罗江区调元镇雨村社区的醒园，乃1992年重建。

> 此地可停骖，剪烛西窗，偶话故乡风景：剑阁雄，峨眉秀，巴山曲，锦水清涟，不尽名山大川都来眼底；
> 入京思献策，扬鞭北道，难忘先哲典型：相如赋，太白诗，东坡文，升庵科第，行见佳人才子又到长安。

刚踏进园门，李调元为北京四川会馆撰写的佳联便撞入眼帘。巴蜀自然之美、人文之韵，尽入联中。

大雨刚过，湿漉漉的醒园，草木欣欣向荣。或许是资金捉襟见肘，那些草、那些树，在阳光雨露下，无忧无虑自由生长，只是略显零乱。墙上题刻，斑驳难识。水声轰鸣，原是潺水穿园而过。游客稀少，我也是仓促一瞥便离开了。只是手持经卷、目视远方的少年李调元形象烙在脑海中，难以忘怀。

安州区塔水镇童山村六组，翰林长眠之地，也是笔者此次凭吊的最后一站。耀眼的烈日下，田垄围裹间，一石砌大墓矗立于平畴，石碑上书十字：大清翰林李公调元之墓。墓呈八菱形，直径5.5米，高5米，现为四川省文物保护单位。秧叶壮实、苞谷棒子丰满，蛙声阵阵，山河无恙大地秀美，翰林，可以安息了。

此次李翰林故里行笔者最大的感受是，李调元在世之时赖以生存的实物早已化为乌有。但作为乡贤，罗江、安州二区的中小学，都在传承他勤奋好学、孜孜著述、弘扬巴蜀文化的风范。这正应了那句老话：物质易逝，精神不朽。

一部三国誉华夏 YIBU SANGUO YU HUAXIA ▶▶▶

蜀道珍珠

·蜀道珍珠之细语呢喃·

❀世间事，人间情，在"放下"与"放不下"间蹒跚而过。

❀活在当下，脚踏大地，便是最好的"彼岸"。

❀岁月，就这样从远古来到当下。这当下的岁月，也会成为后人眼中的远古。

❀改朝换代将临，觅食青山观的王绩不为外界所扰，仍然不离母亲左右，仍然
　让书声盈耳，仍然和睦乡邻……

❀佛道共存，不仅在观音岩，在中国很多名山古刹，都是佛教、道教相伴，根
　本不存在"一山难容二虎"，这就是和而不同，和谐共生。

❀贾儒珍亲手点燃的兴办义学这把火，在他的故里熊熊燃烧了近百年。

❀回望苍翠的鹤鸣山，张天师飞升不足美。背包拎兜，车来人往，原来，最留
　恋的还是烟火人间！

❀父母对子女的期望，不是官至宰相，不是黄金万两，而是一句问询，而是共
　享一餐饭。

❀儒家说入世，佛家讲出世，道家言顺其自然。人生在世，上有父母，下有儿
　女，中有朋友，自己还有万丈雄心，岂敢轻言超拔脱俗。陆游的煎熬，不仅
　仅是他个人的。

❀不论何种缘由漂泊在外的游子，归家才是正途。

❀世间一切美好终是在失去后留恋，古人如此，今人也如此。

❀这些辛勤的小蜜蜂穿梭于花丛中，正酿造属于它们自己的美好生活呢。

❀没有厚重的历史，不能称之为古城。没有厚重的"老物件"，也不能名之曰
　古城。没有风俗传承，古城就没有味道。没有新的生活，古城就没有朝气。

❀人在旅途，就让明月把相思梦捎回故乡吧。

❀后世有论者以为，此乃文明之宋亡于野蛮之元。若果真文明驯服于野蛮，不
　得不令人深思"这是为什么"！

❀为国死难的英雄，其事载史册，其名镌祠庙，其气长存天地间。

❀忙忙碌碌的人生，有时候真该歇一歇，想想究竟怎样的生活才是我们所需要的。

❀大江之奔流兮，舟车辐辏，泽我生民。

❀九万里寻道只争朝夕，三千年读史水润炎黄。

青山观

———— ❖ ————

繁华的汉昌古县，在当地乡人口中，已是瓦子地；

陆游奔赴抗金前线，驿壁题诗，留下声声叹息；

王氏族人在这里生生不息，状元、九子八进士传为美谈；

而今，公路如飘带，青山叠翠，屋舍俨然，青山驿仍鲜活在那片热土上。

一、汉昌古县

元嘉八年（431年），置汉昌县，治青山观。自此，青山观走向历史的前台，并在唐宋时期达到辉煌的顶点。

元嘉是宋文帝刘义隆的年号，刘义隆的父亲是刘裕，刘裕乃西汉高祖刘邦之弟刘交的后人。刘裕攘外安内，立下赫赫战功，在420年废黜东晋最后一位皇帝晋恭帝司马德文，建立宋，史称宋武帝。一生打拼的刘裕，在位时间仅两年，就匆匆撒手人寰。去世后，大儿子刘义符继位。由于刘义符只知吃喝玩乐，被权臣拉下皇帝宝座，刘裕第三子刘义隆登上权力的巅峰，史称宋文帝。

"斜阳草树，寻常巷陌，人道寄奴曾住。想当年，金戈铁马，气吞万里如虎""元嘉草草，封狼居胥，赢得仓皇北顾"。元嘉年间发生的一件事，引得700余年后的辛弃疾还感叹不已：起自草莽的刘裕，东讨西征，豪气如虹。而他的儿子刘义隆，也想建立霍去病封狼居胥山那样的盖世奇功，可惜准备不充分，招致失败。

刘宋王朝建立的汉昌县，统治者希望王朝兴旺昌盛，但这个愿景落了空。

不到60年，齐代宋，刘裕的国就成为历史。

距刘裕开国大约160年后，也就是开皇四年（584年），汉昌县治地由青山观迁回原苍溪县治地曲肘川。开皇是隋文帝杨坚的年号，杨坚这个皇帝，是北周静帝宇文阐禅让给他的。美其名曰禅让，实际上是逼迫，是抢。宇文阐一个不满10岁的娃娃，怎么降得住党羽众多的杨坚？！宇文阐交出皇权不久，杨坚就把他杀了。

开皇十八年（598年），废汉昌县名，复苍溪县名。在岁月的长河中，青山观作为县治地无疑是短暂的，但作为上连葭萌、下控阆州的驿道必经之地却长盛不衰。

二、放翁悲吟

生于蛇年也病逝于蛇年的大诗人陆游，在乾道八年（1172年）曾经两过苍溪。早春二月，陆游从夔州通判任上赴南郑，任王炎幕府干办公事兼检法官。同年秋天，陆游从南郑出发，前往阆中公干，夜宿青山铺，作诗二首。

"秋砧满孤村，枯叶拥破驿。白头乡万里，堕此虎狼宅"（《太息·宿青山铺作二首》其一）、"凄凄复凄凄，山路穷攀跻。仆病卧草间，马困声酸嘶"（《太息·宿青山铺作二首》其二），在"万叶千声皆是恨"的秋天，陆游行至苍溪。仆人病了，马也疲惫了，聊以解乏的青山铺枯叶满地。诗人不禁慨叹，远离家乡，与虎狼做伴，所作为何？"中原久丧乱，志士泪横臆。切勿轻书生，上马能击贼"（《太息·宿青山铺作二首》其一），"铁马秋风大散关"，为了抗金报国。投身抗金前线，收复中原，那是陆游的夙愿。

出身官宦之家的陆游，饱读儒家经典，早已把修齐治平作为人生理想。"古之欲明明德于天下者，先治其国。欲治其国者，先齐其家。欲齐其家者，先修其身。欲修其身者，先正其心。欲正其心者，先诚其意。欲诚其意者，先致其知。致知在格物，物格而后知至，知至而后意诚，意诚而后心正，心正而后身修，身修而后家齐，家齐而后国治，国治而后天下平。自天子以至于庶人，壹是皆以修身为本"。《礼记·大学》中的这段话，不仅是陆游的人生信条，也成为封建社会广大读书人的圭臬。

陆游似乎有某种预感，在他办完公事返回途中，接到公函，催他迅速赶回南郑。原来王炎回京，幕府解散了，陆游新的职务是在成都做一个闲散的参议官。但陆游那声沉重的叹息，在黄叶漫飞的秋夜，并未远去，至今仍回响在青山铺的上空。

三、文脉流芳

据《苍溪县志》记载，南宋理宗绍定年间（1228—1233年），王樾考中状元。

宋理宗端平元年（1234年），是南宋军民欢欣鼓舞的一年。这一年，宋、蒙联手，灭掉给宋王朝带来奇耻大辱的金国，一洗靖康之耻。这一年，陆游已离世25年。"死去元知万事空，但悲不见九州同。王师北定中原日，家祭无忘告乃翁。"放翁的遗愿终于实现了。

金虽灭，偏安一隅的南宋小朝廷却迎来了蒙古铁骑。可以说，王樾生活在一个变幻莫测的时代。王樾是禅林乡青山村人，父亲王诗曾做过洋州刺史，累官至刑部侍郎。王樾本人做过京畿大夫、巡案这样的官职，年迈归乡，住县城古学街。

王樾虽是状元，但文名、官职均不显。不仅是王樾，科举时代的骄子，中状元后的建树，大都表现平平。

县城玉女河穿古学街流入嘉陵江，夏秋之季，山洪泛滥，乡民进城不便。王樾见此情景，在河上架双孔拱桥，以解民忧，后人呼此桥为"状元桥"。

王樾有一个侄儿叫王绩，更是了得，"九子八进士"说的就是他。

王绩的祖父是王诗，父亲是王浩，王浩早殇，母亲守节，将王绩养大。

王绩最为人乐道的三件事，一是孝顺母亲，二是教育子女，三是与邻为善。

宝庆年间，王绩的伯父王度文为陕西漕驿，他希望侄儿前往当差。漕驿掌管水上运输，在陆路交通欠发达的古代，那是个肥差。但王绩谢绝了伯父的一片美意，在家全心侍奉母亲。后母亲去世，王绩守孝3年，尽到人子之责。

耕读传家，乃王绩之愿。《三字经》云：养不教，父之过。王绩深知做父亲的责任，于是在家中设学馆，延聘良师，教育子孙。王绩妻蒲氏生四子：王埙、王域、王垓、王圻，续弦许氏再生五子：王坻、王城、王垌、王堪、王塔。九子皆品学兼优，除长子中举人外，其余八个儿子皆高中进士。王绩"九子八进士"在十里八乡传为美谈。

孟子曰："老吾老以及人之老，幼吾幼以及人之幼。"王绩深以为然。据《苍溪县志》记载，有邻居生病者，王绩付之以医药；遭遇丧事而拮据者，王绩慷慨解囊；有殁于山野道旁者，王绩将他入土为安。

宝祐六年（1258年），蒙古可汗蒙哥率军亲自攻打长宁山。南宋末年的苍溪，时常遭受蒙古铁骑的蹂躏。可以说，王绩生活在一个风雨飘摇的时代。改朝换代将临，觅食青山观的王绩不为外界所扰，仍然不离母亲左右，仍然让书声盈耳，仍然和睦乡邻……王绩，是一个了不起的人物！

四、青山悠悠

久慕状元故里，辛丑三月，始前往一游。斯时，吾正读太白《春夜宴桃李园序》。"夫天地者，万物之逆旅。光阴者，百代之过客"，是啊，王樾离世快800年了。

乡道宽阔整洁，房屋宽敞漂亮，小山树木青翠，如今的乡野，村美人和。柏油路旁，贤母之墓、开基祖刑部侍郎王浔之墓、九子八进士之父王绩之墓、南宋状元巡按王樾之墓，静卧在小山脚下。四墓背靠岳阳山，山脉绵延2700里不断，面向笔架山和月亮包。乡人说，唐时袁天罡、李淳风曾来青山驿，认定此地风水极好。

青山观王氏来自哪里？根据碑文上的文字，王氏扎根青山观的脉络大致是：西晋初，太原王氏三十五代孙王浑入蜀为官，王浑不忍将老母留于家中，遂携母入蜀。蜀道艰难，行至青山驿，王母竟仙逝。无奈之下，王浑择壤就地埋葬母亲，人称"贤母坟"。唐末，天下大乱。太原王氏裔王浔进士及第，先为中书舍人，后升刑部侍郎。唐僖宗避黄巢锋芒，仓皇西逃。王浔护驾，随僖宗入蜀。途经青山驿，见先祖墓破败荒凉，心中甚愧。黄巢倾覆，唐僖宗返回长安，王浔遂辞官，定居青山溪，看管祖坟。王浔育有十子，设馆亲自教之，十子皆成名并跨入仕途。墓志云，浔公第六子敦敬进士及第，留青山观事亲，其余九子皆外地为官。他们的后人散居川内的苍溪、旺苍、阆中、南部、营山、仪陇、南江、通江、渠县、三台、盐亭、射洪及川外的湖北、陕西等地，如今，王浔被尊为川北王氏开基之祖。宋洋州刺史王诗四子乃王樾，六子乃王浩，王浩子王绩，乃九子八进士之父。

王樾墓志云，樾有二子曰王鼎、王佐，王佐与蒙哥激战长宁山，以身殉国。但《苍溪县志》为王樾立传时，仅记"王樾之子王文中，南宋将军"；为王佐立传时说他为"今甘肃天水人"，未表明王佐为王樾之子。

乡人告诉笔者，青山观村原属禅林乡，因乡镇行政区划调整，禅林乡被撤销，该村2020年5月并入东青镇。行政上的禅林乡成为历史，原乡政府驻地在农历一、四、七仍然逢场。

四座墓前均有香炉，香灰清晰可见；祭台上摆放有祭品，水果尚鲜。这一切表明，仍有王氏后人祭拜他们的先祖。从王母长眠算起，时间长达1800年。常言道：君子之泽，五世而斩。时间虽远，王氏后人仍不忘祖，这个家族不简单！

王樾墓紧邻文昌宫，文昌宫原为状元私塾，后演变为祭祀文昌帝君的道教场所，门前楹柱上有一联："天经谟典德教沛然南北东西资活水，万古纲常圣神至矣王侯士庶仰高山。"乡人说，每年中考、高考前，前来文昌宫上香的父母、学子络绎不绝。

文昌宫前方百余米，两棵古柏傲岸挺拔枝叶婆娑，树干粗壮至少两人方能合围，传说是张飞巡逻剑阆驿道时所栽。

王樾少时在县城东北的白鹤山来仙洞读书，不避寒暑，方蟾宫折桂。看来世间一切成绩，都是努力的结果。由于时间紧迫，此行不能亲往。站在青山驿，怅望来仙洞，抱憾而归。

一代乡贤

---❖---

忽闻犬吠鸡鸣恍似云中世界，不受名缰利锁居然地上神仙；

山势清高卓立天表，云痕回互秀越人寰；

心地无风波动静皆成妙谛，性天有化育中和时见光辉；

……

这些联语不仅对仗工整、趣味盎然，且书法曼妙绝伦。

它们静静地矗立在寻乐书岩，让后人细细品鉴，品鉴那不曾远去的岁月。

一、生逢乱世

那是一片普通的山岩，掩映在苍苍柏林下，但又是一片有文化的特殊山岩。由普通而特殊，离不开一个人，这个人名贾儒珍，当地人称为贾善人。

贾儒珍生于嘉庆二十一年（1816年），殁于光绪二十一年（1895年）。一生历嘉庆、道光、咸丰、同治、光绪五朝，活了80岁。在那个民生凋敝的时代，可谓长寿。

乱世中的贾儒珍，留存下来的资料不多。今天的我们只约略知道，在他18岁时，其父离世，家境开始走下坡路。20岁时，他前往成都求学，为了生活，当过戏子（或云管领过戏班）。

19世纪的清王朝内外交困，由盛而衰。

可以说，贾儒珍生活在一个朝不保夕的混乱时代。但贾儒珍就是贾儒珍，他不但没有沉沦，反而将眼前的苟且活成了那个时代的诗和远方！

二、石窟洞府

把物质上的"蛮子洞"转变为精神上的寻乐书岩，"关键"先生是贾儒珍。

因母亲驾鹤西去，贾儒珍从成都返回桑梓，为母守孝。世道多变，贾儒珍厌倦了漂泊生活，决意在故乡的这片土地上笑傲山水。道光二十四年（1844年），贾儒珍与寇万仁一道，新凿两洞；咸丰元年至四年（1851—1854年），贾儒珍独自开掘三洞。至此，经过半个世纪的努力，方形成今天我们看到的4层7室、面积达470平方米的寻乐书岩。

跨进"天然乐趣"门，经"洗岸池"，"寻乐书岩"就在眼前了。门洞有一联："敬以直内义以方外，仰不愧天俯不怍人。"进入石门是大厅，石雕三坐像，左边"儒林真宰"石像是文昌帝君，中间"天生使独"石像是孔子，右边"义炳日星"石像是关羽。厅内大字"主敬""慎独"，彰显儒家修身要义。厅内左右各有一泉，名"石泉""甘露泉"，水清冽甘甜，不涸不溢。

家门口的"洞府"，成为贾儒珍与文友放浪形骸的"世外桃源"。其中，最具艺术的洞窟是第三层"回岸洞天"。一天，贾儒珍与道光皇帝的老师、四川名儒李嘉秀等一帮文朋诗友又齐聚寻乐书岩，正高谈阔论之际，一乞丐不请自到。见众人面露不屑之色，乞丐也不答话，在石壁上用烂草体题诗一首："天风萧飒下蓬莱，黄鹤青山夜月开。海上有人吹玉笛，凌虚飞过凤凰台。"众人正惊愕之际，只见乞丐留下题款"一只鹤"后扬长而去。

大家知道今天遇见了高人，李嘉秀虽贵为帝师，也不敢造次，在一只鹤题诗旁书一联，分列左右："刚日读经柔日读史，无酒学佛有酒学仙。"

向来低调的高僧丈雪和尚，在帝师联语的下方续写一联："知过必改得能莫忘，罔谈彼短靡恃己长。"

这幅题壁石刻不仅书法技艺精湛，而且文辞雅丽，令人观之不忘。

美其名曰寻乐书岩，"书"在石洞中肯定唱主角。从数量上看，在160多平方米的石壁上，分布着楷、行、隶、篆各体石刻书法作品共122幅，计17600余字。从内容上看，或歌吟山水，或抒情言志，或赞美德业。从作者看，留下墨宝的名家，包括郭尚先、许槃等20多位晚清著名书法家。其中，见之于《四川省志》《保宁府志》的名家就有21人。

令人不解的是，在"回岸洞天"题刻下，郑板桥的作品"心清水浊，山矮人高"和龚晴皋的作品"览画学十三科，钞奇书八百纸"赫然在列。要知道，郑、龚二人早已仙逝，贾儒珍不可能邀他们来"洞府"谈诗论画。那这两幅作品从何而来？有两种可能。一是从郑板桥、龚晴皋书法中集的字，请人书写。二是当地文人临摹二公书法，竟至以假乱真，落款为郑板桥、龚晴皋。

洞外云卷云舒，洞内诗情画意，陶醉其间，不知今夕何夕！

三、唯有读书

贾儒珍不仅吟风弄月，还对教育特别上心。一个人、一个民族、一个国家，如果不重视教育，是没有前途的。

咸丰四年（1854年），贾儒珍在寻乐书岩创办第一所义学——养正义家。为什么取这个名字呢？贾儒珍自己给出了答案："盖取《周易》'蒙以养正'之义。将乘子弟天性未离之时，教以洒扫、应对、进退之节，习于礼、乐、射、御、书、数，遏其邪心，端其趋向，以为异日尽性立命之本……"后来，贾儒珍又在三元岩贾氏祠堂、东岳场、回龙庵、寇氏祠、柏林观、庄左梁相继创办6所义学，方便子弟就近求学。

今天的我们不禁要问，贾儒珍为什么要办义学？贾儒珍的回答发人深省："人无三辈富，花无百日红，与其守财埋入地下，不如生时施惠于乡邻有利。"又云："欲求子孙贤达，各尽孝悌之道，敦伦重礼，非立学田、设义学不能成就人才也。"

要办学，离不开老师。要教出优秀的学生，更离不开老师。贾儒珍延聘老师眼光独到："家塾义学聘西宾不宜屈于人情而滥举，总要择其行端表正，学问深纯而无拘迂傲怪之僻，实有移风易俗之型，方可聘请，以为后人楷模……"笔者惊奇地发现，100多年前的贾儒珍，选师的标准竟然是德才兼备，佩服佩服！

办义学、聘老师，人们不禁要问，钱从何来？贾儒珍首先号召乡邻捐资，并亲自拟文《劝捐资为公说》。同时，他本人带头捐资。据《苍溪县志·人物·贾儒珍》（1993年版）记载："一生共捐置学田百余亩、白银数百两，保证义学长兴不衰。"

贾儒珍不仅保障了义学的"硬件"，还对义学的"软件"——教学内容也倾注了心血。受启蒙读物《三字经》《弟子规》的影响，贾儒珍撰写了《三字格言》，作为义学儿童必读课文。"进学堂，放心收。听师言，敬父母。行必端，不乱顾。坐不倚，言不粗。惜光阴，爱校物。习礼仪，革物欲。同窗友，亲手足。勤发愤，戒扭斗……贫穷者，勿欺辱。相互敬，共进步……贫与富，车轮轴。富转贫，贫亦富。茅草房，公卿屋。后生畏，自古有。成大器，为人父。途遇女，有礼貌。勿戏弄，勿轻佻。五伦常，要记牢。四维张，修身堂。烦恼事，三思妙。殊冷静，忍为高……"当琅琅书声回响在义学的天空，一定是贾儒珍拈须颔首最高兴的时候。

贾儒珍深深地知道，一件好事，"其兴也勃焉，其亡也忽焉"，如何才能走出这个怪圈呢？谁贪污截流捐田、租谷、捐银，贾儒珍就向苍溪县署举报并申请立案查处，并将此等劣迹刻石立碑于东岳场，让贪墨者无地自容。

贾儒珍把办义学的方方面面都考虑到了，那结果如何呢？直到中华人民共和国成立前夕，义学堂才退出历史舞台。也就是说，贾儒珍亲手点燃的兴办义学这把火，在他的故里熊熊燃烧了近百年。

四、悠然一生

如果我们认为贾儒珍仅仅喜欢子曰诗云，或者与三五好友游于山林吟于洞穴，那就太小瞧他了，何以见得？如同封建社会众多士人一样，贾儒珍也是儒、释、道三家兼修，这从八仙洞中的供奉便可看出端倪。

八仙洞雕刻的神龛分上、下两层十一龛。上层为三尊观音石像，额题"甘露普施"，两侧有联云："早向迷津施宝筏，恰来回岸系慈航。"不用说，佛家之味浓郁。下层刻八尊八仙石雕像，石像前赫然绘滚龙抱柱浮雕。有三额题，分别是"仙花献瑞""与时俱极""玉芯月开"。两侧也刻一联："性命双修大道，先后一气同归。"下层额题及联语，道家仙风飘飘。

在八仙洞西侧，刻有贾山亭先生石像，由苍溪县知事毛隆恩题赠的额题为"善气迎人"。两侧刻联："神仙风度琼玙质，菩萨心肠松柏姿。"此联为文齐刘克绍在贾儒珍74岁时题赠，当时贾儒珍健在。贾儒珍石雕为坐像，面容慈祥，上唇蓄八字胡，下颏留山羊黑须。两侧塑二侍立童子，一人手端茶壶，一人手捧书籍。

贾儒珍结束异乡生活，自道光二十四年（1844年）与寻乐书岩结缘，至光绪十九年（1893年）最后一次刻字时止，前后经道光、咸丰、同治、光绪四朝，计50年。这50年，贾儒珍把他的智慧和辛劳留在了故乡这片土地上，也赢得了后人的广泛赞誉。

一座书窟，如何完整地留给后人？贾儒珍一直冥思苦想，但终不得解。无奈，贾儒珍只好在八仙洞墙壁上刻下咒语："不肖子孙毁坏此产，恶疾终身，雷霆火烧，报应昭彰，不爽毫发焉耳。"

一生不求富贵利达，只爱山水烟霞的贾儒珍，于光绪二十一年（1895年）走到了生命的尽头。墓前石碑上书：布政司都事正五品贾公儒珍字聘侯号山亭寿藏。

历百余年风雨，寻乐书岩虽偶遭劫难，但值得庆幸的是并无大碍。如今，寻乐书岩不仅得到有效保护，且建成了AAA级景区。贾儒珍若泉下有知，定当含笑。

鹤鸣山

---✿---

剑阁县老县城普安镇，千年老城，人文荟萃。镇东的鹤鸣山，佳山秀木，仙风道骨，令人心向往之。

一、摩崖道教造像

张道陵乘鹤飞过东山后，仙鹤便时常鸣叫，仙气飘飘的东山就叫鹤鸣山了。

鹤鸣山有灵，凡人当然要顶礼膜拜了。摩崖道教造像，从年代上看，起于隋，终于唐，一共五尊。不曾料，那时民众叮当的凿岩声，在道教造像史上举足轻重！

这五尊道教造像，二号龛主像、五号龛造像均被盗，李商隐《剑州重阳亭铭》碑现移于五号龛石窟保存。

一号龛窟已遭毁损，主像保存较好。主像称长生大帝，属道教尊神。露齿而笑，雕刻线条流畅，身后饰五斗星纹，传达五斗米教的教义。

二号龛主像虽被窃走，但龛门楣两侧的"六丁六甲"神像，却是国内道教造像的绝品。据介绍，丁甲神所持法器"阴阳鱼虫"，为太极形成之前的无极现象。

三号龛保存得最为完整。该像开凿于唐初，系道教长生保命天尊。天尊头戴莲花冠，背饰五斗图，身着素衣宽袖道袍，脚穿道履踏莲台。左手施无畏印，右手持法器。线条飘逸，雕凿工匠的水平，可谓已达炉火纯青之境。

四号龛系道教长生大帝像，造像面容凝重。在五尊造像中，唯四号龛有具体的凿刻时间。四号龛开凿于唐大中十一年（857年）。大中是唐宣宗所用年号，李商隐为剑州刺史蒋侑所写《剑州重阳亭铭》比开凿四号龛早3年。

走下坡路的晚唐，不仅面临宦官专权于内、节度使弄权于外的严重困境，而且宗教矛盾也十分突出。唐皇姓李，便尊老子道家学说为国教。唐玄宗于大明宫修道观，杨玉环曾在此为女道士。道家、儒家之言，产生于本土。佛教在东汉明帝时传入中土，可谓"舶来品"。佛教自传入神州，便迅速传播。"南朝四百八十寺"，佛寺兴盛可见一斑。唐宪宗喜佛，迎佛骨，韩愈上表反对："焚顶烧指，百十为群，解衣散钱，自朝至暮，转相仿效，惟恐后时，老少奔波，弃其业次。若不即加禁遏，更历诸寺，必有断臂脔身以为供养者。伤风败俗，传笑四方，非细事也。"但唐宪宗不纳韩愈之言，把他贬往令人生畏的瘴疠之地。此事可视为佛、儒矛盾。然物极必反，此乃事物发展的规律。至唐武宗时，寺院星罗棋布，僧尼摩肩接踵，严重影响国家机器正常运转。于是，唐武宗强行拆寺，僧尼还俗，会昌法难发生。此事可视为佛、道矛盾。

从历史的长河看，儒、释、道三家大多数时候和平相处。隋唐之际，广元不仅雕凿千佛崖、观音岩等佛像，也开凿鹤鸣山道教造像。其实，中国传统士大夫的精神里，都流淌着儒、释、道的血液。

二、剑州重阳亭铭

亭因铭传，铭因亭辉。

剑州重阳亭，刺史蒋侑建，亭成之时，正值重阳，故名。《剑州重阳亭铭》，李商隐撰。李商隐作《剑州重阳亭铭》，时间是唐大中八年九月一日，地点是东川节度使柳仲郢幕府。

李商隐，晚唐著名诗人，与杜牧并称小李杜。不足50岁的李商隐，一生历宪宗、穆宗、敬宗、文宗、武宗、宣宗六朝。敬宗、文宗、武宗三人系兄弟，均为穆宗之子。穆宗、宣宗为兄弟，乃宪宗子嗣。皇位不能传给自己的儿子，这说明皇帝命短和无子（或子嗣夭折、年幼）。短命和无后，从历史经验看，这个王朝离寿终正寝不远了。

李商隐真是命苦，自己陷入牛李党争不说，国家的政策也是摇摆不定。宪宗喜佛，韩愈上《谏迎佛骨表》。"一封朝奏九重天，夕贬潮州路八千。欲为圣明除弊事，肯将衰朽惜残年！云横秦岭家何在？雪拥蓝关马不前。知汝远来应有意，好收吾骨瘴江边"。从《左迁至蓝关示侄孙湘》一诗可以看出，宪宗对韩愈恼怒不已，把他贬往瘴气弥漫的南方。而宪宗的孙子武宗，在会昌年间，下诏拆除寺庙，令僧尼还俗，史称"会昌法难"。在这样的环境下，李商隐虽考中进士，虽是太学博士，也难以展翅高飞。

李商隐中年丧妻，应柳仲郢之邀，赴梓州幕府任小官，时间是大中五年。无独有偶，蒋侑也于大中五年由江陵令升任剑州刺史。

> 令既为侯，讲天子意，三年大理，田讼断休，市贾平，狱户屈膝，落民不识胥吏。四方宾颇来，系马縻牛，至树肤不生。乃大铲险道，绳石见土，其平可容考工车四轨，建为南北亭，以经劳饯。又亭东山号曰重阳，以醉风日，南北经贯，若出平郡，无有噫嗟。越三年，民恐即去，遮观道路，乞请留侯，东山实在亭下。

从铭文中可知，蒋侑在剑州三年，民间官司"断休"，市场繁荣、交易公平，官民相处和谐，整修道路，建亭"以醉风日"……总之，"三年大理"，政绩昭昭。

"民恐即去"的刺史蒋侑，担心自己的政绩湮没在历史的尘埃中，遂有了小心思——请大名鼎鼎的李商隐写一篇文章，刻之碑石，传之后世。于是，李商隐便于唐宣宗大中八年（854年）撰就《剑州重阳亭铭》。碑至今尚存，蒋侑的愿望无疑是实现了。

自唐蒋侑建重阳亭，至宋、明、清，此亭多次倾圮，也多次重建。自唐李商隐作《剑州重阳亭铭》，历代文人过剑州（或治理剑州），多有题咏。

蒋侑的重阳亭，实物早已消失在岁月的长河中，我辈无缘一睹。但文化上的重阳亭，已是剑州风雅之地，我辈却可畅游其中。

三、大唐中兴颂

《大唐中兴颂》摩崖石刻，鹤鸣山三绝之一。之所以与其他二绝鼎立，盖元结、颜真卿之故也。

《大唐中兴颂》乃是一篇散文，作者元结。元结擅长诗歌和散文创作，与李白、杜甫同时代，且与杜甫是好友。今天看来，元结文名不显。但在繁星满天的唐代文坛，也是一个牛人。李杜在科举面前铩羽而归，元结却进士及第；李杜为求得一官半职四处碰壁，元结请颜真卿书刻此文时官名为"尚书水部员外郎兼殿中侍御史荆南节度判官"。从事功角度看，元结远比李杜成功。

从盛唐走来的元结，也经历了安史之乱。到唐肃宗上元二年（761年）的秋天，发动叛乱的元凶安禄山、史思明均死于非命。"边将骋兵，毒乱国经，群生失宁"将成过往，动荡的唐王朝将迎来安宁。"地辟天开，蠲除祆灾，瑞庆大来"，元结认为"稻米流脂粟米白"的中兴时代将再次降临，兴奋之余，遂创作了这篇《大唐中兴颂》。

时间若流水，玄宗、肃宗父子作古，王朝进入代宗时代。大历六年（771年），距《大唐中兴颂》完稿10年之后，元结守母丧，隐居浯溪。湘江边上的浯溪，佳山秀水，直接引发了元结"刻之金石"的夙愿。元结请来的书家，乃"楷书四大家"中的颜真卿。

这个颜真卿，不仅字写得上乘，品德也卓绝。安史乱起，河北州县可谓望风而降。唯颜真卿坐镇的平原、从兄颜杲卿守护的常山，奋起抵抗，誓死不降，为唐王朝赢得宝贵的喘息之机。安史乱平，节度使为祸，元载、卢杞等奸人为相。忠直的颜真卿被卢杞派去宣谕发动叛乱的淮西节度使李希烈，坚贞不屈的老人被李希烈缢死。

颜真卿为元结书写的《大唐中兴颂》，摹刻于浯溪石崖。其字刚劲，气韵流畅，乃颜鲁公书法代表作。

元结之文，颜真卿之书，为浯溪山水增色。

"水部胸中星斗文，太师笔下龙蛇字"，424年之后，刻于浯溪的《大唐中兴颂》，怎么"飞"到剑阁鹤鸣山的呢？原因有二。其一，绍熙五年（1194

年），宋宁宗即位，继高宗、孝宗、光宗之后，成为南宋第四位皇帝。宁宗追封岳飞为鄂王，重用韩侂胄。宁宗欲有一番作为，大有收复中原之志。庆元元年（1195年），隆庆府通判吴旰遂于鹤鸣山石壁翻刻《大唐中兴颂》，以响应宋宁宗之为。就这样，湘水边的石刻在蜀道剑州有了新家。其二，宝应元年（762年），唐代宗任命颜真卿为利州刺史。颜真卿在利州期间，书写佛教经典《心经》，凡二百余字，刻碑立于皇泽寺。利州、隆庆山水相连，吴旰羡颜鲁公道德书法，遂将他的《大唐中兴颂》书刻从千里之外翻刻，摩崖于鹤鸣山，朝夕观之，以慰先贤在天之灵，以示自己高洁人品。

慕先贤，展品性，欲作为，吴旰摹刻的《大唐中兴颂》不惧千山万水，在鹤鸣山与道教石刻、《剑州重阳亭铭》为邻，相伴终生！

四、鹤鸣东山

辛丑年底，笔者得闲，始得一游东山。

东山，乃古名也，后称鹤鸣山，如今是道教公园。大门有一联："天地人造身，精气神塑魂。"笔者从东山顶进入古柏茂盛的园内，首先映入眼帘的是"读经明道"长廊。放眼一望，长廊上部牌匾书写的是老子《道德经》，口里念着"道可道，非常道。名可名，非常名。无名天地之始，有名万物之母"向山下走去。

道教公园，道满山川。穿过"读经明道"廊道，一塔矗立眼前。中国古代城市多建高塔，如杭州的雷峰塔、南京的栖霞寺舍利塔、西安的大雁塔。近前一看，塔身呈八角形。仰头一望，塔高六层。如此建塔，大有深意。六层，乃取《易经》六爻之意；八方，同样来源于《易经》，八卦也。此塔名文峰，又名白塔，清乾隆年间修建。塔门紧闭，无缘一登，甚憾。

依山而下，一蛇盘于丹炉之下。道家仙山，怎能没有炼丹炉！道士不炼丹，不能称之为真正的方外之人！传说张天师在鹤鸣山炼制丹药，惊动了元始天尊。仙丹鸿蒙，元始天尊也忍不住向张天师索要一粒。千辛万苦始得仙丹，张天师如何肯与！元始天尊一怒，化符一道，一巨蟒便封住丹炉。自此，丹炉再不能启用。此仙凡心未了，算不上得道！

重阳亭旁，张道陵乘坐于仙鹤之上，一手持仙拂，一手持葫芦仙瓶，身背长剑，仙气弥漫。不远处，立一石碑，碑上书"张天师升天处"。仿古建筑内，摩崖道教造像、《剑州重阳亭铭》碑、《大唐中兴颂》石壁，均得到有效保护。

　　山脚便是普安老街，剑阁串串在顺城街一字排开，摆放有序的串串勾人味蕾，锅内汤汁翻滚，美味在人间。逼仄的茶室内，老人在怡然自得地打着长牌；人流如织的街巷，商品琳琅满目；雄伟的钟鼓楼，陪伴宛如玉带的闻溪河。

　　回望苍翠的鹤鸣山，张天师飞升不足羡。背包拎兜，车来人往，原来，最留恋的还是烟火人间！

武连芳踪

❖

骑着毛驴的陆放翁，在武连品茶后，向成都踽踽而去；"罗江四李"，匆匆过武连，为功名而奔走蜀道；二张听雨，人生难得的短暂相聚，却成终身之忆；曾国藩晨起暮宿，一程紧赶一程，思弟之情却溢满蜀道……天涯过客，俱往去。如今，在跋涉人类历史的长途中，笔者又造访武连，一睹壁画芳踪。

一、放翁煮茶

乾道八年（1172年），陆游的人生坐了一次过山车。早春二月，从夔州通判任上，豪情干云奔向汉中，入王炎幕府。铁马秋风大散关，抗金杀敌终成现实。然而数月之后，王炎奉调回京，幕府作鸟兽散。绝望中的陆游，一路惆怅向益州，去成都做一个闲散的参议官。

沿蜀道踽踽而行，经七盘关，过飞仙阁，入葭萌，抵剑阁，至武连。一路行来一路诗。牢骚中，骑着毛驴，沿剑门蜀道南行，陆游达武连县北安国院。饱读典籍的诗人，当然了解安国院。

大约300年前，唐僖宗仓皇逃蜀，曾驻跸于此。让李儇狼狈离京的是一个屡考不中的穷文人，名黄巢。"待到秋来九月八，我花开后百花杀。冲天香阵透长安，满城尽带黄金甲"。黄巢率农民起义军破潼关占长安，唐僖宗匆忙逃向天府之国。自小过着锦衣玉食生活的李儇，哪经受得了蜀道的风餐露宿，很快就病倒了。惶恐中的唐僖宗，颠簸至柳池沟驿安国院，口渴难耐，遂饮泉。甘冽清泉润喉沁脾，唐僖宗顿觉神清气爽，精神为之一振，病奇迹般地好了。

李儇大喜，亲赐一汪清泉为"报国灵泉"。

思绪从遥远往事中回到现实，陆游有了吟诗的冲动。过安国院，陆游写了三首诗，共用《过武连县北柳池安国院，煮泉试日铸、顾渚茶。院有二泉，皆甘寒。传云唐僖宗幸蜀，在道不豫，至此饮泉而愈，赐名"报国灵泉"云》诗题。题目较长，交代了诗人过安国院所见所闻。

此时的安国院，是何模样？"栏倾甃缺无人管""行殿凄凉迹已陈"，井栏倾倒了，砌壁的砖块也残缺了，行宫陈旧长满蛛网。"满院松风昼掩关""滴沥珠玑翠壁间"，松风过院、泉水叮咚，让人寒彻心扉。陆游眼中的安国院，一片破败。这景象，恰与诗人失意的心境契合。"我是江南桑苎家，汲泉闲品故园茶"，一路行来，歇歇吧，就着一泓寒碧，细品故园茶。

啜完茶的陆游继续南行，成都尚远呢。

宿武连县驿

平日功名浪自期，头颅到此不难知。

宦情薄似秋蝉翼，乡梦多於春茧丝。

野店风霜傲装早，县桥灯火下程迟。

鞭寒熨手戎衣窄，忽忆南山射虎时。

平日里就不怎么看重功名，今天沦落到此当在情理之中。仕途难料，归隐故园吧。山中小县，风霜逼人，准备行装，早早赶路吧。手握冰凉马鞭，身穿紧凑戎装，南山射虎场景，忽然涌上心间。其实，陆游口中怨声载道，心里装的却是抗金报国。

"去年射虎南山秋，夜归急雪满貂裘"（《三月十七日夜醉中作》）"前年从军南山南……赤手曳虎毛毵毵"（《闻虏乱有感》）"少年射虎南山下，恶马强弓看似无"（《病起》），在王炎幕府的射虎经历，陆游终生难忘。

儒家说入世，佛家讲出世，道家言顺其自然。人生在世，上有父母，下有儿女，中有朋友，自己还有万丈雄心，岂敢轻言超拔脱俗。陆游的煎熬，不仅仅是他个人的。

对于武连，陆游仅是惊鸿一瞥，就是这短暂的相聚，引来无数后人唱和。

第一个与陆游唱和的诗人是明朝人卢雍，他在明武宗正德六年（1511年）进士及第，正德十三年（1518年），以监察御史的身份巡抚四川。从留存的13首诗文看，卢雍对剑阁情有独钟。从诗题《宿武连驿觉苑寺，次陆放翁韵》我们知道，在明代，武连仅是驿而不是县了。"野店经行不用期，前朝赐额少人知"，岁月远去，宋神宗元丰年间赐名"觉苑寺"一事，已很少有人知晓了。"回看陵谷千年事，长啸乾坤两鬓丝"，江山易变，世事无常，一声叹息，鬓发已白。

第二位与陆游唱和的明代诗人是杨瞻，他的儿子做了宰相。嘉靖十二年（1533年），杨瞻升任右寺副四川按察司佥事，驻保宁。游览觉苑寺，吟诗二首。诗题《宿武连寺有感，次陆放翁韵二首》，杨瞻感叹什么呢？"较计多生心上病"，一个人想得多、计较得多，易生病，不利身心健康。"拘狭胸襟探海迟""脱去凡庸向上去"，一个人要有博大的胸怀，身向高处立，不与庸俗为伍，境界方能为之一新。杨瞻看得远，怪不得能培养出宰相儿子。

崇祯帝在煤山上吊，李自成败退北京，吴三桂引清兵入关，改朝换代后，爱新觉罗氏入主中原。有清一代，步陆放翁韵的诗人远超前朝。

"放翁漫叹功名薄，吾更驰驱非少时"（［清］彭阯《暮宿武连驿，和陆放翁〈宿武连县〉韵》），曾做过江油县令的彭阯，接到檄文，就匆忙启程上路了。诗人向陆游诉苦，自己鬓发已白，远非少时，为生计，仍在奔波，陆游你就不要感叹功业未建吧。

"一自卢公重咏后，禅关寂静几多时"（［清］杨端《武连驿游觉苑寺，次陆放翁韵》），杨端随父在剑州读书，搜罗资料，编辑《剑阳存古录》，为后人修《剑州志》做出重要贡献。自卢雍吟哦觉苑寺后，名流显宦不再青睐古刹，禅院寂静200年了。

"鸡声野店催行早，虫语孤灯搅睡迟"（［清］石俊生《辛未秋九月游觉苑寺，用放翁韵二首》），秋虫呢喃，烦得让人无法安睡。但第二天鸡刚打鸣，就匆忙赶路。虽然如此，还是担心归家太迟。

"残照满衣归店早，乱山围梦到家迟"（［清］汪仲洋《武连驿用陆放翁韵》），与石俊生的惆怅如出一辙，汪仲洋也深深体会到，不论何种缘由漂泊在外的游子，归家才是正途。

"蜂钻故纸成何用，惆怅先人梦虎时"（［清］陈湋《武连驿再次放翁韵》），只知死读书、读死书，没有真才实学，于国于己，有什么用呢？每每读到放翁梦虎诗，就为有真本领的他得不到朝廷的重用而唏嘘不已。

陆游与武连，其行，仅是过客而已；其诗，诗质平平。数百年来，为何"粉丝"不断？

二、奔走蜀道

陆秀夫背着小皇帝纵身一跳，陆游的南宋彻底进入历史，继之的是来自草原的蒙古铁骑。蒙元不足百年，走上历史舞台的又一朝代叫明，它的开国者朱元璋曾讨过饭、做过和尚。不过，"罗江四李"过武连时，历史又翻开了一页，皇帝来自关外，王朝名清。清代中叶的李化楠，进士出身，喜读书，"以川中书少，多购诸江浙，航来于家贮之"。受其熏陶，李调元、李鼎元、李骥元三人皆考中进士，时人用"一门四进士，兄弟三翰林"来形容他家门庭之盛。四人都曾在外地做官，往来蜀道必过武连，三人在武连留下诗篇。

宿武连驿

两山雄峙一溪流，叠起尖峦入剑州。

翠柏苍槐从古茂，高车驷马至今留。

长途客倦村烟晚，深店凉生驿树秋。

闻道连云八百里，炎威至此一齐收。

李化楠过武连时，县已降为驿。北朝西魏废帝二年（553年）设武连县，北周、隋、唐、五代、两宋皆置之，元世祖至元二十年（1283年），存在了730年的武连县被废，降为驿。

"男儿堕地走年年"的李化楠，如今又奔走在金牛道上，夜宿驿站。两山雄峙，溪水潺潺，翠柏掩映，石板上达官显贵之辙，武连废县真是个好地方。长途跋涉，疲倦不堪，所幸八百里栈道秋老虎不再发威，夜晚吹来习习凉风。

李调元是李化楠长子，过武连时，作诗一首，名《玉书送至武连废县，同游觉苑寺看诸碑刻，用陆放翁旧韵赋别》。

李调元诗中所云觉苑寺，据徐芝铭《重修觉苑寺记》（《剑阁县续志·艺文》）："按寺肇始于唐贞观，至宋元丰始赐名觉苑，有敕牒可稽。南宋绍定时，僧发昌创修大藏经阁，梯桥阶级皆筑石为之。元末寺毁坏。明天顺初，僧静智及其徒道芳住锡于此，重新殿宇奉佛祖像，并绘释迦牟尼年谱于壁。"元丰是宋神宗年号，起自1078年，止于1085年。天顺为明朝第六个皇帝英宗朱祁镇经夺门之变后第二次登基的年号，时间为1457—1464年。元丰和天顺，都使用了8年。至李调元前来访古，有觉苑寺之名，时间倏忽过了700年。距静智绘佛祖年谱于壁，也有300年之久。时间如水，从未停止过奔流啊！

"寻幽得与故人期，缓步丛林鸟未知。稚柳溪桥烟欲织，野花山店雨如丝。何年断碣僧摩遍，一夜挑灯客睡迟。最是不堪回首处，学堂同伴读书时"。从诗中不难看出，稚柳萌芽的春天，李调元从外地归蜀，在剑州做儒学教官的同窗何玉书送他至武连驿。二人一同探幽，挑灯夜谈，然后赋诗分别。学堂读书，朝夕相处。走入社会，天各一方，难得一见。无忧年华最是难忘，然而远去了。唉，世间一切美好，终是在失去后留恋，古人如此，今人也如此。

李鼎元是李化楠弟李化樟之子，李调元从弟。李鼎元中进士后，清廷曾册封他为琉球副使，"训迪海邦士子，令皆兴起文教"，重文兴教，进士风范。李鼎元过武连，作诗名《武侯坡》。诗为五言，较长，达120字。武连坡，相传乃三国时蜀汉丞相诸葛亮驻军演武之地。"举手扪青天，一坡十五里"，武侯坡山高，高到举手能摸天；武侯坡长，坡连坡，长达十五里。"马蹄踏千年，迹与篙窠比"，武侯坡是进出剑门蜀道的咽喉之地，千百年来，马蹄声声，石级上的车辙蹄痕，如同竹篙叩击堤崖留下的窠印，绵密不断。"入栈试新险，置县良有以"，过了武侯坡，就将进入逶迤不绝的栈道。古人在这里设县，不是兴之所至，真是有原因的啊！

李骥元也是李化樟之子，李鼎元之弟，同样是科举时代的佼佼者——乾隆四十九年（1784年）进士。李骥元过金牛道，在七盘关、龙洞背、飞仙阁、天雄关等地皆有题咏。遗憾的是，他过武连时，未曾留下诗篇。

"罗江四李"，一个荣耀的家族，因仕宦出入武连，留下墨宝，为山川增色。

三、风雨对床

绵州"三李"（李调元、李鼎元、李骥元）与遂宁"三张"（张问安、张问陶、张问莱）是同时代人，有清一朝，张问安（号亥白，妻陈慧殊）、张问陶（号船山，继室林颀）、张问莱（号旂山，妻杨继端）三兄弟，陈慧殊、林颀、杨继端三妯娌，都是蜀中有名的诗人。

从留下的诗文看，"三张"皆过武连。老大张问安三过武连，写诗7首；老二张问陶四过武连，写诗16首；老三张问莱至少有一次过武连，无诗留存，但其妻杨继端（杨古雪）写诗一首，名《武连驿收饥民男女十余人》。其中，犹以张问安、张问陶己酉在武连驿为雨所阻，成为二人终生之忆。

"犹有韦公佳句在，对床风雨总愁余"（张问安《武连驿雨，和船山兼怀彭田桥二首》）、"我生亦苦朋俦少，四海平生一子由"（张问安《题〈武连听雨图〉二首》）、"一年不见苏同叔，古驿重来损容颜"（张问安《重宿武连驿怀船山》）、"一笑对床非误喜，何如孤客叹彭城"（张问陶《武连北山觉苑寺，有颜平原大书逍遥楼石碣，偶感子由彭城忆东坡之作，亦赋二绝，邀亥白同纪其事》）、"人生到处似泥鸿，乐事真输田舍翁"（张问陶《己酉十二月十六日，重宿武连候馆二首》）、"独上驿楼重看雨，乡山满眼倍思君"（张问陶《武连驿读予与亥白兄旧题寄怀二首》）、"风雨对床怀远驿，古人只此弟兄心"（张问陶《题〈武连听雨图〉，王椒畦作（四首）》）……流连武连的三天，二张不仅诗兴大发，还让他们兄弟之情更加醇厚。

为了更加明白二张兄弟之情，必须了解"风雨对床""雪泥鸿爪"这两个典故。

"风雨对床"典故出自中唐诗人韦应物的《示全真元常》，全诗如下：

> 余辞郡符去，尔为外事牵。
> 宁知风雪夜，复此对床眠。
> 始话南池饮，更咏西楼篇。
> 无将一会易，岁月坐推迁。

随着岁月的变迁，如今"风雨对床"指兄弟或亲友久别后重逢，共处一室倾心交谈的欢愉之情。

"雪泥鸿爪"典故出自苏轼的《和子由渑池怀旧》，现摘录如下：

> 人生到处知何似，应似飞鸿踏雪泥。
> 泥上偶然留指爪，鸿飞那复计东西。
> 老僧已死成新塔，坏壁无由见旧题。
> 往日崎岖还记否，路长人困蹇驴嘶。

苏轼（字子瞻，号东坡居士）、苏辙（字子由，又字同叔，晚号颍滨遗老）兄弟双双高中后，苏轼外放地方做官，苏辙留京照顾鳏居的父亲苏洵。苏轼赴凤翔府做判官，苏辙相送，这是兄弟二人第一次分别。分手时，苏轼作此诗以道人生无常，更要珍惜手足之情。苏轼的《水调歌头·明月几时有》词，也是怀念苏辙的名篇。后来，"乌台诗案"发生，苏轼以为小命不保，遂写诗给苏辙，交代后事：

狱中寄子由二首·其一
> 圣主如天万物春，小臣愚暗自亡身。
> 百年未满先偿债，十口无归更累人。
> 是处青山可埋骨，他年夜雨独伤神。
> 与君世世为兄弟，更结来生未了因。

把自己一家十口人托付给子由，并希望与他世世做兄弟，由此可见二苏兄弟情谊深挚。

张问安、张问陶在有关武连诗中，引用"风雨对床""雪泥鸿爪"典故，表达兄弟俩情深似海。

二张阻雨武连，事情的经过是这样的：乾隆五十三年（1788年），张问安举于乡，张问陶举顺天乡试。兄弟二人于乾隆五十四年（1789年）同试礼部，下第后并马归蜀，五月间在武连驿遭遇绵绵夏雨，不得不停留三天。那么，三天里，他们除了写诗，还做过什么？兄弟一块寻幽访古。三国时诸葛武侯演武的武侯坡、翻刻自唐代颜真卿的"逍遥楼"石碑、宋神宗御赐的觉苑寺、南宋县令何琰的《种松碑》，都留下二张的叹息声。

武连困雨，在张问安、张问陶心中均留下难以磨灭的印记。乾隆五十八年（1793年），清代画家王椒畦为兄弟二人各画一幅《武连听雨图》，意为阻雨情景。当然，亥白船山都在图上题了诗。

有关武连的诗文，二张的兄弟情，弥足珍贵。

四、曾氏忆弟

二张武连听雨大约54年后，晚清"四大名臣"之一曾国藩也来到了武连驿。

道光十八年（1838年），曾国藩中进士。5年后，曾国藩做四川乡试正考官，典试四川。他于当年七月离京，年底返回，历时半年之久。

初入四川境喜晴

万里关山睡梦中，今朝始洗眼朦胧。

云头齐拥剑门上，峰势欲随江水东。

楚客初来询物俗，蜀人从古足英雄。

卧龙跃马今安在？极目天边意未穷。

群山尚未苏醒，曾国藩睡眼蒙眬，就向成都赶去。无论是青少年读书求学，还是步入官场，曾国藩靠的都是一个"勤"字。从《初入四川境喜晴》一诗，也能看出曾氏勤勉忙碌的身影。曾国藩"书、蔬、鱼、猪、早、扫、考、宝"八字家训，一个"早"字，也能见证他对勤奋的重视。"蜀人从古足英雄"，曾国藩出生在人杰辈出的三湘大地，但他对巴蜀大地赞不绝口。"极目天边意未穷"，曾国藩满怀雄心壮志，希望建立像卧龙先生那样的千古功业。

主持完四川乡试，并赚取一笔不菲的"礼金"后，曾国藩于十月初启程回京。

早发武连驿忆弟

朝朝整驾趁星光，细想吾生有底忙。

疲马可怜孤月照，晨鸡一破万山苍。

曰归曰归岁云暮，有弟有弟天一方。

大壑高崖风力劲，何当吹我送君旁。

　　如同刚入四川境，曾国藩的回程之旅也是早发晚宿，勤勤恳恳，忠于王事。天空一轮孤月，清寒的光辉映照疲敝的马儿。苍山如黛，雄鸡嘹亮的鸣声，划破山野的孤静。"曰归曰归岁云暮，有弟有弟天一方"，新的一年又将过去，马背上的行人，忽然思念家乡。曾国藩家中兄弟姊妹多，有一个姐姐、四个弟弟、三个妹妹。《三字经》云："兄则友，弟则恭。"《弟子规》亦云："兄道友，弟道恭。兄弟睦，孝在中。财物轻，怨何生。言语忍，忿自泯。"曾氏后来组建湘军，投身戎旅。兄弟聚少离多，但通过一封封家书，对他们谆谆教诲。从曾国藩的一生经历看，他对兄弟姐妹的情，醇厚似酒，浓烈而芳。"大壑高崖风力劲，何当吹我送君旁"，崇山峻岭，大风呼啸。曾国藩真想借助风的翅膀，飞回故乡，与亲人团聚。

　　"破晓七盘山上望，回看蜀国万峰环。英雄割据终何有，陵谷沧桑事等闲"（《入陕西境六绝句》其一），在七盘关上，回望万山丛中的蜀国大地。前方，就是西秦地界了。十月"初二日，早，行廿里，尖黄坝驿，陕西境也。又五十里，住宁羌州，作七绝六首"。黄坝驿，已是陕西境了。此次四川之行虽未结束，但四川已在身后。曾国藩不禁想起前朝旧事，公孙述、刘备、王建、孟知祥……这些枭雄，割蜀称王，但都消逝在历史的风烟中。

　　因一场科举，曾国藩与古蜀结缘。他的四川之行，有美誉山河钟灵毓秀，有赞叹大地人才济济，有感慨世事兴亡难料。但最令人难忘的，还是他念念不忘手足之情。

五、吾拜觉苑

正月，一个艳阳天，吾随友人吕厚德先生驱车赶往武连。冬天的西河，一副瘦弱的身板，潺湲流动，听不见叮咚之声。河两岸，油菜花掩映参差人家。逆西河而上，行不数百米，便是名声在外的觉苑寺了。

正是节日，却不见游人、香客，管理人员道出缘由，为更好地保护壁画，觉苑寺已不对外开放了。

广场边，觉苑寺、逍遥楼石碑，在岁月的风霜中依然挺立。

觉苑寺由三重殿宇及两侧配殿组成，依次是天王殿、大雄宝殿、观音殿。

天王殿，据资料记载，曾供奉泥塑天王，绘有神话故事，可惜已毁。

大雄宝殿，楹柱上有一联："庄严法像一堂金身导心三界确牟尼，妙手丹青七彩佛传开化十方诚瑰宝。"殿内，佛像、香炉石刻、壁画均是寺中珍品。

三尊佛像为泥塑，均是如来，跏趺而坐，身上满是尘埃。为何塑三尊如来像，佛、法、僧，原来用意是"一体三宝"。大佛左边侍立者伽耶，右边侍立者阿难，神态均慈祥端庄。佛龛前圆木柱上，蛟龙缠绕欲飞。左龙闭口，右龙舞爪，善财、龙女站立龙头，伏虎降龙。

香炉石刻有五层，每层均有浮雕，内容大致是罗汉坐禅、伎乐百戏、赛棋赏画。石刻中人物神态各异，坐、卧、说、唱、看、打，生动不已。

最为珍贵的，当是殿内四周的壁画了。殿内墙上绘有《佛传》故事209幅，均美轮美奂（剑阁母学勇编著有《佛传故事图谱诠释》一书，对每幅佛传内容均做了注释）。这200多幅壁画，有三个显著特点。一是选材体现连环画属性。这200多个故事，虽是释迦牟尼的生活片段，但完整地再现了他从生到死的精彩一生。二是榜题规范。家选饭王、道见病卧、说咒消灾、大法东来……204幅壁画，榜题都是4个字，且榜题高度概括了画中内容。三是规模宏大。画中不仅有山、水、云、树、亭、台、楼、阁、榭，还人物众多。据统计，画中共绘有1694个人物。这些人物，形态各不相同。

笔者佩服古人高超的画艺，也慨叹岁月的无情。那些遭受阳光照晒的壁画，画面已暗淡无光。而那些不被阳光青睐的壁画，色彩却浓烈得多。

观音殿当然供奉观音菩萨，观音在中国民间知名度极高。在观音殿左厢房，摆放着一副棺椁。仔细一看，棺椁主人竟是明代嘉靖朝进士、兵部尚书赵炳然。时间过去了400多年，棺椁仍未朽坏。

从唐朝走来的觉苑寺，毁了又建，建了又毁。如今，已是国家级文保单位了。因为保护，经磬之声不再，但笔者相信，千年古刹，钟声仍会回荡在武连上空。

木门寺

❖

　　木门道上，三国风烟已远；晒经石上，太子的叹息不再；千年古刹，响彻红军翻身做主人的呐喊；小河欢腾，人民过上平安的日子。

　　木门寺的变迁，见证了一个政党的初心和使命。

一、三国风烟

　　木门道仅是大名鼎鼎的米仓道的一段，逶迤于崇山峻岭间，让它大放光彩的是一次争战。诸葛亮一生五伐中原，第四次北伐时，射杀曹魏名将张郃于木门道中。

　　《三国志·蜀书·诸葛亮传》云："九年，亮复出祁山，以木牛运，粮尽退军，与魏将张郃交战，射杀郃。"

　　《三国志·魏书·张郃传》也有类似记载："诸葛亮复出祁山，诏郃督诸将西至略阳，亮还保祁山，郃追至木门，与亮军交战，飞矢中郃右膝，薨，谥曰壮侯。"

　　一个魏将，在蜀魏交锋中为流矢所伤，《三国志》作者陈寿给他的殒命之词用的是"薨"。我们知道，封建社会等级森严，"薨"用于帝王或丞相等大人物之死，张郃能享用这个字，地位一定了得。

　　张郃有何显功，配享"薨"字呢？"汉末应募讨黄巾，为军司马，属韩馥。馥败，以兵归袁绍"。东汉末年，宦官专权乱政，民不聊生，黄巾起义爆发。河间郡郑县人张郃响应官府号召，投靠冀州牧韩馥，以"军司马"的身份镇压起义军。

"苍天已死，黄天当立"的农民起义，虽然被残酷地镇压下去，但东汉政权也名存实亡了。张郃第一个主子韩馥，用他自己的话说——无才无德而居大位。居渤海的袁绍，早对富甲一方的冀州垂涎三尺，略施小计，韩馥就把冀州让给了"四世三公"的袁绍。韩馥败走，张郃迎来了人生的第二个主子袁绍。

"图惭，又更谮郃曰：'郃快军败，出言不逊。'郃惧，乃归太祖"。张郃命运的转折点发生在历史上著名的官渡之战。乌巢乃绍军屯粮重地，张郃以为应该救援把守乌巢的淳于琼，谋士郭图却认为应该突袭曹操大本营。袁绍以轻骑往救淳于琼，而以重兵攻打曹操"老窝"。结果，曹操火烧乌巢，淳于琼大败。攻击曹操营寨呢？也以失败而告终。面对败局，郭图慌了，跑到袁绍面前打小报告说："我们的军队失利了，张郃可高兴了，而且出言轻侮主公。"听到这些话，张郃害怕了，投降了曹操。

张郃来降，曹操是何反应？"太祖得郃甚喜，谓曰：'昔子胥不早寤，自使身危，岂若微子去殷、韩信归汉邪？'拜郃偏将军，封都亭侯"。曹操把张郃来降这件事，比作微子去殷归周、伍子胥离楚兴吴、韩信归顺刘邦，而且当即封他做都亭侯。由此可见，张郃当时在天下诸侯中的影响，定然非同一般。

加入曹魏阵营的张郃，如虎归丛林、鱼入深渊，攻城拔寨，大显身手。

曹操去世，曹丕掌权，张郃先封都乡侯，继而进封郑侯。

"明帝即位，郃绝其汲道，击，大破之。……益邑千户，并前四千三百户"。诸葛亮第一次北伐，命参军马谡拒守咽喉之地街亭。张郃察马谡驻防，决断水源，大破蜀军。此战不仅让蜀军见识了张郃的勇武，也让诸葛亮领教了张郃的智谋。街亭既失，孔明首次北伐，失败而归。无奈之下，只得挥泪斩马谡。此役，张郃战功赫赫，朝廷又赐邑千户。加上历次犒赏，张郃累计食邑达四千三百户。在那个"白骨露于野，千里无鸡鸣"的时代，食邑竟达四千三百户，可见张郃战功累累。

张郃不仅冲锋于两军阵前，而且喜欢读书人。"郃虽武将而乐儒士，尝荐同乡卑湛经明行修……"在张郃的举荐下，朝廷任用卑湛为博士。

诸葛亮第四次北伐，张郃依然跃马疆场。历韩馥、袁绍、曹操、曹丕、曹叡，从破黄巾从军始，此时的张郃，定当老矣。一代名将张郃，殒命敌国木门道，走完他辉煌的军旅生涯！陈寿用一个"薨"字，彰显了后辈对张郃的景仰。

木门，因三国风烟，永载史册。而那些厮杀声，也永远留在岁月的长河中。

二、凄美爱情

由巴南赴静州

上官婉儿

米仓青青米仓碧，残阳如诉亦如泣。

瓜藤绵豉瓜潮落，不似从前在芳时。

为了更好地理解这首诗的深意，必须在地名和时代背景方面下一番功夫。

《寰宇记》云："本汉葭萌县地，梁普通六年（525年）于今县北二十里置木门郡。"为什么取名木门郡呢？传说此地曾置有大木寨门，故名。梁武帝萧衍崇佛，当地信徒修建木门寺。梁、西魏、北周、隋，均为木门郡。隋文帝开皇三年（583年），悉罢天下诸郡，郡遂废。郡废后，改名为清化县。唐高祖武德初年，清化县改属新置的静州。唐太宗贞观时，移县治于木门城南20里。废静州后，县复属巴州。

通过郡（县）名称的变化，我们知道上官婉儿诗中的静州，就是李贤（字明允）去往贬谪地巴州途中的原木门郡。

上官婉儿是武则天的亲信，她千里迢迢从长安（或洛阳）赴巴州，所为何来？按民间说法，为了一个"情"字。

武则天是唐高宗李治的皇后，一生育有六个子女，分别是长子李弘、次子李贤、三子中宗李显、四子睿宗李旦、长女安定思公主、次女太平公主。太子李弘在洛阳皇宫遇鸩身亡后，李贤被立为太子；长女早夭，传说被其母武后扼杀。

上官婉儿是宰相上官仪的孙女，上官仪因废后诏书牵连，自己被冤死不说，家人也被没入宫廷做苦役。才华出众的上官婉儿受到武则天赏识，成为武后的得力助手。太子李贤也喜文辞，曾注释艰深的《后汉书》。有共同喜好的两个年轻人，彼此心生爱慕。

身为太子的李贤触怒母亲，贬为庶人。永淳二年（683年），幽禁数年的李贤被流放到巴州。文明元年（684年），多病的高宗驾崩，其子李显继位，是为中宗。情急之下的中宗因说错一句话（我以天下与韦玄贞，何不可！而惜侍中邪！），一个多月后，遭武后废黜，四子李旦立。李旦深知其母对权力的渴望，遂在其位不谋其政，于是朝廷大事小情皆由武则天说了算。

武则天为达到做女皇帝的目的，对李唐宗室进行了血洗。已是庶民的前太子李贤，写了一首《黄台瓜辞》："种瓜黄台下，瓜熟子离离。一摘使瓜好，再摘令瓜稀。三摘犹自可，摘绝抱蔓归。"李贤以摘瓜作比，向母亲发出无声的抗拒。

上官婉儿就是在这样严酷的情势下穿越重重关山，去看望心上人李贤。

行至木门寺，上官婉儿得到一个惊人的消息，李贤已亡。原来，武则天担心李贤谋反，派遣左金吾卫将军丘神勣前往巴州查看。丘神勣这家伙是一个狠人，在搜查李贤住处后，将太子囚于别室，逼令自杀。

木门寺住持告诉悲伤不已的上官婉儿，太子前往巴州途中，曾在寺内小住，与他在寺前的一块大石上一同翻晒经书，离去时，在晒经石上题诗一首："明允受谪庶巴州，身携大云梁潮洪。晒经古刹顺母意，堪叹神龙云不逢。"顺遂母意，遭流徙仍为母亲祈福的李贤，亡命异乡。读罢此诗，上官婉儿再也控制不住自己的感情，在晒经石李贤题诗旁，含泪写下《由巴南赴静州》。

一个又一个瓜被摘，好比一个又一个孩子凋零。望着如诉如泣的残阳，一代才女的心在滴血。子曰：哀莫大于心死。深埋心中的这颗爱情的种子，如孵化中的鸡卵，尚未破壳就遭摧毁。今生今世，再也见不到心上人的音容笑貌了，此时，上官婉儿的心已死。

木门寺响起沉郁的钟声，上官婉儿告别住持，踏上北返的古道。

三、如您所愿

辛丑牛年八月初二，笔者再次走进木门寺。

初秋的阳光下，木门寺静静地坐落在旺苍县木门镇柳树村六组青龙山的半山腰。进入园内，但见紫薇树开着粉红色的花，金桂黄中透红的落英铺满园中小径。园内绿树成荫，环境清幽。

当年章怀太子晾晒经书的晒经石由双层八角亭保护着，今人立的《晒经石摩崖石刻造像简介》碑中录有李贤、上官婉儿诗。晒经石实际上是一块大石头，石质当地人称为黄白棉石。石头上雕凿佛像，一龛一龛沿石头层层布局。佛龛很小，受风雨剥蚀和人为破坏，惜乎佛像已不存。

欣赏完晒经石，便信步走向木门会议会址。木门寺由大殿、山门、左右厢房合围成一座四合院。现存寺庙主体为清康熙年间建筑，墙上壁画绣于雍正六年、七年。由于年代久远，有的壁画已漫漶难识。

木门会议会址纪念馆馆长邓全龙说，纪念馆根据原有的寺庙结构布局。

馆内陈列了400多件珍贵革命文物、照片和图表，大殿实物的摆放，按当年开会的实景布置。

目前，木门寺有两块金字招牌，一块是全国重点文物保护单位，一块是全国青少年爱国主义教育基地。笔者参观时，纪念馆迎来了好几批人员前来缅怀革命先烈。

清江河畔，木门洋姜豆瓣、四川省非物质文化遗产保护项目木门醪糟享誉川北，青龙山上种植的黄茶在全国更是卖到了上万元一斤……如先烈们所愿，老百姓告别千年贫困，走在乡村振兴的大道上。

时已近午，呼吸着浓郁的丹桂花香，恋恋不舍地离开木门寺。

九曲坡上咏絮才

在岳王坟前，她痛心疾首：遂教三字狱，千载成冤辞。
在于谦墓前，她唏嘘不已：遗恨留青史，气节山河排。
在武侯祠前，她流连徘徊：馨香见遗爱，风雨护忠魂。
……

这些咏史诗，出自旺苍女诗人杨古雪之口，而她，离世200余年了。但关于她的逸闻趣事，仍在故里九曲坡口口相传。

一、梦大士而生

杨古雪本名杨继端，生于乾隆三十八年（1773年），卒于嘉庆二十二年（1817年），享年45岁。

杨继端的父亲是杨玺。据《川北三六九甲杨氏族谱》记载，杨玺乃南宋宝谟学士杨万里之后。"泉眼无声惜细流，树阴照水爱晴柔。小荷才露尖尖角，早有蜻蜓立上头"，这首耳熟能详的《小池》，就是杨万里的佳作。杨玺远祖名杨通，于元朝至正年间由江西迁居广元高城堡（元、明、清三朝，旺苍未置县，至1945年方建县。斯时，高城堡为广元县辖境）。杨玺先后在四川纳溪、潼川府，江苏安东、六合、泰州、太仓为官，嘉庆十一年（1806年）卒于苏州水利同知任上。杨继端的母亲姓何，南江长池坝（红军入南江，将长池改名长赤）人。"将诞生之夕，大母何太恭人梦大士绷玉孩置怀中，觉而宜人生"（语出《诰封宜人张母杨太宜人传》），其母梦菩萨而生古雪。

杨继端天赋异禀，幼年随父识字于纳溪学署，6岁授《内则》《女诫》，晓其大意。因父仕宦外地，杨古雪回高城堡白云斋读书。诗词曲赋，一经讲解，即明其义。作诗习文，文辞出众。老师夸其有"吟絮"之才。

杨继端19岁时嫁给遂宁人张问莱。有清一朝，张问安（号亥白，妻陈慧殊）、张问陶（号船山，继室林颀）、张问莱（号旃山）三兄弟，是蜀中有名的诗人。他们的高祖被称为"遂宁相国"，名张鹏翮，清初名臣。眉山三苏祠楹联不少，为人乐道的一联"一门父子三词客，千古文章四大家"就出自张鹏翮之手。张问莱仲兄张问陶，与《红楼梦》后四十回作者高鹗，同年考中进士。

出嫁后，根据"未若柳絮因风起"典故，杨继端名其居为"古雪斋"，又号"古雪女史"。

张问莱仕宦浙江15年，先后在嵊县、鄞县、吉安、太平、余杭等地做官。

杨古雪随夫泛吴越之地，多有吟咏；妯娌情深，唱酬频仍；探亲往返，以诗抒怀。在诗中，杨古雪将日常生活中的柴米油盐酱醋茶，将人生的生离死别，过成了人人向往的远方。

杨古雪有子名知训，"候选布政司理问"。

二、胸中浩然气

用典如洒扫庭除，信手拈来，方知杨古雪不仅读书破万卷，且胸中有浩然之气。

杨古雪随夫居杭州，闲暇游西子湖，瞻仰名人墓。

"精忠字涅背，智勇振华夷""遂教三字狱，千载成冤辞""空自坏长城，宗社委如遗"。在《岳王坟》诗中，杨古雪所用"岳母刺字、莫须有、自毁长城"这些典故，今天的我们依然在用。褒扬岳飞不忘靖康耻，鞭笞秦桧残害忠良，嘲讽宋高宗赵构苟且偷安。杨古雪虽为女子，但胸中有凛然正气，是软骨头男儿无法比拟的。

"千锤万凿出深山，烈火焚烧若等闲。粉骨碎身浑不怕，要留清白在人间。"于谦的《石灰吟》，选入20世纪80年代的中学课本，成为坚守美好品德的经典诗歌。明英宗发动"夺门之变"，一代忠臣冤死。于谦墓也在西湖边。

于忠肃公墓

忠魂绿水绕，白骨青山埋。

土木昔构难，昏昼惊风霾。

非有社稷臣，孰扶国运乖。

救时迎监国，南迁计不谐。

直道励忠贞，千古罕为侪。

岂知南宫返，而弃东市骸。

奸党久侧目，夺门势若豺。

谈笑置不辩，夫谁识忠怀。

遗恨留青史，气节山河排。

凭吊不能见，悲风徧天涯。

　　皇帝被俘、否决南迁、保卫京师、夺门之变、弃首东市、家无余财、归葬西湖，杨古雪对土木堡之变及由此引发的朝廷震荡这段历史了然于心，讴歌了于谦为国家而舍个人安危的忠肝义胆，抨击了石亨、徐有贞这群为自身利益考量的小人，讥刺不辨忠奸善恶的昏君明英宗。漫步西湖，凭吊先贤，杨古雪柔肠寸断。然斯人已逝，恨不同时，徒留满天悲风！唯有一湖碧水，一山苍翠，慰藉忠烈之魂。

　　人生天地间，生老病死乃常有之事。杨玺病死他乡，何母又大病，接书信后，杨古雪偕夫君张问莱星夜离浙回蜀。行至陕西潼关，敬拜了杨震墓。杨震是东汉中期名宦，有"关西孔子""四知先生"之称。杨震途经昌邑，曾被他举荐的王密夜携十金前来感恩，《后汉书·杨震传》记述了一段光耀千秋的对话。密曰："暮夜无知者。"震曰："天知、神知、我知、子知，何谓无知？"王密羞愧万分，匆忙离开杨震。杨古雪在《关西夫子墓》诗中赞赏杨震："自是乾坤留正气。"平常，杨古雪勉励丈夫廉洁为官，"一树寒香无俗韵，两家清白有门风"（《嵊县尉署对梅花作呈夫子》），像梅花一样高洁，不辱没张、杨两家清白家风。

　　赶至沔县，乡关近了。定军山下有武侯祠，一定要叩拜为蜀汉鞠躬尽瘁死而后已的诸葛丞相。

武侯出师地，庙貌至今存。

尽瘁三分局，伤心五丈原。

馨香见遗爱，风雨护忠魂。

欲访琴书迹，传闻孰讨论。

在《沔县谒武侯祠》一诗中，杨古雪对诸葛亮谋划三分天下、苦撑蜀国危局，最后尽忠五丈原的高风亮节由衷钦佩。

杨震、诸葛亮、岳飞、于谦……这些忠贞之臣，以他们伟大的人格魅力，熏陶着杨古雪，也感染着杨古雪之后的华夏儿女。

三、孝慈仁悯心

杨古雪自幼学习诗书，长大后嫁入官宦世家，有一颗仁孝悲悯之心。

拜先文端公遗像

乔木今无恙，甘棠在此乡。

衣冠仍像设，俎豆亦蒸尝。

殿阁头衔古，湖山手泽长。

愧非蘋藻荐，瞻拜尚彷徨。

作者自注："像在西湖六一泉遗爱堂之西侧，公元孙问莱至浙，始得访旧址而重新之。继端为问莱妇，礼宜瞻仰肃拜，并系以诗。"文端公即张鹏翮，官至文华殿大学士，位极人臣，是杨古雪丈夫张问莱高祖。此诗及自注，至少传达三点讯息。一是杨古雪学识深厚，《诗经》烂熟于心，引用甘棠典故便是明证；二是以后人不伐召公棠树典故，赞美高祖之德；三是将供奉高祖的遗爱堂粉饰一新。

张鹏翮居官清廉，希望后辈不辱没家风。对先辈最好的纪念，就是传承他的遗德遗愿。毫无疑问，张问莱、杨古雪夫妇做到了这一点。中国传统家族文化，在今天看来，仍有其积极意义。

何母年老思亲，久病不愈，眼睛几乎失明。八月接信后，杨古雪赓即从浙江趱程回四川探视母亲。舟过金山、入潼关、次西安、渡渭河、宝鸡入栈、经留坝沔县、抵故里、达南江长池坝，行程七千里。十月，杨古雪与分别8年之久的母亲再次相见。"前日汝弟归，今日汝重见。连朝骨肉聚，足慰桑榆愿。我病几失明，今已视无眩"（《十月廿五日抵南江县长池坝拜见老母母病久几失明时冠山弟于前三日自都门归母喜极双目复明》），见到远归的儿子女儿，何母的精神大振，更神奇的是，失明的眼睛复明了。父母对子女的期望，不是官至宰相，不是黄金万两，而是一句问询，而是共享一餐饭。杨古雪做到了。

杨古雪不仅孝顺生身父母，也孝敬公婆。何母身体康复，居家一月有余，杨古雪便偕夫张问莱西行至成都，给公婆上寿。"痛念仲氏殁，浮家犹在越。复恐伤母心，欲语不敢说"（《十二月十七日抵成都拜见太夫人精神矍铄偕夫子奉觞上寿伯氏亥白暨孙男女辈皆在侧太夫人顾之甚喜》），仲兄张问陶已然故去，怕张母伤心白发人送黑发人，便封锁这条坏消息，不让太夫人知情，杨古雪考虑得细致周到。"开樽祝眉寿，团坐话离别。一室有春风，融融复洩洩"（《十二月十七日抵成都拜见太夫人精神矍铄偕夫子奉觞上寿伯氏亥白暨孙男女辈皆在侧太夫人顾之甚喜》），把酒向太夫人祝寿，一家老少其乐融融，如沐春风。

自古以来，家长里短，妯娌易生怨。杨古雪则不然，与嫂子弟媳相处怡然。夫家长兄张问安，始娶善诗的陈慧殊为妻，惜杨古雪未入门便已仙逝。"可怜病骨久尘埋，诗卷犹存香远斋"（《吊长嫂陈艺香慧殊孺人》），对于未曾谋面的嫂子，杨古雪以诗挽之。"叹息墓门今宿草，一樽无计酹斜晖"（《哭继长嫂王孺人》），张问安续娶王氏为妻，王氏与杨古雪在张家生活了7年，不幸也病殁了。斜阳西下，墓门已长满野草，面对人生无常，杨古雪斟满一杯酒，祭奠"七年曾共侍萱闱"的继长嫂。"和回文，笺成寄云，问何日花下，同契樽"，林顼（字韵徵）是夫家仲兄张问陶的继室，杨古雪写给她的诗词多达5首。《重九寄怀仲嫂林韵徵》《寄怀仲嫂韵徵》《韵徵二嫂自山东随仲氏船山引疾南来已至吴中却寄》《船山仲氏韵徵嫂自吴中寄琴式文石砚并白玉桃杯贺予四十初度赋此致谢》《绮寮怨·寄怀仲嫂韵徵》，从这些诗词中不难看出，杨古雪与仲嫂林顼情同手足，哪有嫌隙！

杨古雪娘家兄妹五人，古雪居第四。五弟杨继昂（号冠山），始娶蒋小溪（字毓悲），续弦高瀚雪（字浣花）。杨古雪与两位弟媳关系咋样？

《寄冠山弟妇蒋小溪毓悲》《秋日自苏返浙留别冠山弟妇蒋小溪》《自吴返浙留别冠山弟妇蒋小溪》《寄冠山弟妇蒋小溪》《哭冠山弟妇蒋小溪孺人即以代挽》《游仙十首和冠山弟妇高瀚雪浣花女史》《梅花和弟妇高瀚雪浣花韵》《新月和高瀚雪韵》《留别冠山弟暨弟妇高瀚雪浣花女史》，杨古雪不同时期写给弟媳的诗竟多达9首，从诗中不难看出她对弟媳的一片深情。

杨古雪不仅对至亲仁爱，对下人也怜惜。有一女婢，名赵红梅，对幼年的杨古雪尽心照顾。回长池探母，忽然梦见逝去的女婢，杨古雪遂返故里，为儿时伴侣立碑：

为义婢赵红梅立碣

红梅侠骨早流芳，九曲坡前即北邙。

只恐年深埋荒草，为留小碣立斜阳。

杨古雪不仅立了碑，还撰写了墓联："人生有死君偏惨，异地招魂我更悲。"墓额："想象芳踪。"杨古雪仍觉意犹未尽，再写墓志："此系余家之婢，提撕褓褓，克尽勤劳，梦绕魂依，时相告语，兹来故土，念及私恩，既痛刮灰，复伤暴露，感慨斯情，不禁泪落。特恐千秋而后，墓草全荒，爰立一碣之标，志其如在。嘉庆甲戌古雪女史志。"因为一个梦，就对女婢立碑，杨古雪可谓有情有义。

更能见证杨古雪悲悯心肠的一件事，便是赴成都拜望公婆，途经武连，收留饥民。

武连驿收饥民男女十余人

哀鸿今遍野，乞食竟何之。

久被疮痍后，况逢饥馑时。

流离堪堕泪，收恤敢言慈。

免尔填沟壑，予心甚坦夷。

路遇难民，伸出援手，避免十多人填沟壑，彰显了杨古雪送人玫瑰手留余香的仁道情怀。其实，杨古雪并不富裕，她家捉襟见肘的窘境时常出现。"年来生计太匆匆"（《嵊县尉署对梅花作呈夫子》），"朝暮寻思七件无，一窗风雨更踌躇"（《无米》），"主簿官闲少俸钱，夏屋风清余债券。更怜儿女未长成，八口嗷嗷常在念"（《月夜抒怀呈夫子》）……悲悯之心，闪耀人性光辉，杨古雪由爱至亲而同情素不相识之人，以高尚的情操践行"老吾老以及人之老，幼吾幼以及人之幼"古训。

四、足迹遍天涯

生于蜀中的杨古雪，因父亲、夫君长年在外地为官，她有幸跟随他们的脚步，走遍大江南北。读万卷书，行万里路，视野开阔，所作之诗，境界为之一新。

杨玺为江苏六合县令，杨古雪、张问莱往依之。此行，由水路前往。瞿塘峡、巫峡、西陵峡的清幽、险怪、雄奇，震撼着杨古雪。

> 夔州城下已三更，夜半扬帆峡里行。
>
> 漫说峰头云雨近，直教天外梦魂惊。
>
> 千崖月色人孤坐，两岸猿啼路一程。
>
> 不道残冬江上水，浪花犹作怒涛声。

读罢《巫峡夜行》，我们知道，杨古雪是在冬天的一个深夜乘船过巫峡。杨古雪看到了什么？清寒的月光照在壁立千仞的岩石上，江上月色朦胧。杨古雪听到了什么？山间猿猴哀啼，船底波涛怒吼。杨古雪想到了什么？宋玉与楚襄王关于巫山云雨的对话，李白《早发白帝城》那首诗，在夜色中，在月光下，闯进女诗人的心扉。

清朝中叶，科技欠发达，乘船过三峡，船毁人亡的事时有发生。可以说，那个残冬的夜晚，杨古雪是在战战兢兢中度过的。

张问莱做余杭县丞，杨古雪随之，夫妻有闲暇畅游西湖及周边美景。

游灵隐寺用冠山弟韵

偶游灵隐寺，入耳尽蝉声。

水敛荷香静，亭藏竹影清。

峰飞终古在，泉冷彻宵鸣。

闻说韬光好，凭高眼更明。

　　杨古雪诗中的灵隐寺在西湖西北飞来峰与北高峰之间，是中国一处有名的佛教寺院。飞来峰和济公和尚"抢"新娘的传说，给灵隐寺披上一层神秘的面纱。历代文人登临飞来峰、畅游灵隐寺，所留诗文可谓汗牛充栋，其中以王安石《登飞来峰》"不畏浮云遮望眼，自缘身在最高层"最为有名。

　　从诗中不难看出，杨古雪是在夏秋之际游览灵隐寺。斯时，荷花正盛清香四溢，翠竿挺拔竹影婆娑，蝉声悠远山林更加寂静。特别是最后一句——凭高眼更明，大有哲学深意。

　　读《游灵隐寺用冠山弟韵》，诗中飞来峰、冷泉、韬光等典故，让笔者对杨古雪信手拈来的文史知识佩服不已。

　　杨古雪嫁给张问莱，便离开娘家，后张问莱出仕，杨古雪与父母更是离多聚少。父亲因公殉职，如今母亲又病重，心急如焚的杨古雪离浙归川，途经古都西安，诗情涌上心头：

次西安

朝发灞桥西，夕宿长安道。

行经乐游原，离离多秋草。

客程自有期，未暇恣吟眺。

三代迄汉唐，古迹良不少。

断碑残瓦间，真赝殊难考。

独有景龙钟，时时出霜晓。

　　汉文帝、汉景帝、汉武帝，唐太宗、唐玄宗，汉唐让长安成为世界之都，长安让汉唐威名播于四海。唐之后，长安的繁华不再。由盛而衰，自然之理。

灞桥折柳赠别、乐游原上沉睡的许皇后、漫漶难识的残碑断垣，留给女诗人一声声叹息。古迹虽多，但回乡情切，无奈的杨古雪只得匆匆离去。身后，寺院的钟声刺破清晨弥漫的白霜，悠然鸣响。

那如画的山川，来不及热情拥抱；那厚重的历史，来不及细致品味。因为亲情，急切的脚步倏然而过，杨古雪如此，200年后我辈亦如此。

头年八月，杨古雪回娘家探视病中的母亲，何母见儿女双双归来，心情大好，沉疴一扫而去。之后，杨古雪与张问莱西去成都，为张母祝寿。短暂的团聚，又将分别。次年二月底，杨古雪夫妇又一次离乡返杭。

抵京口

八千里路下江关，秋去春来往复还。

为报行人尽安稳，布帆无恙过金山。

京口，万里长江著名重镇。孙权曾建都于此，刘裕于此地发迹，王昌龄于芙蓉楼上送别好友辛渐……众多历史遗存，成为后世文人墨客的好材料。北宋王安石过京口，写下"春风又绿江南岸，明月何时照我还"这样的千古名句。南宋辛弃疾登上京口北固亭，吟出"千古江山，英雄无觅孙仲谋处。舞榭歌台，风流总被雨打风吹去。斜阳草树，寻常巷陌，人道寄奴曾住。想当年，金戈铁马，气吞万里如虎"这样脍炙人口的辞章。

时间飞逝，如今，杨古雪又过京口。关山迢递，八千里路云和月，秋去春来，两家老人安康，胸中无牵挂，船过金山，波澜不惊，一帆风顺。

巫峡、灵隐寺、西安、京口，仅是杨古雪行踪微不足道的一部分。白帝城、西湖、宝鸡、留侯祠、武侯祠、落凤坡、杭州、成都、宜昌……作为封建时代的女性，杨古雪有幸能在江河大地上行走，也把她的诗篇留在这片她热爱的土地上。

五、著作留天壤

嘉庆十九年（1814年），张问莱二哥张船山病逝于苏州；嘉庆二十年（1815年），张问莱大哥张亥白于成都忽然无疾而终。料理完长兄后事，张问莱、杨古雪夫妇于乙亥年二月二十二日辞别家人赴浙，过纳溪县、出峡次宜昌、经九江、抵京口，一路风尘，于四月十二日抵杭州高氏坊寓宅。杨古雪是甲戌八月得信知母亲病，离浙回川省视，至今归，近九月矣。

或许是伤感于两位兄长离世，或许是厌倦仕宦，或许是仰慕无羁无绊的生活，嘉庆二十一年（1816年），张问莱告养归蜀。夫唱妇随，杨古雪亦归。

> 轩冕同归问几人，鹿车共挽性情真。
>
> 葛洪早作移家计，梅福原无俗吏尘。
>
> 松菊满庭知有约，琴书在笥漫言贫。
>
> 西湖亦觉难为别，忍负慈闱老病身。

此为《和夫子告养归蜀留别诗八首》之二，从诗中不难看出，杨古雪乃性情中人，松菊满庭、琴书做伴，此生之愿足也。为了心中那个隐逸梦，美丽西湖只得忍痛告别。

归遂宁第二年，即嘉庆二十二年（1817年），一代才女杨古雪走完人生路，葬遂宁黑柏沟张氏祖茔。1959年，杨古雪的墓被挖毁。

杨古雪的诗词作品，从古至今，刊印4次。

第一次付梓。大约杨玺去世3年，即嘉庆十四年（1809年），杨古雪将其作品刊印为《古雪集》《古雪诗草》，嘉庆十四年岁在屠维大荒落（己巳年）孟陬之月钱塘乾隆特赐进士梁同书、嘉庆戊午秋七月乾隆进士翰林院编修钱塘吴锡麒、嘉庆己巳春独学老人石韫玉、嘉庆戊辰三月礼华老人徐步云为之作序。

第二次付梓。嘉庆二十一年（1816年），也就是杨古雪离杭返蜀前一年，她将嘉庆十四年至二十年间所作诗词刊印为《古雪诗续钞》《古雪诗余》。

第三次付梓。杨古雪逝世32年后，侄杨世焘在高城堡九曲坡故里刊印。序文如下：

> 先姑母《古雪集》，浙本作诗钞二卷、续钞一卷、词钞一卷，今并作诗二卷、词一卷。一卷诗多少作，世焘散去十二首。二卷原佚三页，

今无可校补，亦阙之。《古雪诗存》始嘉庆戊午，迄嘉庆乙亥，诗凡四百四十八首，词凡三十二阕。闻丙子丁丑间尚有未梓诗数十首，惜皆零落，无从辑访，为怅怅也。道光三十年冬十二月除夕前一日，侄杨世泰跋于双莲书屋。

第四次付梓。2010年，大众文艺出版社出版潇湘、王雪君校注的《古雪集校注》。

杨古雪不仅擅诗，也工画。"喜绘事，能篆寿字为三星图，江浙人得其尺幅，值金二镒；尤长花卉仕女，王蕉畦、学浩、学博，比诸恽南田、曾鳐波云"（何庆媛《诰封宜人张母杨太宜人传》），杨古雪的书画，价值不菲；她的风格，似清代没骨画派恽南田。

自1817年始，杨古雪离世200余年，其人虽逝，其文滋养后学，永留天地间。

六、美名扬故里

庚子年十月，笔者慕名前往旺苍县普济镇、南江县长赤镇，寻找杨玺、杨古雪父女遗迹。

"夜则燃桐子代灯，学益不倦"（《川北三六九甲杨氏族谱·杨玺墓志》），杨玺苦读的白云寺，在今九江村10队。据生于1935年的老中医翟凡昌老人讲，白云寺以前叫觉林寺，觉林寺在隋朝就有了，明朝改名白云寺。寺旁有白云书院，清朝同治年间一科考了2个举人、3个贡生、12个秀才，遂将书院改名逸云斋。

眼前的白云寺，荡然无存。一间木柱瓦房衰朽不堪，似要倾圮。荒草中的石狮子、道光二十七年的欢喜缘残碑，诉说着人世间的苍凉。农户院坝平整的石板，见证白云寺辉煌的过往。

"老一辈人说，少小的杨玺，每天早晨牵着牛，走过几条田埂，来白云寺读书。"时至今日，村民对杨玺仍是崇拜不已。

故里今重过，停车为少迟。

试寻吟絮地，刚及小春时。

九曲坡仍旧，三生路又奇。

南江欣不远，尚厓倚门思。

何母病重，杨古雪回娘家探视，车过老家，作《过故里》诗。从诗中不难看出，儿时往事又一幕幕浮现在她眼前。

86岁高龄的翟凡昌身体硬朗，他口齿伶俐地对笔者说，杨玺懂地脉，曾在广元南江寻找风水宝地，发现南江长池坝元山一带有一块吉壤，恰巧夫人家就在此地，遂举家迁往长池。杨玺殁于公职后，其子杨继昂、其女杨继端扶枢回川，将杨玺葬于长池坝杨家湾。

旺苍县普济镇距南江县长赤镇仅40分钟车程，在南江县长赤镇乐台村三组欧家湾，笔者见到了"皇清敕授文林郎例授奉政大夫苏州府督粮水利同知杨公讳玺字辑五老大人之墓"墓碑（双龙戏珠直板碑），未见其墓。

杨玺直板碑不远处，农户院旁，便是其妻之墓。碑上图案精美，甚有气势。墓额"云礽济美"，左联"待传不朽自定千秋"，右联"预表其贤长留片石"。右联上侧有一行小字"杨母何太孺人寿域"，表明此墓确系杨古雪母亲之墓。当地村民讲，此地原名杨家湾，因杨玺后人渐少，欧姓人家日多，杨家湾遂改名欧家湾了。

寻觅杨玺、杨古雪遗迹，让人惆怅。他们父女的肉体早已化为乌有，但杨玺的德行、杨古雪的诗文不会磨灭，永留故土。

古城青溪

红色山茶花、紫色三角梅、青绿兰草茎，虽是仲秋，不减春之明媚；流水鸣南街，夕照情侣巷，城墙迎远客，虽人声鼎沸，但不失古意。

这就是阴平古道上的古城青溪。

一

没有厚重的历史，不能称之为古城。

青溪，在三国的鼓角争鸣中，走上争霸的舞台。先有"蜀中无大将廖化作先锋"的大将廖化在此筑城戍守，后有邓艾在摩天岭裹毡而下，行七百里无人之地，直出江油关，蜀汉政权二世而斩。

灭刘禅的邓艾，在蜀人眼中，英雄也，在距青溪不远的三锅镇建庙以祀。南宋理宗时代的龙州知州洪咨夔却认为蜀人"认贼作父"，下令捣毁邓艾庙。《宋史·洪咨夔传》云："毁邓艾祠，更祠诸葛亮。告其民曰：'毋事仇雠而忘父母。'"

洪咨夔不愧进士出身，还写《毁邓艾庙》诗以纪之。"蜀庸无与守，魏吃浪成名"，"潴薙莫留迹，山川方气平"，洪咨夔对邓艾恨之入骨，先嘲讽他口吃话都说不清楚，继而说要像铲除野草一样彻底毁庙，不留一点痕迹。只有这样，山川大地才能停止愤怒。

三国存世仅60年，却比众多长寿的朝代有存在感。究其因，三国的爱恨寄托着国人的情仇。

二

没有厚重的"老物件"，也不能名之曰古城。

青溪的老古董，首推城墙。

洪武初年，刚刚剿灭群雄的朱元璋下令广修县城。正是在这一诏令下，正千户朱铭将古城原有的土城墙改为砖石城墙，墙层浇灌糯米灰浆。城墙内设瓮城，沿城修建护城河，在冷兵器时代，古城俨然是秦陇蜀毗邻地带要塞。

明代古城墙早已消失在岁月的长河里，夕阳下，我们行走的古城墙，包括城墙上所塑邓艾像，乃今人复建。

青溪的老古董，不能不说那株树影婆娑的皂角树。这棵皂角树，树龄400岁，当栽于明末。眼前的皂角树，主干上分出三枝，三枝枝干各自繁衍生长，自成一片天地，但又是一棵树。生生不息的皂角树，极像中国的家庭——祖先开基，子嗣开枝散叶。

青溪，青川历史上的老县城，县衙当然是标配。只是县太爷办公的衙署，早已灭失于历史的尘埃里。我们看到的游客可参与的沉浸式县衙，是在发展大唐家河文旅的背景下新建的一处仿古建筑物。

古城墙、皂角树、县衙见证了王朝的兴盛，也目睹了王朝的没落。

三

没有风俗传承，古城就没有味道。

古城的韵味，因一条窄窄的、深深的小巷而芬芳。

> 如何让你遇见我/在我最美丽的时刻/为这/我已在佛前求了五百年/求佛让我们结一段尘缘
>
> （席慕蓉《一棵开花的树》）

这首曾经风靡一时的爱情诗，镌刻在古城名为"情侣巷"的墙壁上，任游客品读。

在"情侣巷"，还可欣赏传承千年的婚俗。

在青溪民间，一对新人要进入婚姻的殿堂，必须完成六大程序，用文绉绉的话语表达，即纳彩、问名、纳吉、纳征、请期、亲迎；用俚俗的言语来说，即说婚、合八字、订婚、彩礼、乞日、迎亲。

人生芳华，二八佳偶，看此日桃花灼灼，宜室宜家，卜他年瓜瓞绵绵，尔昌尔炽。

青年男女只有经历从说婚到迎亲全套仪式，他们的爱情、婚姻才能得到双方家庭的认可，甚至才能被认为"合法"。

情不知所起，一往而深。不论时光怎样流逝，也不论岁月怎样变迁，爱情始终是人类生活的主题。

四

没有新的生活，古城就没有朝气。

唐家河，动物的天堂。憨憨的大熊猫，人类不再打扰你享受箭竹的甜蜜生活；扭角牛羚，在绿草茵茵的山冈上，呼朋唤友开心追逐；聪明的黑熊，趁着夜色，大可放心偷食蜂蜜；成群的猴子，拦着游人，伸手讨要零食……

沟口外，便是小桥流水的阴平村。20年前打造的农家乐"闫家居"，如今改造升级为民宿；更有新建的"林影星空"，放下疲惫的身心，在树林中，仰望星空，数一数星星，看一看明月，听一听流水撞击石头的欢歌。

当然，在古城青溪，有美味铜火锅等着你。那大片的牛肉，那本地适鲜的青菜，那可口的魔芋豆腐，那香脆的核桃饼……一箪食一壶浆一瓢饮，俘虏你的胃。

铜火锅之所以吸引人，品尝佳肴的同时，可细观明亮的枫炭火，可细听嗞嗞水声……

这个九月，青溪古城迎来了广平高速公路通车。建设者在崇山峻岭间拼出的通天大道，让游客不再遭遇晕车之苦。

古城的新生活，也驶上了新的高速之道。

明月峡

---✤---

岭上一关，傲立千古；峡中一月，辉映清江；江上一舟，顺风而下；船上一人，邀月同醉。

那战马的嘶鸣，那商旅的跫音，那诗人的低吟，那纤夫的怒吼，在朝天关上，在明月峡中，久久飘荡。

一、朝天关

乾隆《四川通志》云："朝天关，在广元县北朝天岭上。"明月峡水栈易毁，乃于山巅铺筑陆栈，以利通行。

从诗文的角度看，宋之前文人雅士在朝天岭没留下作品，这说明此段金牛道还未正式进入官道。

笔者读到的第一首诗是宋祁的《朝天岭》。宋祁是个学霸，据说《新唐书》大部分内容是他亲自撰写的。词繁盛于宋，宋祁当然不甘落后，其脍炙人口的《玉楼春·春景》写尽春的美妙："东城渐觉风光好。縠皱波纹迎客棹。绿杨烟外晓寒轻，红杏枝头春意闹。浮生长恨欢娱少。肯爱千金轻一笑。为君持酒劝斜阳，且向花间留晚照。"因"红杏枝头春意闹"意象颇佳，名噪一时，宋祁被誉为"红杏尚书"。

宋仁宗嘉祐年间，宋祁到成都为官，过朝天岭，吟诗一首：

天岭循归道，征旗面早暾。

滩声逢石怒，山气附林昏。

谷哢如禽哢，尘交作马痕。

萋萋芳草意，无乃为王孙。

　　道在崇山峻岭间，朝阳映红了军旗。江水冲击着巨石，林间雾气弥漫。鸟声啁啾，马蹄声声。春草烂漫，王孙愁上心头。

　　进士及第的宋祁，走入官场。半生仕宦，又向蜀道进发。或许，归隐之意已在宋祁心间萌芽。

　　宋亡于元，元统治时间短，但利州就是在元期间改名广元。朵儿只曾任职广元，后官至丞相。朵儿只维修北上三秦的驿道，赋诗一首："奉使朝天岭若仙，俯观锦绣蜀山川。古今豪杰知多少，回首燕都路八千。"此诗传达三点信息：其一，在蒙古人眼中，蜀地景色秀丽。其二，此时元朝的都城已迁至大都。其三，诗人履职地方，渴望回到权力中枢一展宏图。

　　元末义军蜂拥，笑到最后的是曾当过和尚的朱元璋，他建立了大明王朝。明中叶，状元杨升庵在黄昏中过剑门蜀道，作《题朝天岭》诗："落日半山坳，掩映栗叶赤。行客早知休，前溪多虎迹。"状元回新都奔母丧，匆匆奔走于金牛道。行至朝天岭，火红的夕阳挂在山坳，树树叶叶，千山万岭，一片霞光。驿馆何处？早点歇息，这儿老虎出没，恐危及旅人性命。杨升庵行至昭化梅岭关，对贯通射杀老虎大加赞扬，说明元、明时期，今天的广元一带确有老虎存在。诗可言志，诗也可纪事，感谢杨升庵为广元留下的"老虎诗"。

　　离我们最近的封建王朝是清，有清一代，吟朝天关的诗明显多了。笔者读到最长的一首诗是清中叶张问安的《朝天关》，全诗有160字。张问安，遂宁人，在华阳、温江书院执教鞭，是清代"四川三才子"之一张问陶的哥哥。"我行忽已久，日暮倦行李。履险苦已烦，望舍恋休止"。开头四句表明诗人羁旅在外久矣，心生烦恼，看见驿舍，即想停下奔波的脚步，给心灵放个假。"风便益昌郭，百里片帆耳。"若是顺风乘船，百里之地，片刻工夫就到广元，那才爽。"登舆破清晓，复此青山里"。然而美好的愿景终归不能实现，吃罢早饭，赶紧上路吧。朝天驿道，张问安此行感受如何？万山奔腾，雾气蒙蒙，一盘一盘攀登，上至关门，雾散天清，朗朗乾坤。关隘雄险，宽仅容苇。站在关上，俯瞰山底，嘉陵江像条线，在地底蜿蜒而去。"作使万夫众，治险平如砥"。汇聚万千民众，整治栈道。最后，险隘消失，行走栈道如履平地，那将是多么美好啊！

不仅是张问安，上自达官贵人，下至贩夫走卒，行走在蜀北万山丛中的悬栈险隘，都盼望盘旋的高山化为平地。

二、明月峡

岭上关隘，岭下清江明月，朝天关、明月峡这对夫妻在此长相厮守。

浩瀚的唐诗，繁复的宋词，多彩的元曲，流行的明代市井小说，不见明月峡的踪影。清朝文人费密过朝天峡，第一次以诗的形式，描绘了那个时代的清波明辉。

费密是四川新繁人，生活在明末清初。明末兵燹不断，诗人不得已流寓泰州、扬州，是四川继杨升庵后著述最富的学者。

> 一过朝天峡，巴山断入秦。
> 大江流汉水，孤艇接残春。
> 暮色愁过客，风光惑榜人。
> 明朝在何处？杯酒慰艰辛。

过了朝天峡，就是陕西的地界了。暮春里，一只孤独的小舟，漂流在浩浩荡荡的嘉陵江上。暮色四起，愁绪在诗人心中挥之不去。而旖旎的风光，却让船夫着迷。明天又身在何处？唉，喝杯薄酒，聊慰生之不易吧！

《朝天峡》被认为是费密诗歌的代表作。同时代的王士祯，对"大江流汉水，孤艇接残春"句大加赞赏，并与之订交。

费密从云南返川，家中祖屋已化为一片灰烬，遂决意前往沔县定居。《朝天峡》一诗，或许作于此次旅途中。兵荒马乱的岁月，《朝天峡》一诗带有淡淡的哀愁，但无可奈何的叹息声并不代表诗人的生活态度。何以见得？费密在

《栈中》一诗中说得非常明白。"轻身过绝险，不负有平生"。天下大势，费密无法左右，但自己的生活总是可以由自己决定。正是抱定不负平生的态度，在那个乱云飞渡的时代，嘉陵江上的这只孤舟，按照自己的航向前进，没有随波逐流。费密潜心向学，终取得骄人的成绩。

叙罢费密，来说说杨宏绪。杨宏绪也是新繁人，与费密是同乡。杨宏绪在康熙六十年（1721年）中进士，在雍正年间官至浙江按察使，做过多地县令，为官清廉，名声不错。

朝天峡乘舟

险绝朝天无辙迹，解鞍相约上轻舠。

舵回急流岸如驶，人坐洪涛心似摇。

山势曲从虎豹转，波声疑助鬼神号。

诗魂咫尺惊难定，好泊前村借酒浇。

相约坐船，免去攀登之苦。水流湍急，小船摇摆，仿佛心也在晃悠。嘉陵江两岸，山势变化多端，像虎豹跳跃一般。波涛击岸，声若鬼哭狼嚎。惊魂难定，哪有情调写诗！告诉艄公，在前面小村停泊，打壶酒，压压惊，吟诗一首，再继续前行。

从诗中不难看出，杨宏绪生活的时代，社会稳定了，不似费密所处的急剧变化洪流中，所以诗人心情爽朗。

今天的明月峡，声名鹊起，但与蜀道上的五盘岭、龙门阁、筹笔驿、飞仙阁相比，当是晚辈。直到生活在道光年间的刘硕辅，明月峡才第一次亮相。

夜宿明月峡

小驿悬鞍倦卧衣，遥怜儿女话庭帏。

如何一样多情月，不照人归照梦归。

出生德阳的刘硕辅，屡考不中，最后以明经终老。考运不济的他，文名却显。在帝都，王侯士大夫对他是降阶相迎。及至归里，执掌金渊、旌阳书院讲席，慕名而游者众。

那年那月，奔波在外的刘硕辅，投寄明月峡驿馆。舟车劳顿，和衣而卧。家中稚子，又到眼前。窗外多情的明月，映照不眠的羁旅之人。人在旅途，就让明月把相思梦捎回故乡吧。

古时读书人，寒窗苦熬，以求功名。即便功成名就，人生也在漂泊中，有几人能心安理得终老故乡田园。大江南北，长城内外，有多少个刘硕辅，一生都在"不照人归照梦归"中蹉跎岁月啊！

明月峡之上，便是朝天关。从山脊俯视一江水，是何景象？

范祖禹说：下视嘉陵千丈黑；高辰说：江流东下日沉西；李鼎元说：俯窥江上船，小若坳堂芥；张问安说：俯视一线江，蜿蜒行地底……

诗人远去了，但诗人的浅斟低唱却永远留在了山水间。

三、争战苦

作为陆栈的朝天关与作为水栈的明月峡，在冷兵器时代，无疑是战争双方争夺的焦点。

安史乱起，唐玄宗、杜甫二位名家，先后经朝天岭去往成都；五代十国时期，王全斌击溃孟昶守军，率部越朝天岭而灭后蜀；宋元之交，曹友闻督军扼守朝天，他的祠至今仍在岭上；明清天下易主之时，明军与义军、义军与义军、义军与清军鏖战关口……

烽烟起，诗人怎不感慨！

曹友闻祠
黄　辉

卷地尘来可奈何，大旗风雨动关河。

荒林不辨将军树，古岭空传壮士歌。

深夜有人闻铁马，斜阳无事看金戈。

空江萧瑟英雄泪，流入岩石怨恨多。

这首诗译成白话文，大意是：草原铁骑挥师南下，尘埃漫天，曹将军奉命率部驰援，喊杀之声惊天动地。岁月无情，荒山野岭已辨别不清将军树，但壮士为国喋血的精神，仍在岭上一代代传唱。那撼动大地的拼杀声，在寂静的夜晚响彻云霄。斜阳下，嘉陵江为英雄默默流泪。这泪水，渗入岩石，是对上司瞎指挥的怨恨啊！

曹友闻祠在朝天关旁，当是黄辉过朝天关瞻仰"褒忠祠"有感而发，遂作《曹友闻祠》一诗以敬英雄。黄辉，四川南充人，万历年间进士及第，在明末文艺圈是个厉害角色。其诗，与公安派主将陶望龄并驾齐驱；其书法，与董其昌不相上下。诗中的主人公曹友闻，乃宋开国名将曹彬之后，宝庆二年（1226年）高中进士。蒙攻宋，曹友闻乃弃文从武，官至左骁骑大将军利州驻扎御前诸军统制。宋理宗端平三年（1236年）九月，在大安之战中，与弟曹友万双双为国捐躯。然而，数十年之后，宋仍亡于元。后世有论者以为，此乃文明之宋亡于野蛮之元。若果真文明驯服于野蛮，不得不令人深思"这是为什么"！

曹友闻战死已过300余年，黄辉过朝天关，仍写诗颂扬他，何也？为国死难的英雄，其事载史册，其名镌祠庙，其气长存天地间。

煤山上的一棵古槐树，成为崇祯帝生命最后的归宿后，八旗子弟便入主中原。康熙十一年（1672年），时年39岁的王士祯奉旨典四川乡试。他第一次入蜀，写下《朝天峡》一诗。"洞穴峡半开，兵气尚狼藉。蛇豕据成都，置成当险厄。至今三十年，白骨满梓益。流民迄稍归，天意厌兵革"。原诗较长，此为笔者引用的一部分。由于长时间遭受兵燹，四川可谓是"白骨露于野""生民百遗一"、十室九空。成都遭到的毁坏更甚，以至于清初的省治设在阆中长达20年（1646—1665年）之久。王士祯入蜀，清王朝在全国的统治快30年了，省治也由阆中迁往了成都。但是，在王士祯眼中，朝天峡兵毁留下的一片狼藉仍未消除。天下繁华的成都，成了蛇蝎和野猪的游乐场。白骨遍地，天意厌战，人心思安。

王士祯第一次入蜀14年之后，岳飞的后代岳钟琪降生了。岳钟琪历康熙、雍正、乾隆三朝，一生征战，最后含恨而殁。

朝天关

盘曲上崇椒，崎岖倍觉劳。

水深因岩狭，山峻带云高。

昔过年三纪，今来鬓二毛。

停车增慨叹，斜日照征袍。

征战一生的岳大将军，迂回曲折向上登攀，山路崎岖，倍感辛劳。攀至山巅，放眼一望，嘉陵江躺在狭长的深谷中。山高，天上的云彩仿佛更高。唉，记得那年过朝天关，正值人生芳华，才36岁。今天再次路过此地，青春远去，两鬓已长出斑斑白发。斜阳映照战袍，看来，还要冲锋陷阵。

不知征战苦的岳钟琪，因人构陷入狱，雍正帝将"斩立决"改判为"斩监候"，保住了一条小命。忙忙碌碌的人生，有时候真该歇一歇，想想究竟怎样的生活才是我们所需要的。慨叹后，岳钟琪在朝天关上大步向前走去。身后，夕阳满天。

清中叶，张问陶过朝天，遇警，吓出一身冷汗。这位遂宁才子在《峡中遇警，三更发神宣驿，由水驿趋昭化》一诗中说："峡底争舟孤棹险，云中传柝万山惊。"张问陶本来停住在神宣驿站，突然收到需要高度戒备的讯息，遂连夜出发。迅速离开不安全地带，当然是坐船。于是乎，一帮人为了上船争吵起来。夜空中传来的打更声，回响在静静的群山中，让人更是毛骨悚然。

民谚云：神仙打仗，凡人遭殃。今天的我们，生活在和平年代，真好。

走近曾家

"人间四月芳菲尽，山寺桃花始盛开"。千年前的白居易，正悲伤春光易逝，不承想，在庐山大林寺，笑春风的桃花，花期正盛呢。

千年之后，暮春之际，笔者走近位于朝天区曾家镇的民宿布谷布谷。天空高远，山林青葱，鸟儿欢唱。建于深谷的民宿，环境雅致，梨花洁白、樱花粉红，蜜蜂飞舞，抖动轻盈的翅，于花蕊间采花酿蜜。这些辛勤的小蜜蜂穿梭于花丛中，正酿造属于它们自己的美好生活呢。

由于职业，笔者多次前往曾家采访。第一次与曾家亲密接触，还是20多年前。那次是省交通厅的一位负责人，来广元调研农村公路建设，笔者跟随采访。小车在深山的公路上盘旋，时而上坡，时而下坡，时而左拐，时而右拐，时而快，时而慢，几个来回后，笔者晕得昏天黑地。呕吐不停，几乎误了工作。这次曾家之行，在心里，对曾家有了畏惧感。那高高的曾家山，仿佛在天上。

虽然心生恐慌，作为一名记者，去往曾家是不可避免的。随着时间的推移，通往曾家山的公路变直了，变宽了。笔者最直接的感受，便是不晕车了。是啊，曾家山在变。河坝平原地区的蔬菜早已下市，而当地老百姓种植的蔬菜正茂盛呢，不打药，口感好，在城区特受欢迎。于是，有了一个响亮的名片——反季节蔬菜。平缓处、沟谷旁，闪着银光的甘蓝，鼓起了群众的腰包。再后来，这些反季佳肴有了更合理的命名——高山露地蔬菜。不仅涌现出了种植大户，更催生了蔬菜经纪人。这时髦的名词，别以为只存在于大城市，山旮旯的乡坝头同样活跃着他们的身影。

曾经的曾家山，苞谷糁糁、土豆、红苕，在一代人心中留下了不可磨灭的记忆，可谓守着优质资源过穷日子。俱往矣，如今，党委、政府持续打造曾家山，农家乐如雨后春笋般冒出来，天坑、石林、公主墓、白羊古栈道都成了网红打卡地。

发展是曾家的主基调。汉王街上，传统的核桃饼，香、酥，老家的味道；现代的蓝莓，开发出脯、酒、汁系列产品，年轻人的醉爱；银行、超市、学校、卫生院，打造天府旅游名县，曾家正全力冲刺。

七盘关至曾家的旅游公路，建设者正挥汗如雨，力争年底完成主骨架。届时，下广陕高速，走通衢大道，仅一刻钟即至曾家。山间飘玉带，曾家的发展驶入快车道。布谷布谷民宿、原乡、养生谷，观白云苍狗，看桃花流水，悟今夕何夕。曾家山，又名薬本山。薬本，本地山上一味中药也。"寻道时但存远志，养生处何必当归"，中药养生馆门柱上的楹联大可玩味。中医，华夏儿女的辩证哲学。

"蜀道亚高原，康养曾家山"，曾经的曾家，养在深闺人未识。如今，掀起盖头的曾家，露出它大美的容颜，让多少华夏儿女流连忘返。

笔者时常思索，曾家的山，没有变；曾家的土地，没有变。但曾家的人，变了。从勤与懒的角度看，人变得更勤奋了；从富与穷的角度看，群众的钱袋子明显鼓胀了；从变与守的角度看，人更精明了。是什么原因导致这场改变的呢？始于1978年的改革开放，不仅让曾家山变了样，更让全中国都变了样！

曾家的探索并没停止，文旅之路、农旅之途、农文旅之道，勤劳的曾家儿女正让曾家一天一个样。

同行的朋友说，觅一个夏夜，携三五好友，赏皓天月之清辉，听大山心之律动，如夫子忘情于舞雩台。

观音岩

❖

从千山万壑夺险而出的嘉陵江，一路冲撞，一路咆哮，颠簸至广元经济技术开发区盘龙镇，终于迎来一片开阔地，伸个懒腰，想歇歇脚，积蓄能量，向着更崔嵬的长江奔去。

与江相伴的金牛道，一路蜿蜒，一路蹒跚，行至盘龙镇，也告别崎岖，来到平缓处休养生息，成都府还远呢，不积蓄力量怎能到达。

江边一小山，挺拔于田垄平畴、商旅往来、人烟密集处，山石为砂岩，不甚坚硬，易雕刻，人们便把心中愿景寄托于工匠錾子下的佛像。石窟佛像以观音居多，当地百姓遂以观音岩名之。

一、民间信仰

观音岩在广元城南15公里，嘉陵江东岸。据调查，现存龛窟129个，造像近380尊，风格与上游的千佛崖佛像相似。

观音菩萨这一称谓怎么来的呢？在佛经中，观世音菩萨为大慈大悲的菩萨。遇难众生只要诵念其名号，"菩萨即时观其音声"，前往拯救解脱，故名。唐代避太宗李世民讳，去"世"字，直呼"观音"。

寺院中的观音塑像，常作女相。女相观音造像大约始于南北朝，自唐代开始兴盛，至今热度不减。

观音岩佛像群6号龛、105号龛、119号龛、121号龛均雕凿有救苦救难观音菩萨。

6号龛形状为外方内圆，内龛雕一立观音二胁侍菩萨三尊像。观音戴化佛冠，冠中可见一立佛，左手下放握瓶，右手上举执杨柳枝，腹凸出。二胁侍立于仰莲座上，双手捧供物。

龛外右侧题记为□山郡司马周铣敬造观音像，至德二载九月四日。至德是唐肃宗年号，当知6号龛开凿时间为李亨在位期间。

105号龛为外方内圆拱形龛，左雕一僧人右雕一观音二尊像。僧人锡杖斜倚右肩，杖端挂剪刀、直尺、袋状物，这形象与志公和尚相似。若果真是志公，当是国内较早的志公像。观音面相饱满，双手当胸合十。

105号龛无题记，据造像特色推测，当开凿于唐玄宗天宝年间。

119号龛形制亦为外方内圆，但雕像特别。龛内雕刻的观音，一身有十一面。观音头顶上、中、下三排雕出十面，分别是上排一面、中排五面、下排四面。观音双耳垂肩，双手当胸合十。此龛技法粗糙，无题记。

121号龛为方形龛，主雕为观音，观音两侧自上而下各雕三组二身供养菩萨。观音左手下放，牵巾；右手上举，执杨柳枝。上排供养菩萨跪于云际，双手当胸捧供物；中排供养二菩萨，左菩萨双手当胸捧供物，右菩萨双手合十；下排二供养菩萨，左菩萨双手合十，右菩萨双手捧供物。

121号龛无题记，从雕刻技法上看，与6号龛相似，那么开凿时间与6号龛相距不远。

观音岩雕像以观音最多，表明救苦救难甚至有求必应的观音菩萨在民间深受广大信众喜爱。

二、成败在人

位于观音岩雕像中下端的47号龛，雕一佛二弟子二菩萨二力士二天王九尊像，外龛两侧各雕一组三身供养人像。在岁月的长河中，雕像毁损不全。特别是龛中主佛，头部已残缺难识。

47号龛左侧有碑文，是开龛题记，现全文摘录如下——

释迦牟尼像赞

摄云南郡司马郝冣 文

　　夫云雷发润者，以声震大空；形象生因者，则福蒸沙界，是称诸佛功德，言之不可已已，其在兹乎？若视听之外，有无之中，错摠玄澂，澄炼至理，豁若相实，孰能度之者欤？有清信弟子内侍钱塘范公，忠以保国，孝以成家，明主委其腹心，朝廷钦乎令德。则□因有密而处远事有疎而仗能属。南蛮乱，常结疊西，振魏降之节变陆生关，笑越洪庐，深入不测，宣扬圣渥，感之狂首，循环云荒，惟德是辅。遂于益昌郡侧，俯临路旁，有之灵山，势多奇迹，磐薄纪地，崔嵬柱天，前窥龙门，却倚剑阁，千佛万佛，大身小身，俻真实之容仪，资往来之福利。范公乃启无上心，去己所欲，为我皇帝逮乎苍生，召善琢之良工，访精能之巧画，鑿凿峭壁，方寸灵目，规素月而俊毫，测青莲而点目。徒观其卅二相，圆明逼真，亿万千身劫，成尘而不动。冣幼疎释教，长乏儒门，敢屈斯文。乃为赞曰："灵山圣迹俯长衢兮。琢凋成像生福利兮，安边保国自忠臣伬，至其善矣愿必归兮。"

　　天宝十载十月一日云南招慰泸北宣慰讨会兵马处置使朝议郎行内侍省掖庭令上柱国范元逸敬造。

检校官朝请郎守益昌郡司马王顺之

　　从碑文中不难看出，此文出自摄云南郡司马郝冣之手，佛龛开造者是范元逸，参与者还有益昌郡司马王顺之。

　　碑文清楚地交代了雕刻佛像的前因后果。南蛮勾结吐蕃造反，唐王朝派兵讨伐。深得皇上信任的掖庭令、上柱国范元逸，深入云南，宣传朝廷恩德、抚慰罹难将士。其实，郝冣采用春秋笔法，美化了这一事件。

　　"无何，鲜于仲通为剑南节度使，张虔陀为云南太守。仲通褊急寡谋，虔陀矫诈，待之不以礼。旧事，南诏常与其妻子谒见都督，虔陀皆私之。有所征求，阁罗凤多不应，虔陀遣人骂辱之，仍密奏其罪恶。阁罗凤忿怨，因发兵反攻，围虔陀，杀之，时天宝九年也。明年，仲通率兵出戎、巂州。阁罗凤遣使谢罪，仍与云南录事参军姜如芝俱来，请还其所虏掠，且言：'吐蕃大兵压境，若不许，当归命吐蕃，云南之地，非唐所有也。'仲通不许，囚其使，进兵逼大和城，为南诏所败。自是阁罗凤北臣吐蕃。"

《旧唐书》记载这场战事的起因是，云南太守张虔陀不仅向南诏国索要财物，还强奸了云南王阁罗凤的妻子，阁罗凤愤而起兵杀死张虔陀。剑南节度使鲜于仲通亲率大军讨伐南诏，阁罗凤申明反叛之因，并求和，鲜于仲通不允。无奈之下，阁罗凤归顺吐蕃，南诏击败唐军。《资治通鉴》说鲜于仲通"仅以身免"。

六万唐军葬身蛮荒，主帅会受到朝廷惩治吗？鲜于仲通不仅未遭贬谪，反而高升了。原来鲜于仲通交好唐玄宗宠臣杨国忠，杨国忠不但为其掩盖败迹，还表述其功。在杨国忠一番运作下，鲜于仲通升任京兆尹。

不仅杨国忠，就连后世被誉为诗圣的杜甫，也被鲜于仲通迷得稀里糊涂，不吝溢美之词，写诗夸奖道："王国称多士，贤良复几人。异才应间出，爽气必殊伦。"（《奉赠鲜于京兆二十韵》）

南诏一役，唐玄宗任用的是什么人？云南太守张虔陀，骄奢淫逸；剑南节度使鲜于仲通，性格急躁、少谋略；宰相杨国忠，贪得无厌。

斯时——开元后期，李隆基已然昏聩。写出"草木有本心，何求美人折""海上生明月，天涯共此时"千古绝唱的一代贤相张九龄，被口蜜腹剑、野无遗贤的李林甫排挤出朝廷。李林甫、杨国忠当政期间，北方的安禄山坐大，并最终将唐王朝推向万劫不复的深渊。古往今来，事业的兴衰成败，关键在人。

"宣扬圣渥"的范元逸亲往蛮荒，见唐军将士尸骨堆满沟壑，内心大为不安。完成使命北返帝京，遂于益昌郡嘉陵江的东岸，召善凿的工匠、能绘的巧手，雕佛像三十二尊，为死难将士超度亡灵。

除47号龛，观音岩造像群中的33号龛、46号龛、50号龛，根据题记推断，均与天宝年间南诏战事相关。

三、公主祈福

观音岩40号龛，凿一佛二菩萨三立像。从资料上看，主佛面相饱满，颈三道纹，左手自然下垂，右手上举着无畏印。左边菩萨的左手上举，拿杨柳枝；

右手向下，做牵巾状。右边菩萨动作刚好相反。笔者庚子年暮冬造访观音岩，观看手机拍摄的40号佛龛，主佛头部已不翼而飞，立于莲瓣之上的二菩萨，风雨剥蚀、灰尘侵袭，面相、服饰均已模糊。

此龛龛楣上有题记：永和公主造。永和公主是谁？《旧唐书·列传第二·后妃下》肃宗韦妃条记："生衮王偲，绛王佺，永和公主，永穆公主。"由此我们知道，永和公主是唐玄宗孙女、唐肃宗女儿。永和公主因何事过观音岩并凿佛龛呢？此事当与安史之乱相关。

唐玄宗早年宵衣旰食，励精图治，开创了开元盛世。"忆昔开元全盛日，小邑犹藏万家室。稻米流脂粟米白，公私仓廪俱丰实"，被繁荣冲昏了头脑的玄宗，晚年有些飘飘然了。宫内宠信杨贵妃，宫外任凭安禄山、杨国忠胡作非为，天宝十四载（755年），终于引爆安史之乱。安禄山领兵杀向长安，玄宗处置失当，无奈之下，只得弃守京师，仓皇入蜀避难。行至马嵬坡，军人哗变，宰相杨国忠死于刀剑之下，杨玉环被赐死。经此一劫，父子分道扬镳。唐玄宗沿金牛道继续入蜀，太子李亨北上灵武。只是不清楚，此龛是永和公主跟随爷爷入蜀时途经观音岩捐钱请人雕凿，还是返回长安时开凿？抑或回长安后请人开凿？不论是哪种情况，长在深宫之中、过惯了锦衣玉食生活的永和公主，经受一路颠簸，遭此磨难，企求官军早日平定叛乱，祈求天下苍生过上平安日子，当是永和公主凿佛龛的初心。

四、地名之变

5号龛雕一释迦佛，在岁月的长河中，可惜头部已残毁，袈裟下垂，双手相叠握宝珠于腹前。龛右侧题记为："释迦牟尼佛一躯，巴西郡神泉县李□，节（？）原平安，敬造供奉，至德二载九月八日。"

这则题记提供三点信息。

一是佛教已走下圣坛，扎根于普通民众心中。佛教源自古印度，非本土宗教。自东汉初年传入华夏，寺庙便迅即占领神州大地。究其因，其教义契合民众精神的需求。释迦牟尼是佛教的创立者，李□非达官显贵，请人雕刻释迦牟尼佛，表明社会底层信仰者对佛的虔诚。其实，在中国封建社会演进中，佛教出世、儒教入世、道教无为的态度，早已融入百姓柴米油盐中。正因为浓郁的生活气息，寺院在都市、乡村随处可见。

二是凿佛时间明白无误。至德是唐肃宗李亨使用的年号，前后使用了3年，对应的公元纪年是756年至758年。唐肃宗用"载"不用"年"纪年，其一是沿袭乃父做法，唐玄宗天宝年间纪年即为"载"；其二是寄托了美好希望，愿大唐国运继续发飙。

斯时，经历马嵬坡事变后，杨贵妃已香消玉殒，唐玄宗李隆基已为太上皇，安史之乱仍在上演之中。中原大地生灵涂炭，蜀中相对平静。李□选择此时凿佛，祈祷平安之意不言自明。

三是历史上存在神泉县。据史料记载，隋开皇六年（586年），改西充国县置，属绵州。治所在今四川安县南五十里塔水镇。《元和志》卷33神泉县："因县西神泉为名。"大业初属金山郡。唐武德初属绵州，天宝初属巴西郡，乾元初属绵州。历史上州县名称、辖地变化多端，乃吾国一特有现象。观音岩下游平坝昭化古城，原名葭萌。三国刘备至葭萌，厚树恩德，以此为立脚点，向西攻拔刘璋占据的益州，遂改葭萌县为汉寿县。后司马氏一统三国，又将汉寿县改为晋寿县，东晋改晋寿县为益昌县。北宋赵匡胤剿灭后蜀孟昶，"昭示皇恩，以化万民"，将益昌县再改为昭化县。

纵观改来改去的地名，统治阶级改名之意与百姓开龛雕佛之愿如出一辙。

五、和谐相融

久有游览意，今日始成行。庚子年隆冬，阳光温暖如春，穿过油菜花盛开的田野，笔者终于抵达观音岩，一览石窟真容。

冬天的嘉陵江，波澜不兴。石山临江，山脚下当是金牛道，只是岁月更替，蜀道了无踪迹。石质为砂岩，易于开凿，当然也易风化。呈南北走向的石山，亦如千佛崖，凿满了大大小小的佛像。因佛像中观音居多，且观音在普通民众中知名度极高，故当地百姓把这片石山称为观音岩。

江水滔滔，不舍昼夜。观音岩佛像遭受自然和人为双重围攻，部分雕像已漫漶难识了。"徒观其卅二相"，范元逸造佛像三十二尊，笔者反复观摩47

号麂，始终寻找不到如此众多的佛像，只能长叹一声。受地势影响，观音岩的规模比千佛崖小得多。唯一不变的是，那慈祥的面容、那淡定的仪态，看上一眼，会让浮躁的尘世顿时安静下来。

令人惊奇的是，在以佛教为主的观音岩石窟区内，文昌宫、太清宫道教宫观悠然处之。在民间，文昌帝君是功名利禄的化身。但观音岩内的文昌宫，塑像有些"随心所欲"，何以见得？除殿正中供奉文昌帝君外，殿右供奉福星、寿星、禄星，殿左供奉送子、财神、药王，真是需要什么就供奉什么！

距文昌宫不远，就是太清宫。太清宫以青岛崂山最为有名。想不到，此地竟也有一座太清宫。只不过，文昌宫、太清宫内塑像庞杂且简陋。

其实，佛道共存，不仅在观音岩，在中国很多名山古刹，都是佛教、道教相伴，根本不存在"一山难容二虎"，这就是和而不同，和谐共生。

嘉陵江对岸，高速公路上汽车奔驰、高速铁路上动车呼啸而过。田野上，金黄色的油菜花恣意绽放。这方热土，滋润这方百姓。

古镇柏林沟

春天里，走进古镇柏林沟。

田野里，油菜花不再矜持，肆意地绽放她的金黄。沟垄边，折耳根不再蛰伏，娇羞地探出小脑袋。山坡上，梨花怒放，天地间只有茫茫白色。放眼望去，这个世界便被春风垄断。

一

始建于东汉的广善寺，在万物苏醒的春天，仍静静地矗立在古街上。门前的那棵古柏，根须盘结，树干粗壮，枝叶婆娑。古柏1800岁了，仍不显龙钟。

广善寺山门两侧的支撑柱上，各塑有一龙。龙身缠绕于柱，龙头伸向山门，似乎把守着这千年古刹。中国的佛寺总与楹联相伴。山门廊柱上有一联："能放下贪嗔痴怒眼里人人皆罗汉，不撇开利禄功名世间处处无如来。"芸芸众生，有几人没有贪嗔痴怒。司马迁在《史记·货殖列传》一文中说："天下熙熙，皆为利来；天下攘攘，皆为利往。"佛教讲"放下"，世俗之人往往"放不下"。世间事，人间情，在"放下"与"放不下"间蹉跎而过。

闻名遐迩的广善寺是一个三进的院落，由弥勒殿、大雄宝殿、慈航殿构成。

跨过山门，便是弥勒殿。弥勒殿为小天井，紧邻山门有两株600年的柏树。树干笔直，直冲霄汉。弥勒殿当然供奉的是大肚、笑口常开的弥勒佛。楹柱上有一联:"舍浮华修忍辱登无上菩提,生补处能包容授未来教主。"人的欲望是没有止境的,能忍,便能通向成功的彼岸。世界上没有两个相同的人,能包容,万物生和谐。

弥勒殿的后面便是大雄宝殿。大雄宝殿也是按四合院修建,其中一间厢房名九龙殿,因收藏九龙碑而得名。碑上有九条龙,虬螭蜿蜒。碑前竖一牌,牌上字为"皇帝万岁万万岁"。大雄宝殿的楹联,是劝信众从善、礼佛:"人善身善口善心善见善行善善始善终享荣华,信佛朝佛礼佛教佛学佛体佛佛因佛果登大罗。"此联八个"善"字八个"佛"字,道出外来的佛教在华夏黎民百姓中传播的根由,那就是佛能带来精神安慰。是啊,人活一世,不仅需要物质的保障,也需要精神的寄托。

穿过大雄宝殿,便是慈航殿。慈航殿供奉观音菩萨。观音菩萨金身,立姿。左手下放,持玉净瓶,瓶口向下。右手上举,作无畏印。在中国,观音菩萨可谓妇孺皆知。慈航殿的廊柱上也有一联:"寻声音行普度救拔四生到彼岸,观世界驾慈航接引九有往西方。"现实中"此岸"有太多的无奈,心便向往"彼岸"。其实,活在当下,脚踏大地,便是最好的"彼岸"。与弥勒殿、大雄宝殿相比,慈航殿略显破旧。慈航殿有两株桂花,从躯干看,树龄应超百年。

广善寺历来香火旺盛,是川北一带有名的佛教丛林。紧挨着广善寺的钟鼓楼,高三层,飞檐翘角,因未对游客开放,笔者无缘一登,甚憾。

二

柏林沟古镇,灰瓦、夯土墙、石板路,建于何时,茫茫岁月,已很难考证清楚。但正是这些"不起眼"的建筑,让古镇收获羡慕的眼光。

从广善寺至插江,从北向南,石板路从高到低,街两旁布满颇具川北特色的民居。民居的墙由当地的黄土夯实而成,墙面用谷壳调和黄泥粉饰,墙中立柱,木柱矗立于磉礅石上。屋顶呈"人"字形,铺盖灰色陶瓦。这种建筑不仅冬暖夏凉,而且抗震。

蓑衣、风车、铧犁、石水缸,有的挂在墙上,有的静静地待在街沿边,有的弃置院坝，这些曾经与农人生产生活息息相关的物件，完成了它们的历史使命，成为"过客"。

柏林沟古镇，穿街而过的魁星楼，寄托了封建时代人们对美好生活的向往。榫卯结构的魁星楼共三层，二楼是戏台，三楼供奉魁星。二楼木板墙上用篆体书写"艺苑奇葩"四字，木板上有绘画，岁月久远，风雨剥蚀，已漫漶难识。唯"艺苑奇葩"下一幅，绘"二童子徐徐展开图画、主人细细品味"场景，较清晰。山区乡村，有戏演出，当是一大乐事。可以想象，锣鼓一响，咿呀的唱腔在古镇上空回荡，劳作一生的村民，听着悠悠的曲调，定把烦心事抛在脑后。沿着木梯登上三楼，钦点功名的魁星像便映入眼帘。魁星身体前倾，一手持印盒、一手拿毛笔，做钦点功名状。自隋朝开科取士，功名便成为那个时代读书人的诗和远方。中唐的孟郊，高中后心花怒放："昔日龌龊不足夸，今朝放荡思无涯。春风得意马蹄疾，一日看尽长安花。"而晚唐的罗隐就没这么幸运了，竟然十余次考不中，再次落第后过钟陵，遇见云英，不禁悲从中来："我未成名卿未嫁，可能俱是不如人。"科举直接影响读书人一生的走向。那个时代的读书人，谁不希望自己被魁星点中呢！独立三楼，向北眺望，陶瓦覆盖呈鳞状的屋顶，斜倾的石板街，隐隐可见的广善寺，尽收眼底。向南眺望，石板路弯弯曲曲，插江静如处子。岁月，就这样从远古来到当下。这当下的岁月，也会成为后人眼中的远古。

怕惊扰古人的美梦，轻轻地从楼上下来，紧邻魁星楼的民宿名见素山舍，民宿由民居张家大院改造而成，谷壳泥巴墙、雕花窗棂、吱吱叫的木板阁楼原汁原味保留着。在临江的阳台上，沐着春风，品着明前茶，遥想着三国时马超过古镇的悠悠岁月……古人似乎并未远去！

三

正是繁花似锦的春天！

油菜花要把它的金黄铺满田野山坡，桃花要把它的粉红写在少女的脸蛋上，而樱花要把它的风情万种雕刻在大地上。

从颜色看，有的樱花红似火，有的樱花白似雪，有的樱花粉似霞；从形状看，一簇簇有的樱花像绣球，一片片有的樱花像鱼鳞，一朵朵有的樱花像小伞；从分布看，孤独一枝有的樱花喜冷傲，三五一块有的樱花不迎奉，茫茫一片有的樱花爱热闹。

壬寅年二月十六，我们慕名前往古镇网红打卡地——樱花谷。古镇的樱花，品种达二十余种，花期从二月中旬至四月中旬，长达两个月。好一幅樱花图，白中透粉的樱花，开得肆无忌惮。早晨的天空，布满铅灰色的云层。时近中午，荫翳散开，阳光露出了小孩般的笑脸。微风轻拂，花儿在空中翻飞，飘飘转转后亲吻大地。昨夜风儿骄横，下了一场樱花雨，落英满地。阳光照射，樱花似二八芳龄的女子，朝气蓬勃。

绚烂的樱花，不仅游客流连忘返，林中鸟儿也叽叽喳喳，呼朋唤友，来赴这场浪漫之约。一会儿在枝间跳跃，一会儿抬头观察，一会儿在林下觅食。美好的时光，人与鸟儿共享。

热恋中的情侣，樱花正为他们而开。有的在花下留影，有的在花间拍抖音，有的在听樱花语。而岚桥下的魏公子、兰小姐，看到这柔情缠绵的一幕幕，定会开心地微笑。

那个古老的传说，在古镇流传了千年。魏公子魏奎元乃一介穷书生，兰小姐兰瑞莲乃富家千金，二人邂逅于插江上的岚桥，一见钟情。富有的兰家瞧不起贫穷的魏家，棒打鸳鸯。追求幸福的兰小姐约魏公子子夜于岚桥相会，然后私奔。魏公子提前来到岚桥，突然暴雨如注，山洪卷走了魏奎元。兰小姐赶来时，见心爱之人已命丧黄泉，也投河自尽。后来，每到月圆之夜，两只锦鸡便现身岚桥，追逐嬉戏。当地老人说，梁山伯与祝英台化蝶双飞，魏奎元与兰瑞莲化锦鸡缠绵于岚桥。

魏公子与兰小姐的凄美故事，不仅成为川剧的传统剧目，也让古镇成为爱情小镇。

樱花谷下便是插江，插江不愿惊扰沉醉中的樱花和一对对恋人，只静静地欣赏樱花曼妙的舞姿，只默默地祝福心爱之人天长地久，只悄悄地让时光流逝。

四

马超衣冠冢、关兴墓、谈恋墓，湿地公园，古老的柏林沟，正焕发新的活力。

当地党委、政府按照"文旅名镇、产业旺镇、枢纽重镇"思路，擘画"六域"（有机果蔬种植示范区域、湿地GEP核心贡献区域、现代绿色农业种养循环示范区域、"文旅+农旅"融合示范区域、高效枢纽物流集散区域、优质粮油药材供给示范区域）兴柏林。

让老百姓的日子，像樱花一样灿烂多姿！

广元港赋

大江之奔流兮，舟车辐辏，泽我生民。

崇阿嘉陵谷，一滴孕千嶂，汤汤乎惊湍万里流。

港名广元，其兴在江。

先主入蜀，夹岸巍峨，战舰溯江而上，厚树恩德，据益州势成鼎足；吴道子，丹青手，一日绘，嘉陵三百云烟，慰明皇思忆苦；诗圣奔蜀，清晖鸥鹭，暝色远客，望故乡渺渺，锦城之喧嚷可闻矣；鲜于副使，舟航上下，车马不闲；状元过益昌，江风作颠，葭萌啀酒，龙潭射虎，好男儿志在苍生；罗江四李，攀蜀道踏江流，哪避朝露晚霞，为功为名乎？浩然之气漾西蜀。

万千溪流入麾下，诗人临江激文字，江山胜迹，英雄竞折腰。

峡中明月，奇石怪滩，弓腰纤夫号子长；江边飞仙阁，万壑疏林，奔涛怒号；峻壁瞰江琢千佛，大云跏跌骚客吟；龙跃黑潭诞女皇，毓秀钟灵，凤冠倾覆须眉，皇泽脉脉，河湾游乐兮古而今；环眼翼德镇巴郡，结义桃园，天地共叙生死谊；朝天门，嘉陵携长江，赏三峡，共赴汪洋之约。

无数豪杰叱风云，阵阵号子吼艰辛。

樯橹催船歌：待客尽是鸡蛋面，挣钱要数广元县。孰料江水枯槁，帆影不再。

春之江水，弱柳袅袅菜花娇，妩媚映山川；夏之洪涛，魆魆魅影霹雳破天宇，劈开崖岸兮向海生；秋之澄澈，霓虹一道连鹊桥，楚楚以动牵牛织女星；冬之安澜，万物归仓静以待时。

一朝渠化功，千秋桅樯立。远追运河之流光兮，近铸嘉陵之倜傥。

太极山水，星汉之地，不蔽风雨三载，港立红岩。同舟共济，西北之阜物，直达长江尾；奋楫扬帆，四海之宝藏，抵埠川陕甘。新时代正当撸袖，新业绩全凭务实担当；一企之兴兮万绪千头，立于不败唯有创新高效。千帆竞过，工部喜开颜：江流大自在，坐稳兴悠哉。汽笛长鸣，太白诗情狂：阡陌蜀道畅，江通云梦泽，水掀沧海潮。

九万里寻道只争朝夕，三千年读史水润炎黄。交通强国，江水悠悠。恭疏短引，率尔为赋，手之舞之足之蹈之，既祝且颂：商贾云集，重振嘉陵江水运辉煌！

月坝的树

月坝的山，四季青绿；月坝的水，縠纹涟漪；月坝的花，袅娜摇曳。

但我更爱月坝的树，树让兀山苍翠，树让碧水妩媚，树让春花楚楚。

一

近月湖西北角那棵青冈树，不知生命定格于何时，但它坚毅地矗立在湖中。

春天，万物复苏，这棵树没有发芽，但它没有气馁，只把身影与月色做伴；夏天，绿满山坡，这棵树依然沉寂，但它没有叹息，却让夕阳为它绽放金辉；秋天，瓜果飘香，这棵树孤苦伶仃，但它没有哀伤，却让溶溶月色陪它沉醉；冬天，鸟归巢粮入仓，这棵树没有颤抖，但它拥抱纷舞雪花，从容岁月路。

二

近月湖畔那片树，树干笔直，向天而立，人称"正直林"。

你看，不论大树小树，都挺拔着，何曾弯曲；你看，不管今夕何夕，都向上而生，何曾萎靡；你看，不论彩虹落日，都坚如磐石，何曾倾斜。

权势、金钱、美色，面对这些世间诱惑，多少人败下阵来。但这些树，胸中只有不屈的品格，脑海中只有坚定的信念——那就是，做棵天地间正直的树！

三

春天里，麻柳溪溪水潺潺，麻柳树枝叶婆娑。

有时候，溪水瘦弱，让人担心水流是否会干涸；

有时候，树干枯朽，让人担忧树木是否会匍匐。

乌云滚滚，雷电闪闪，一场淋漓大雨，麻柳溪汹涌澎湃；

惠风轻轻，细雨绵绵，一声温婉呼唤，腐朽的麻柳冒出新芽。

溪水淙淙，麻柳袅袅，你唱我和，便是陪伴；溪水不竭，树枝不败，你坚我毅，便是承诺。

四

勇立湖中的那棵青冈树，为什么不倒？

那片你挤我我挤你茂密的林，为什么直插苍穹？

唱着歌儿的溪谷，为什么那么欢乐？

须根裸露的麻柳树，为什么青春常在？

我想，它们在聆听年轻人踏上沥青路返乡的跫音；

我想，它们要讴歌一个火烧馍带富勤劳的村民；

我想，它们要赞美一片民宿带火一个穷得太久的村庄；

我想，它们要祝福一瓶老酒让乡村成为人人打卡的远方！

月明千秋

· 月明千秋之细语呢喃 ·

❀ 故乡为什么魂牵梦萦？那里有祖先的耕耘，那里有父母的疼爱，那里有儿时
　 的欢乐。当然，那里也有祖先的坟茔，也有父母的叹息，也有自己的泪水。
　 总之，故乡的一山一水、一草一木都浸入骨髓。

❀ 从军边关，建功立业，乃大唐气象，男儿本色。

❀ 没有那轮明月，没有那杯琼浆，没有那份寂寞，没有那缕忧愁，便没有高山
　 仰止的唐诗。

❀ 帝王将相多狂傲，谁能与李白一比？文人骚客多风流，谁能与李白一拼？贩
　 夫走卒多潦倒，谁能与李白一竞？有人说，李白不被皇帝赏识，愁。又有人
　 说，李白功业不成，愁。还有人说，李白学道不成，愁。总之，他一生不
　 得意，故而借酒浇愁。这些说法通通大谬。李白之愁，乃生而为人，天生所
　 有。李白忧伤愁苦的高度，就是唐诗的高度！

❀ 对个体而言，尘世是喧嚣的，却是短暂的。长久的孤静，方是人生。

❀ 一纸进士榜，两种人生路。柳永深知，科举决定一个读书人的世俗生活。

❀ 青春无价！不谈一场风花雪月的恋爱，枉到人世。

❀ 陆游、唐婉的两情相悦，飘落在沈园的细雨中，徒让后人慨叹。

❀ 虽然李清照、唐婉、朱淑真憧憬的罗曼蒂克，在雨中，偷偷地哭泣。但在如
　 花的年龄，她们爱过或恨过，终不负芳华。

❀ 一场场雨，淋湿了岳飞、陆游、辛弃疾的抗金夙愿，但他们的报国志，却在
　 风雨中更加激昂了。

❀ 三国虽是乱世，但英雄辈出。乱世而宠奸佞，蜀道虽崎岖，也阻挡不了江山
　 易主。

❀ 蜀道是传播国家意志的大动脉。

❀ 虽说古时信息不发达，但诗仙拥有顶级流量，他的挥臂一呼，迅即传遍神州
　 大地。蜀道的美名，至今不衰。

❀ 没有诗文的蜀道，是不敢想象的！

❀ 世间没有唱独角戏的，都是"众筹"方能成功，嘉陵江也不例外；这又说

明，世间事要能成功，只有群羊是不行的，必须要有领头羊。

❋ 远离权力，人生依然精彩。

❋ 丢官的司马相如，与卓文君回到安汉县两河塘，盖茅房，筑琴台，过起了日
出而作日落而息的小日子。偶有闲暇，司马相如抚琴，卓文君唱和。夫唱妇
随，让十里八乡的乡亲羡慕不已。如同嘉陵江，不与天争高，不与地争广，
随意流淌，前方就是汪洋。

❋ 轻松的活路是烧窑，把柴火丢进熊熊燃烧的窑膛，看火苗欢腾跳跃，我们的
脸庞也笑开了花。只是窑灰飞扬，我们的头发上、脸上、衣服上都铺了一层
黑灰，笑起来，黑灰也跟着我们笑。

❋ 每当遇到揪心事，只要回味起儿时的艰辛，眼前的坡坡坎坎，都会变得云淡
风轻。这力量和意志，来自少年修房时经受的一个又一个磨砺。

❋ 我们六姊妹像一群小鸡，急扑扑地围到桌子边，一场"啄食"大戏正式上
演。我们大快朵颐，父母也开心地笑了。

❋ 父亲希望他的儿女们，读书之后，能像安昌河一样，唱着歌儿，无忧无虑、
自由自在地流向远方。

❋ 天底下的父母都是这样，为了儿女的幸福指数，宁愿增加自己的痛苦指数。

❋《外国文学季刊》这本厚厚的杂志，定价1.20元呢。现在人们会认为很便
宜，但在当时，一个农村家庭，能拿出钱来给他们的娃儿买"闲书"，没有
眼光是万万做不到的。

❋ 我们都深深地明白，讨巧换来的东西，如同吃饭时沾在胡子上的几粒饭，不
足以支撑你的人生，脚踏实地才是人间正道。

❋ 母亲走后，父亲就经常去她的墓边，把杂草拔了，把香炉摆正。有时候，一
坐就是半天，而且嘴里叽叽咕咕，不知说什么。

❋ 父母的爱，不在海誓山盟里，不在金银手镯上，不在名山大川的风光里，而
在柴米油盐中，而在家长里短中，而在他们相互走过的吹风下雨、烈日高照
的时光里！这种爱平平常常，不轰轰烈烈。这种爱抚摸大地，那么有温度。
这种爱是无声的教诲，他们的子女都珍惜家人。

❋ 东坡《定风波》这首词，千百年来，不知给多少人疗过伤。

❋ 藿香在春天里肆意地生长，心形叶片覆盖了花盆。夏天里叶儿黄了，但结了
  许多籽。秋天里，藿香秆枯了。冬天里，花盆里的藿香，秆儿似乎朽了。
  但来年的春天，几场春风春雨后，藿香马上冒出嫩嫩的芽口。落在花盆的籽
  儿，也萌发新的生命，探出无数的小脑袋。花盆里，生机勃勃春意盎然。

❋ 乡人云，那透明的汩汩水流，乃白鹤的眼泪所化。

❋ 小时候，我们在寺庙"变成"的红苕地旁放牛，捡瓦块打仗，全然不知曾经
  有数不清的膝盖虔诚地跪在这片泥土上。

❋ 似乎那大海正摆着筵席，去迟了，安昌江担心没有自己的座位了，故而迫不
  及待地向前奔涌着。

❋ 那个有糖就会笑的小孩，如今，他的父母早已离开人世。我回老家，总会情
  不自禁地站在院坝边，遥望黄泥巴堰塘，而他们的身影，始终不曾闪现。

❋ 天下风起云涌豪杰并出之际，一定是人心分崩离析之时。

❋ 躺在先辈的功劳簿上，根本不能健康成长。只有在实践中磨炼，增强斗争本
  领，大风大浪突袭时方能立于不败之地。

父兮母兮

———— ✤ ————

庙子山下那户人家，多年以后，父母给子女留下的，除了回忆，还有什么？

庙子山下那户人家，多年以后，子女想念父母，除了愧疚，还有什么？

一

时光悠远而生命短暂。母亲离开她的儿女已经23年了，父亲离开他的儿女也18年了。作为一个文字爱好者，在这么长的时间里，没为他们写下只言片语，是不应该的。

母亲的忌日是中秋节，父亲的忌日是三八妇女节。父母在这样特殊的时间节点离世，是一种巧合，还是对儿女们有所暗示？

二

小时候，我们姊妹都爱生病，不好带，按照乡俗，我们把父亲叫伯伯，不叫爸爸。而我的堂姊妹，把母亲叫伯娘。

有时候，没有任何征兆，我突然想念父母。奇怪的是，父母的音容笑貌在我的脑海里竟然模糊起来。

我自责不已，急忙向妹妹、侄女讨要父母的照片，以期清晰父母的容颜。悠悠苍天，滔滔江水，难道我的无情竟至于此？

三

对父母的过往，大都是"听来的"。至今想来，听谁说的，也都影影绰绰，不甚明了。

我的父亲有七姊妹，可以想见，困扰一大家子人的首要问题是吃穿住。母亲不是本地人，是从蓬溪县嫁到安县的。印象中，母亲没回过娘家。大概是20世纪70年代末，父母收到电报，说外婆过世了。外婆去世，我的母亲理应奔丧。不知怎的，父母均未成行，倒是我的幺爸带着我的老弟到蓬溪县吊唁。幺爸的衣兜里，揣着父母委托捎去的少得可怜的粮票布票。

树大分枝，人大分家，我的父辈也未逃脱先人总结出的宿命。父母来到先林公社联丰大队四生产队庙子山下，与一大家人分开，单独过日子了。分到的财产是三副碗筷和一间堆放茅草的破败的泥墙草房。草房后面是山，放眼望去，前面是安昌河。过了河，就是场镇花荄。草房的周围，是数不清的坟堆。那时的母亲，是刚离开父母的小媳妇。面对坟山闪出的幽幽磷光，不知害怕否？

总之，我们六姊妹都生在"新家"里。我们是新生命，周遭是逝去的生命！

后来，老辈子也陆续分爨吃饭，两个姑姑也出嫁了。过年，是要走人户的。我的老辈子，每逢春节，必定走几十里山路，去我大嬢家。他们必定喝酒，且会从中午喝到晚上。酒桌上，他们必定会发牢骚。牢骚声中，一年的苦闷，也就消散了。劝酒碰杯声中，新的一年，又将重复往年的活路。

四

在我保留的痕迹中，对父母最初的印象，是一个"恨"字。

父母一边劳动，一边生娃养娃，一边积蓄攒钱。不知过了多少岁月，父母开始修房。脑海中，我们有三间瓦房。养猪的猪圈是草房，距瓦房十来米。猪的圈舍下是茅厕，既是猪拉屎拉尿的地方，也是我们屙屎屙尿的地方。没有猪、人之分，也没有男女之分。

有两棵樱桃树，树干破草房顶而出。樱桃花白，樱桃红而甜。馋肉的年代，樱桃成了我们的美味佳肴。

院坝边还有两棵李树，大约相距3米，有碗口粗。闹地震时，我们不敢到屋里睡，父母就在李树间搭个棚子，胆小的我们，白天钻进棚里躲猫猫，晚上在棚里送走一个又一个蚊子嗡嗡的暑夜。

姊妹渐多，房子就显逼仄。大约在我小学毕业的那年冬天，父母开启修房模式。修房的准备工作，热天就开始了——先是挖窑，继而是做瓦，最后是备柴。这次建房，是在三间正房的基础上，再修一间正房和三间西厢房。我之所以"恨"父母，就是因为修房。一共修四间瓦房，而且要修得敞亮，除了木工，其他体力活竟不请工。这巨大的劳动量，我们虽是半大小孩，也成了全劳动力。砌筑墙体和院坝，为了结实，要用"三合土"（黄泥、河沙、石灰，按一定比例调和而成）。"三合土"中的河沙，我们要到安昌河去筛，然后自己挑回家。挑石灰的路，又比挑河沙还远。瘦瘦的我们，上午放学后，中午挑。下午放学后，黄昏挑。星期天，更是挑一整天。一担沙，一担石灰，我们嫩嫩的肩膀红了肿，肿了红。安昌河到庙子山直线距离不过2.5公里，但尽是弯弯曲曲的田埂路，且一担又一担石灰压在我们小小的肩上，爬坡又上坎。这段路，在我们姊妹心中，已然是鸿沟。

力气活可不止挑河沙、担石灰，还有做瓦、挖土、担水、砌墙、夯院坝这些恼人的活路。轻松的活路是烧窑，把柴火丢进熊熊燃烧的窑膛，看火苗欢腾跳跃，我们的脸庞也笑开了花。只是窑灰飞扬，我们的头发上、脸上、衣服上都铺了一层黑灰，笑起来，黑灰也跟着我们笑。

第二年的春天，新房矗立，生产队的社员们都夸父母能干。父母接受别人羡慕的目光时，眼角也闪过丝丝内疚。这内疚，是他们的娃儿都瘦了好几圈，好像也矮了许多！

长大成人后，我们几姊妹聚在一起，会谈起一个共同的感受，那就是每当遇到揪心事，只要回味起儿时的艰辛，眼前的坡坡坎坎，都会变得云淡风轻。这力量和意志，来自少年修房时经受的一个又一个磨砺。

又过数年（农村推行承包到户已过去好几年），我已初中毕业，父母又修了三间东厢房。这个时候，我们家的房屋呈撮箕形，在生产队算是"大户人家"了。父母在社员面前不仅挺直了佝偻的腰板，甚至有些得意了。

修东厢房时，家里富裕多了，父母请了匠人，我们小娃儿不用肩挑背扛，只享受新房落成带来的喜悦。因为修房造屋，樱桃树移栽到西厢房后面，虽然成活了，却不怎么挂果，味儿也大不如前。离开家乡后，每年都会采摘樱桃吃。但酸酸甜甜的樱桃，只留存在记忆里，现实中再也没品尝到那么诱人的味道了。

五

我们小娃儿对父母的"不安逸"（土话，意为埋怨、不高兴）远不止建房一事，还有吃不到白米饭、吃不到肉、穿不上新衣裳、吃不成水果糖……

对好吃好穿的向往，不知是生活本该如此还是我们姊妹异想天开，总之，为吃为穿，是我脑海中非常清晰之事、非常渴望之事。

煮饭是母亲的特权。母亲煮的饭，要么是红苕稀饭，要么是苞谷稀饭，要么是豇豆稀饭，要么是青菜稀饭……与之配套的下饭菜，要么是泡萝卜，要么是泡青菜，要么是泡豇豆。能吃上一盘炒洋芋丝，我们都会欢呼雀跃。

要说父母不关心儿女的"嘴"，那确实冤枉他们了。母亲会做各种各样的小菜，比如把肥硕的青菜余一下，晾干，放进坛子里，做成腌菜。切细，用清油炒，下饭，特香。又比如把黄豆、胡豆煮至半熟，做豆豉。豆豉既可做调味品，也可用油炒后单吃。再比如腌制的洋姜，软而甜，脆而香。我们只晓得好吃，却不明了母亲那双巧手如何弄出来的。母亲能做花样百出的小菜，父亲也没闲着。他把家里少得可怜的花生、核桃，偷偷摸摸送给屠宰场的刀儿匠。父亲的良苦用心总会有回报，割肉时，刀儿匠会多割些肥肉少割些瘦肉给我们。那个年代，谁不盼着吃肥肉啊！

腊月间，是父母最忙也是最开心的日子。他们把红苕挑到生产队的加工房，打成浆，回家后反复过滤，做成红苕芡粉。这种芡粉既可炕成面皮吃，也可炒肉勾芡用。他们把酒米磨成粉，好做汤圆。他们还在石磨上推豆浆，自己点豆腐。他们还做凉粉……父母自己"开工厂"，不仅节省手头少得可怜的钱，还满足了我们这群"吃货"的胃。

母亲的那双巧手，在农村包产到户后，发挥得淋漓尽致。她的拿手好戏是腌腊肉和辣子炒鸭子。先说母亲腌制的腊肉。土地承包后，我家每年都要杀一头两三百斤重的肥猪过年。把猪肉割成三四斤一块，抹上盐巴，放进木桶里，层层码放，大约3天翻一次。翻肉时，把原先放在最下面的肉，这次码放在上面。而码在上面的肉，就翻到最下面。如此腌制20余天后，把浸泡在盐水中的肉挂在堂屋的挂肉杆上，晾至不滴盐水时，腊肉就腌制好了。这样腌制的土腊肉，不论是蒸还是炒，肉色白里透红，肉香袭鼻，馋人不已。母亲的另一绝招就是辣子炒鸭子。辣子是自家地里种的，用时现摘。鸭子是当年五月栽秧时买的小鸭儿，这群小家伙自己跑到水田里找"零食"吃。七月底八月初，当初的小鸭儿长到两三斤重了，肉正结实。炒鸭子的关键在于把握好火候和羼水量。炒鸭子，当然是土灶加大铁锅，柴火要猛。水则要一次加够，如果水少了，中途羼水，味道的鲜美度就要打折扣；如果水多了，待水烧干，鸭肉就柴了；水刚好，炒出来的鸭肉辣乎乎香喷喷，吃一次就让人忘不了。鸭子起锅时，母亲挥舞着木柄长铁铲，在锅里几翻几炒，然后麻利地铲到大品碗里，辣香肉香顿时飘满灶房。我们六姊妹像一群小鸡，急扑扑地围到桌子边，一场"啄食"大戏正式上演。我们大快朵颐，父母也开心地笑了。

我们六姊妹在父母的翅膀下，终能健康长大。而父亲因为劳累，头发稀疏，他索性剃成光头。母亲脸黝黑而多皱，一双手青筋凸出瘦成鸡爪。

六

父母不仅要张罗我们的吃饭问题，更要操心我们的学习。

我们姊妹走进的第一所学校是位于联丰三队观斗山下的观斗小学。长大后，我才知道观斗这个地方历史悠久。东晋永和三年（347年），在今安县花荄镇联丰村观斗山境内始设益昌县。永和于今天的我们有些生分了，它是东晋穆帝的年号。故乡建县后1年，即永和四年，常璩开始著述中国第一部地方志《华阳国志》；故乡建县后6年，即永和九年，王羲之在兰亭搞了个名存青史的名流雅士集会。

大集体时代，我们家大人少小孩多，挣工分的全劳力仅父亲和母亲。工分挣得少，钱当然就少。而我们都是嗷嗷待哺吃长饭的小家伙，哪有钱交学费。无奈，只有高小文化的父亲，在煤油灯下用皱巴巴的纸张写下免交学费的申请，又一路小跑找生产队队长和大队书记盖章。父亲羞怯地将盖上鲜红印章的申请交给老师，嗫嚅着说不出话。老师只轻轻地言语："叫你的孩子都来学校读书。"

父母希望我们读好书，更希望我们的生活过得丰富多彩。坝坝电影《南征北战》《渡江侦察记》、电视剧《霍元甲》《陈真》、电影《少林寺》《小花》，我们至今难以忘怀。

我依稀记得，母亲最喜欢做的一件事，就是将我们获得的奖状，背面刷上米汤，工工整整贴在堂屋墙上。当时我家的堂屋，摆放有"天地君亲师"位的牌子。家里来了长辈和客人，吃饭的桌子摆在堂屋。显然，母亲把我们的奖状张贴在堂屋，是夸耀她的儿女呢。

我们把牛关进圈里，吃过晚饭，就开始做作业或温习功课。父亲端条板凳，默默地坐在我们身旁，脸上满是笑容。每当这个时候，父亲忘了春夜的轻寒袭人、夏夜的蚊虫叮咬、秋夜的大雨如注、冬夜的山风怒吼，只专注地看着我们学习。后来我才明白，父亲在我们这个年龄无学可上，他是多么羡慕他的儿女啊！父亲希望他的儿女们，读书之后，能像安昌河一样，唱着歌儿，无忧无虑、自由自在地流向远方。我们推敲算术题或写作文时，母亲一手提着潲水桶，一手拿着瓢，给饿得咕咕叫的架子猪喂食。猪儿吃饱后，也就安静了。母亲也拿条板凳，坐在我们身旁，一边纳鞋底，一边默默地看我们翻书学习。

20世纪70年代，红苕稀饭是我们家的常客。姊妹们都噘着嘴，不想吃。择嘴不吃饭，长不了身体，咋个能搞好学习呢？母亲走到桌边，给我们讲故事。天上住的是牵担人，地下住的是扫把人。牵担人高大魁梧，扫把人矮小精瘦。牵担人怎么长高的呢？因为他们爱吃饭。扫把人为什么长得矮呢？因为他们挑食不吃饭。听了母亲的故事，我们都把碗里的饭吃得精光。

父母经常挂在嘴边的一句话，我至今记忆犹新：吃孬点穿孬点都无所谓，但一定要读书。我们六姊妹，除大姐外，都有一定文化。读书后，我们成了生产队的文化人，社员都夸父母把子女教育得好。

七

我是搜索记忆写这篇文章的，忽然觉得父母虽然生活在农村，但看事却看得远呢。

大约从小学四年级开始，我不满足于语文课本上的文章，向往文学书籍了。这个愿望还很强烈，我时常在父母面前唠叨，要求父母拿钱，到花荄书店买书。本以为这是个奢望，没想到父亲抽出空闲时间，砍一捆竹子，涉过安昌河，扛到场上去卖。花荄是一个农业乡镇，打晒垫、编背篼、做篾席，都要用竹子。但价格低得可怜，一斤上好的青竹，才两分钱一斤。我至今难以忘却的是，肩背扛上竹子后，身材高大的父亲走路像鸭子，一拐一拐的。父亲不怕苦，也不怕流汗，卖了一捆又一捆竹子，我买回一本又一本喜欢的书。《三国演义》《隋唐演义》《杨家将》这些几十册的连环画，我都买回了家。我的书柜里，至今还保存着1982年第4期《外国文学季刊》（总第六期）。这本厚厚的杂志，定价1.20元呢。现在人们会认为很便宜，但在当时，一个农村家庭，能拿出钱来给他们的娃儿买"闲书"，没有眼光是万万做不到的。

父母时常说，胡子上捋下来的饭吃不饱。长大后，我们姊妹奉行的做人做事准则，不走捷径，不走巧径，老实做事，老实做人。我们都深深地明白，讨巧换来的东西，如同吃饭时沾在胡子上的几粒饭，不足以支撑你的人生，脚踏实地才是人间正道。

八

民谚云：皇帝爱长子，百姓爱幺儿。我的父母当然不能免俗，只不过他们爱的是学习优异的娃儿。因为成绩好，父母特别心疼我。炒辣子鸡、辣子鸭时，母亲会单独舀一小碗，凉后，端进小盆子，再将小盆子放到水缸里。这样，虽然气温高，美味也不会馊，下顿吃时依然辣爽可口。

毕业后，我分配到广旺矿务局广元煤矿工作，就正式离开了生我养我的故乡。我的家，就称为老家了；我的身份，就是游子。我与老家的联系，方式有三种，信件、电话、回家。

电话中，小弟几乎是哭着告诉我噩耗——母亲得了食道癌。平常连感冒都少的母亲，怎么可能患万恶的癌症？鉴于母亲的年龄，我们姊妹接受了医生保守治疗的建议。如同天下所有的子女，我们对母亲隐瞒了真实病情。告诉她被病毒感染，治疗一段时间就会痊愈。但最终，母亲还是知道了她的真实病情。又一天，幺妹在电话中对我说，母亲在电视上看到一则广告，说成都某专科医院能治好她这种咽不下饭的病。我随即带父母前往成都。父母说，他们还没去过省会，所以穿一身新衣服。其实我心里非常清楚父母的想法，不能给他们吃国家饭的儿子丢脸。

趁母亲挂号之机，我给"医生"交了底："我知道你们的广告是虚假宣传，但为了满足母亲'她的病不是绝症，能治好'的愿望，让她的心情轻松，不再沉重。这个当，做儿子的我愿意上，只希望你们别敲得太狠。"听完我的要求，"医生"先是一愣，继而我们相视一笑。

母亲看了病后，满脸笑意地游了文殊院，看了人山人海的人民南路，瞻仰了天府广场向人民挥手致意的毛主席像。父母感叹，成都的人真多，成都的车真多，成都的楼房真多。父母接着说，成都的什么东西都贵，还是早点回家好。是啊，庙子山下十间大瓦房，还有六个儿女，才是他们心灵的归宿。

几个月后，母亲已是滴水难进，我知道留给母亲的时间不多了，匆匆忙忙赶回家。母亲见到她引以为傲的大儿子，吃力地吩咐小儿子："快给你大哥杀鸡……"母亲已无法下床，吃饭时，父亲见桌上有一盘猪肉，瞬间发了火，训斥他的小儿子："你都不吃，还炒起来害你大哥！"小弟受了委屈，似对父亲也似对我解释："大哥回来，总要吃肉。"我蒙了。后来才弄明白，家乡正在传猪肉长虫，不能吃。父亲信以为真，就在饭桌上对他的小儿子开骂。

我不能责怪父母。父母深深地知道，农村太苦了，要到城市工作，唯有考学这条路。考上了学，就等于过上了好日子。那个年代的农村，谁家的父母不是这样想的呢！我考上了学，实现了父母的心愿，父母当然要溺爱。可怜天下父母心！

九

我时常思考这样一个严肃的话题：我的父母，他们之间有爱情吗？

山间清风过，苍穹明月挂，稻田蛙声鸣，小河流水唱，要么不影响我们明天上学，要么为了多挣工分，父母早早地洗了脚，上床睡觉。这样美好的岁月，无声地过了一年又一年。

父亲是耙田的一把好手，母亲则是浇灌的行家。挣工分时代，天麻麻黑的时候才收工。父母干农活经常不在一堆，每当这个时候，要么父亲去接母亲，要么父亲让我们去接母亲，嘴上说："路边坟多，你妈胆小。"

最有趣的是父母打馆子的事。我的故乡花荄镇，老百姓把去餐厅吃饭叫作"打馆子"。后来，父母手头宽裕了，可以去打馆子了。但我父母很奇葩，打馆子只要一份牛肉、一碗饭，然后两人分着吃。这件事在村里一度被传为笑谈，但父母不理会这些，下次打馆子的时候，依然只要一份牛肉、一碗饭，然后两人分着吃。对于父母这奇葩的举动，不知店小二是否用异样的眼光打量他们。

吃罢饭，父母便去泡茶馆。如同吃饭，父亲只要一碗茶，两人一起喝。那时川西坝子的茶馆，遍布于大街小巷。一碗热气腾腾的茶，足可以消磨半天时光，足可以忘记人世间的一切烦恼。茶馆不仅摆龙门阵，而且有川戏可听。当然，来茶馆演戏的多是草台班子，内容多是孝子贤孙、才子佳人。看戏，父母不吝啬，给两份钱，一人一份，不含糊。白娘子、沉香救母、薛仁贵征西、三请樊梨花……对于川剧，父母情有独钟。看了戏后，父亲便时常哼上一两句："十年修得同船渡，百年修得共枕眠。"

在我工作的当年冬天，父亲突然中风，虽然抢救及时，但还是留下左手不听使唤的后遗症。父亲闲不住，有时候月亮还挂在天边就起床，把牛牵出圈去吃草。每当这个时候，母亲总说着同样一句话，"你都是中过风的人，岩边沟边坎边不要去嘛"。母亲得重病后，父亲做完活回家，总是揉搓着母亲的手，给她摆生产队的新鲜事，给她摆娃儿们小时候读书写不起难字的趣事……母亲走后，父亲就经常去她的墓边，把杂草拔了，把香炉摆正。有时候，一坐就是半天，而且嘴里叽叽咕咕，不知说什么。

不管是缺衣少吃的岁月，还是家境殷实的日子，我们姊妹都没见过父母吵架！

父母的爱，不在海誓山盟里，不在金银手镯上，不在名山大川的风光里，而在柴米油盐中，而在家长里短中，而在他们相互走过的吹风下雨、烈日高照的时光里！这种爱平平常常，不轰轰烈烈。这种爱抚摸大地，那么有温度。这种爱是无声的教诲，他们的子女都珍惜家人。

十

父母生病的那几年，家里成了蛇的"乐园"，灶门前、柴垛上、猪圈里、床底下，时不时"蛇出没"，让小弟一家人心神不宁。

1999年，母亲朱明美告别了她依依不舍的儿女，享年59岁。母亲走后5年，也就是2004年，父亲刘昌有也离开了他无限眷恋的人世，享年69岁。斯时，我们六姊妹都找到了人生的另一半。我们知道父母的心愿，遂把他们都葬在房屋旁边。这个世界上，我们没有伯伯、妈妈了！这个世界上，我们成了没有父母疼爱的儿女了！

春节时回老家看望父母，临别时，父母嘱咐我不要经常回来，要以工作为重。工作中，多干点，不吃亏。吃得亏，才能到一堆……父母总是不放心，总有叮咛不完的话。就这样，我们走过一条田埂又一条田埂。而今，父母不在了。再次走过这些田埂时，只剩下回忆和泪水。

小时候，大年三十吃午饭前，父母带上我们，端上猪肉、拿上酒，去给先人上坟。父母沉重地说："这儿睡的是你祖爷爷，那儿睡的是你祖婆婆。"当时，我们并不感到悲伤。马上可以打牙祭了，反而有一些高兴。如今，当我们在坟前低声呼唤"伯伯妈妈快来吃肉"时，才知这些话语是那么锥心的痛。

面朝黄土背朝天的父母，修了一辈子地球的父母，最终化为庙子山下的两座坟墓，但你们永远活在儿女心中！

十一

父母生活的全部意义，就是为儿女的"好日子"献出一切。

如今，庙子山上的青松，更加挺拔了。安昌河的水，更加清澈了。圈中的鸡鸭，还是那么欢快地鸣唱。只是，我们的父亲母亲躺在冰凉的墓里，他们永远看不见了，也听不到了。

我们幻想着，父亲母亲能从坟墓里走出来。我们再叫一声："伯伯！妈妈！"

那山那河那乡场

———— ❈ ————

雄美的神州名山，比不上故乡矮小的土山；横流的天下江河，比不上故乡纤弱的小河；玄幻的世间城市，比不上故乡拥挤的乡场。

星官山、庙子山、观斗山，故里名不见经传的三座山。

大约20世纪70年代，先林公社联丰大队组织各生产队投工投劳，刨石留土、挖荆去草，开垦山脚下缓坡地。打理出来的土地，一部分地块种植桃树、梨树、苹果树，一部分地块栽种油菜、红苕、玉麦（乡人把苞谷称作玉麦）。那时乡下人穷，吃饱饭都成问题，哪里有闲钱买得起水果！可我们嘴馋，经不起香甜水果的诱惑，每当月亮躲起来的时候，估摸着守夜人已然入睡，我们一帮小娃儿趁着夜色，成群结队去偷水果。我至今记得，那又红又大的芒种桃是我们的最爱。后来，不知何故，星官山那片土地没有分到一家一户，也没人管理了。后来，后来当然荒芜了——它又回到自生自灭的"自在"状态。星官山有一汪清泉，名白鹤嘴。不论是天旱还是多雨，千百年来，白鹤嘴不曾枯竭。我们能喝上甘洌的泉水，拜白鹤嘴的恩赐。乡人云，那透明的汩汩水流，乃白鹤的眼泪所化。

庙子山，顾名思义，因庙而得名，但我没有看见香烟缭绕、菩萨形态古怪的寺宇。小时候，我们在寺庙"变成"的红苕地旁放牛，捡瓦块打仗，全然不知曾经有数不清的膝盖虔诚地跪在这片泥土上。后来，不知谁码了一间简易的水泥砖房，里面塑了简陋的菩萨，当然也有了时断时续的香火。

观斗山，我一直以为写作官斗山，后来读县志，方知是观斗山。县志记载，安县设县始于东晋永和三年（347年），名益昌县。永和于今天的我们有些生分了。但永和九年，却是声名大振。因为在那一年，名垂青史的书圣王羲之在兰亭搞了一场文人雅聚，留下脍炙人口的《兰亭集序》。我启蒙的小学，就在观斗山脚下，名观斗小学。山中有小径，甚陡，越过小径，山上则是一片平地。在观斗小学，我领略了读书做题的快感，凭借这原始的快感，我考学离开了故土。

故乡的山，松树苍苍。幼时煮饭没有电，更别说打火就燃的天然气，好在山上柴多，免去缺柴之苦。后来我家修房，全靠山上柴点燃熊熊窑火，烧出青瓦，盖出亮堂堂的瓦房。能修大瓦房，当然是包产到户以后。那时，公社、大队、生产队这些名词都不复存在了，取而代之的是镇、村、组。先林公社与其他几个公社组建成花荄镇，大队改为村，生产队改为组。当时，我尚看不出这些"名词"的变化，将给中国带来巨大的变化。这变化，就是普通老百姓的日子一天比一天红火。

但故乡的山，总是那么高，一年四季，似乎没啥变化。而故乡的河，则变化多端。

故乡的河，名安昌江，从远方的山里奔腾而来。流至花荄这一带，河床渐宽，至绵阳，与涪江相汇。涪江蜿蜒至合川，与嘉陵江相融。嘉陵江在重庆朝天门与长江相拥。长江经武汉，过南京，达上海，冲进汪洋瀚海。这么说来，我的故乡这条名不见经传的河流，借助涪江、嘉陵江、长江，在沧海中有一粟了。也应了那句俗语，万江终到海。

春天的安昌江，纤瘦清澈，鱼儿在潺潺而流的河水中追逐嬉戏。秋天的安昌江，宛如姑娘会说话的眸子，脉脉情深。冬天的安昌江，好似步入暮年的老者，沉思不语。

夏天的安昌江，最有个性了。一夜撕心裂肺的电闪雷鸣，滂沱大雨摇撼着树木房屋，白晃晃的雨珠顷刻变为浊流，从山巅、从沟壑、从小径、从一切能奔流之处，夺路撞向安昌江。吸纳众多水流的安昌江，在呜呜的狂风裹胁下，掀起一个又一个浪头，推攘着奔向遥远的大海。似乎那大海正摆着筵席，去迟了，安昌江担心没有自己的座位了，故而迫不及待地向前奔涌着。

雷电击穿了天空，暴雨从窟窿倾倒而下。狂风失去了缰绳，在大地上疯奔。安昌江畔的人们，为滚滚江水而欢。男人头戴斗笠身披蓑衣手持长竹篙，打捞着顺水漂来的树木。小孩则抛撒着渔网，于岸边捕捉鲤鱼，全然忘记了欢笑背后潜伏的血盆大口。

安昌江的汁液，滋润着四邻八乡万千生灵。那花儿的绯红，那树林的青葱，那小麦的饱满，那谷穗的结实，那牛羊的健硕，那猪儿的肥膘……总之，山川绿意盎然，人们笑脸盈盈，都要叩谢安昌江的养育之恩。

有河须有桥、有河须有堤，正是这桥、正是这堤，让我对故乡的河心生恨意。

一江河水，妄想隔断两岸交往。对于河水的张狂，两岸儿女用修桥来回击。20世纪70年代，冲击钻孔、挖掘机等新工艺新设备，还未挺进我家乡这样的小山村。修桥，大多选在冬春枯水季。修桥要下礅，要挖深窝，国家尚不富裕，庞大的工程量，家家户户都要出力。星期天，放了学，我也加入挖窝大军。"呵啰啰桥，众人盼。联丰人民要过河，不待打鱼船。妹儿快煎鸡蛋面，哥哥不挣钱，下礅把桥儿建。"一锨一锨，一挑一挑，在缠绵的歌声中，窝愈挖愈大、愈挖愈深，希望也愈来愈近。岁月不居，时节如流，我记不清修建安昌江上这座大桥最后下了多少礅，只清楚地记得，第三年秋季举行通车典礼，学校组织学生参加了。望着一桥飞架，我的眼泪扑簌簌地流。沿着河床向下掘，窝壁细水四溢，我们虽穿着胶鞋，但早已湿透。在窝底，仰头一望，天真的只有簸箕大。把砂石从窝底挑上河床，一群男人弓着背，后面的挑夫只见前者的脚跟，那艰辛，只有亲历者才知其苦。如今，一座宏伟的大桥，屹立安昌江上，任凭洪水肆虐，独自岿然不动。一江洪水阻拦，我们上不了学（或回不了家）的时代一去不返了。

自由自在流淌的安昌江，会给两岸万千生灵造成巨大伤害。修堤，约束不羁的江水，便是首选。当然，修堤也需每家每户出力。如同修桥，出行的便捷，是用汗水换来的。斯时，我十二三岁，参与这样繁重的体力劳动，自然是终生难忘。

浸入我灵魂的不仅是故里的山、故里的水，还有故里的乡场。

乡场名花荄，但在很久很久以前，"花荄"写作"花街"。国人引以为傲的唐朝，据说有一位名花衡芝的将军在此饮马扬威，并用当地盛产的红砂石石板铺路、癞疤石石条筑路沿，修建了长约500米的街道，遂有"花街"之名。

时间来到近代，邑人以"花街"有"花街柳巷"之嫌，庸俗。去俗留雅，以"春风和煦、草木萌动"之意遂将"花街"改作"花荄"。

乡场有学校、邮局、商店、餐馆、医院，更有摩肩接踵的集市和遍布里巷的茶肆。于我而言，乡场有精神上"好吃的"和物质上"好吃的"。精神上"好吃的"，当是连环画。摆满连环画的是一家小书摊，小书摊的主人是一位皱纹满脸的老太婆。她为人豁达，从未见她生过气。我有时在书摊前徘徊，不肯离去。她知道我拿不出看一册连环画所需的2分钱，只轻言细语"看吧"，我低落的情绪瞬间化为乌有。连环画有《三国演义》《杨家将》《岳飞传》……莽张飞长坂坡马尾拖枝吓退曹阿瞒、潘仁美陷害满门忠烈的杨令公、岳母刺字精忠报国……那些环环相扣的精彩故事，伴我度过好做梦的少年。而物质上"好吃的"，乃父母到花荄赶场后，给他们的小崽崽买回来的糖果、饼干之类的稀奇货。我们下午放学后，父母赶场就该回家了。站在院坝边，望着从黄泥巴堰塘冒出来的父母身影，我们一阵风似的去迎接父亲母亲。美其名曰迎接，其实是搜身。搜到好吃的，三下两下吞进肚里，哪会品什么味道！那个有糖就会笑的小孩，如今，他的父母早已离开人世。我回老家，总会情不自禁地站在院坝边，遥望黄泥巴堰塘，而他们的身影，始终不曾闪现。

故乡的山，还是矗立在那儿；故乡的河，还是一刻不停地向南流；而故乡的人，有的早已作古，有的长大了继而变老了，有的是我的晚辈，但我没见过当然叫不出他们的名字。正如王羲之所云："固知一死生为虚诞，齐彭殇为妄作。后之视今，亦犹今之视昔，悲夫！"但父母不辞劳苦佝偻的背影，早已浸入我的脑海，流进我的血液。

华山壁立千仞，但我更爱故乡的山；漓江翡翠如玉，但我更爱故乡的河；上海大楼摩天，但我更爱故乡的场镇；天下英杰遍布，但我更爱故乡的人！

唐诗中的那轮明月

唐诗从明月中款款走来。

漂泊一生的李白，无论天涯海角，爱的仍是故乡水；羁押长安的杜甫，抬头望月，心里满是亲情；卢纶的边关，大雪纷飞乌云密布，将士却豪气干云夜逐单于；牛李党争，李商隐的愁绪，只能向寒月诉说；虫声唧唧，无眠的刘方平，捕捉到春天的讯息。

……

明月千古，辉映神州大地！唐诗如月，让华夏子孙一望千年。

一、何人不起故园情

故乡，华夏子孙永远的精神家园。

唐代的诗人，要么与仕途为伴，要么与山水相亲。终生不做官的孟夫子，在山水田园中畅游。乘一叶扁舟，诗人漂流至建德江。"野旷天低树，江清月近人"（《宿建德江》），江水淼淼，轻烟袅袅。黄昏来临，牛羊入栏，鸡犬归圈。寻一洲渚，停泊小舟。今晚，就在船上枕着江水过夜吧。旷野无边，天空比树木还要低矮。江中之月，在澄澈的水里，仿佛离人更近。短短二十字，全此戛然而止。但诗人的羁旅之愁，才刚刚开始。"皇皇三十载，书剑两无成。山水寻吴越，风尘厌洛京"（《自洛之越》）。功名、事业两空，诗人才走入山水。明月映大江，孟浩然的建德江之夜，注定辗转反侧。

"吾爱孟夫子，风流天下闻"，孟浩然的"粉丝"李白，也在明月夜里，思乡泪涟涟。"床前明月光，疑是地上霜。举头望明月，低头思故乡。"李白这首《静夜思》，在中国可谓妇孺皆知。月光洒在地上，以为是莹白的霜。抬头低头，脑海里全是对故乡的思恋。诗仙的家族，远流碎叶，幼时随父逃归彰明青莲。青壮之时，仗剑离蜀。自此，云游天下。生未还乡，死也不曾归来。但故乡就是故乡，不论天涯海角，游子怎会忘记！

渡荆门送别

渡远荆门外，来从楚国游。

山随平野尽，江入大荒流。

月下飞天镜，云生结海楼。

仍怜故乡水，万里送行舟。

青年李白，为实现自己"使寰区大定，海县清一"的宏图而离蜀漫游。舟至楚蜀分野的荆门，作诗留别故土。青山逐渐隐没，平野慢慢铺开，江水似乎流入无垠的莽原。天空的明镜飞入波涛中，彩云幻化成神奇的海市蜃楼。江山如画，但诗人的眼里，可亲可爱的仍是故乡水，它陪伴游子万里行！

安史乱起，李隆基南下入蜀，而李亨北上称帝。迫于生计，杜甫步玄宗后尘，流寓成都觅食。一晃，兵乱已发生五六年，却仍没平息。为兵戈所阻，有家不能归，难道要老死锦江边？"思家步月清宵立，忆弟看云白日眠"（《恨别》），在清寒的月夜，思念故土，乡愁难遣，竟忽步忽立，夜不能寐。在阴冷的白昼，怀想小弟，亲情萦怀，仰看行云，困倦而眠。"昼伏夜出"，行为颠倒，表明诗人对叛乱恨之深，对家乡爱之切。

故乡为什么魂牵梦萦？那里有祖先的耕耘，那里有父母的疼爱，那里有儿时的欢乐。当然，那里也有祖先的坟茔，也有父母的叹息，也有自己的泪水。总之，故乡的一山一水、一草一木都浸入骨髓。

"鸡声茅店月，人迹板桥霜"，为仕途奔波的晚唐诗人温庭筠，在《商山早行》诗中，接连用鸡声、茅店、月、人迹、板桥、霜六个意象，叙写人在旅途的孤独和对故乡的念念不忘。这不，杜陵的池塘里，鸭子欢快地嬉戏让诗人难以释怀。

故乡，永远是灵魂的归依处。

二、一片冰心在玉壶

明月，呵护人间友情；明月，映照骨肉亲情。

开元盛世最后一位贤相张九龄，在荆州，望着浩瀚的苍穹，浮想联翩："海上生明月，天涯共此时。"远在广东曲江的亲人，此时也当举首望月，想念漂泊异乡的游子吧。

因张说赏识，张良后裔张九龄入京为官。张九龄不仅文章写得好，也是一个实干家。在他的主持下，修通了大庾岭路。南北通衢，商贾接踵。天下大治，唐玄宗沉醉温柔富贵乡，疏远鲠直之士，亲近谄谀之臣。李林甫当道，张九龄离朝，贬为荆州长史。

那个夜晚，明月皎皎，诗人难以入眠。恨垂泪的蜡烛，起床吹灭，不让光线耀眼。披衣踱出屋外，又觉深夜露气湿滑。月光满手，却不堪相赠。还是就寝吧，在梦中，与佳期相遇。

张九龄《望月怀远》，诉不尽对远方亲人的思念。

暮春时节，在东南晃悠的李白，闻听好友王昌龄贬官，心中顿感失落。这种失落，是惺惺相惜，更是同病相怜。漫游天下的李白，此时早已脱离官场，而王昌龄做着官。王昌龄被贬往炎热之地，天生豪迈的诗仙，不会做小儿女状哭泣。"我寄愁心与明月，随风直到夜郎西"（《闻王昌龄左迁龙标遥有此寄》），诗人劝慰好友，不用担心害怕，我把忧愁的心寄给明月，它陪伴你直到夜郎以西。你前行的每一步，都有我李白默默相伴。什么是好朋友，患难时刻明月见真情。

杜甫不仅忧国忧民，也儿女情长。

今夜鄜州月，闺中只独看。

遥怜小儿女，未解忆长安。

香雾云鬟湿，清辉玉臂寒。

何时倚虚幌，双照泪痕干。

天宝十五载（756年），安禄山攻破长安。杜甫逃出京师，将妻儿安顿在鄜州羌村。闻听太子在灵武即帝位，即奔李亨而去。中途为叛军所获，羁押长安。《月夜》这首诗就是在这样的背景下创作出来的。读罢此诗，不难看出杜甫对妻子那深挚的爱。

杜甫青壮之时，打马齐赵间。大约30岁，与司农少卿杨怡的女儿结为连理。杜甫一生，只娶杨氏。反观李白，"始娶于许……又合于刘……次合于鲁一妇人……终娶于宋"。对待婚姻，诗圣比诗仙严肃得多。蒙蒙雾气，浸湿了秀发；清冷的月光，让手臂生寒。望着长安的天空，心中凄然，我们何时才能同看那轮皓月？杜甫望月抒怀，对妻子的爱力透纸背。

持续的安史之乱，给天下的老百姓造成极大的痛苦。乾元二年（759年），杜甫僻居秦州。"露从今夜白，月是故乡明"（《月夜忆舍弟》），兵荒马乱的岁月，杜甫过着朝不保夕的穷苦日子。但他对故乡的眷恋，并不因为战争而减弱。杜甫有四个弟弟，此刻正生活在山东、河南一带，而这些地方正是战乱的重灾区。"有弟皆分散，无家问死生"，望着秦州冷月，思绪飞回故乡，而弟弟们音信全无……故乡的那轮明月，见证漂泊中杜甫对弟弟的一往情深。

郭子仪收复两京，平定安史之乱。但暴乱留下的两大毒瘤——节度使专权于外，宦官弄权于内，却侵蚀着唐王朝的肌体。

"时难年荒世业空，弟兄羁旅各西东。田园寥落干戈后，骨肉流离道路中。吊影分为千里雁，辞根散作九秋蓬。共看明月应垂泪，一夜乡心五处同"。节度使不听号令，唐王朝派兵镇压。兵戈相向，白居易的兄弟姊妹就沦落他乡。田园荒废，产业凋零。骨肉分离，各奔东西。孤雁悲鸣，浮蓬逐波。此刻看月，谁会有美好的心情？大家都会流下凄苦的泪啊！

唐时明月，不仅见证了人间无奈，也见证了大地欢歌。

孟浩然三月前往的扬州，乃天下繁华之都。慨叹"十年一觉扬州梦"的杜牧，回京任职，而他的好友韩绰，却在烟花之地逍遥。时序晚秋，长安落叶已尽。而江南扬州，青山时隐时现，绿水悠远，哪有萧条之意！"二十四桥明月夜，玉人何处教吹箫"（《寄扬州韩绰判官》），惹人怜爱的明月，依旧映照二十四桥。韩绰啊，你在哪家酒吧教美人吹箫呢？"天下三分明月夜，二分无赖是扬州"。扬州的明月，羡煞杜牧！

不论悲欢离合，但同看明月的那颗心是纯洁真诚的。

三、男儿本自重横行

王昌龄、岑参、卢纶、李贺……这些大唐的诗人们，马踏月光，身临边塞，胸中满是英武气。

> 秦时明月汉时关，万里长征人未还。
> 但使龙城飞将在，不教胡马度阴山。

秦时明月、汉代边关，这场征战，足见旷日持久。正因为边患不息，所以戍边将士要么扼守险要，要么战死疆场。总之，离开故土后再未回乡。假若飞将军李广驻防边塞，胡马就不敢偷越阴山了。诗至此戛然而止，但意犹未尽。李广战功累累，却终未封侯，可谓生不逢时明君难遇。王昌龄怀盖世诗才，终身做小吏，还遭贬，可谓仕途坎坷。诗人怜李广，实自怜也。思想性、艺术性俱佳的《出塞》，后世将它列为唐人七绝压卷之作，诚不虚也。

边塞诗，唐诗题材之一。从时间上看，贯穿初唐、盛唐、中唐、晚唐四个阶段。岑参两次深入西域，留下"忽如一夜春风来，千树万树梨花开""将军金甲夜不脱，半夜军行戈相拨，风头如刀面如割"等千古名句。"走马西来欲到天，辞家见月两回圆。今夜不知何处宿，平沙万里绝人烟"。诗人骑马西行，野旷无垠，仿佛到了天边。漫漫征途，明月圆了两次。屈指算来，离家已有两月。草木不长，荒无人烟，茫茫沙海戈壁，今夜在哪里宿营？岑参《碛中作》，写尽诗人边塞行的孤独寂寞。虽然万里无人烟，但一觉醒来，诗人坚定的脚步，仍会迈向"一川碎石大如斗"的辽阔边关。那里，是诗人实现人生抱负的沙场。

唐时入仕，可走科举之路，也可走从军之路。"大历十才子"之一的卢纶，所作边塞诗，大有盛唐气象。"月黑雁飞高，单于夜遁逃。欲将轻骑逐，大雪满弓刀"。乌云遮蔽了月光，雁群在苍穹翱翔。趁着黑夜，单于逃跑了。将军率领一支轻装骑兵，准备追击。出发时，天空突降暴雪。纷纷扬扬的雪花，落满了士兵的弓刀。《塞下曲》（其三）短短二十字，把单于毫无斗志、我方士气爆棚表现得淋漓尽致。其实，卢纶《塞下曲》全名为《和张仆射塞下曲》，一共六首。《塞下曲》（其二）"林暗草惊风，将军夜引弓。平明寻白羽，没在石棱中"也非常有名。卢纶从军，边塞诗铿锵有力。从"月黑""林暗"等意象，隐喻他仕途不顺。现实也如此，卢纶依靠达官显贵方谋得一官半职。看来，军功入仕，这条路也艰难。

"诗鬼"李贺，天不假年，早殇，甚惜。李贺之才，汪洋恣肆，却也遭妒。为此，韩愈撰《讳辩》为其鸣不平。"大漠沙如雪，燕山月似钩。何当金络脑，快走踏清秋。"一望无涯的大漠，沙白似雪；莽莽苍苍的燕山，新月如钩。什么时候给心爱的马儿戴上金络头，让它在清爽的原野上奔驰如飞。李贺的《马诗》表面上看歌吟骏马，实则倾诉怀才不遇，骨子里则是希望受重用，从而建立不朽勋业，名垂凌烟阁。

"秦时明月""辞家见月""月黑""月似钩"，诗人笔下的月亮，虽不朗照乾坤，但依旧豪情万丈。"明月出天山，苍茫云海间"，"回乐峰前沙似雪，受降城外月如霜"。从军边关，建功立业，乃大唐气象，男儿本色。

四、嫦娥孤栖与谁邻

没有那轮明月，没有那杯琼浆，没有那份寂寞，没有那缕忧愁，便没有高山仰止的唐诗。

文辞俊美，情感丰沛，韵律和谐，张若虚"孤篇盖全唐"的《春江花月夜》，道不尽人间相思苦。"可怜楼上月徘徊，应照离人妆镜台。玉户帘中卷不去，捣衣砧上拂还来。此时相望不相闻，愿逐月华流照君。鸿雁长飞光不度，鱼龙潜跃水成文"，离人远走他乡，思妇望月愁思满腹。月光辉映妆镜台、玉户帘、捣衣砧，思妇的愁绪也铺满妆镜台、玉户帘、捣衣砧。同看明月，却不能相见，思妇梦想自己与月色一道，照亮离人前行之路。可终究是梦，不是现实啊！思妇无奈，又希望鸿雁、鱼龙捎去自己的柔肠寸断。张若虚笔下的思妇形象，虽有悲怆，但不怨天尤人，属愁而不伤，给人以郁美之感。

"吹箫间笙簧"，繁华的唐朝，并不是人人都欢天喜地。盛世之下，也有一地鸡毛。唐人之愁，若以数量计，若以高度计，没有谁能超过李白。"花间一壶酒，独酌无相亲。举杯邀明月，对影成三人"（《月下独酌》），花丛下独自一人饮酒，当然无趣。不甘寂寞的诗仙，便邀月共饮。月儿做伴，但不能排解心中之愁。"今人不见古时月，今月曾经照古人。古人今人若流水，共看明月皆如此"（《把酒问月》），月光永恒，而古人今人若流水，一去不复还。人生如寄，奋发？行乐？李白说，都不如饮酒。"人生得意须尽欢，莫使金樽空对月。天生我材必有用，千金散尽还复来。烹羊宰牛且为乐，会须一饮三百杯"（《将进酒》），帝王将相多狂傲，谁能与李白一比？文人骚客多风流，谁能与李白一拼？贩夫走卒多潦倒，谁能与李白一竞？有人说，李白不被皇帝赏识，愁。又有人说，李白功业不成，愁。还有人说，李白学道不成，愁。总之，他一生不得意，故而借酒浇愁。这些说法通通大谬。李白之愁，乃生而为人，天生所有。李白忧伤愁苦的高度，就是唐诗的高度！

唐代宗永泰元年（765年），唐诗的另一座高峰杜甫，离开成都东去。早年浪荡梁宋间的李白、高适，已然作古。"星垂平野阔，月涌大江流"（《旅夜书怀》），月夜孤舟，繁星如垂，平野广袤。大江滔滔，月光也一道奔流。自然界一派生机！而诗人自己年老多病，朋友离世，被朝廷遗忘，似一只无依无靠的小沙鸥。半生漂泊，此刻也如漂萍。因不能做官，要实现"致君尧舜上，再使风俗淳"的抱负，只能是一个梦啊！天地无垠，月光澄清，留给诗圣的世界，唯有一声叹息！那个夜晚，深沉滞重的孤独袭击着杜甫的内心。

"诗家总爱西昆好，独恨无人作郑笺"，晚唐的李商隐，不经意陷入牛李党争。别人在官场上争来斗去，结果他"抑郁"了。时世、家世、身世，不得不说，又不能说得明了，朦胧、隐约甚至晦涩便产生了——李商隐为数不少的无题诗便是明证。

无 题

相见时难别亦难，东风无力百花残。

春蚕到死丝方尽，蜡炬成灰泪始干。

晓镜但愁云鬓改，夜吟应觉月光寒。

蓬山此去无多路，青鸟殷勤为探看。

东风让万物复苏，却不能改变暮春百花凋残的现实，何况人力！春蚕到死才吐完丝，蜡烛燃成灰烬蜡油才滴干。对镜梳妆，担忧青丝变白发。夜晚吟诗，害怕清冷的月光。蓬山不远，却只能派青鸟代为问讯。读罢此诗，如见李商隐怅惘之态、如闻他惋惜之声。

苦闷、彷徨、挣扎，月光下诗人们泣血的呐喊，为后人留下一首首经典的唐诗。

五、草色遥看近却无

春赏红花，夏观绿草，秋玩黄叶，冬吟白雪。拈毫吟唱，把月色写进诗行，唐代的诗人们乐此不疲。

"风劲角弓鸣，将军猎渭城"，诗佛王维，早年追逐功名。后渐恋释氏之学，半官半隐，禅室持坐，以悟佛理。与陶渊明、孟浩然相比，王维让山水充盈佛理。"人闲桂花落，夜静春山空。月出惊山鸟，时鸣春涧中"（《鸟鸣涧》），了无挂碍的诗人，走进山中，走进林中，山中无人相伴，又心无杂念，诗人眼中看到的是桂花独自飘落，感觉到的是春山空静。不仅没有人声、风声，简直就是万籁俱寂。静得月亮出来的时候，惊扰了鸟儿，恐惧中的鸟儿，赶紧向同伴发出几声鸣叫，以减轻害怕。对个体而言，尘世是喧嚣的，却是短暂的。长久的孤静，方是人生。

"独坐幽篁里，弹琴复长啸。深林人不知，明月来相照"（《竹里馆》），松、竹、柏，被誉为岁寒三友。"竹林七贤"中的阮籍，好长啸。王维的世界，竹影绰绰，琴韵悠远，山高水长。遁入空林，只有明月相伴。放不下红尘美女，放不下高官厚禄，放不下功名事业，放不下患得患失，是不能与明月相亲的。顿悟了的王维，知晓了什么是身外之物，方能在幽静的世界里悠游人生。

"空山新雨后，天气晚来秋。明月松间照，清泉石上流。竹喧归浣女，莲动下渔舟。随意春芳歇，王孙自可留"（《山居秋暝》），王维在终南山，赶上了一场秋雨。雨后明月，清辉洒在松林上。水中石头，溪流潺潺。竹林中笑语盈盈，洗衣的女子归来。莲叶轻摇，想必是前方轻舟下水。春天虽然归去，但秋天依然美好，诗人会留下来，静静地品尝秋日的静美。人言王维辋川诗枯寂，了无生趣，读罢《山居秋暝》，活泼泼景象闪耀眼前，哪来老气横秋之感？

对自然山水的爱，大有人在。

月 夜

更深月色半人家，北斗阑干南斗斜。

今夜偏知春气暖，虫声新透绿窗纱。

更深人静，月光普照家家户户，天上的北斗星、南斗星都歪斜了。春天驾到，暖气上升，那虫儿的叫声穿过绿窗纱，吵得诗人无法入眠。读罢《月夜》，知刘方平不仅热爱生活，而且观察事物细致入微。不然，他不知"春气暖"，更不晓"虫声新透"。月光斜斜，那夜无眠的诗人，听到春天第一声虫鸣，是多么欣喜。一个热爱大自然的人，大自然也会拥抱他。

寒山、拾得、皎然，幽居生活，唐人心向往之。

"鸟宿池边树，僧敲月下门"是贾岛《题李凝幽居》中的名句。草径、荒园、宿鸟、池树、野色、云根是随处可见的景物，闲居、敲门、过桥、暂去也是普通人的行为，但通过诗人巧妙的组合，李凝的小巢就别具一格。不仅贾岛艳羡，此次不遇，希望下次再访。国人也引颈相望，梦想自己戴月而归。特别是"推敲"典故，成为练字练词的千古佳话。但没有月色，诗就寡淡无味。有了月光，诗篇顿时鲜活了。

结庐在深山，离群而索居，踏访苍山溪水，与清风明月为伴，优游以终老。唐代的明月之诗，自然之歌，一醉千年。

宋词里的那场雨

宋词，在雨中拔节，在雨中长成参天大树。

在雨中，柳永不要浮名；在雨中，陆游对唐婉一往情深；在雨中，苏轼宠辱皆忘；在雨中，岳飞视功名为尘土；在雨中，蒋捷在寺庙里卧听滴答声⋯⋯

可以说，雨让宋代词人逸兴遄飞。最终，那场雨也掩埋了宋词。

一、那场雨，洇湿了功名

文人本应以文立世，可谁舍得下功名呢！

要功名，就得考场走马，进而扬鞭仕途。张先、晏殊、欧阳修、苏轼、秦观、陆游、蒋捷⋯⋯宋代词坛的名家，一个个都是进士出身，名声大噪。以"才子佳人，自是白衣卿相"自诩的柳永，未能免俗，也加入科举大军。又一次铩羽而归，他愤而呐喊："忍把浮名，换了浅斟低唱。"虽说北宋信息不发达，但此言很快传入宫廷，宋真宗发话了："且填词去，何要浮名！"皇帝一言，柳永便与功名说再见。

"奉旨填词"的柳永，把他的青春年华，消耗在烟花柳巷。灯红酒绿，宝马香车，汴京繁华，然则终有厌倦时。一身疲惫的词人，买舟南下，挥泪作别帝京。"寒蝉凄切，对长亭晚，骤雨初歇"，长亭边，恋人置酒钱行。正饮酒话别，暴雨突至。不多久，倾盆之雨又戛然而止。那场自然界平平常常的雨，在悲伤的天空奔腾，洇湿了功名，却催生了慢词中的精品——《雨霖铃》。去意已决，可真要离去，却三步一回头。船家不解离愁别绪，催着出发。这一去，那忘形的笑声、那莫名的泪水、那踟蹰的脚步，都淹没在京师的大街小巷。这一去，江流千里，暮云沉沉，楚天辽阔，孤独无依。这一去，纵有千般美景，万种风情，邀谁共赏？与谁同醉？

一次不中，再考，柳永的科举路，坎坷不平。与此相反，神童晏殊，14岁应试，宋真宗赐同进士出身。有此光环加持，晏殊一生快意官场、荣华富贵。

一曲新词酒一杯，去年天气旧亭台。夕阳西下几时回？

无可奈何花落去，似曾相识燕归来。小园香径独徘徊。

柳永与恋人泪别，今生不知能否再见。晏殊把酒伤春，在自家飘满花瓣的小径上，雕琢辞章。为什么会有如此大的差距呢？一纸进士榜，两种人生路。"对潇潇暮雨洒江天，一番洗清秋。渐霜风凄紧，关河冷落，残照当楼。是处红衰翠减，苒苒物华休"。又一场淅沥沥的秋雨落进柳永心中，这世界，雨丝狂舞，满是肃杀。这世界，仿佛只有悲凉。

漂泊的柳永，也有心花怒放的时候。"东南形胜，三吴都会，钱塘自古繁华"。这首《望海潮》没有丝毫的颓丧，只有满满的正能量，用极其夸张、细腻的笔法，写尽杭州山水之美、人民之富。写杭州的文章千百篇，柳永一歌足矣。

一场场雨，让柳永惆怅万分，但并未浇灭词人的科举梦。柳永深知，科举决定一个读书人的世俗生活。宋仁宗即位后，对屡试不中的士子特开设恩科。50岁的柳永激动不已，再次踏进烟花迷离的汴京，终于雁塔题名。然而词人已老，仕途已晚。

科场失意，让柳永的人生路充满艰辛。或许正是这失意，让他收获"凡有井水处，皆能歌柳词"的荣耀。

二、那场雨，让爱情失色

青春无价！不谈一场风花雪月的恋爱，枉到人世。

那场雨，让李清照、唐婉、朱淑真的爱情花容失色。

如同贾宝玉，李清照也是含着玉出生的。父亲李格非，进士及第、苏轼学生、礼部员外郎。母亲王氏，系状元王拱辰孙女。用大家闺秀、千金小姐形容李清照，一点不为过。

> 常记溪亭日暮，沉醉不知归路。
>
> 兴尽晚回舟，误入藕花深处。
>
> 争渡，争渡，惊起一滩鸥鹭。

读罢这篇小令，就知嫁人前的李清照生活多么优渥。

18岁，李清照嫁给了官二代赵明诚。赵明诚的老爹赵挺之，进士、尚书右仆射。李清照与赵明诚的结合，可谓门当户对。

新婚宴尔，李清照陶醉在爱情的甜蜜中。不久，丈夫赵明诚负笈远游，"莫道不销魂，帘卷西风，人比黄花瘦"，李清照就尝到离别的苦滋味。更多的时候，夫妻忘情于钟鼎碑碣，不惜卖掉家中值钱的物件，买回金石，既欣赏又著述，不知今夕何夕。

世间一切美好的时光，总是短暂的。靖康之变，改变了李清照的人生轨迹。赵明诚病逝于赴任途中，所藏文物也大多散遗。"寻寻觅觅，冷冷清清，凄凄惨惨戚戚"，李清照在《声声慢》一词中，开篇连用十四个叠字，把国破家亡、丈夫离世的凄凉刻画得入木三分。"梧桐更兼细雨，到黄昏，点点滴滴"，雨不知何时而下，到揪心的黄昏，仍滴在梧桐叶上，凉入骨髓。此刻的李清照，早没有"和羞走，倚门回首，却把青梅嗅"的天真烂漫了，独自一人，守着窗儿，盘算着黄昏如何过渡到黑夜，怎一个愁字了得！

没有爱情滋润的李清照，在秋雨的缠绵声中，守着落寞的时光，苦熬人生。

在南宋，有一场凄凄惨惨的爱情，故事的主角便是陆游和唐婉。

陆游和唐婉都出生于士大夫之家，且二人是表亲。陆游在20岁左右娶了表妹唐婉，婚后二人过着如胶似漆的小日子，但好景不长，一年后，陆游休了自己的表妹。小夫妻感情甚笃，为何会发生悲剧呢？一说影响功名。正值青春年少的陆游，整天与唐婉黏在一起，忘了发愤攻读。陆母认为唐婉耽误了儿子上进，遂命陆游休妻。一说无嗣。陆、唐二人结婚一年，唐婉的肚子始终空瘪，不见凸鼓。陆母着急陆家无后，强迫陆游抛弃唐婉另娶。不论何种原因，陆游、唐婉二人心不甘情不愿地分道扬镳了。

一年春天，忧郁的陆游到沈园闲逛，见唐婉已是他人妻，知今生再无缘团聚，强忍心中悲楚，写下《钗头凤》一词。"红酥手，黄縢酒，满城春色宫墙柳"，在陆游心中，唐婉永远是那么美丽可人，两人在一起的岁月，永远是花红柳绿的春天。然而"东风恶"，两人只得分手。"错！错！错！""莫！莫！莫！"，陆游连用六个叠词，发出无声的抗议。

第二年，唐婉游沈园，在墙上读到前夫的题词，感情的闸门一下打开了。"世情薄，人情恶，雨送黄昏花易落"，悲情中的唐婉，蘸着泪水，也写下《钗头凤》相和。春天的花儿脆弱娇嫩，本应精心呵护，怎经得起风吹雨打？！轻寒的春雨，摧折了枝头花。"难！难！难！""瞒！瞒！瞒！"，唐婉也连用六个叠词，诉说千般不愿万般不甘。

春风、春雨唤醒了沉睡的百花，是多么深情。可是，在一场又一场的细雨中，花儿飘零。陆游、唐婉的两情相悦，飘落在沈园的细雨中，徒让后人慨叹。

与李清照、唐婉一样，朱淑真也出生官宦之家。情窦初开的少女，也盼望来一场轰轰烈烈的爱情，让地老天荒。传说她有了心上人，可恋人远走他乡，杳无音信。满腹心事，与谁堪说。

相思欲寄无从寄，画个圈儿替；话在圈儿外，心在圈儿里。我密密加圈，你须密密知侬意：单圈儿是我，双圈儿是你；整圈儿是团圆，破圈儿是别离。还有那说不尽的相思，把一路圈儿圈到底。

一首《圈儿词》写尽了相思苦，诉尽了无聊意。岁月不待人，一晃，朱淑真成了大龄剩女，父母匆匆把她嫁给当地的一个小官吏。谁知其夫不仅油腻世俗，还时常狎妓。"把酒送春春不语，黄昏却下潇潇雨"（《蝶恋花·送春》），失望又无奈的朱淑真，在一个春末的黄昏，面对冷风冷雨，独自把酒，把满腔怨恨倾诉在一阕阕词中。

"天地合，乃敢与君绝"，这样美好的爱情，会被现实击得粉碎。虽然李清照、唐婉、朱淑真憧憬的罗曼蒂克，在雨中，偷偷地哭泣。但在如花的年龄，她们爱过或恨过，终不负芳华。

三、那场雨，从容人生路

"夫天地者，万物之逆旅。光阴者，百代之过客"。诗仙李白一声怅叹，后世文人便麇集响应。

"乍暖还轻冷。风雨晚来方定"。面对留不住的春光，雨声中，张先把酒伤春；

"满目山河空念远，落花风雨更伤春"。一场春雨，满地落英，晏殊在"酒筵歌席"中让岁月又流逝一年；

"雨横风狂三月暮。门掩黄昏，无计留春住"。雨猛、风狂，看着春离人间，欧阳修懊恼不已；

"落花人独立，微雨燕双飞"。恋人已别，孤独袭上心头，雨丝中，燕子成双成对嬉戏，晏几道由悲转喜；

"自在飞花轻似梦，无边丝雨细如愁"。花自飘零雨自飞舞，愁煞人的秋，秦观登上小楼，感伤仕途乖塞；

……

崔嵬的山峰，依旧挺拔在群山之上；咆哮的江河，还是在大地上奔流。春风秋雨，离愁别恨，自是人之常情。而人呢？在时光面前，溃败得一塌糊涂。

但有一人例外，他就是东坡苏轼。

莫听穿林打叶声，何妨吟啸且徐行。竹杖芒鞋轻胜马，谁怕？一蓑烟雨任平生。

料峭春风吹酒醒，微冷，山头斜照却相迎。回首向来萧瑟处，归去，也无风雨也无晴。

面对"穿林打叶"这样的狂风暴雨，苏轼不仅"吟啸""徐行"，还自认为"竹杖芒鞋轻胜马"，甚至"一蓑烟雨任平生"——披着蓑衣在风雨里过一辈子也无怨无悔。早年的苏轼可不这么淡定，"人生到处知何似，应似飞鸿踏雪泥"，对飘忽不定的人生，他还是有些小伤感。王安石的出现，彻底改变了苏轼的人生态度。

北宋年间的苏东坡与王安石，好比三国时期的诸葛亮和周瑜，都是当世奇才。王安石推行新法，苏轼不以为然，写诗讥刺。最终，苏轼因诗入狱，导致"乌台诗案"发生。监狱中的苏轼，一度担心小命不保。走出囹圄，呼吸新鲜空气，重见阳光，才知自由和生命的重要。可以说，"乌台诗案"是苏轼人生的分水岭。此前，他还患得患失。此后，他包容四海。

苏轼被宋神宗贬到黄州做团练副使，这首《定风波》便作于黄州。苏轼一帮人行走于沙湖道中，突然风雨大作。"同行皆狼狈"，他自己则在雨中优哉游哉。不一会儿，雨住风停，阳光斜照在山头。此刻，他老人家的心中，"也无风雨也无晴"，成败得失、荣辱升迁，都泛不起一点波澜。

是沙湖道中那场不期而至的雨，还是"乌台诗案"的牢狱之灾，让苏轼前后判若两人？总之，经历了自然界和人世间的两场风雨后的东坡——

"何夜无月？何处无竹柏？但少闲人如吾两人者耳"，忘却蝇营狗苟的苏轼，面对失妻之悲、失子之痛、贬谪之苦，抑或高升翰林学士、知制诰之乐，都能淡然处之。

"报道先生春睡美，道人轻打五更钟"。晚年仕途呈断崖式下跌的东坡，甫至贬谪地，必做三件事：盖房屋、品佳肴、赏美景。挫折不期而至，心中却了无挂碍。大彻大悟的东坡，眼里是星辰大海，胸中是儒释道，从此逍遥人生。

四、那场雨，激昂报国志

好男儿志在疆场。

不论是拿刀还是拿笔，他们心中永远充满爱国情，岳飞、陆游、辛弃疾就是这样的伟汉子。

在华夏大地，岳飞的故事可谓家喻户晓。他填的《满江红》词，激动人心。

起笔便是一场雨，"怒发冲冠，凭栏处、潇潇雨歇"。岳飞倚栏观雨，胸中愤怒之火无法熄灭，连头顶上的帽子也戴不住，原因是"靖康耻，犹未雪"。

靖康二年，金兵南下，攻破汴京，掳掠徽、钦二帝北上。岳飞立志收复沦陷的北方大地，迎二帝还于旧都。在军事上，岳飞战功累累。但在政治上，岳飞明显不够成熟。迎回赵构的父亲（徽宗赵佶）、大哥（钦宗赵桓），那他自己的皇位岂不是坐不住了？所以，岳飞的悲剧便不可避免。处死岳飞，是宋高宗的本意，只不过秦桧、万俟卨替主子干了这"脏活"。

"驾长车踏破，贺兰山缺。壮志饥餐胡虏肉，笑谈渴饮匈奴血"，岳飞虽然壮志凌云，但他"待从头、收拾旧山河，朝天阙"的志向，终究不能实现。

怒发冲冠的那场暴风雨，见证了岳飞的悲情！

"知音少，弦断有谁听？"岳飞感慨知音少，但知音还是有的，比如陆游。

陆游于乾道八年，从夔州通判任上，冒着早春的轻寒，奔赴王炎幕府，走上抗金前线。然而，当年的秋天，幕府解散，陆游前往成都做一个闲散的参议官。自此，陆游的抗金热情跌至冰点。

"已是黄昏独自愁，更著风和雨"。生长在断桥边的梅花，在风雨交加的黄昏，独自傲寒盛开。"零落成泥碾作尘，只有香如故"。就算沦落到化作泥土灰尘，香气也一样淡雅扑鼻。陆游填《卜算子·咏梅》词，表明自己不会随波逐流，会将抗金进行到底。

"铁马秋风大散关""匹马戍梁州"，风雨可以摧残梅花，但不能变其节，直到生命的最后一刻，陆游仍呼喊着抗金。

威胁梅花的那场雨，更加坚定了陆游的报国梦。

辛弃疾出生两年后，岳飞以"莫须有"的罪名蒙冤而死。

辛弃疾生活的山东大地，已被金人占领，但他参加反金起义，擒杀叛徒，回归南宋。就是这样一位忠肝义胆的壮士，也屡遭罢黜，壮志难酬。

"舞榭歌台，风流总被雨打风吹去""可惜流年，忧愁风雨，树犹如此""更能消、几番风雨，匆匆春又归去"，不能亲自上阵与金兵厮杀，辛弃疾便把满腔悲愤倾诉在他心爱的词中。抗金的激情，一次次被主和派浇灭。而岁月不等人，匆匆一年又一年，一春又一春，不经意间，花发萌生。

"起来独自绕阶行"，为抗金，岳飞夜不能寐；"心在天山，身老沧洲"，陆游一门心思抗金，却落得个多年赋闲在家；"想当年，金戈铁马，气吞万里如虎"，辛弃疾欲收复中原，却只能在梦中羡慕古人的功业。

一场场雨，淋湿了岳飞、陆游、辛弃疾的抗金夙愿，但他们的报国志，却在风雨中更加激昂了。

五、那场雨，家国空念远

在陈桥，太祖黄袍加身，其兴也勃焉；陆秀夫背着懵懂的小皇帝，纵身一跃，赵氏之宋，其亡也忽焉。

词滥觞于五代，兴于宋。宋亡，词也随之枯萎。但它的臣民，在雨中，依然用词抒写国破山河在的荒凉。

"暮雨相呼，怕蓦地、玉关重见"，张炎《解连环·孤雁》以失群鸿雁为题，抒写遗民重见的惊喜，表达遗民对故国的思念。

张炎的人生，以南宋灭亡为分界线。之前，他是公子哥儿，舞榭歌台、红烛廷筵，过着优游的小日子。之后，流落苏杭间，生活陷入窘境，精神更遭摧残。饱读圣贤书的张炎，以苏武为榜样，纵然受尽千般苦，也不肯失节。"未羞他、双燕归来，画帘半卷"，在孤独中，盼望遗民重相逢。

孤雁夜雨相呼，即使相见，也在黑暗中。南宋已亡，不可能重见天日了。

宋之经济，富甲天下；宋之文化，璀璨夺目。宋之军队，却弱不禁风。北宋怯于辽，亡于金；南宋恐于金，亡于元。国破山河在，臣民泪尽胡尘中。

作为南宋遗民，蒋捷不愿仕于元，后半生在漂泊中终老。

"秋娘渡与泰娘桥，风又飘飘，雨又萧萧"。春天里，风雨中，蒋捷乘舟过吴江，见楼上酒帘相招，突生归意。"流光容易把人抛，红了樱桃，绿了芭蕉"，倏忽间，樱桃红彤彤，芭蕉绿茵茵，又是一年过去了。为何不归家，不是不归，而是有家归不得。

蒋捷最为人称道的一阕词，是《虞美人·听雨》：

少年听雨歌楼上，红烛昏罗帐。壮年听雨客舟中，江阔云低、断雁叫西风。

而今听雨僧庐下，鬓已星星也。悲欢离合总无情。一任阶前、点滴到天明。

少年无拘无束，歌楼里听雨，红烛摇曳罗帐妩媚，青春是用来浪的；壮年负笈远游，客舟中听雨，看惯了江阔云沉，更不消西风雁声寒，中年是用来丰富阅历的；暮年青灯古佛，齿落鬓白发疏，一夜无眠，听雨声在阶前滴到拂晓，暮年是用来回味的。词人描绘少年、壮年、暮年三个特定阶段听雨场景，表达不同境遇下人生的不同况味，让亡国之痛穿透时空！

北宋亡于金人马蹄下，李清照、赵明诚夫妇成为一介流民。不久，赵明诚撒手人寰。"物是人非事事休，欲语泪先流"，国仇家恨，让李清照痛彻心扉。

"王师北定中原日，家祭无忘告乃翁"。陆游虽然没盼到收复中原失地的那一天，但还有希望，总有一天会还于旧都，所以他才殷殷嘱托儿子，把这大喜事一定要告诉九泉之下的父亲，让他的灵魂安宁。

张炎、蒋捷知道，他们永远不会怀有陆游那样的热切憧憬，因为他们亲眼所见、亲身经历，国确实亡了。在宋词的那场雨中，他们只能抒写凄风苦雨，家国空念远。

一场场春雨秋雨，让宋词葳蕤生长。宋亡，代表宋文化的词也不再傲然挺立！

蜀　道

作为一个四川人，无论贫穷与富贵，都深深地爱着朝夕相处的蜀道。

关隘、驿铺、津渡，今天的蜀道上，仍少不了这些字眼。

"蜀道"这个词，早在三国时就赫然出现在典籍中。将蜀道扬名天下的当是诗仙李白，他的一声叹息，千年之后，整个华夏子孙都会跟着他唏嘘不已。

最早仅用于行走的蜀道，在历史的长河中，无可避免会演变成军事之道、文化之道、经济之道。再往大说，它是长江文明和黄河文明交流的重要通道。

一、争战之道

金牛道、阴平道、米仓道三条路，乃蜀道久负盛名者。冷兵器时代，厮杀之声盈满道路。

《华阳国志·蜀志》云："周显王之世，蜀王有褒、汉之地。因猎谷中，与秦惠王遇。"这段话信息量巨大。首先，蜀王的地盘不小。蜀王不仅拥有成都平原，还把疆土扩充至今天的汉中之地，足见蜀国不小。其次，蜀国实力不弱。蜀王与秦惠文王打猎相逢，肯定不是"偶遇"，而是事前沟通好了的。此时的秦国，经商鞅变法后，已是强国。蜀王与虎狼之秦猎于谷中而不惧怕，足见蜀国的军事力量不差。最后，秦、蜀之间道路畅通。蜀王北上、秦王南下，相会谷中，绝不是旅游，双方均有辎重保障和强大的军队护卫。如果道路阻塞且等级低，二王相会就会成为一句空话。

正因为蜀道能走军队，早就觊觎蜀地的秦惠文王，趁巴、蜀相争之机，在周慎王五年（公元前316年），派大夫张仪、司马错、都尉墨从石牛道伐蜀，一举灭掉蜀、巴，将两国之地纳入秦国版图。

　　蜀王为什么会亡国？看看他是什么人就知道了。羡"朝泻金其后"遂"使使请石牛"，"许嫁五女于蜀"，大争之世，不思治国爱民，而一味贪财好色，焉有不亡之理！蜀道见证了一个王朝的倾覆，更见证了人头落地，"王遯走，至武阳，为秦军所害。其相、傅及太子退至逢乡，死于白鹿山"。

　　秦国数代君主接力打拼，终于吞并六国，可短短不足20年，天下就为泗水一亭长所有。漂泊半生的中山靖王之后刘备，兵锋直指蜀巴反目的蜀道重镇苴侯封邑葭萌，不攻鲁而"厚树恩德"，擒杀蜀道祸福之门白水关守将、军师庞统殒命蜀道险关落凤坡后，逼降同宗兄刘璋，据有益州。成都虽然沃野千里，但金牛道剑门关以北，栈道连云，山环水绕，诸葛亮六出祁山特别是于木门道中射杀魏国名将张郃、姜维九伐中原，均饮恨而归。及至司马昭攻蜀，钟会阻于天险剑门关，而邓艾自阴平道中摩天岭裹毡而下，行七百里无人之地直出江油关，刘禅的好日子到头了。三国虽是乱世，但英雄辈出。乱世而宠奸佞，蜀道虽崎岖，也阻挡不了江山易主。纳土称臣的刘禅北上洛阳，朝见司马昭。行至翠云廊，遇雨，他钻入一株空心的古柏中躲避，后人遂将此柏呼作"阿斗柏"。刘禅昏庸懦弱，连累其树也受辱。

　　僻处一隅之蜀，每逢乱世，枭雄借助蜀道山重水复之险揭竿而起，前蜀王建、后蜀孟知祥就是这样的人杰。但他们的后人，如王衍、孟昶，不知先辈创业之艰，王朝瞬间灰飞烟灭。

　　王衍的父亲王建，牛贩子出身，没啥文化，在建立前蜀王朝后立擅辞赋的王衍为太子。王衍即位后，忘了自己身逢乱世，与韩昭、王仁裕等轻佻之士过着荒淫的生活。宦官、天雄军节度使王承休谄媚说秦州多美女，王衍就打着巡边的旗号，前往天水猎取美色。谁知后唐庄宗大军压境，王衍的美梦破灭。出降的王衍君臣，北上至蜀道秦川驿，惨遭屠戮。

　　常言说，前事不忘，后事之师。后蜀孟昶早把这话丢到九霄云外了——他与王衍走了相同的路，享乐至死。

冰肌玉骨清无汗，水殿风来暗香暖。

帘开明月独窥人，欹枕钗横云鬓乱。

起来琼户寂无声，时见疏星渡河汉。

屈指西风几时来，只恐流年暗中换。

我们从他填的词《避暑摩诃池上作》一眼就能看出，孟昶和他的宠妃花蕊夫人好日子快到头了。果不其然，一代雄主赵匡胤伐蜀。王全斌仅用66天，就打得孟昶举起了双手。降王孟昶沿金牛道北上抵达开封，7天后暴亡。

在历史的征程中，可以说蜀道为战争而生。南宋与金、元，在蜀道上进行着一场场你死我活的攻防战。明末官军与李自成、张献忠起义军，李自成、张献忠相互之间，清初官军与张献忠，在蜀道上演一幕幕势不两立的争夺战，喊杀声不绝于耳……

曲折的蜀道一次次见证了悲剧的上演，一次次见证了无辜的冤魂呼天抢地的悲号，一次次见证了王朝的兴旺与分崩离析。可以说，鲜血洒满蜀道。

二、文化之道

蜀道不仅是金戈铁马的征战之地，也是文化交流融合的大通道。

对蜀地有教化之功的官员，当首推文翁。汉景帝末汉武帝初，原籍安徽省六安市舒城县的文翁任蜀郡守。西汉京城在长安，文翁到成都任职，当然由金牛道入蜀。刚到蜀郡的文翁，"见蜀地辟陋有蛮夷风"。怎样才能改掉"蛮夷风"呢？文翁采取的措施是兴办官学。长期推行官学后，蜀地学风可比肩孔孟之乡齐鲁。老百姓的心里有杆秤：巴蜀好文雅，乃文翁之化也。1000多年后，宰相王安石写诗夸文翁："文翁出治蜀，蜀士始文章。"

文翁从他乡入蜀，同为西汉官员、土生土长的司马相如、扬雄从成都北上，走金牛道抵达长安。窦太后的小儿子刘武喜辞赋，司马相如便投奔梁王。在今河南商丘的梁园，司马相如与枚乘等交游，写出《子虚赋》。后来，司马相如随汉武帝出猎，灵感喷涌，挥毫创作《上林赋》。赋乃两汉文章的代表。一条蜀道，地理上让巴蜀与中原紧密相连；一条蜀道，文化上让巴蜀与中原交往互融。满腹经纶的扬雄一路布道前往长安，在今绵阳建有子云亭，乃当初扬雄讲学之所。扬雄在京师著述的《太玄》《法言》，宏博玄奥，乃孔子、孟子、荀子之后儒家学说的集大成者。汉武帝纳董仲舒之言，废黜百家独尊儒术。所以说，蜀道又是传播国家意志的大动脉。

时光来到唐朝，蜀道便是诗歌的天堂。五盘岭、龙门阁、筹笔驿、飞仙关、石柜阁、葭萌关、剑门关……蜀道上的险关、驿铺、阁岭被诗人捕获，寄托他们的家国情怀或一声声惆怅。

"噫吁嚱，危乎高哉，蜀道之难，难于上青天"。在所有的诗文中，没有谁的诗才能盖过李白的《蜀道难》。虽说古时信息不发达，但诗仙拥有顶级流量，他的挥臂一呼，迅即传遍神州大地。蜀道的美名，至今不衰。

天下未乱蜀先乱，天下已治蜀未治。领略过"瀚海阑干百丈冰"的荆州江陵人岑参，跟随杜鸿渐入蜀平叛。一路行军，有栈道的惊险，有美景的撩人，有士气的高昂……进入成都，可以说杜鸿渐完成了朝廷的使命。而岑参，得匆匆离开。"圣朝幸典郡，不敢嫌岷峨"，岑参此行的目的，是赴任嘉州刺史。三年任满，唐王朝似乎忘记了沿蜀道而去的边塞诗人，没有给他任命新的官职。垂垂老矣的诗人，病死在金牛道南端重镇成都的一家旅舍里。

在拜谒成都"一把手"路岩一年后，屡试不中的杭州新城人罗隐，由金牛道出蜀。行至利州北筹笔驿，忽然有所悟："时来天地皆同力，运去英雄不自由。"是啊，时运来临，春风可借，赤壁一把火，烧出天下三分。运去，卧龙六出祁山，最终星落五丈原。罗隐生活的晚唐，天下一团乱麻，哪有什么"时来"，只有"运去"。

虽然蜀道让岑参、罗隐感到了阵阵寒意，但后人依然义无反顾奔走在蜀道上。

乾道八年早春，从夔州通判任上踏上蜀道的越州山阴人陆游，眼中满含希望，内心充满激动，奔往王炎幕府所在地汉中。而秋天，陆游收拾行装，再次与蜀道亲密接触，却是愤懑与不甘，因为抗金的幕府解散，他要去成都做一个闲散的参议官。

衣上征尘杂酒痕，远游无处不销魂。
此身合是诗人未？细雨骑驴入剑门。

诗人的志向是"铁马秋风大散关"，上阵杀敌，收复中原，报效君王。而现实，却让他做一个满腹牢骚的诗人！诗人的叹息比蜀道还长，诗人的心情比蜀道还重，诗人的遭际比蜀道还险。但诗人信笔一题，却让蜀道增辉。

蜀道不语，时光荏苒。有清一代，士大夫过蜀道，如过江之鲫，但最有名者，当是"罗江四李"和晚清重臣曾国藩。

李化楠、李调元、李鼎元、李骥元四人，都于乾隆朝高中进士，或因功名，或因事业，或因守孝，他们往返蜀道，多有题诗。过剑门姜维祠，李调元题《姜伯约墓》诗一首于祠壁。后来，其父李化楠也过姜维祠，读到儿子壁间题诗，欣喜之余，作《谒姜伯约祠，和大儿调元壁间韵》诗，在文坛传为美谈。两诗都夸赞为蜀尽忠的大将军姜维，贬斥祸国殃民的宦官黄皓，叹息不重父业的刘禅。时过境迁，又为姜维祠荒废于山间而扼腕。

生于湖南湘乡荷叶塘的曾国藩，则是典四川乡试而朝行暮宿于蜀道。

早发武连驿忆弟

朝朝整驾趁星光，细想吾生有底忙。

疲马可怜孤月照，晨鸡一破万山苍。

日归日归岁云暮，有弟有弟天一方。

大壑高崖风力劲，何当吹我送君旁。

曾国藩一生文治武功都非常了得，有圣人之誉。但他作此诗时，尚未发达。读此诗，曾国藩勤奋王事和思念小弟形象跃然纸上。后来，曾国藩组建湘军，与太平天国作战。可无论顺境逆境，抑或战事吃紧纾缓，他都不忘身为长兄的责任，谆谆教诲他们。言行一致，一生如此，曾国藩真挚充沛的手足之情，镌刻在逶迤的蜀道上。

不管诗文体裁，也不论诗文内容，更不谈作者一生沉浮，但他们的题咏永远定格在蜀道上。

没有诗文的蜀道，是不敢想象的！

三、生存之道

孔子慨叹：逝者如斯夫！

赫拉克利特沉思：人不能两次踏进同一条河流。

屈原悲鸣：路漫漫其修远兮，吾将上下而求索！

无论是过去，还是现在，抑或将来，对一个具体的生命和王朝而言，生存是第一位的。哲人睿智，诗人低吟，没有生命，一切都会灰飞烟灭。

蜀道，承担生命之重。

秦昭襄王末年，李冰餐风饮露，不顾蜀道险阻，来蜀郡做太守。"蜀人几为鱼"，咆哮的岷江不但未造福成都平原，相反，还给蜀人带来祸害。踏遍都江堰的沟沟坎坎，李冰有了驯服岷江的缰绳。在"深淘滩，低作堰""遇湾截角，逢正抽心"治水"宝典"的指引下，凭借千万把锸，分水堰、飞沙堰、宝瓶口三大工程竣工，举世闻名、泽被千秋的都江堰水利工程大功告成！李冰的贡献有多大？"水旱从人，不知饥馑，时无荒年，天下谓之天府"，天府之国诞生了！

跨越蜀道而来的李太守，让千万生灵能吃饱饭，不再饥肠辘辘。

大约1000年后，大唐的玄宗皇帝，在安禄山的铁蹄下，幸蜀来了。天宝十五载六月，李隆基匆匆逃离长安，顺着金牛道，经过四十余天的跋涉，于七月抵达成都。至德二载十月，李隆基銮舆从成都启程，于十二月返回阔别一年半的京师。

玄宗与蜀地渊源颇深。他的祖母武则天，生于利州。他的宠妃杨玉环，娘家就在成都。玄宗的入蜀之行，或许可以说是他的访亲之旅。玄宗逃难，从个人层面讲，损失有二。一是爱妃杨玉环魂断马嵬坡，二是自己丢失权杖，从皇帝变为太上皇。从国家层面讲，玄宗入蜀，乃王朝由盛而衰的分水岭。此后，李唐王朝如夕阳下山，再无辉煌。玄宗幸蜀，留下不少传说。行至秦蜀分界处，蜀中官员于此朝见天子，此地后名朝天；在葭萌小住，宴请当地长老，此地后名摆宴坝；驻跸普安，风吹檐铃、夜雨中梦玉环呼乳名三郎，后有典故玄宗闻铃。

后人无不认为唐玄宗幸蜀乃狼狈之旅，但他本人可不这么看。"灌木萦旗转，仙云拂马来"（《幸蜀西至剑门》），旌旗在林中穿梭，白云在头上飘飞，李隆基心情舒畅，哪来逃亡的悲伤。

蜀道，救了唐玄宗的性命。

杜甫入蜀觅食，唐玄宗脱不了干系。乾元二年，李隆基一手造成的安史之乱仍未平息。兵荒马乱的岁月，为了活命，杜甫一家人一路向西，从滑州逃往秦州，又从秦州流落到同谷，再从同谷漂泊至成都（行至五盘岭，杜甫就进入金牛道，一路疲惫向益州）。

> 曾城填华屋，季冬树木苍。
>
> 喧然名都会，吹箫间笙簧。

从月初到月底，经过一个月的奔波，薄暮时分，杜甫一家人进入川西坝子，繁华的成都让杜甫既欣慰又失落。自此，杜甫与巴蜀有十个年头、整整八个春秋的亲密接触。

从物质层面讲，巴蜀大地滋养了杜甫的胃。从精神层面讲，杜甫的创作进入开挂时期。能有情趣在蜀道上信步漫游的杜甫，开始收割他的诗才。从数量上看，诗圣在成都创作了475首诗、在夔州又写出410首诗，占杜诗的三分之二。从质量上看，杜甫留下了"出师未捷身先死，长使英雄泪满襟"（《蜀相》）、"花径不曾缘客扫，蓬门今始为君开"（《客至》）、"晓看红湿处，花重锦官城"（《春夜喜雨》）、"安得广厦千万间，大庇天下寒士俱欢颜"（《茅屋为秋风所破歌》）、"白日放歌须纵酒，青春作伴好还乡"（《闻官军收河南河北》）、"窗含西岭千秋雪，门泊东吴万里船"（《绝句》）、"星垂平野阔，月涌大江流"（《旅夜书怀》）、"无边落木萧萧下，不尽长江滚滚来"（《登高》）这些千古名句。

安定的生活、秀丽的山川、朴实的民众、热情的友人，蜀道不但没有羁绊住杜甫，相反，给了他创作的灵感。大历三年，杜甫乘舟东下，蜀道生活自此结束。但诗圣的身影，永远镌刻在巴山蜀水！

有唐一朝，美其名曰幸蜀的皇帝，可不只是唐玄宗。124年后，他的第八代孙僖宗李儇，为了保命，也匆忙踏上金牛道。喜打马球纵情声色的唐僖宗，哪受得了蜀道的颠簸，很快病倒了。行至普安郡柳池沟驿，饮泉水，龙体康复。唐僖宗大喜，赐名"报国灵泉"。

"马嵬烟柳正依依，又见銮舆幸蜀归。泉下阿蛮应有语，这回休更冤杨妃。"罗隐过马嵬驿，有感而发，作《帝幸蜀》，咏唐僖宗逃蜀一事。"李儇弃守京都，这次怨不了女人吧"。罗隐借李隆基之口，表达愤懑不满之意。

把皇帝从繁华的都市赶上蜀道的是一位落第秀才，名叫黄巢。

待到秋来九月八，我花开后百花杀。

冲天香阵透长安，满城尽带黄金甲。

数次名落孙山后，黄巢借咏菊花，发泄心中的怒火。没想到，后来黄巢带领起义军，果然攻进了让他在科举之路上吃了败仗的长安。

躲进成都的唐僖宗，利用富庶、险峻、稳定的巴蜀大地，组织天下兵马，围剿起义军。黄巢败亡，李儇离蜀，4年后复回长安。蜀道再次让李唐王朝苟延残喘。

蜀道作为西南连接中原的官道，虽然历朝历代均有维修，但仅仅能通行而已，远远算不上通畅，明代状元杨升庵的《七盘劳歌》便是明证。状元留在蜀道上最有生活情趣的一首诗，当是《昭化饮咂酒》："酿入烟霞品，功随曲蘖高。秋筐收橡栗，春瓮发蒲桃。旅集三更兴，宾酬百拜劳。苦无多酌我，一吸已陶陶。"春天的葡萄、秋天的橡子栗子，都是酿咂酒的好材料。把它们放进陶缸里，加入发酵的曲蘖。过一段时间，一坛美酒就酿成了。大伙儿围坐一桌，用长长的吸管开怀畅饮。诗人虽不胜酒力，但这氛围已让他其乐融融了。

无论是达官显贵，还是贩夫走卒，蜀道都接纳了他们，并让其充满生的希望。

四、主人之道

尽过奇绝处的蜀道，不再是看客，人民成为它的新主人。

"西当太白有鸟道，可以横绝峨眉巅"。诗仙太白感叹的蜀道难，在大才子郭沫若眼中是何景象？

20世纪60年代中期，郭沫若偕夫人于立群来广元县考察文物后，登上天下雄关。

在参观皇泽寺、千佛崖后，郭沫若为广元留下墨宝——《题皇泽寺》。"铁轨连西北，车轮日夜忙"。从皇泽寺门前经过的宝成铁路，车轮滚滚，昼夜不停，表明中国的建设日新月异。

> 剑门天失险，如砥坦途通。
>
> 秦道栈无迹，汉砖土欲融。
>
> 群峰齿尽黑，万砾色皆红。
>
> 主席思潮壮，人民天下雄。

在《剑门》这首五言律诗中，郭沫若说秦时的栈道了无踪迹，汉朝的陶砖也快化为泥土了。剑门关何言天险，简直就是一马平川。是啊，成渝铁路、宝成铁路、国道212线、国道108线这些大动脉，让巴蜀大地告别了蜀道难。

时间进入21世纪，蜀道借助科技的翅膀再次飞跃。修建西成客专时，笔者曾采访过岩边里隧道的施工人员。他们不无自豪地说，辛苦施工3年才能贯通的隧道，而动车仅需30秒，就从长度超过6000米的隧道中呼啸而过。是啊，高速公路让西安、成都、兰州、重庆这些大城市早发午至，16座机场让世界近在咫尺。

蜀道难，蜀道通，蜀道畅，是做了主人的人民，才让古老的蜀道焕发出青春般的活力。笔者改李白诗，作为本文的结束语吧："朝辞皇泽水云间，千里山路半日还。蜀道美景未赏尽，高铁已过剑门关。"

嘉陵江

———— ❈ ————

万千细流投入你的麾下，历朝骚客为你激扬文字，无数豪杰临江叱咤风云，浑厚号子吼出生的艰辛。

崇阿的一滴，弱不禁风的源头之水，终成汪洋之势，这就是母亲河嘉陵江。

一、源头活水

一条大河润泽万千生灵，它的源头却争论不休，恐怕只有嘉陵江了。

源头有三，一说源于凤县嘉陵谷，一说源于西汉水，一说源于白龙江。后来，长江水利委员会一锤定音：以秦岭北麓的陕西省宝鸡市凤县代王山嘉陵谷为正源。

从代王山上的一滴珠玉，到汇入滚滚长江，嘉陵江也是不拒小溪，方能流其远。笔者生活的城市广元，南河与嘉陵江在两江口汇合。它们兴奋得手舞足蹈，波涛可以作证。它们喁喁私语，浪花可以作证。它们相互推搡，相邀一起奔向大洋。一路欢歌的嘉陵江究竟吸纳了多少条河流？笔者未找到确切的数据，只在百度上看到陇南市关于水文水系的介绍：全市河流均系嘉陵江水系，一级支流有白龙江、西汉水等48条，总长1297公里；二级支流有白水江、岷江等751条，总长4756公里；三级支流有1651条，总长4313公里；四级支流有1312条，总长3428公里。数据是枯燥无味的，但往往能说明问题。世间没有唱独角戏的，都是"众筹"方能成功，嘉陵江也不例外。

虽说百川争流，但嘉陵江的主要支流仅5条，即发源于陕西省汉中市留坝县紫柏山西延部分南侧的八渡河、发源于甘肃省天水市秦州区西南齐寿山（典籍中有名的"嶓冢山"）的西汉水、发源于甘肃省甘南藏族自治州碌曲县西郭尔莽梁北麓的白龙江、发源于川陕两省边界米仓山南麓的渠江、发源于四川省阿坝藏族羌族自治州松潘县和绵阳市平武县之间岷山主峰雪宝顶的涪江。这又说明，世间事要能成功，只有群羊是不行的，必须要有领头羊。

一条嘉陵江，不仅有物理意义上的长度，更有精神意义上的高度。唐诗两座高峰之一的杜甫，在759年下半年，就与嘉陵江的两条支流结下不解之缘。

杜甫与嘉陵江的缘分，拜安史之乱所赐。为一日三餐所迫，杜甫一家人向西奔走，赴秦州以解饥肠辘辘。虽说有侄儿杜佑、朋友赞公和尚的接济，但杜甫仍在饥饿线上挣扎。恰在此时，同谷（现在的"成县"）的一位"佳主人"给杜甫写信，信中把同谷夸上了天，并火热地邀请诗人到"人间天堂"做客。饿慌了的杜甫，匆匆告别生活了三个月的秦州，拖家带口，沿西汉水前往同谷。

西汉水是嘉陵江上游的重要支流，流经甘肃省天水市秦州区，甘肃省陇南市礼县、西和县、康县、成县，于陕西省汉中市略阳县注入嘉陵江。这条温婉的河流，是秦人爱情的圣地。"蒹葭苍苍，白露为霜，所谓伊人，在水一方"（《诗经·秦风·蒹葭》），秋风起，芦苇摇曳，"我"心爱的人，在水的另一边，多么惆怅啊！

农历十月底，陇右已是冰天雪地，杜甫一家人沿西汉水河谷而行。与"我"相比，杜甫就没那么幸运了。伊人在水一方，可见而不能牵手，"我"虽有淡淡忧伤，但毕竟只一水相隔，希望仍在。"威迟哀壑底，徒旅惨不悦。水寒长冰横，我马骨正折"（《铁堂峡》），涉西汉水的铁堂峡，杜甫的马骨折了。诗人的遭际，真是屋漏偏逢连夜雨。

满怀期待的杜甫到了同谷，"佳主人"却玩起了"藏猫猫"。无奈，诗人拿起"长镵"挖黄精、上山捡拾橡栗以果腹。

杜甫困居的凤凰村（今成县城关镇龙峡村），青泥河绕村而过。青泥河发源于甘肃省陇南市徽县麻沿河八条沟，流经成县，于成县史家坪村进入陕西省略阳县境，在封家坝石门山注入嘉陵江。诗圣在青泥河畔大约流连了一个月，写出《凤凰台》《乾元中寓居同谷县作歌七首》（简称《同谷七歌》）等传世名篇。所以说，青泥河也是一条文化之河。

杜甫在《同谷七歌》第一首第一句就向苍天悲吟："有客有客字子美，白头乱发垂过耳。"日子过不下去的诗圣，于十二月一日离开同谷，向成都进发。

嘉陵江无语，默默地注视着憔悴的诗人再次远行。

二、文脉之山

万江东入海！

入海的万江，其源为万山。哪一条大江大河，不是从崇山峻岭中走来！

嘉陵江正源之代王山、八渡河之紫柏山、西汉水之齐寿山、白龙江之西倾山、渠江之米仓山、涪江之岷山，山间一滴清泉，下山之后，渐成滔天之势，真所谓山高水长。

山高显精神，兽藏显威猛，树多聚灵气，水润泽苍生，这样的耸入云霄之地，必诞人杰，英雄必用武。

代王山，秦岭中普通一山，诸葛亮在这里践行他在隆中的韬略——"率益州之众出于秦川"。孔明虽然善于用兵，无奈蜀国弱小，最终身死五丈原，"汉室可兴矣"化为泡影。汉室虽未复兴，但他"鞠躬尽瘁，死而后已"的高风亮节在华夏大地代代传唱。如同代王山挤出的那滴水，不为自己，乃为黎庶滋养陇亩。

黄山归来不看山、九寨归来不看水、紫柏归来不看草，能与黄山、九寨比肩，可见紫柏山的名气非同小可。因山上多紫柏，故名紫柏山。气候温润，雨量充沛，植被当然繁茂。紫柏山名噪天下，与张良有千丝万缕的瓜葛。刘邦击败项羽，在总结经验时说："夫运筹策帷幄之中，决胜于千里之外，吾不如子房。"（《史记·高祖本纪》）这个"子房"，就是张良。张良助汉高祖夺得天下后，敏锐地嗅到"飞鸟尽，良弓藏；狡兔死，走狗烹"气味，便隐居到人间仙境紫柏山，不再参与朝廷事务，与山川为伴，以观日出日落为趣。紫柏山下，张良庙静静地诉说那段尘封的往事。山无欲则刚，张良深谙此道，故能平安度过刘邦、吕雉对功臣的绞杀。

　　古树虬曲、荫天蔽日的齐寿山，轩辕一声啼哭，华夏人文鼎盛。在西汉水的哺育下，轩辕东出，战蚩尤，败炎帝，华夏一统。艰涩的《尚书·禹贡》载"嶓冢导漾，东流为汉"，屈原所吟"望崦嵫而勿迫，举长矢射天狼"，这些先秦典籍说明，秦岭明珠齐寿山荫庇神州数千年，而且还将长久地荫庇下去。

　　普天之下，莫非王土。既是王土，就得纳贡。《尚书·禹贡》有言："……织皮。西倾因桓是来……"古称桓水的白龙江，梁州的贡物由西倾山顺着桓水前来。西倾山，上古时代即进入先贤视野，足见其显赫。

　　无论多么巍峨的山，无论多么湍急的水，都阻挡不住人类的脚步，哪怕仅仅是一个弱女子的脚步。绵亘的米仓山，人类踏出蜿蜒的米仓道。"米仓青青米仓碧，残阳如诉亦如泣。瓜藤绵飐瓜潮落，不似从前在芳时"（《由巴南赴静州》），一代女皇武则天的亲信上官婉儿，不辞劳苦翻越米仓山，为的是废太子李贤。行至木门寺，收到噩耗，李贤被逼，自尽于谪所巴州。心爱的人命归黄泉，上官婉儿接受不了残酷的现实，一字一句控诉身为人母的武则天的残忍。残阳如血，米仓无语，但愿人间悲剧不再上演。

　　时间翻开崭新的一页，皑皑白雪覆盖的岷山，迎来了改天换地的英勇红军。只要心中有信念，再高的山，天大的困难，也难不住衣衫褴褛的红军。"更喜岷山千里雪，三军过后尽开颜"（《七律·长征》），因为一个以人民为中心的国家，是这支部队最鲜明的特质。见证无数冷漠的岷山，即将见证热火朝天的新人类。

　　山，永远挺拔。水，永远奔流。永远奔流的水，源头是永远挺拔的山。

三、诗咏嘉陵

　　子曰："知者乐水。"对水的喜欢，华夏儿女自古有之。诗歌成熟之后，人们对水的喜爱便歌以咏之。

　　元和四年（809年）三月，元稹以监察御史的身份，巡按剑南东川节度使。

元稹是一个"考霸"。从贞元九年到元和元年，短短13年间，元稹先后考中明经科、书判拔萃科、才识兼茂明于体用科。皇帝交办的差事，"考霸"完成得如何？"劾奏故剑南东川节度使严砺违制擅赋，又籍没涂山甫等吏民八十八户、田宅一百一十一亩、奴婢二十七人、草千五百束、钱七千贯。时砺已死，七州刺史皆责罚"。（《旧唐书·元稹传》）弹劾严砺，东川节度使所辖七州刺史均受到处罚。应当说，元稹圆满完成了任务。

使命完成，元稹回京复命，"考霸"夜宿嘉陵江边驿站，怎能不吟诗！

"千里嘉陵江水声，何年重绕此江行。只应添得清宵梦，时见满江秋月明"。（《使东川·嘉陵江二首》其一）这首诗应是元稹"巡察"完东川，返回长安，在嘉陵驿小住时所写。流淌千里的嘉陵江，温婉可人。明日一别，不知何时才能投入你的怀抱。离开长安时，正值柳絮轻扬。返回帝都时，多愁善感的秋月映着脉脉含情的江水。良宵千金，怎能不勾起一场美梦呢！

唐时嘉陵水不曾停歇，一晃流到了南宋。於潜（今浙江杭州）人洪咨夔进士出身，入蜀后任成都府通判、龙州知州，如今奉诏回朝。龙州即今四川平武，平武近邻广元。斯时，北方早已沦为金朝之地，洪咨夔回临安，走的是嘉陵江水路。"老天也信还家好，淡日柔风送客归""不是归帆相料理，春光如许底能知""茅屋石田浑好在，白头何苦尚天涯"（《嘉陵江舟中三绝》），春天的嘉陵江，阳光和煦，惠风轻柔。归家之旅，上苍都送来祝福。风帆满张，心情大好的洪咨夔，细细地品味春光美景。他乡虽好，怎抵得上故乡的一爿茅房、一亩薄田！银丝满头、漂泊天涯的游子，归来吧！

春水荡漾的嘉陵江，见证了洪咨夔的归心似箭。

"乱石惊滩夜未休"的嘉陵江，迎来了明朝状元郎杨慎。

题嘉陵江

江上西风晚作颠，江头归思雨如烟。

山城鼓动人收市，沙滩潮平客上船。

灯影乱随樯影去，滩声相杂雨声喧。

傅岩物色人何在？千载中流忆济川。

升庵在诗中说，嘉陵江上风雨大作，赶集的百姓匆忙散市归家。"达则兼济天下"，升庵高中状元，可谓"达"。这里不说风雨中升庵思虑的是报效朝廷，因为那是封建时代读书人的理想。单说"作颠"的风。这风吹了几百年，一直吹到现在。如今的广元，这风大名鼎鼎，竟能分出公母。"呼——呜——"之声，乃"公风"；"曜儿——曜儿——"之声，乃"母风"。"公风"能将参天大树连根拔起，"母风"能将黄叶吹到九霄云外。状元用一个"颠"字，刻画出风的魂；老百姓用"公母"，描出风的形。江水悠悠，风儿不止。

江河之利，在舟楫。

清中叶，"罗江四李"享誉巴蜀大地。仕宦无常，李化楠在蜀道上往返。读《题广元舟中》一诗，我们知道，李化楠在江浙一带任职7年后返里。此次奔波，他先是乘船，继而骑马。能乘船，内心里由衷地高兴。无奈骑马，精神上痛苦万分。"岂知还复有今日，中流生啸忆清涟。但恨山奇水过急，轻舟有似离弦箭。"一路崇山峻岭相伴，不承想，刚进入蜀地，嘉陵横流，又可坐船了。遗憾的是山高水急，船如离弦之箭，峰峦叠聚的奇山还未来得及欣赏，突兀的怪石就一闪而过。"明朝日出催行路，策马仍上山之巅"。嘉陵南流，故乡却在西边。无奈，又只得弃舟乘马，攀登望脱帽儿的牛头山。

嘉陵奔腾，诗人临江而歌，千古风流。

四、人杰辈出

江在城边，城在江边，人类逐水而居。江水流过，人杰辈出。

冲破万重山的嘉陵江，在广元城江面忽然开阔。广元，唐时名利州。唐高祖武德八年冬天，武士彟做利州刺史（后为利州都督）。第二年春天，武士彟偕夫人杨氏畅游嘉陵江。忽然，游船旁一条乌龙跃出江面，受惊吓的杨夫人回至府中，感觉有身孕。周历正月二十三（夏历冬月二十三），一声啼哭，东山百鸟和鸣，武则天降生了。高人袁天罡看见褴褓中的武则天，惊奇地说，若是个女孩，将来就是天下的主人。果如袁天罡预言的那样，武则天改唐为周。

郭沫若游览皇泽寺时，曾题一联："政启开元治宏贞观，芳流剑阁光被利州。"上承贞观之治，下启开元盛世，郭沫若对武则天评价甚高。

武则天少时礼佛场所皇泽寺，嘉陵江从寺下脉脉远去。

春天的嘉陵江，流着喜悦；夏天的嘉陵江，流着激情；秋天的嘉陵江，流着梦想；冬天的嘉陵江，流着憧憬。

四季流个不停的嘉陵江，来到阆中。三国时，猛张飞在这里驻防。曹雪芹笔下，这里是"阆苑仙葩"。西汉时，这里出了个落下闳。

"有钱没钱，回家过年"。老百姓的口头禅，道尽华夏儿女的共同心声。春节，神州共庆。而春节的敲定者，就是落下闳。

落下闳自幼喜观天，后受汉武帝诏，至长安。他研制的历法，在与史圣司马迁等人的历法"比武"中脱颖而出，并于汉武帝太初年间颁行天下，史称《太初历》。落下闳将孟春定为岁首，将腊月定为岁尾，春节就此诞生。落下闳还首次将二十四节气植入历法，从此，天下苍生再不误农时。

落下闳不喜都市，辞别汉武帝回到家乡，在晨钟暮鼓中手持观天测管，遨游瀚海星空。而留在汉武帝身边的司马迁，却遭受屈辱的宫刑。由此可见，落下闳早就明白了伴君如伴虎的道理。远离权力，人生依然精彩。

安汉县边喝着嘉陵江水长大的陈寿，写出了万古流芳的《三国志》。

"遭父丧，有疾，使婢丸药，客往见之，乡党以为贬议"，因父丧遭遇"贬议"的陈寿，"及蜀平，坐是沉滞者累年"，蜀亡多年，陈寿仍得不到西晋王朝的录用。

"母遗言令葬洛阳，寿遵其志。又坐不以母归葬，竟被贬议"，陈寿按照母亲的遗愿，葬母于洛阳。哪知议论又起，声讨陈寿不让母亲叶落归根。人言真是可畏——"寿至此再致废辱"，陈寿遭到再次被免官的严惩。

因父丧、母丧，陈寿接连遭到打击。嘉陵江边长大的陈寿，面对挫折，并没有放弃撰写《三国志》。假如他轻言放弃，没有《三国志》，哪来罗贯中的《三国演义》。没有《三国演义》，中国人的茶余饭后就会少许多有趣的谈资。

如同嘉陵江，面对嶙峋怪石，总能冲破羁绊，奔向大海。陈寿深明此理，"非议"算什么东西，写出《三国志》，悠悠众口自然消停。

从峡谷中冲撞而出、在丘陵间潺潺而流的嘉陵江，江水流过，稼禾葳蕤，成片的油菜花以灿烂的微笑回敬她的滋润，灌浆的小麦用鼓囊着的肚腹致谢她的浸灌，金黄的谷穗用弯腰报答她的养育之恩。赋圣司马相如，也是嘉陵江养育的仔。一曲《凤求凰》，家中只有四面墙壁的他抱得美人归。一篇《上林赋》，俘虏了皇帝刘彻。搞定了皇帝，司马相如就有官做。然则当官有风险，出使西南夷后，司马相如遭弹劾。丢官的司马相如，与卓文君回到安汉县两河塘（今蓬安县利溪镇两河塘），盖茅房，筑琴台，过起了日出而作日落而息的小日子。偶有闲暇，司马相如抚琴，卓文君唱和。夫唱妇随，让十里八乡的乡亲羡慕不已。如同嘉陵江，不与天争高，不与地争广，随意流淌，前方就是汪洋。

嘉陵江与长江交汇处的恭州，给赵惇送了一个大礼。1189年，赵惇先封恭王，继而即帝位，宋光宗认为自己一年有两喜，遂升恭州为重庆府，以示自己红运当头。

一个个如雷贯耳的大名，都已成历史。新的人杰，又将驰骋新的时代。如同不知疲倦的嘉陵江，一路欢歌，不曾停歇。

五、英雄用武

司马错的高瞻远瞩，王全斌的胆略过人，王坚、张珏的忠贞不渝，嘉陵江默默地注视着改变历史走向的一场又一场战争。

嘉陵江目睹最早的一场争战，是在舌辩中进行的。

蜀苴本兄弟却因巴反目。挨揍的小弟，向秦求救。是攻韩还是灭蜀，秦廷控辩双方各执一词，《战国策·秦策·司马错论伐蜀》记下了秦相张仪与司马错对天下大势的判断——

张仪认为："今夫蜀，西辟之国也，而戎狄之长也，敝兵劳众不足以成名，得其地不足以为利。"翻译成白话文就是，蜀国地处偏僻的西方，戎狄的首领而已，劳师远征成就不了威名，得到他的土地也无利可言。在秦相眼中，蜀国一文不值。

而司马错却认为："夫蜀，西僻之国也，而戎狄之长也，而有桀纣之乱。

以秦攻之，譬如使豺狼逐群羊也。取其地足以广国也，得其财足以富民，缮兵不伤众，而彼已服矣。故拔一国，而天下不以为暴；利尽西海，诸侯不以为贪。是我一举而名实两附，而又有禁暴止乱之名。"这段话的核心是，攻蜀得到土地可以使秦国疆域广大，得到财富可以使秦国民富国强。

结果如何呢？听了双方的韬略，秦惠文王"卒起兵伐蜀"。

执行力超强的秦惠文王，当即派张仪、司马错、都尉墨领兵沿石牛道伐蜀。秦军行至葭萌城嘉陵江北岸，面对滔滔江水，是如何涉江而过的呢？常璩著的《华阳国志·蜀志》做了回答："司马错率巴、蜀众十万，大舶船万艘，米六百万斛，浮江伐楚，取商于之地为黔中郡。"秦灭蜀发生的时间是公元前316年，秦取楚商于之地是公元前308年，二者只相距8年。由此可知，浩浩荡荡的秦军，在嘉陵江上，百舸争流，万马齐鸣，虎贲呐喊，一举击败对岸蜀王的军队，登陆成功！

攻占蜀国的秦国，诚如司马错所预言的那样，国力更加强盛。"轻诸侯"，秦国愈发瞧不起山东六国了。

发生在2300多年前的登陆战，嘉陵江见证了秦军的威武，当然也目睹了蜀国的不堪一击。

战争的胜败，关键在人。宋灭后蜀，嘉陵江再次见证了这亘古不变的道理。

先比较孟昶和赵匡胤。

五代十国之际，你争我伐，皇帝如演戏——你方唱罢我登台。大争之世，孟昶和赵匡胤在忙啥？从他们二人的诗词作品中可见端倪。

孟昶曾为宠妃花蕊夫人写了首《玉楼春·避暑摩诃池上作》，词中形容美妃"冰肌玉骨清无汗，水殿风来暗香暖"。昶之追香逐蝶，由此可见一斑。而中原的赵匡胤，口占一首《咏初日》："太阳初出光赫赫，千山万山如火发。一轮顷刻上天衢，逐退群星与残月。"谁会成王？谁会成寇？一读便知。

再比较王昭远和王全斌。

王昭远幼时服侍一头陀，后进入宫中，靠察言观色投主子所好，爬至西南行营都统高位。读了几册兵书，常以诸葛自比。

《宋史·王全斌传》开篇："其父事庄宗，为岢岚军使，私畜勇士百余人，庄宗疑其有异志。召之，惧不敢行。全斌时年十二，谓其父曰：'此盖疑大人有他图，愿以全斌为质，必得释。'父从其计，果获全，因以全斌隶帐下。"

王全斌的父亲因私养勇士，招致庄宗猜忌，不敢进京。年仅12岁的王全斌一眼就看穿庄宗心思，疑其父有野心，且自告奋勇，愿到京城做人质。自古英雄出少年，一场危机被王全斌轻易化解。

赵匡胤发动灭蜀之战。后蜀军队与王全斌部一接战，从未涉足兵事的王昭远就遭当头棒喝。三泉战败，大漫天寨失利，30万斛军粮拱手让给了宋军。情急之下，王昭远焚桔柏津浮梁。王全斌追至葭萌，在江上架桥。蜀军见状，溃营而逃。

天险嘉陵江，阻挡不了宋军的如虹气势。仅用66天，王全斌就灭掉了孟昶的后蜀王朝。

要说嘉陵江边古战场，至今遗迹尚陈，恐怕没有超过钓鱼城的了。

钓鱼城王张二忠臣祠

杨 慎

钓鱼城下江水清，荒烟古垒气犹生。

睢阳百战有健将，墨翟九守无降兵。

犀舟曾挥白羽扇，雄剑几断缦胡缨。

西湖日夜尚歌舞，只待崖山航海行。

这首七律是状元杨升庵流放期间过钓鱼城所作。诗的首联从眼前景落笔，颔联、颈联连用四个典故赞扬守城将士。尾联笔锋一转，抨击偏安一隅的南宋小朝廷。"千载中流忆济川"，状元欲为朝廷中流砥柱的美梦，也随江水无情地漂远了。

钓鱼城，巴蜀军民抵抗蒙古军队的精神高地，有三个关键时间节点——淳祐三年、开庆元年、祥兴二年。

宋理宗淳祐三年（1243年），四川制置使兼知重庆府余玠在钓鱼山筑钓鱼城，世上始有钓鱼城之名；宋理宗开庆元年（1259年），蒙哥汗亲率大军围攻钓鱼城，南宋守将王坚、张珏拼死抵抗，击毙蒙哥汗；帝昺祥兴二年（1279年），钓鱼城守将王立以不屠城为条件降元。不久，陆秀夫身背8岁的帝昺跳入大海。至此，长达36年的钓鱼城保卫战宣告结束。

舀起嘉陵一瓢水，它会蒸发得无影无踪。抱团而流的嘉陵江，终将冲入大海。钓鱼城军民拧成一股绳，同仇敌忾，弹丸之地就固若金汤。

六、江上号子

有江必有桥，有桥必有便利。

杜甫从同谷起程，向成都跋涉。一路风尘，行至嘉陵江桔柏渡口，见蜀人以竹为桥以通往来，诗人有了诗意："青冥寒江渡，架竹为长桥。"（《桔柏渡》）文献中能找到嘉陵江上最早的桥，便是诗圣笔下的这座桥了。

岁月不居，时节如流。大滩嘉陵江大桥、飞仙关嘉陵江大桥、皇泽大桥、嘉陵江四号桥……可以肯定的是，一桥飞架，天堑变通途。

如今的嘉陵江不仅有桥，且桥的样式美观大方。摆宴坝嘉陵江大桥，是一座独塔斜拉桥。修建者自豪地说，竣工之时，就是它成为网红打卡地之时。

有江就有船，有船必有船工号子。这号子不论沉郁还是悠扬，都是对生活的礼赞。

"江上渝歌几处闻，孤舟日暮雨纷纷。歌声渐过乌奴去，九十九峰多白云"（《广元舟中闻棹歌》），从诗中不难看出，"神韵"鼻祖王士禛乘船过广元，心情蛮不错。

王士禛一生两次入蜀，都过广元，都在朝天峡乘舟而下。第一次入蜀，典四川乡试（当时省治已由阆中移治成都），广元甚至整个四川"荒残凋瘵之状，不忍睹"。第二次入蜀，奉命祭告西岳西镇江渎。

"舟航日上下，车马不少闲"，北宋鲜于侁在利州做转运副使时，嘉陵江已是樯橹繁忙，集市兴盛。薄暮时分，王士禛于雨中听闻号子声。这礼赞劳动的歌声，韵味悠长，飘过乌奴山，甚至和天台山（今改名天曌山）上的白云相融了。

一首流传了不知多少年的儿歌这样唱道："呵啰啰船，上广元。广元吃的啥子饭？米糁饭。待客尽是鸡蛋面，挣钱要数广元县。"一条江养育了多少勤劳的人儿。

　　谁承想，帆影点点的嘉陵江，却因水量骤减而失去渔舟唱晚的动人图景。

　　关键之时，国家实施嘉陵江渠化工程，广元港也随之兴建。如今，嘉陵江中，千吨级船队从广元可直达重庆！

　　繁荣的母亲河，归来。

一蓑烟雨任平生

✿

少小便喜欢散步。现在回想起来，与我迷恋东坡先生有关。每当人生有些不如意，我便吟诵一代文豪的词《定风波》：

> 莫听穿林打叶声，何妨吟啸且徐行。竹杖芒鞋轻胜马，谁怕？一蓑烟雨任平生。
>
> 料峭春风吹酒醒，微冷，山头斜照却相迎。回首向来萧瑟处，归去，也无风雨也无晴。

东坡这首词，千百年来，不知给多少人疗过伤。读着这阕词，我也由青年步入中年。不管是风雨中的疾步而行，还是月光下的轻盈漫步，都是率性而为。直到前年，我正式参加利州区组织的"万步有约"竞赛，我的"散慢"习惯变成了规律的健走。比赛的时间毕竟是短暂的，在比赛结束后，我并没有停止锻炼。自己是健康的第一责任人嘛。

其实，广元（利州区是广元市政府驻地区）非常重视市民的休闲健康需求，先后建成了南河、嘉陵江两岸城市步游道，湿地公园、南山便民道……这些步游道加起来有78公里长。

由于我家住东坝片区和个人喜好，我健走选择的线路是嘉陵江东侧（4公里）、南河滨河北路（9公里）、湿地公园及南山步游道（7公里）。当然，一次健走不可能把这些路线走遍，只能选择性"出游"。

这里，我不得不夸一下线路上的诗情美景。嘉陵江东侧，紧邻老城。河岸打造了蜀道诗词长廊，唐玄宗、杜甫、岑参、元稹、李商隐、陆游、杨升庵……历代文人，跋涉蜀道，吟哦蜀道。他们留下的诗文，如今镌刻在河岸碑石上。健走至此，小憩片刻。"千里嘉陵江水声，何年重绕此江行。只应添得清宵梦，时见满江秋月明"（唐·元稹《嘉陵江》）。读着这些诗句，欣赏着从身旁款款流过的嘉陵江，顿觉人生充满诗意。

嘉陵江河岸有诗词，河坝遍植芦苇。夏天，芦苇茁壮成长。秋天，芦花白茫茫一片。秋雨轻扬，苇花轻拂。仿佛时光倒流，健走在《诗经》的意境里："蒹葭苍苍，白露为霜。所谓伊人，在水一方。"

广元这座亦南亦北的城市，民间有句谚语："广元的风，昭化的葱。"是说广元的风特别大，吹得人受不了。锻炼身体要达到效果，就不能三天打鱼两天晒网，就得风雨无阻。我特别喜欢在风中登南山。我登南山选择的路线是从老鹰嘴大桥上山，在半山腰堰塘处向东拐，在观景平台处下山。由观景平台下行，松树遮天蔽日。小道逶迤在林中，大风一吼，松树跟着舞蹈，松涛盈耳。苏轼雨中"何妨吟啸且徐行"，我则是"风中健走赏天籁"。

健走3年来，要说最大的收获，不仅筋骨强健了，还养成了欣赏人生美景的好心态。

栽藿香

春光四月，正是万物生发的好时节。

阳台上的花盆，没有花，密密匝匝挤满了胖乎乎的藿香，煞是可爱。

花盆本该栽花，咋被藿香霸占了呢？

从花店买回蔷薇、水仙、茶花，看着精神十足的花儿，我们煞是高兴。今天松松土，明天浇浇水，后天施施肥，像抚育小孩般照料花儿。但花儿似乎不领情，过不了多久，它们便耷拉着脑袋，甚至叶儿也蔫了……虽经全力抢救，最后，只剩空盆了。

喜爱花儿的我们，并不气馁，又从花店买回易成活的吊兰、芍药、桂花，并问花匠务花的经验。按照花匠的吩咐，我们买回莳弄花儿的专用肥料，严格按说明书的要求施肥，不敢越雷池半步。担心炙热的阳光把娇弱的花儿身子骨烤坏，中午时分，我们又把花盆从阳台移至阴凉的室内。下班回家，做的第一件事，便是直奔阳台，看看花儿有无异样。盼望着，盼望着，花儿能强壮筋骨，继而花满阳台。大约3个月后，本来精气神旺盛的花儿，齐刷刷垂下，又蔫了。

花店的家花儿娇气不好养，便从山林移栽野生的花儿。数年间，我们先后栽过菊花、百合、栀子，这些花儿有的活了3年，有的当年便小命不保。唉，难道我们与花儿无缘？

但花盆总不能空着。

一日，妻回煤矿，临回城时，特回我们曾经居住了10年之久的长条形四合小院瞧瞧。熟人立刻围上来，家长里短问讯不断。离开时，宋妈从她门前用砖砌成的一小块土里挖出一窝藿香，让妻带回城里。藿香的叶儿，熬鱼汤特香。妻难违宋妈的好意，顺便将藿香栽到闲置许久的花盆里。

正应了宋妈的话，藿香在春天里肆意地生长，心形叶片覆盖了花盆。夏天里叶儿黄了，但结了许多籽。秋天里，藿香秆枯了。冬天里，花盆里的藿香，秆儿似乎朽了。但来年的春天，几场春风春雨后，藿香马上冒出嫩嫩的芽口。落在花盆的籽儿，也萌发新的生命，探出无数的小脑袋。花盆里，生机勃勃春意盎然。

我们偶尔给藿香浇点水，它便在花盆里疯长。今年，藿香特别茂盛。看着花盆里拥挤的藿香苗，我萌发了把它们移栽到邻居楼顶花园的想法。在邻居爽快的答应声中，黄昏时，我便用锄头挖开板结的泥土。翻土，并将大土块捶细。那新鲜泥土的气息，便弥漫在空气中。整理好土壤后，挖窝。风风火火跑到阳台，用小铁铲在花盆里撬下一株长得壮实的藿香苗。随后，手护根须沾满泥土的幼苗，小心翼翼将它放进刚挖好的泥窝中。我左手将藿香苗扶端正，右手用小铁铲垒土。垒好土后，我直起身子，仔细端详幼苗。看着栽得端端正正的藿香苗，方满意地点点头。劳动并未结束，我舀了两瓢水，淋在幼苗周围。至此，移栽活动结束。

第二天早晨，起床便直奔楼顶，我要看看藿香苗成活得咋样。夜晚天气凉，晨光熹微中的幼苗，与生活在花盆时一样，叶儿鲜活。下午下班后，来不及回家，径直跑到楼顶，看到藿香苗没有萎，方才放心地开门回家。

第三天，尚未起床，明晃晃的光线透过窗帘，就知道阳光猛烈。藿香苗周围泥土湿润，故未浇水。太阳炙烤着大地，顶楼气温当然高。待我下班后再见到幼苗时，它似乎已奄奄一息。

接下来几天里，有时天空低沉，有时阳光明媚，一有空闲，我便反复观察。藿香苗既没容光焕发也没蔫头蔫脑，一副无所谓的样子。

一周过后，藿香苗的状态依然如此，能否成活，我心中也没有把握。难道是旁边一株开着紫色花朵的三角梅，它的蔓柯阻碍了藿香的生长发育？我拿来修枝剪，裁去三角梅的枝杈，腾出空间，以便幼苗有良好的成长空间。但是，幼苗依旧没有起色，仿佛时间让它停顿了生命。

难道是一株幼苗太过孤独，需要给它找个伴？我把想法告诉妻，妻开心地笑了，说我电视剧看多了。

说干就干。在已栽幼苗旁，挖土、捣土、挖窝、放苗、培土、浇水，由于移栽过一次藿香苗，再次移栽时，就轻车熟路轻松多了。

依然是时时关注幼苗的长势。

我之所以喜欢藿香，源自故乡情结。小时候家里穷，可我嘴又馋，天天嚷着要吃肉，可父母哪有钱给我们买肉吃呢！好在从家门前流过的安昌江鱼多。收工后的父亲，拿上钓竿，一袋烟的工夫，便可钓上六七条巴掌大的鲫鱼。灶膛里是熊熊燃烧的柴火，倒上一点清油，母亲把鲫鱼倒进大铁锅里，几翻几煎，再洒点盐，一阵炸响后，掺水。起锅前，丢一把刚从洗衣台边摘回来的藿香叶。大约10分钟，一钵清香四溢的鲫鱼汤便摆在桌子上，我们姊妹蜂拥而上，大快朵颐地分享美味。

第二次移栽，先是下了几天小雨，接着又下中雨。春天里下雨，当然伴随着刮风。偶尔天放晴，我就上楼察看藿香苗成活状态。嫩嫩的叶片，有的沾了泥土，有的缺了一角，难道有虫偷吃？我欣喜地发现，两株幼苗都冒了芽口，它们要长新叶了。

天不再下雨，放晴了。两株藿香苗犹如相互鼓励，挺直了腰杆，长得蛮有精神，只是叶片儿有些泛黄，如人缺少营养似的。我隔三岔五给它们浇一次水，有了伴儿的两株藿香苗，在第四周的第三天，如同阳台上花盆里它们的同伴，长得绿油油的呢。我反剪着手，踱着步，长久地注视着藿香幼苗，心里甜蜜蜜的。

两窝藿香茎秆笔直，肥硕碧绿的叶片向四周扩展，仿佛在向周围其他植物宣示领地。看着苗壮成长的幼苗，我就会情不自禁地想起童年的藿香鲫鱼汤。是啊，我栽下的不仅是藿香幼苗，还有我们对美好生活的向往。

三国烽烟罩广元

皇权旁落，诸侯纷起。群雄逐鹿的汉末，广元裹入历史的前台。究其因，前有刘焉、刘璋父子霸蜀，继而刘备、诸葛亮用武，后有邓艾、钟会拉开三国一统的序幕。广元这方热土，助豪杰翱翔。

一

天下风起云涌豪杰并出之际，一定是人心分崩离析之时。

刘焉是咋个入益州的？《三国志·蜀书·刘二牧传》云："议未即行，侍中广汉董扶私谓焉曰：'京师将乱，益州分野有天子气。'焉闻扶言，意更在益州。"陈寿表面写董扶进言，其实暗藏玄机。首先，人心已乱。东汉末年，刘焉见朝廷暮气沉沉，欲避乱而求交趾牧以自保。朝中侍中这样的重臣，妄言可致灭族的"王气"。可见天下未乱而人心惶惶矣。其次，迷信谶语。听董扶"益州分野有天子气"一席话，刘焉大脑膨胀，以为天命将应在自己身上。最后，皇帝昏庸。任命州牧这样的封疆大吏，须慎之又慎，有德有能之人方可为之。而才俱平平且有不臣之心的刘焉，竟能心遂所愿，足见皇帝有眼无珠。

那么，如愿以偿的刘焉把益州料理得如何呢？"父子在州二十余年，无恩德以加百姓"，用刘璋自己的话说，两爷子浑浑噩噩在州混吃混喝二十多年，没给老百姓做啥好事。

纷扰的天下，碌碌无为之辈难踞之。听闻枭雄曹阿瞒将伐张鲁，刘璋彻夜难眠。照理说，世仇张鲁被撸串，刘璋应当高兴才是，咋急得如热锅上的蚂蚁团团转呢？糊涂如刘璋也知道，曹操撸完了汉中，下一个被修理的对象就轮到益州了，唇亡齿寒怎能不寒！大争之世，主上无能，臣下当然要良禽择木而栖。张松、法正借机向刘璋献策，请同宗刘备入蜀，先伐张鲁而屏障益州。这哪里是计谋，分明是为自己谋后路。刘璋不辨真伪，把肥头伸进臣下设计的绳套之中。

正因为刘璋愚蠢，当时称作葭萌、白水关，也就是今天的昭化古城、青川县沙州镇，登上三国历史的舞台。

"先主留诸葛亮、关羽等据荆州，将步卒数万人入益州。至涪，璋自出迎，相见甚欢。……璋增先主兵，使击张鲁，又令督白水军。……先主北到葭萌，未即讨鲁，厚树恩德，以收众心"，刘备在安顿好大本营后，打着帮宗兄讨张鲁的旗号，领兵入益州。刘备入蜀后，广施仁惠，以买人心。

"明年……先主大怒，召璋白水军督杨怀，责以无礼，斩之。……先主径至关中，质诸将并士卒妻子"，刘备撕下仁义的面具，先诱杀白水军都督，继而抓捕关内将领及他们的老婆娃儿当作人质，然后勒兵西向，向成都发起进攻。"'百姓攻战三年，肌膏草野者，以璋故也，何以能安。'遂开城出降"，白马关庞统殒命后，刘备调集诸葛亮、张飞等文臣武将，鏖战3年，终于迫使刘璋弃戈投降。

葭萌、白水见证了刘皇叔的假仁义真刀枪。鼓角争鸣的三国，没有实力，谈什么兄弟情谊。

"孙权杀关羽，取荆州，以璋为益州牧，驻秭归"，后来，孙、刘联盟破裂，关羽败走麦城，为孙权部下所擒。为抗衡西川刘备，孙权封被刘备逐至公安的刘璋为益州牧。这是一个空衔，因为益州在刘备手里。沦为棋子，被呼来唤去，刘璋的遭际令人唏嘘！

刘备攻占西川后，并未停下扩张的脚步，又剑指东川。定军山一仗，老黄忠力斩夏侯渊，汉中入刘备毂中，已是指日可待了。曹操进不能败刘备，退又不甘心，只得困守。长久相持，消耗又巨大，无可奈何花落去，阿瞒只得退出东川。

完胜的刘备，拥有富甲天下的两川之地。漂泊半生的刘备，终于拥有自己的立锥之地。当然，诸葛亮在隆中的战略构想——三分天下也由理论演变为现实。

二

昭化古城西门外有战胜坝，传说是张飞挑灯夜战马超之地。

罗贯中在《三国演义》第六十五回《马超大战葭萌关　刘备自领益州牧》中写道，马超、张飞在葭萌关下，白天大战二百余合，未分胜负。二人战得兴起，定要分出高下，于是点起千百火把，夜色下又战二十余回。由于《三国演义》传播甚广，读者以为葭萌关下果真发生了马、张争霸战。其实，陈寿著述的《三国志》根本没记载这一事件，可见黑张飞夜战锦马超纯属罗贯中小说家之言。

但三国时期，葭萌关下确实发生了一次攻防战，只是主人公既不是马孟起，也不是张翼德，而是霍峻。《三国志·蜀书·霍王向张杨费传》云："先主自葭萌南还袭刘璋，留峻守葭萌城。张鲁遣将杨帛诱峻，求共守城，峻曰：'小人头可得，城不可得。'帛乃退去。后璋将扶禁、向存等帅万余人由阆水上，攻围攻峻，且一年，不能下。峻城中兵才数百人，伺其怠隙，选精锐出击，大破之，即斩存首。"这段话包含的信息量巨大。第一，霍峻忠于刘备。张鲁帐下杨帛攻葭萌，霍峻斩钉截铁地说，头可断，但城不可得。第二，霍峻有谋。刘备攻取成都，带走精锐之师，只留老弱病残数百人守城，而扶禁、向存有万余人，双方力量悬殊。霍峻坚守，待其疲惫，突然出击，大败来犯之敌，且斩敌将向存。第三，刘璋不糊涂。刘备南进，后方必然空虚，若拿回葭萌，对刘备形成南北夹击之势，成败未可预料。遗憾的是，扶禁在拥有绝对优势兵力的前提下，却丢盔弃甲，大败而归。刘璋的战略意图付之东流，成都也就危在旦夕了。第四，刘备慧眼识人。留谁固守葭萌关，刘玄德肯定经过深思熟虑，把他麾下的文臣武将仔细地筛一遍，最后留下霍峻。霍峻果不负刘备所托，圆满完成坚守葭萌重任。第五，刘备深得葭萌人心。扶禁、向存围攻葭萌达1年之久，而城中兵士、百姓未断炊，粮从何来？一方面城中有积粮，另一方面也得到城外百姓援助。刘备入葭萌，即"厚树恩德"。相反，刘璋父子在州20年，却无恩于百姓。胜负的天平倾向何方，不言自明。第六，三国拼的是人才。诸侯并起，此消彼长，靠的是实力，而人才，是实力中的实力。刘备因卧龙凤雏而占据益州，刘璋无人而让出成都。三国鼎立如此，三国归晋也如此。司马氏靠贾充、邓艾、钟会、杜预、王濬而兴，刘禅、孙皓因人才匮乏而亡。

葭萌烽烟，仲邈以少胜多，战胜坝的美名，应送给霍峻。

三

朝天区筹笔驿，武侯秉笔疾书《后出师表》之地，早已湮灭在历史的尘埃中。

拥有两川之地的刘备，对孙权夺取荆州、戕害关羽恨意难消，执意兴兵伐吴。然则猇亭惨败，称帝两年后薨逝。刘备归天前，将懦弱的刘禅及蜀国军政事务一并托付给了他从隆中请来的军师诸葛亮。

诸葛亮在平定南中叛乱后，上《出师表》，开始了"鞠躬尽瘁，死而后已"的践诺之举——北伐中原。然则初次出师，马谡丢失街亭，损兵折将。面对同僚的议论纷纭，第二次北伐前，诸葛亮又上一表，阐述北伐势在必行。"夫难平者，事也。昔先帝败军于楚，当此时，曹操拊手，谓天下已定。然后先帝东连吴越，西取巴蜀，举兵北征，夏侯授首。此操之失计，而汉事将成也。然后吴更违盟，关羽毁败，秭归蹉跌，曹丕称帝。凡事如是，难可逆见。"诸葛亮撰写《后出师表》之地，中唐始设驿，后人为纪念他，称之为筹笔驿。

自唐人陆畅吟《筹笔店江亭》诗，题咏筹笔驿后，唐代的李商隐、罗隐，宋代的张方平、文同，明代的杨慎、傅振商，清代的王士祯、李调元、张问陶等诗人，途经蜀道，都写诗或慨叹时运不济、或谩骂后主昏庸无道、或赞誉诸葛高风亮节。笔者读到的歌咏筹笔驿的古诗有24首，其中不乏经典语句。如李商隐"他年锦里经祠庙，梁父吟成恨有余"，如罗隐"时来天地皆同力，运去英雄不自由"。

那么，历史上大名鼎鼎、如今声名不显的筹笔驿踞于哪里？南宋祝穆

《方舆胜览》云："筹笔驿在绵谷县北九十九里，蜀诸葛武侯出师，尝驻军于此。"笔者的第一本散文集《皇帝这个活儿不好干》收录《缥缈孤鸿影》一文，详述筹笔驿当在今朝天区朝天镇军师村——此地进可攻退可守，此不赘言。

三国烽烟虽散，但诸葛匡扶汉室之志长存筹笔驿，江水带不走，山风拂不去。

四

刘备赶走刘璋后，将葭萌改为汉寿，期冀自己建立的汉室社稷绵祚不衰。

历史再次在汉寿这块土地上留下浓墨重彩的一笔，缘自费祎。

诸葛亮病逝五丈原后，蒋琬执掌蜀汉大权，蒋琬之后，费祎接过诸葛亮的衣钵，匡扶汉室。但是，蒋琬和费祎均无诸葛亮的才具和威望，特别是刘禅当政后期，朝廷小人当道，忠贞耿直之士受排挤。

"后十四年夏，还成都，成都望气者云都邑无宰相位，故冬复北屯汉寿"。费祎从抗魏前线回到成都，履行丞相职能，一帮小人在刘禅面前撺掇，最终，费祎的宰相府设在离成都几百里外的汉寿。对朝廷之事，费祎只能"遥控"了，而不能在刘禅的朝堂上当面决断。

"十六年岁首大会，魏降人郭循在坐。祎欢饮沉醉，为循手刃所害，谥曰敬侯"。费祎带着不甘与无奈，在汉寿开府。1年之后，被魏国降人郭循刺杀身亡。

延熙十六年，即253年，蜀汉亡于炎兴元年，即263年。也就是说，费祎死后短短10年，蜀汉政权就走到了尽头。

手握蜀汉宰相权柄的诸葛亮、蒋琬、费祎，他们的身后事有点奇葩。诸葛亮葬定军山，蒋琬埋涪城，费祎眠汉寿，这三个人位高权重一言九鼎，但死后均未回葬成都，而是"就地掩埋"，其中有何秘密？

岁月不居，古城西门外的费祎墓，不仅荒冢一堆，还被盗掘。当年鏖战急，换来多年后一块"三国重镇"的石碑。夕阳脉脉，江水悠悠，聆听一代相爷的满腹心事。

五

剑门天下雄，这一桂冠可不是浮名。《寰宇记》云："诸葛亮相蜀，凿石架空为飞梁阁道，以通行旅，于此立剑门关。"由此可知，此关为诸葛亮所开，距今1800余年了。

诸葛亮生活的汉末，"白骨露于野，千里无鸡鸣"，生民凋敝。诸葛亮奋战的三国，"烈士暮年，壮心不已"，英雄用武。诸葛亮打拼的蜀汉，"徒令上将挥神笔，终见降王走传车"，最终灭于邓艾之手。

高平陵事变后，曹魏大权落入司马氏之手。一朝有权，便可一展平生之志。一朝有权，便可打击竞争者。一朝有权，便可妄为。所以，谁愿丢掉权力这块肥肉呢！"翼、厥甫至汉寿，维、化亦舍阴平而退，适与翼、厥合，皆退保剑阁以拒会"，司马昭攥住权力后，便派邓艾、钟会、诸葛绪三路大军伐蜀。刘备苦心经营的两川之地，传至儿子刘禅手中，迎来狂风暴雨。诸葛亮第一次北伐收降的姜维，能让千疮百孔的蜀汉破船，平稳渡过波涛翻滚的大海，躲进港湾以避风浪吗？

姜维凭借剑门关"穷地之险，极路之峻"的有利地形，让钟会劲旅望关兴叹。

"公侯以文武之德，怀迈世之略，功济巴、汉，声畅华夏，远近莫不归名。每惟畴昔，尝同大化，吴札、郑乔，能喻斯好"，钟会见强攻不奏效，便来软的——劝降。姜维不予理睬，与众将士悉心守关，令钟会插翅难逾剑门关。谁知邓艾以奇兵冲击蜀汉心脏，刘禅下令姜维弃戈卸甲。剑门关见证蜀汉政权如一位年迈的老者，经不起风霜的摧折，倒下了。

姜维等众将士横眉怒眼，拔刀砍击剑门关山石，但蜀汉王朝一去不返了。

刘禅北上洛阳，朝见司马昭。行至翠云廊，天降大雨，后主便钻入柏树洞中避雨，后人称此树为阿斗柏。乡人恨之，以火烧之。人之无能，连累树木，可叹至极。

如今，剑门关关口姜维列营守险的姜维城遗址，默默地注视着后人为纪念他而修建的姜维祠、姜维墓……

六

带火阴平道、摩天岭之人，就是与钟会齐名的邓艾。

"冬十月，艾自阴平道行无人之地七百余里，凿山通道，造作桥阁。山高谷深，至为艰险，又粮运将匮，频于危殆。艾以毡自裹，推转而下。将士皆攀木缘崖，鱼贯而进。"《三国志·魏书·王毌丘诸葛邓钟传》这段文字不知被引用了多少次，而且还将被引用下去。"高频次"被引用的背后，源自两点：用兵以奇胜，主帅要身先士卒。

邓艾穿越七百余里无人之地后，突然出现在江油关，吓得守将马邈不战而降。

行文至此，有必要写写蜀汉政权奠基者后代在国亡之际的表现。众所周知，刘备是在关羽、张飞、赵云、诸葛亮等一帮文臣武将鼎力协助下，方登上九五至尊宝座的。蜀汉生死存亡关头，他们的后人表现如何？

先说"官二代"。

赵广是赵云的二儿子，任牙门将，随姜维驻沓中。姜维兵败，为掩护主力撤退，临阵战死。

傅佥是傅彤的儿子，官至关中都督。钟会伐蜀，进逼阳安关，傅佥战至力竭而亡。

诸葛瞻是诸葛亮的独子，后主的女婿，平尚书事，奉老丈人刘禅之命首次督军出战。瞻涪城兵败后退守绵竹，绵竹之战中，战死沙场。

黄崇是黄权之子，官至尚书郎。邓艾越摩天岭后，黄崇随诸葛瞻迎战魏军。绵竹之战中，血染疆场。

再说"官三代"。

诸葛尚是诸葛瞻之子，即诸葛亮之孙，事关蜀国存亡的绵竹之战，随父出征，马革裹尸。

张遵是张苞的儿子，即张飞的孙子，官至尚书。绵竹之战中，继承其爷爷张飞的血性，为国捐躯。

赵广、傅佥、诸葛瞻、黄崇，诸葛尚、张遵继承先辈秉性，誓死效忠蜀汉，无一人成为软骨头，忠勇可嘉。但生死存亡之秋，仅死社稷是不够的，更重要的是保住社稷。他们完败于钟会、邓艾之手，发人深省。躺在先辈的功劳簿上，根本不能健康成长。只有在实践中磨炼，增强斗争本领，大风大浪突袭时方能立于不败之地，古今至理。

邓艾偷越阴平道，让皇家苗裔奔波半生才建立的基业二世而斩，可谓立盖世奇功。陇蜀交界的青川县青溪镇摩天岭，青山依旧，只是多了几声叹息。

一部三国誉华夏 YIBU SANGUO YU HUAXIA ▶▶▶

剑门细语

·剑门细语之细语呢喃·

✿ 人的肉体会老朽，但思想却永远年轻。

✿ 那满树的桃花，没有一片叶，灿若烟霞，你用怒放嘲笑寒风的肆虐。

✿ 世间所谓的惊喜，产生于意料之内和意料之外的巨大落差。

✿ 世界上根本不存在悲剧。如果说有，那也一定是人祸！

✿ 顺境逆旅均要时时读书，荣华困顿不忘天天强身。拟将此联作为刘氏家训，世代传承。

✿ 有脚没有翅膀，可以奔跑。有翅膀没有脚，无法飞翔。这说明，梦想必须扎根于脚下的土壤，方能成为现实。

✿ 独坐亭下，手捧古文，读韩愈《后十九日复上宰相书》《后廿九日复上宰相书》《与于襄阳书》《与陈给事书》《应科目时与人书》五篇文章。大材如韩愈者，为求仕进，投书于当权者，奔走其门庭，那无望的眼神，那焦灼的心态，即使事情已过千年，今日读之，仍唏嘘不已。

✿ 同样是风，春天的风将赤裸裸的枯柳吹出新叶来，而秋天的风将肥硕的绿叶吹成瘦黄；同样是雨，夏天的雨让万物疯长，而冬天的雨凝固植物的枝节让其僵死。这就是神奇的大自然！

✿ 一朵朵、一簇簇，金色的菊花在清晨的寒风中盛开，或许蜜蜂还没睡醒，耀眼的黄色中，没有它的身影。中午，阳光露出笑脸，一缕缕暖意流泻在花蕊上。此刻，蜜蜂在花丛间飞来飞去，自由自在；或在花瓣上啜汲，享受甜蜜。有了温暖，蜜蜂不请自来。人又何尝不是如此！

✿ 古今欲成大事者，不仅有才，且必忍一时之怒，必待时而出，必胸怀宽广，方能驰骋中原，成不朽之业。

✿ 能忍常人之不忍，方建非常之功。扶苏、蒙恬见诏，不辨真假，不待事明，遽然就戮，不但身死，而且国灭，不也悲夫。韩信忍胯下之辱，始登坛拜将，后世为傲，不也雄夫。

✱能耐常人不守之孤苦，待时而出立非常之业。诸葛卧于隆中，不远奔袁绍，不近投刘表，而待刘备三顾，何也？时未到也。时未到，嚼菜根，守心如玉。时机一到，三分天下，为蜀汉丞相，名垂千古。

✱不容物，无以成其大。秦纳商鞅、张仪、范雎、李斯之言，数代接力，方灭六国。刘邦用萧何、张良、陈平、韩信，而项羽不容一范增，汉兴楚亡可知矣。

✱人们都愿是长江之水，无拘无束地奔腾；人们都愿是山间之草，自由自在地生长；人们都愿是林间之虎，无羁无绊地觅食。而不愿做温室里的花、池塘中的鱼、篾笼中的鸟，条件虽好，却失去了天性！

※

1. 2018年2月17日

春风又绿利州。戌狗送瑞，人心欢腾。一年又一年，就在春风来了又走、走了又来的轮回里，孩子们渐渐长大了。变了的是年龄，不变的是向幸福出发的初心！

2. 2018年6月10日

一腔热情寄笔底，波澜散作满天星。

以滔滔江水为墨，以苍苍古柏作笔，为新时代的广元而放歌。

三十而立，风华正茂，正当撸袖。

在日新月异的新时代，不负芳华，再出发！

我亲爱的《广元日报》，今天，你30岁了。

3. 2018年7月22日

茉莉的幽香，睡莲的娇羞，清荷的莹洁，工地的炙烤……这些，都是我所喜欢的。

而太白之任侠，则是国人所私爱。只是，他离我等渐行渐远了。

东坡、女皇、太白、子云、升庵……你们何曾远去，当是千年之后，我会访你们的遗踪，一如那时你们的次次远游！

4. 2019年2月9日

正月初五，独自登高望远。南山之巅，风满树尖，雪花纷乱。伸向林间的小路，静静地等待脚步。而湿地公园的白鹤，孤零零地展翅。

但此时，立春已有5天……

5. 2019年3月24日

王衍、孟昶、李煜，美人兮江山，修政备武方是正道！

6. 2019年12月22日

人的肉体会老朽，但思想却永远年轻。

7. 2019年12月22日

人生如长河，平静而起波澜，波光下又寂静，但总向前奔涌着！

8. 2019年12月24日

我也不是"高大上"的人，面对成堆的问题，能做一点就少一点，能改变一点算一点。不然，老是抱怨又不行动，有啥意思？

9. 2020年3月9日

三月的狂风，亲吻赤裸裸的柳树，而新长出的嫩芽，便是你们风情万种的女儿。

10. 2020年3月14日

那满树的桃花，没有一片叶，灿若烟霞，你用怒放嘲笑寒风的肆虐。

11. 2020年3月22日

最神奇莫过于葡萄藤。冬天，藤条干瘦，一副死亡的样子。春分，那枯朽的枝蔓上，奇迹般冒出鹅黄的芽儿，表明它"复活"了。接下来，你可想见，绿叶婆娑，一串串圆圆的果子缀满枝头。

12. 2020年4月5日

绿是春天的底色。春天的绿有些娇柔，甚至有些弱不禁风，但它具有旺盛的活力。一到夏天，这些绿色便绿得肆无忌惮了。

13. 2020年4月9日

赤裸裸的银杏，总是在不经意间，披上翠绿的新装。什么是惊喜，这就是惊喜。

14. 2020年5月12日

利州广场上那棵伞状榕树，暮春四月方脱尽枯叶，却在五月初，仿佛是一夜之间，又披上青油油的新衣，神奇如斯！万物循时而动，人力何为！

15. 2020年5月25日

梨花谢了桃花开，荷花争妍秋菊黄，花儿芳菲又谢幕，世间之人又何尝不如此，走了一批又新来一批。来年花儿不会不开，人间也不会停止喧嚣！

16. 2020年6月3日

世间所谓的惊喜，产生于意料之内和意料之外的巨大落差。

17. 2020年6月16日

世界上根本不存在悲剧。如果说有，那也一定是人祸！

18. 2020年7月5日

没有陈寿的《三国志》，便不会有罗贯中的《三国演义》。世上无《三国演义》，中国人的生活便少了许多味道。

19. 2020年9月3日

一旦忙碌起来，便两脚不沾地；一旦清闲下来，便又四处闲逛。这事情啊，从来不会友好地分配时间。

20. 2020年9月4日

顺境逆旅均要时时读书,荣华困顿不忘天天强身。拟将此联作为刘氏家训,世代传承。

21. 2020年9月28日

遨游于书的海洋,它会报之以琼浆。

22. 2020年10月1日

读书,让你站得更高、看得更远。

23. 2020年11月8日

李白是天界的神仙,凡人不可企及;苏轼是尘世中的神仙,是我们每个人可抵达的彼岸。

今天是记者节,我们每位记者的心中、笔下,都有一个李白梦、苏轼梦。

24. 2020年11月14日

有脚没有翅膀,可以奔跑。有翅膀没有脚,无法飞翔。这说明,梦想必须扎根于脚下的土壤,方能成为现实。

25. 2021年1月9日

愿景总是眷顾那些奋斗者!

26. 2021年6月18日

人们总是乐意谈论他人的不足而显摆自己的优点,其实这是动物法则——保护自己不受伤害。

27. 2021年7月21日

夏雨打芭蕉,嘈嘈切切,似珠落玉盘。

独坐亭下，手捧古文，读韩愈《后十九日复上宰相书》《后廿九日复上宰相书》《与于襄阳书》《与陈给事书》《应科目时与人书》五篇文章。大材如韩愈者，为求仕进，投书于当权者，奔走其门庭，那无望的眼神，那焦灼的心态，即使事情已过千年，今日读之，仍唏嘘不已。

抬头望南山，漫漫的白雾，缥缈于青翠树木之巅，舒卷自由，心向往之。

28. 2021年8月17日

同样是风，春天的风将赤裸裸的枯柳吹出新叶来，而秋天的风将肥硕的绿叶吹成瘦黄；同样是雨，夏天的雨让万物疯长，而冬天的雨凝固植物的枝节让其僵死。这就是神奇的大自然！

29. 2021年9月5日

我们的办公室从东坝搬迁到万缘，倏忽之间，已过去6年了。

新的工作地点旁边就是如意湖，湖中有音乐喷泉。那激越、高亢的音符，让水柱一飞冲天；那舒缓、委婉的曲调，让细小的水丝轻扬在湖面。每当醉人的音乐响起，湖岸便被市民围得水泄不通。6年里，我或在组版室，或经过湖旁，零散地欣赏过曼妙的音乐，赞叹过飘入人群的雨珠儿，竟没有一次完整地领略过音乐下的水舞。那粉红的、那淡黄的、那浅蓝的舞姿，是那么妖娆。遗憾的是，只在眼前昙花一现。

6年里，湖边的柳条儿六次绿意盎然，而梧桐叶也六次泛黄飘落，面对振奋人心的喷泉，我仅目睹过它偶尔的嫣然一笑，这不能不说是一个遗憾！

世间事，大都在遗憾中过去了。

30. 2021年9月12日

清晨，吾正读李春雷纪实文学《中国塞罕坝》。友人周萱呼之，送《明代壁画剑阁觉苑寺》一册。画册重逾10斤，甚精美。辛丑牛年春，吾与友人吕厚德曾前往觉苑寺，一睹壁画的神韵。今又得王振会主席数年前精编大作，甚喜。

晨览之，足以慰风尘！

31. 2021年9月23日

读丁玲《风雨中忆萧红》偶感——

缥缈的白云，总在一场新雨后升起。

它一会儿游荡在沟谷，一会儿驰骋在山尖，是那么无拘无束，是那么自由。人们为什么羡慕白云呢？因为我们的翅膀总被世俗束缚，不能自在地飞翔。

白云掠过树梢，飞上九霄。它是那么纯洁，纯洁得一眼便知心底晶莹剔透。

又是一场细雨，白云又冉冉而升，大自然的白云，何时降临人间世？！

32. 2021年10月9日

普天之下，唯有自己的父母最好！

33. 2021年11月9日

一朵朵、一簇簇，金色的菊花在清晨的寒风中盛开，或许蜜蜂还没睡醒，耀眼的黄色中，没有它的身影。中午，阳光露出笑脸，一缕缕暖意流泻在花蕊上。此刻，蜜蜂在花丛间飞来飞去，自由自在；或在花瓣上啜汲，享受甜蜜。有了温暖，蜜蜂不请自来。人又何尝不是如此！

34. 2021年11月27日

古今欲成大事者，不仅有才，且必忍一时之怒，必待时而出，必胸怀宽广，方能驰骋中原，成不朽之业。

能忍常人之不忍，方建非常之功。扶苏、蒙恬见诏，不辨真假，不待事明，遽然就戮，不但身死，而且国灭，不也悲夫。韩信忍胯下之辱，始登坛拜将，后世为傲，不也雄夫。

能耐常人不守之孤苦，待时而出立非常之业。诸葛卧于隆中，不远奔袁绍，不近投刘表，而待刘备三顾，何也？时未到也。时未到，嚼菜根，守心如玉。时机一到，三分天下，为蜀汉丞相，名垂千古。

不容物，无以成其大。秦纳商鞅、张仪、范雎、李斯之言，数代接力，方灭六国。刘邦用萧何、张良、陈平、韩信，而项羽不容一范增，汉兴楚亡可知矣。

35. 2022年2月5日

人们都愿是长江之水，无拘无束地奔腾；人们都愿是山间之草，自由自在地生长；人们都愿是林间之虎，无羁无绊地觅食。而不愿做温室里的花、池塘中的鱼、篾笼中的鸟，条件虽好，却失去了天性！

36. 2022年2月22日

有这样一类人，不重视现实，不活在当下，而无休止地羡慕虚无缥缈的未来。即便被生活碰得血淋淋的，也不回头！

37. 2022年3月4日

①天底下的父母都是这样，为了儿女的幸福指数，宁愿增加自己的痛苦指数。

②这个世界上，父母生活的全部意义，就是为儿女的"好日子"献出一切。

③长大成人后，我们几姊妹聚在一起，会谈起一个共同感受，那就是每当遇到揪心事，只要回味起少时的艰辛，眼前的坡坡坎坎，都会变得云淡风轻。

38. 2022年4月19日

在理发店等理发，闲着，我的思绪便油然而生。一会儿飞回故乡，想想童年的往事；一会儿羡慕古人随口一吟，便成千古名句；一会儿仗剑出游，路见不平拔刀相助；一会儿回到现实，品味工作的酸甜苦辣……有不苟言笑的拘谨，有天马行空的惬意，有撕心裂肺的呐喊，也有漫无目的的遐想，这才是真实的人生。

39. 2022年7月17日

我与清风两相闲。

持续的烈日，高温抗不住了，让位给悠悠清风。

那惯于炙烤中欢唱的蝉儿，忽然收起了金属般的鸣叫，在清风中入眠；

黄瓜叶在风中手舞足蹈，它高兴的是泛黄的瓜儿有了乳汁，嫩嫩的身子转青了；

葡萄叶频频向我点头示意，它满足的是藤儿喝足了水，将来干枯的枝条就不畏严冬了；

桂花在风中裸出皴裂的树皮，它骄傲地向周围的伙伴宣示，馥郁的香味是挺过炎夏的见证；

风儿轻吻我的肉体，目光越过东坝鳞次栉比的高楼。

我不知道，南河水在清风中是否泛起了薄纱似的皱纹；

南河之上便是南山。

远眺南山，那些深绿如墨的树木纹丝不动，仿佛清风抛弃了它们；

苍穹灰白色的云块，曼妙地变幻着身姿，裙袂轻盈地压着山巅。

清风悠然的早晨，先贤倏忽撞进心扉：

赫拉克利特感慨，人不能两次踏进同一条河流；

王羲之在兰亭叹息，眼前的欢乐很快会变为陈迹；

李白在桃李园怅然，天地者，万物的客舍也；

……

而这个早晨，我与清风携手，瓜叶绿树，南河古人，俱是闲客！

40. 2022年12月8日

所谓融合，其实就是一个美丽的谎言。千百年来，国人在文字游戏上乐此不疲。

41. 2022年12月17日

马克思主义哲学讲辩证，老祖宗谈中庸，中医言阴阳，其实，话殊意同，世间万物都必须在平衡中存在。

42. 2022年12月18日

严霜把菜园的萝卜叶打趴下，蔫头蔫脑的。太阳一出，叶片挺立，立马来了精神，斗志昂扬，生机勃勃。看来，一物降一物真不假，太阳就是严霜的克星。

43. 2023年1月26日

人类的情感词汇，最令人高兴的词语莫过于相聚，而最令人悲伤的词语莫过于离别。

44. 2023年3月16日

一夜春风，黄猫垭万亩桃花灿若云霞，那是对果农的奖赏；一场春雨，高阳坡上贡茶树发芽的声响，那是对茶农的慰藉；一次登临，黄蛟山下近月湖水光山色溶溶，那是对旅人的鼓舞。

你热爱生活，生活也眷顾你。

45. 2023年3月27日

世界上什么最自私？知识最自私。如果你不想要，别人送都送不脱！

他山之石

·他山之石之细语呢喃·

❊ 进入文章之境，会感觉到作者的生花妙笔拨开了沉沉的云烟，而让我们听到了彼时波涛浪涌的声息、看到了彼地风流云散的镜像、嗅到了情深桃潭目送手挥的醇香。

❊ 一首诗，寥寥数十字，经过几百上千年的风吹雨打早已风干成为干枯文字。由于时间、空间、境遇和人生遭际的隔膜，我们已难以深入其中，入乎其里。这正是芸芸众生对身边宝贝的金贵与美艳视而不见、听而不闻的平庸魔咒。

❊ 好像导游带领我们到历史实境感受一番，一一领略人物、事件和器物的风神，剑光纷飞，低昂天地，最后才回转过来，迈出了历史的门槛。

❊ 字里行间都是口齿噙香的诗词文句，俯拾即是，为我所用。吐故纳新，即景成趣，因物赋形，著手成春。不拘泥于陈规陋习的句法藩篱，敢于冲破既定的条条框框，以我手写我心。

❊ 作者身为新闻记者，养成了一种揭示真相、刻苦钻研和刨根问底的实证精神，故其笔锋老辣，文字考究，要言不烦和直言不讳，对描写对象总是单刀直入，开门见山，从文题及内容小标题便可看出。

❊ 故乡是我们的精神家园，不管我们怎样远离故乡，故乡永远是我们无法抛弃、弥足珍贵的精神瑰宝。

❊ 对广元历史文化的深度挖掘，既健壮了自己的文学筋骨，也润泽了广元现时代的年轻人，其功可嘉。

❊ 任何一种文体都是从无到有，从不规范到规范。

思接千载，以古为新

——读刘乾辉散文集《翱翔在历史的天空》

任国富

近闻刘乾辉老师散文集《翱翔在历史的天空》获中国作家剑门关文学奖二等奖（一等奖空缺），可喜可贺，不禁向往之至。有幸获赠刘乾辉老师散文集《翱翔在历史的天空》，一帙在手，捧读为快。散文集以历史文化故实为主旨，回溯历史人物、访求文化古迹、评述古代典籍，洋洋洒洒，编经织纬，融古汇今，情思灌注，给人以无限知性和审美愉悦的享受。

史海钩沉，以古为新。通读之后，我以为刘乾辉老师的这部散文集当是历史文化类作品。作者匠心独运，取材于沉默不言的过往，从历史的河岸打捞起闪光耀眼的珍贝，披沙见金，冶矿出银，钩沉索隐，将搜集到的史料、传说、闻见整合凝练到一起，烹调出鲜香纷呈的佳肴。一篇篇文字读过去，跳动着生鲜的舞姿，按也按不住，不忍释卷。因为每一篇散文都有所依凭、有所附丽、有所据实、有所创见，并非荒诞不经和空穴来风。进入文章之境，会感觉到作者的生花妙笔拨开了沉沉的云烟，而让我们听到了彼时波涛浪涌的声息、看到了彼地风流云散的镜像、嗅到了情深桃潭目送手挥的醇香。在作者的引领下，随着历史的隧道和新架的桥梁回到了曾经广阔旖旎和至精至微的世界。打动人心的力量在于真实。《星耀长空》回顾了一批可歌可泣的历史人物，有大禹、李冰、落下闳、扬雄、诸葛亮、武则天、李白、杜甫、苏轼、杨慎诸先贤。星垂平野阔，人类群星闪耀。追述生平，讲评事功，宦海沉浮，儿女情长，言语辞章，熔为一炉，娓娓道来，如拉家常。灵雨飒集，花飞乱红。历史人物在作者的讲述中有板有眼地向我们走来，有声有息，带着体温和血性，从故纸里还原为有血有肉的活体。刘乾辉老师的这种写作态度是严肃的，是负责任的"非虚构"。在《伯禹亦不如》中，以宏阔的视角俯瞰历史的大地，从时代可为、水旱从人、累死洛江评述李冰治水的艰辛与不朽，又从谒陵中叙写后人的隆重祭祀，从而感受到人们对英雄的膜拜，平平道来，不露痕迹，情思已蕴于其中。末尾专列"附录两则"，引述《史记·河渠书》和《汉书·沟洫志》以证李冰治水其实。虽属照应，亦是强化。充实有据的内容增加了情思的厚重感，超越了心灵鸡汤的淡薄浮泛与矫情忸怩。距离产生美。这距离既有时间的，也是空间的。写历史题材时两者兼具。诸葛亮是大众耳熟能详的人物，传奇故事家喻户晓，但作者在《走向巅峰之抉择》中，却围绕他的"人生抉择"来组织材料，包括婚姻、跟随刘备创业、效忠贞之节、五伐中原到功成名就。行文之中，作者揭示了"适合自己的，才是最好的"的道理。人生是一场选择，人要对自己的选择负责。作者引经据典，阐释发散，审美观照，直指血肉之躯烟火人生，既写了"选择"沉甸甸的重量，也张扬了对"负责"的"选择"生命之重。可谓独辟蹊径，令人眼前一亮。逝者已矣，他们为我们流传下来的、能够流传下来的东西大多已是经过时间的淘洗而淹没埋没不了的宝贝。历史的背影在渐渐地远去，隐没于时光的黑洞。逆流而上，溯本讨源，人之共情。人们温习旧闻避免不了遗忘的本性，在疲乏功利的重复中而久则生厌。"熟悉的陌生化"是文学艺术永恒的不二法门，贵在运用入化。在《天地一东坡》中，从家庭、政坛、文人、烟火、归去五个维度来展示苏东坡的人生态度和精神风采，回归历史现场的往来飘落，体验烟熏雨寒的凄怆怅惘，理解把酒吟诗的豪兴旷达，让我们感受到天地之间的东坡正在谈笑风生地向我们走来，给我们讲述了"一蓑烟雨任平生"的正能量。才华横溢，贬谪颠沛，离合悲欢，快意恩仇，时刻挤压锻打着一个不屈的魂灵。读这样的文章，泛着烟火的味道，完全摒弃了历史学究板滞干硬的面孔。以古为新，拉近了古今的距离，消解了流光砌筑的隔墙，引我们与古人同台对话，共叙心曲，岂不快哉。如此散文，有历史的厚度，有文化的张力，有哲思的拓展，有情趣多维的魅感，虽题材古旧而创意翻新，突破了空洞无物的无病呻吟，把温香绵软的堕落中拯救到生机蓬勃的现实当下。

贯通史料，复活精神。史料浩如烟海，但历经岁月绵暖散佚甚多，一些过往的人物、事件随着时间的推移也多支离破碎，人们谈论知晓的也大多是一些碎片。刘乾辉老师的散文不满足于简单的转抄或者翻译既存的史料，而是通过大量的挖掘发掘和实地考证，一直追寻到曾经的深处。"江山留胜迹，我辈复登临"。《蜀道珍珠》以广元境内古迹为线索和立足点，按图索骥，以点发散，去找寻那些古迹在历史风烟中的呼吸与吞吐，去寻找古迹承载的悲欣与苍凉，去抚摩断碣颓垣刻痕的伤口。《七盘关》回溯了险关的诗心彷徨，在浓墨重彩的笔下，唐朝的沈佺期、钱起，宋朝的陆放翁，明朝的杨慎，清代的岳钟琪、曾国藩、杨锐一一向我们走来，背着行囊，骑着瘦马，迎头西风残照，步履蹒跚滞重，带着的诗心、理想以至天涯远行的疲惫，裹挟着羁旅行役的风沙，都令我们景仰莫名。《龙门阁》开篇点题"天地精华，文人过此，怎不留恋"！接着徐徐打开尘封的画卷，唐代的边塞诗人岑参，南宋的爱国诗人陆游，明朝果州才子任瀚，清代蜀中三才子彭端淑、李调元、张问陶，他们都在此地驻留，用饱满才情的颜料描绘下眼前的江山图景，以此为触发，作者视通万里，思接千载而寄慨良多。用一条红线将朝代不同、遭遇有异的诗人诗心和人心挽结到一起，一路贯通，珠联璧合。莎士比亚说："一千个读者就有一千个哈姆雷特。"但无论怎样不同，仍然是哈姆雷特。作者对一系列古迹的踏访和描述，正是自己心中的哈姆雷特，是富有特点的"这一个"。在《筹笔驿》中，把踏访所见所感与历史故实、文献记载有机统合，内容繁杂但脉络清晰。感今怀古，时而加入哲理的思辨，时而嵌进由此及彼的抒情感慨，让那些沉睡的故旧苏醒过来，走出无人可识的庭院深深，焕发出活色生香的"荷尔蒙"。陆机的《文赋》说："谢朝华于已披，启夕秀于未振。"名胜古迹，历代吟咏颇多，众口流传。作者在文中引用古代诗词文赋甚多。但如果只是引用却未必有奇异处，因为此种手法人人会用。作者费尽心机地是要为我们展现一种起死回生和回春转阳的魅力。一首诗，寥寥数十字，经过几百上千年的风吹雨打早已风干成为干枯文字。由于时间、空间、境遇和人生遭际的隔膜，我们已难以深入其中，入乎其里。这正是芸芸众生对身边宝贝的金贵与美艳视而不见、听而不闻的平庸魔咒。你到千佛崖去过几十回，你知道开凿者是谁、每一尊佛像的来由与意义吗，知晓唐代苏颋为千佛崖所作《利州北佛龛前重于去岁题处作》诗的意义吗，读过作者的《千佛崖》可能会得到帮助。作者将苦心孤诣收集到的史实黄土捏成一个人形，像女娲一样呵进一口气，让他们复活过来，有生命，会呼吸。《皇泽寺》追述寺院与武则天的渊源来历，神话、传说、传闻与典载、变迁、文物保护浑然融合，叙议结合，根柢盘深，枝叶峻茂，论从史出。《剑门六关》分别梳理出"争战之关、诗人之关、人杰之关、名宦之关、禅修之关、俗人之关"六大板块，系统地阐释了昔日关隘沉淀层累的丰富多元的文化，打破了军事屏障的单一桎梏。往昔虽旧，余味日新。情性所至而神出古异。读此文，你一定会感受到获得新知增益智慧的欣快。

　　板块结构，卒章显志。综观《翱翔在历史的天空》的诸多散文，因为其内容繁复丰赡，在表达上篇幅都相对较长，洋洋洒洒，原始要终，始末系联，自非是只言片语可以道清表明的。为此，在行文结构上，作者不厌其烦地采用了"板块式"结构来组织材料。《星耀长空》一组叙写历史人物的散文基本上采用了"引文＋板块小标题"方式构文。如《飘零酒一杯》写李白，首用短语概括点题，次以"家庭、勤奋、友谊、从政、求道、豪气、归去"七大板块分类综述与叙写，突出其精神意蕴而并非以时间为序。《蜀道珍珠》《月明千秋》两组散文同样采用"板块式"结构。开篇用引语入文后，以序号分块而不设小标题。如《遥远的〈诗经〉》开篇以引诗和简述引入，次则以"一、二、三、四"分别行文。《翱翔在历史的天空》一文下有副标题"苍茫西北行"。开篇以"一路向西，我心飞扬……"短小精练的散文诗引入，立片言以居要。次则以"一、二、三、四、五、六"六块叙写。在"六"之下又列四个小板块。板块结构起到提纲挈领的作用，一目了然，便于读者把握要旨。在众多散文中，作者采用触发回溯的叙述方式，先深入历史往昔，次则连接当今，即由往及今的写法。往往在篇尾点明题旨，卒章显志。好像导游带领我们到历史实境感受一番，一一领略人物、事件和器物的风神，剑光纷飞，低昂天地，最后才回转过来，迈出了历史的门槛。如《帝王亦是惆怅客》开篇在题引中即点题"始于楚汉，终于满清，帝王惆怅，唯有诗词"。接下来分别叙述"谁说刘项原来不读书、汉魏风骨看曹家、至今千里赖通波、三个泪奔之王、两位雄主、禅语"六大板块，将帝王的"惆怅"一一道来，如数家珍，趣味横生，跃然纸上。末尾写道："帝王之为诗，或气盖寰宇，或慷慨悲凉，或愁肠百结，或雍容肃静，一唱一叹中，走完非凡人生路。"惆怅的起因很多而各不相同，但最终殊途同归，归于黄土。掩卷沉思，有万古凄凉之慨。《那年，葭萌之忆》分八个板块追忆了葭萌往昔。鼓角争鸣，轰轰烈烈，造福一方，一切都成了过去。能够留存的"忆"是凝结浓缩的宝贵的财富。"今天的人们，把什么留在这片热土上，成为新的葭萌之忆？"作者的发问岂不令人深思。《牛首雄关》之结尾，观今思古，慨叹蜀道古难而今易之巨变，"蜀道由难而易，乃时代之变。正如王道长，已用智能手机了"，于平实中对社会的进步发出由衷的赞美。同时，作者还善用补笔。在叙写完主要的内容后，在末尾对需要说明或者补充的事项加上后缀，或交代背景，或追述原委，或再作强调，或以为照应，共同构成文章肌体。如《伯禹亦不如》末尾附录两则，一为《史记·河渠书》，一为《汉书·沟洫志》，以史为证，一唱三叹，再次强调大禹的治水之功。《仰望星空惠黎民》末尾加附录《史记·历书》（节选），深化了落下闳对历法的贡献。《玄天法地宗为人》在回溯了扬雄的事迹后，专列一小节"不是尾声"结尾，交代盛夏访墓而知"正在做有关扬雄的文旅方案"，荡出了人们对先贤的敬重，时刻奏出遥远的回响。《天上掉下个武则天》在评述主人一生功绩后，补上身后由之而演变形成的"广元女儿游河湾"的民俗。一声一吸，声发响应。《飞仙关》结尾处附录《张三影》，让文中引述更加富有意味。《摩天岭》追溯三国故实后，补上今日游访之所见红色故事，往事越千年，前世今生都现于目前。首尾俱振，骨节通灵。万取一收，曲终奏雅。

语言典雅，著手成春。整部散文集引经据典，文辞典雅庄重。辞浅意深，句式整饬。篇首的引入文起序幕的作用。作者用诗化的语言带入话题和内容。如《那年，葭萌之忆》开篇："争战之地，英雄用武；形胜之地，人文荟萃；田畴巉岩，万物滋生。"句式整齐，先声夺人。《是非成败转头空》其题目就是诗句。开篇即用"蜀中大地，自古人才辈出"引入，逐渐聚焦由远景过渡到特写，"更有状元郎升庵，于贬戍之地笑谈古今事"。正所谓四山春动，草色先烟。《遥远的〈诗经〉》里有对词语的解析释义，有对"多识于鸟兽草木之名"的追索，有对《诗经》所提动物的辨析，有《诗经》融进百姓生活的身影，其述评紧扣原文，旁搜博征。着意对文字进行千锤百炼，阐幽发微，巧妙化用，点铁成金。"群山皆红，万壑披赤。色彩之浓烈，线条之流畅。亲临张掖，方知何谓丹霞"。（《翱翔在历史的天空》）这些语句是实写，是写实，信手拈来，取语甚直，计思匪深，但却蕴含着古典的质素。适量引文，生发依凭。作者在散文中大量引用了诗、词、赋、文等原文，使叙述议论有了厚实的基础与根基，杜绝了空发议论的空中楼阁之病。这些引文的插入，使散文增添了知性的浓度，更加具有典重的气息。如《大唐文坛的一个怪杰》中，除直接引用了杜甫的大量诗作外，还引用了魏晋南北朝诗人的诗句，转述了《新唐书·杜甫传》关于严武与杜甫的关系并予以辨析，掷地有声地驳斥了世俗的谬误。结尾"'青山遮不住，毕竟东流去'，淘尽黄沙始见金，如今，杜甫被公认为唐诗的两座高峰之一！"字里行间都是口齿噙香的诗词文句，俯拾即是，为我所用。吐故纳新，即景成趣，因物赋形，著手成春。不拘泥于陈规陋习的句法藩篱，敢于冲破既定的条条框框，以我手写我心。"七盘关、白水关、葭萌关、剑门关，此四关者，川北四大名关也""战马嘶嘶，将军耀武，民有菜色。湖水漾漾，鱼虾疯狂，百姓安康。古白水关，欣赏一湖山水，笑看人间，任岁月老去"。（《白水关》）句式仿古而自见古雅，临风半朽树，多情立马人，郁郁乎文哉。

陆机的《文赋》说："观古今于须臾，抚四海于一瞬。"刘乾辉老师的散文取材历史之故实，寻绎文化之神韵，贯通古今之情理，一缕暗接，百派自归，正大气象，与古为新，在题材的开掘和行文的构架上无疑是一次有益的尝试，也为我们的散文创作提供了有益的借鉴。

（任国富，四川省作家协会会员，广元市昭化区政协干部）

父子齐上阵　名胜大演兵

——读刘乾辉父子散文集《翱翔在历史的天空》《皇帝这个活儿不好干》

梁星钧

———— ✿ ————

一、阅读与梳理

刘乾辉老师的这两本书我读了很久。

《翱翔在历史的天空》（以下简称《翱》）的结构简明。除儿子写的"雏凤新声"外，还有三辑：一写名人，辑名很大气——星耀长空，大在"耀""长"二字，还称"星"，切合而简明；二写名胜，辑名很明丽——蜀道珍珠，写蜀道上的重要关隘，称之"蜀道珍珠"，名副其实也！三写文史（一书两地十帝王），辑名很响亮——月明千秋，"月"与前面的"星"相照映，给人一种温馨朦胧的美感。这些辉煌的历史文化，自然照耀千秋，给人一种恢宏的气势，妙哉！而《皇帝这个活儿不好干》（以下简称《皇》）的结构稍复杂。除同有儿子写的"雏凤新声"外，另有两重要专辑：一是写蜀道十景的"诗韵山川"，二是写天下十地的"江山胜迹"，三是读书、乡情、亲情、心语等杂碎专辑。这些我们都可简读为名胜和风景两大部分。

第一大部分　名胜

1. 名人30位

（1）四川十名人

①大禹：题目《怀山襄陵之水》一看便知是写大禹治水。内容：a. 家世，

b. 治水，c. 帝位，d. 继承，e. 拜谒。开门见山，收束利落，文字考究，文笔练达，一股磊落气。

②李冰（治水英雄）：文章直指所写人物的历史功绩和作用地位。内容：a. 形势，b. 治水（对比修筑长城，抒发利民的不凡意义），c. 累死，d. 拜陵。

③落下闳（天文大师）：文如其题，先总后分。a. 举荐入朝，b. 新历胜出，c. 敲定春节，d. 乡间出科学，e. 亲临拜谒。作者能去则去亲临察看一番，体验先贤心境，接通古人思想。

作者身为新闻记者，养成了一种揭示真相、刻苦钻研和刨根问底的实证精神，故其笔锋老辣，文字考究，要言不烦和直言不讳，对描写对象总是单刀直入，开门见山，从其文题及内容小标题便可看出。

④扬雄：先总后分。a. 入蜀，b. 学艺，c. 仕途，d. 投阁，e. 评价，f. 贡献，g. 拜访。

⑤诸葛亮：开门见山，直奔主题，概写诸葛亮一生中的几个重要阶段。娓娓道来，悬念迭出，引人入胜，道出了鲜为人知的家世。a. 娶丑妻，图前程；b. 选择很重要，对孔明能自立分析得头头是道，观点新颖鲜明；对孔明以战养战图存的正反举例分析颇有见地。文章对诸葛亮做了对比性评判，具有历史人物评传的质地。

⑥李白：融考证、评点、探究于一炉，亮明笔者的观点。a. 家庭，b. 勤奋，c. 友谊，d. 从政，e. 求道，f. 豪气，g. 归去。

⑦苏东坡：a. 在家，b. 在政，c. 在文，d. 在世，e. 归隐。

⑧武则天：a. 身世，b. 唯一性，c. 姓名考，d. 政绩（铁腕人物：文治武功＋重才：招揽人才不避嫌），e. 谢幕。写尽了一个人的一生。文章首尾略写，中间的登基、姓名由来和历史地位为重点。

⑨杨慎（两书同涉人物后做对比分析）。

⑩杜甫（同涉人物后做对比分析）。

上述的共性：一是重点突出。从题目见内容。二是开门见山。揭示对象生平、人生及其历史贡献。三是要言不烦。直截了当、干净利落，决不拖泥带水，朴实、简洁，一股磊落气。

（2）封建十帝王

这组文章是抓住重点和特点写。

①刘邦：以抒情之笔，概咏刘邦的功名成败及用人智慧。

②项羽：以对比之法，叹惜项羽的功败垂成。

③曹氏父子：主写曹操重视人才，曹丕写中国第一部评论《典论·论文》，曹植诗文学形象鲜明且篇篇都有名言警句。

④杨广：有叙有议有评价，也是一篇历史人物评传，分析了杨广诗《饮马长城窟行示从征群臣》的政治气魄及文、史、哲、军事性和《野望》的郁积情怀及深远影响。作者在此写出了杨广及秦始皇、武则天的历史功绩，评价了因他们朝代短暂来不及修史而遭后人诟病的深刻原因在于历史是胜利者之歌（扬己损人）。

⑤王衍⑥孟昶⑦李煜：作者称为泪奔三王（李煜为帝王文才第一）：王衍被押送；孟昶入宋后七天突亡于汴河畔；李煜悲号三年，因毒含恨离世。其败亡不在经济文化，而在于天下分久必合的时运，更在于群雄争逐，不修政备武的根本原因。

⑧赵佶：称李隆基、赵佶为"奇葩"皇帝，说他们专门坑子。两人都精于文艺而疏于为帝（前者夺儿媳喜诗歌音乐而丢江山，后者沉醉于艺术殿堂为"艺术通才"）。

⑨朱元璋、乾隆：称之两位雄主。比较了他们为人为诗的不同（前者霸气，后者平和）。

⑩李隆基（同涉人物后做对比分析）。

（3）咏广十过客

①张载：过剑阁写《剑阁铭》。文分时代背景、过剑阁写《剑阁铭》和文赠父亲等层次。

②岑参：入广各地（含过剑阁、昭化、利州）的不同留诗。

③李商隐：过利州作诗《利州江潭作（感孕金轮所）》，为武则天生于广元留下了证据。过朝天作《筹笔驿》，个人际遇是最后陷入牛李党争，不得势而英年早逝（46岁）。

④鲜于侁：几言概其生平：为政广元，心系于民，政余为诗，引来和声。

一言以蔽之，如题：上不害法下不伤民中不废亲。

⑤陆游：过广4次，留诗30余首。从夔州（通判）到南郑（抗金前线），过苍溪作诗《鼓楼铺醉歌》；深秋从南郑到阆中办事，过筹笔驿作《筹笔驿》；从阆中至嘉川铺，过昭化作《鹧鸪天·葭萌驿作》，过剑阁作《剑门道中遇微雨》。

⑥张赓谟：a.编纂《广元县志》；b.钟情并提炼广元十二景；c.勤政作《劝农诗》《凿堰偶成》；d.不唯下，只唯实。

⑦李调元：才子之家"一门四进士，兄弟三翰林"，留诗广元（奔波于剑门蜀道，在武连、剑门、大木树、昭化古城、千佛崖、金鳌岭、飞仙阁、朝天岭、龙门阁、七盘关留诗）。

⑧杨慎（同涉人物后做对比分析）。

⑨杜甫（同涉人物后做对比分析）。

⑩李隆基（同涉人物后做对比分析）。

另有：

一位才女诗人：梁清芬。a.初显才华，b.博览群书，c.咏广《南渡孤舟》，d.创办女子学堂，e.铭心之作《素心兰》。

一位女杰：花蕊夫人。二人称手法，拉近了与对象的心距。全文以抒情之笔，在景物描写中写人的处境和心情。既交代了时代背景，也抒发了人物心情。既有历史事实的穿凿，也有思想情绪的臆测，特别对过往人物的揣度，足见作者的文学匠心。

两位现代作家：①郭沫若。a.与广元的渊源，b.考评武则天的出处，c.肯定武则天的历史功绩，d.来广元题诗。②沙汀。失意之时念沙汀，望能获得艺术灵感，然而踏破铁鞋无觅处，得来却在故乡图书馆。后又想到沙老"浮山叠翠"的遒劲书法，得到了"沉着冷静"的人生顿悟。

以下比较几个人物在两书中的不同写法：

①杨慎：《皇》本的杨慎：a.简介，b.三首诗（广元题材），c.绝笔（充军云南）。《翱》本的杨慎：a.入蜀，b.状元，c.入仕，d.充军，e.伴侣，f.归去，g.著作。

②杜甫：《皇》本的杜甫：写杜甫避乱（安史之乱）入蜀9年的人生经历。

a.入蜀奔友，b.沿途见闻（含思乡），c.抵蓉，d.落幕。《翱》本的杜甫：a.家世，b.简历，c.入仕，d.交友，e.入蜀，f.飘落（含不幸，为一餐饭而阿谀别人，诗不被认可）。显然后者扩大了写作范围，是对所写人物的全方位考察。

③李隆基：《皇》本《皇帝这个活儿不好干》的李隆基：a.幸蜀，b.返都，c.癖好。多记述之笔，为分述。《翱》本《帝王亦是惆怅客》的李隆基：以抒情和比较之笔，写玄宗李隆基夺取儿媳杨玉环，因沉于色而误国的悲剧。为总述，概写。

这些历史上的名贤俊杰、文人墨客、帝王将相和千古风流人物都是名副其实的历史名胜。

2. 地域20处

（1）《翱》本"蜀道珍珠"十颗

①七盘关：唐朝沈佺期过秦蜀第一关七盘关写《夜宿七盘岭》，首开文人吟七盘关先河。南宋陆游过七盘关吟哦。明朝杨慎首次详写七盘关《七盘劳歌》。清朝三猛士（岳钟琪、曾国藩、杨锐）过七盘关都留下了诗句。

②龙门阁：唐朝边塞诗人岑参跟随杜鸿渐入蜀平叛，途经龙洞背而作《赴犍为经龙阁道》；陆游从夔州赴四川宣抚使幕任干办公事，以利州北部的龙门洞作诗《再过龙门阁》；明朝任瀚赴京谋职过往龙门阁写《题龙门阁》。清代"四川三才子"彭端淑、李调元、张问陶先后来广元并留诗。最后是作者亲临实地，见证了龙门阁的今日朝晖，不禁感慨：洞还是那洞，景却不是那景了。进而写道：栈阁虽焚毁，高速公路上的车水马龙代之，庙观不兴，拔地而起的百姓房屋代之，水声远去，灯光却亮了千家万户。

③筹笔驿：题解：后人感诸葛亮忠贞谋国而特设此驿，称筹笔驿。据前人著述和朝天当地传说，武侯《后出师表》当筹划于现朝天区朝天镇军师村一组的汉王寨山脚的碑梁之地。唐代李商隐、罗隐，北宋张方平、文同，清代王士禛都来过且留诗。

④飞仙关：开篇一语揭出飞仙关的地位作用：集关隘、道观、云阁于一身。唐代杜甫路过留诗便成名胜。宋三名家张先、张方平、赵抃过此留诗。明代杨慎、清代王士禛过此留诗。最后是作者亲临虽没留诗，却留下了感受。

⑤千佛崖：名人造访（名人身世、文学成就、社会地位、荣誉沉浮、观景

行文）。作者观点（考据、探究、现场察访）。

⑥皇泽寺：分层写。a.名称，b.武则天，c.诗咏，d.拜谒。

⑦牛首雄关：推论出姜维困守牛头山仅为传说，最多是过路而退守剑门关。清王士禛、李化楠等留诗。最后是作者自己登山。

⑧摩天岭：这是三国与晋的分水岭，也是三国一统的开始地，邓艾越过此岭，揭开了蜀汉灭亡和三国归晋的历史序幕。

⑨白水关：a.来历，b.战事，c.凭吊。

⑩剑门关：这里写了六关。从争战、诗人、人杰、名宦、禅修、俗人几个角度写来。

葭萌：作者以《那年，葭萌之忆》为题，写葭萌地名的由来和演变（曾为苴国，秦为葭萌县，宋改昭化，公元前285年秦置葭萌县治到1958年撤县共2244年的建县史）、形胜（战地、胜地、物地）、人文（多位名人来过）和历史（三国重镇、游览胜地等）。

（2）天下十胜地

这一组短文寻访古迹，有叙有议有探有感，属重点突出的记游文字。

或重描几点。

①广元：诗咏美丽广元四景点：昭化古城、则天大帝、千佛崖、剑门雄关。

或抓住特点。

②李家院：这是"印"字形明清古建筑（四合院）。坐落在菖溪河畔，为"深山藏古宅"。以两言概之：深山藏大院，翠柏掩古墓。

或立足考察。

③菖溪河：因古盛产九节菖蒲而得名。以"温婉"概其特点，全文主写其幽深、静谧、馨香。

④马鸣阁：马鸣阁不是"阁"而是"桥"，为桥上阁道。"即今白水岸粗石栈之偏桥是也，古之阁道"，古时架木为梁，以渡人马。"……故建阁于桥上以蔽之"，古之军旅往来的马鸣阁，即今日粗石栈之偏桥是也。

⑤佛光寺：坐落于广元市小寺沟。掩映于山林，凌空欲飞，巍峨雄壮。

⑥白卫岭：地处昭化区大朝乡云台山脚下，为绵延的山岭。其名源于唐明

皇梦后的赐名。该文分层写来，笔力雄健，论据确凿。

⑦朝天：其位置——剑门蜀道北边第一站。岑参、李商隐、元稹等在朝天留诗歌咏。

⑧下寺：素有川北"金三角"之称。方位：东临昭化，西靠青川，南临剑门，北接利州。历史悠久，人文自然景观多。

⑨三峡：含瞿塘峡、巫峡和西陵峡。分三层写：a. 三峡水库建成后的两岸散落人家。b. 小三峡（龙门峡、巴雾峡、滴翠峡）三谜：古栈道之谜、悬棺之谜、猿孩之谜。c. 小小三峡（三撑峡、秦王峡、长滩峡）漂流。

⑩长春：第二人称手法，走进末代皇帝溥仪内心，写三个末代皇后（妃）婉容、谭玉龄、李玉琴的悲剧命运和曲折人生，如题所言：伪皇宫的女人们。

西北景点（《翱》本）：向西、向西、再向西。作者一路走来一路记游一路歌咏。以英雄之功参历史，借诗人之咏叹命运，一篇荡气回肠的记游文字。

第二大部分　风景

1. 杂碎40篇

读书篇：忆读书《恰是书香把人醉》写自己一生各段的不同读书及态度，送读书《村野书香》写父亲满怀希望和带着欣赏之情陪、助、送自己读书，并没时下父母陪子读书的担心、苦恼和困惑，该文恰当的自然环境描写有力衬托了人物的心境。谈读书《笑话读书》是谈读书对人对己利弊的分析；《难忘高考》写自己参加高考的一些情况；《遥远的诗经》通过对一些生僻词字及其代表的动植物的词义辨析，可知《诗经》的时代虽远，而描写的生活及情感并没离我们远去。此外还有淘书读、集报读和读后感等。该部分叙议结合，感悟分明，适当辅以环境描写，较好地衬托了人物的心境。

故乡篇：本辑为两组：一组写故乡风物，写赶场喝茶品出生活的清苦与香醇的《乡场》，看电影的《想起乡村坝坝电影》，故乡月亮的《故乡月》和故乡美食的《广元酸菜》，都是怀着浓浓的深情，写出了在外游子对故乡的眷恋；一组写乡思，《乡愁何处》《寂寞乡村》《第一次赶广元》是触景生情和引发对故乡如今空寂的忧虑，《21世纪的村庄》以舒缓的描绘笔调，徐徐展现了一幅古韵新乡的水墨画卷，《最是老家难忘怀》《过年声中，我们渐渐变老》层次感强，从容地表达了作者对于故乡老家及其年味的怀念。

亲情篇：写父亲的《父亲之歌》以歌咏和素描的笔调，为我们立体呈现了一位老父的劳作身影。写妻子的《家有贤妻》写出了一位顾大局、识大体、宽宏大量、明事理的贤妻良母型妻子。写自己走亲戚的《走人户》。写儿子，包含给儿取名之乐的《取名》、育儿之艰的《给儿子写日记》、陪子游玩的《人之初》《想陪儿子睡觉》、陪儿观城的《儿子眼中的城市》、陪儿迎考（上火箭班）的《娃儿要考试》和寄语儿子的《细语呢喃诲汝不倦》，可见一位父亲对儿的爱怜。

心语篇：一组心灵絮语，有凄美爱情悲情速写画的《生活与艺术》，寄赠贺卡的《一张贺卡一首歌》，买彩票的《心动》，写十年游一渠的《追寻那片绿》，人生如旅行，不在乎终点，只重在沿途的风景和心情。随笔《酒殇蜀汉》角度巧妙地以酒串起蜀汉的兴亡，层次分明地写了《南山有约》，以茶而人而文而人生的《茶道僧人文人》；一组谈天说地，道尽文人本相的《戏说文人》，订报刊面面观的《1998年报刊激战犹酣》，收款众生相的《收款聊斋》，谈文学期刊的《谈"下课"时就"下课"》，另有体育赛事、惩处渎职、感恩地震援建及灾后重建的《掌声和鲜花》《感恩，闪耀人性光辉》《悄然消失的传呼》等小议。这组文字简练，快人快语，直抒胸臆，足见作者的诗词文赋功底。

2. 儿语11篇

这部分我最先读。

"雏凤新声"辑名不错。内容包含儿子的自身成长、读书追求、亲情与人生见地（观赛、游记、言论）等11篇散文。

小学时写了以事喻理的《捏娃娃》。通过捏娃娃明白一个人生道理：做事不怕挫折，要有细心和耐心。初中时写了托物言志的《顽强的长寿花》。以长寿花喻顽强的生命。经烈日、狂风的考验，顽强地生长着（人生亦如此）。高中时写了以水运、立交桥、轻轨为主要看点的寻访重庆，是展望和期待，是学习和效仿，是期望和憧憬，也写了《踮起脚尖》看希望、望未来的壮怀激烈和踌躇满志的心情。大学时写了惜别长春，赴西安读研的复杂心情的《初心》，也写了谈期待与追求，学会善待自己的闲适生活观（漫生活）的《有追求有期待》，还写了上大学父母送至站台候车的《坐火车求学的日子》。读研时写了关注并赞颂女排精神的《女排，女排》。之外还写了亲情散文《我的外婆》，由一碗挂面想起宠我爱我并给我买零食和玩具的外婆，文章首尾照应，紧凑而亲切。还写了感恩陪伴自己成长的音乐《那些伴我们成长的歌》及谈生活情调的《怀揣欢喜过此生》。由此可见小作者人小文不嫩，文字功不浅，思考也较深。

这些都是孩子身体和思想成长的心灵记录，也是父辈们心里的特殊风景。

二、感受和看法

漫读两书，感受多多。

首先，人景相生，情景交融。这是两书的基本特点。

①景中人。两书写景，无论十珍珠或十胜地，都是景中写人，直写人物的生年、出处、来历、命运及其人文环境，这样在景中见人见性。如此，人景情交融，是一种交错的手法（含作者的亲临感受），毫无堆资料和掉书袋之嫌。

②人中景。无论十名人或十名流或十帝王，都是写人附景（包含时代或环境）。可见作者写人的目的是在于写景（写出人物背后的人文环境）。对于写景散文，以人壮景，景中寓情乃目的。作者分角度，分层次，写出了人物生平、求学、功业、成就、命运，借助了人物生平际遇的人事环境，写出了人物活动的舞台和不同命运，也展示了作者驰骋用笔的功夫。

其次，以探究之笔，力达历史人物的内心深处。全书既写实，还原历史真相，具有新闻的纪实性，也写虚，探索历史事件及其人物内心，更有考证和合理的推测，还原历史人物原貌和世相本真，具有可敬的探索精神。

最后，文笔简练生动（对于传统文化的参悟很深），具有史笔性质和朴实磊落的文风。

结束阅读，提点看法。

①书名。《翱》本比《皇》本的书名更实在、更具体、更浪漫。翱翔在历史的天空，更对应风景名胜，这样的定性精准，这样的取名富有诗意。

②结构。结构可再简约。如同为写人，《翱》本四川十名人和封建十帝王可归为一辑（或一辑的两部分）。"月明千秋"的各篇可以归入写人写地的各辑。《皇》本"心香一瓣""世相新语"可归一辑如心灵絮语等，"生活采珠"是写亲情，"去日留痕"（往事篇）的内容可归各辑等，如此少辑后更显简明厚重大气。

　　③出书。出合集不是不行，但有条件最好出专集。

（梁星钧，四川省作家协会会员，剑阁县委干部）

文心永存　情暖世间

——评刘乾辉散文集《皇帝这个活儿不好干》

冉　军

　　刘乾辉和我有着近30年的文学情谊，近日捧读其散文集《皇帝这个活儿不好干》，深感乾辉文心永存。

　　散文集《皇帝这个活儿不好干》包括"故乡月明""诗韵山川""江山胜迹""书香一脉""生活采珠""心香一瓣""世相新语""去日留痕"和"雏凤新声"九辑，共87篇。

　　"故乡月明"是作者对故乡的追忆。父亲之歌、乡场、乡村坝坝电影、故乡月、乡愁、寂寞乡村和老家，都铭刻在作者记忆深处。故乡是我们的精神家园，不管我们怎样远离故乡，故乡永远是我们无法抛弃、弥足珍贵的精神瑰宝。由此，"故乡情怀"是任何一位作家都难以躲闪的情感。作者在《父亲之歌》中写道："正是千百万像父亲这样的人，推动历史的车轮，而他们自己，却躺在历史的长河里，没有看见浪花。"是作者对父亲，和像父亲一样的千千万万平凡普通大众的生命理解。在现时代中，"乡村在一天天变小，城市在一天天长大"。（《寂寞乡村》）随着社会的发展和现代化进程的推进，越来越多的乡村青年人走进了城市，乡村居住的人口随之减少。乡村向城市发展是社会进步的必然趋势。原城市附近的许多乡村，随着城市建设，已不再是乡村，而成为这座城市的一部分。那些自然条件较好的乡村，也"转型"向城市嬗变。《最是老家难忘怀》通过对老家记忆的"重现"，从四合院，茅草房，用蓑草和牛筋草搓细绳卖，挖铜针子，扯金银花，打松果，割玉米秆，掰玉米，冬天在堰塘取冰块，看坝坝电影，跳格子，赶场买年货，母亲的绝活儿——辣子炒鸡、酸菜煨鱼、腊肉炒蒜苗，以及老家小菜——坛腌菜、酱辣子、石磨豆花、鸭蛋包皮蛋……有欢乐，有悲伤；有成功，有失败；有获得，有失去；有相聚，有分离，展现了一段故乡的历史印迹。

作者置身文化底蕴深厚的广元，徜徉在历史长河中。"诗韵山川"一辑细数自古咏广文人。刘乾辉精选了12位大家与广元的诗文情缘，足见其用心。以"一个美丽的童话"写张载；以"皇帝这个活儿不好干"说李隆基；以"漂泊天地间"抒杜甫；以"胸怀道德关不险"述岑参；以"缥缈孤鸿影"表李商隐；以"上不害法下不伤民中不废亲"言鲜于侁；以"上马击赋书生梦"话陆游；以"地老天荒师生恨"述杨慎；以"一部县志慰平生"谈张赓谟；以"著述等身曜巴蜀"数李调元；以"嘉陵江畔奇女子"赞梁清芬。可谓细数咏广文人珍宝。对考证武则天生于广元的当代文豪郭沫若做了介绍。这一辑是作者奉献给读者的"文化大餐"。

张载的《剑阁铭》告诫世人：自然山河之险峻没什么可骄傲，治理一个国家要有高尚的品德。

《皇帝这个活儿不好干》以史道出：嗜好决定成败，千古至理。诗圣杜甫与广元有不解诗缘。杜甫入蜀，途经朝天区、利州区、昭化区、剑阁县，题咏广元山水的诗就有《五盘》《龙门阁》《飞仙阁》《石柜阁》《桔柏渡》《剑门》六首，思家、恐惧、闲适、担忧的情感元素，伴随杜甫一路走过广元的山山水水。

边塞诗人岑参赞叹蜀道之奇，悟出"山川虽险，不修德何为！为政之要，首在修德"（《胸怀道德关不险》）。

皇泽寺、筹笔驿见证了空有才华而不得志的诗人李商隐的彷徨和苦闷。

北宋时期在广元为政的鲜于侁，心系于民，苏轼称其所为"上不害法下不伤民中不废亲"。

宋孝宗乾道八年（1172年），诗人陆游从初春到孟冬，短短8个月，4次途经广元，留下诗篇30余首。

明代状元杨慎为我们留下了《题朝天岭》《飞仙阁》《嘉陵江》《题嘉陵江》《昭化饮咂酒》等咏广诗章。

清乾隆年间曾两次任广元县令的张赓谟，历时9年纂修成第一部《广元县志》。

清代中叶的李调元，留下咏七盘五言诗、《大木树》《牛头山》《题金鳌岭》《题飞仙阁》《朝天关》《题龙洞背》等吟咏广元的诗篇。

生于嘉陵江畔、长于嘉陵江畔、逝于嘉陵江畔的广元奇女子梁清芬，是清末民初的女诗人，在自己家里，招收女子授课，首开阆中女子入学先例，并用手中笔、心中情，歌咏养育她的这片美丽土地，写出《南渡孤舟》《雪峰樵歌》《千佛崖》《宝峰夜月》等佳作。

一个作家对其生存之地的历史和文化应有所熟悉，充盈心胸的文化之气才会浩然起来。刘乾辉做到了。对广元历史文化的深度挖掘，既健壮了自己的文学筋骨，也润泽了广元现时代的年轻人，其功可嘉。

在"江山胜迹"一辑中，作者立足广元，行走于蜀道山水间，将"江山胜迹"尽收眼底。《广元，我们美丽的家园》，《深山藏古宅》之菖溪河畔李家大院及其古墓探秘。《温婉菖溪河》《紫兰湖畔马鸣阁》《探访古白卫岭》《初离蜀道心将碎》《唐人笔下的山水朝天》《清江河畔话下寺》等篇什，是作家在广元日报社任记者时书写的散文。

"书香一脉"是作者求学、读书的点点滴滴。其文中不乏作者的偶思偶感。"人生苦短，任何时候都不能放松学习"。（《艰难困苦　玉汝于成》）是对陌生或熟悉的朋友善意的劝告。"旧书不一定无用，书虽旧但知识永不旧，对于未掌握这些知识的人来说它永远是新的"。（《走进广元旧书摊》）云云言语，闪亮了作者思想的火花。

"生活采珠"一辑，记叙了作者现实生活中的情、趣、义片段。其中写到自己生命的另一半——妻，写到生命的延续——儿子。《细语呢喃　诲汝不倦》中与独生子的短信交流，从儿子读大学本科到硕士研究生，作者借助现代通信手段，短短一句话，可见为父之心、为父之情。短信虽短，但思想性、文学性也显现其中。此文的载入，有读者会有异议，但任何一种文体都是从无到有，从不规范到规范。譬如当下的"闪小说"。再者，从纸质阅读到网络阅读，尤其是现在的手机阅读，短而美的文字更受读者喜欢。

"心香一瓣""世相新语""去日留痕"三辑中，也不乏美文妙笔。《雏凤新声》是其儿子刘霜辰的作品，寄托了刘乾辉的殷切期望。"诗韵山川"角度新颖、系统，"生活采珠"短信交流切合当下网络传播且思想性高（文以载道），"世相新语"对时代的记录。

刘乾辉的散文，大多为短章小文，但其文心永存，情暖世间。

刘乾辉的散文，突出表现在思想性较强，与读者有一定的心灵沟通，让读后有所思、有所感、有所悟。其散文还表现了"真"，真性情，真感情，没有假、大、空，读来很接"地气"。其创作除"诗韵山川"一辑的文章外，大多善从小处切入，多重"细节"，有一种"亲近感"。刘乾辉的散文，总体上体现出"率真、朴实"的艺术风格。

（冉军，广旺矿务局职工，中国煤矿作家协会会员、理事，已退休）

附　录

万千辛苦只为春味悠长

——连续10年采访，记者见证高阳镇茶产业茁壮成长

刘乾辉

巍巍米仓山，汤汤东河水。

2022年9月8日，高阳镇虎垭村的脱贫户李正义正在自家的茶园翻耕除草，为茶树冬季施肥做准备。他告诉记者，他家今年仅卖鲜叶收入就超过5万元。

种茶让李正义过上了好日子。10年来，高阳镇茶园面积新增3万亩，茶业成为当之无愧的主导产业；10年来，高阳镇一直坚持发展是第一要务，把"人民对美好生活的向往，就是我们的奋斗目标"镌刻在每一寸土地上。

掀起你的盖头来

"走转改"记者来到了高阳镇

对一个乡镇，一个乡镇的茶产业，关注10年之久，其动力来自"走转改"。

10年前的2012年，市委宣传部在全市新闻系统开展走基层、转作风、改文风（简称"走转改"）活动，要求记者下沉工厂车间、田间地头，写出带"泥土味"的新闻作品。

广元日报社迅速落实上级安排，要求各编采部室根据工作职责，联系一个乡镇，作为"走转改"活动的采访对象。大棚里的花卉再娇艳也经不起风吹雨

打，为确保活动收获真金白银，时任综合经济部主任的我，便将全市有特色的乡镇在脑海反复筛选，最后决定将践行"走转改"的乡镇定在旺苍县高阳镇。

之所以选择米仓山南麓的高阳镇，原因有四：一是高阳镇是大茅坡精神的发源地，二是高阳扁茶小有名气，三是此地有汉王刘邦的许多传说，四是鹿亭温泉是四川四大名泉之一。这四点与综合经济部职责高度契合。

我把想法与旺苍县委宣传部、高阳镇做了交流，他们非常支持。

2012年10月17日，时任报社纪检组组长的杜平，带领我和雷德芝，前往高阳镇走基层，并将综合经济部"走转改"的牌子挂在高阳镇。与高阳镇的不解情缘，就此结下。

在市委的统一安排下，旺苍县在2011年进行了换届，任高阳镇党委书记的是白文林，镇长是余义红；2016年换届后，任高阳镇党委书记的是余义红，镇长是向勇；2021年换届后，任高阳镇党委书记的是任刚强，镇长是何志雄。2019年以来，全省各级各部门认真贯彻落实省委、省政府关于推进乡镇行政区划和村级建制调整改革重大决策部署，将两项改革作为"一把手"工程高位推动。两项改革中，高阳镇整建制保留，将原13个行政村合并为7个。

在白文林的带领下，我们来到鹿渡村大茅坡采访。

20世纪90年代初，双汇区鹿渡乡鹿渡村干部群众投工投劳，走"山、水、林、田、路"综合治理之路，在大茅坡决战四个冬春，将乱石嶙峋、瘠薄的土地砌石墙25公里，坡改梯525亩，铸就远近闻名的"宁愿苦干，不愿苦熬"的大茅坡精神。

1993年，旺苍县撤区建镇，罐子乡、鹿渡乡、支溪乡合并组建高阳镇。时任鹿渡乡乡长的侯新民告诉记者："之所以取名高阳，是因为给朝廷进贡的茶叶产自高阳坡。"

眼前的大茅坡，土地依山就势，在一道道石墙的保护下，呈梯田状。不见石林，一片茶的海洋，且水泥生产作业道遍布茶园。

2012年的高阳镇，有老茶园4000亩，新栽幼茶3000亩。嫩茶苗要3年后才能长成茶树，方可采摘鲜叶，村民就套种黄豆、蔬菜，增加收入。

白文林告诉我们，用3到5年时间，建成标准化茶叶基地1.5万亩。同时，大力开发鹿亭温泉，走茶旅之路，鼓起村民钱袋子。

我们的采访通讯《茶山绕高阳　温泉依汉王——旺苍高阳镇打造主导产业助农增收》发表于2012年10月19日的《广元日报》。"5·12"汶川大地震后，广元日报社创办了广元新闻网。这篇报道，广元新闻网当然转载了。

记者做了简单梳理，自"走转改"活动开展以来，广元日报社综合经济部记者刘乾辉、雷德芝、赵敬梅、袁杨、张园、欧阳亚丽、曾媛、王梓菡、徐竞瑜，实习生白洁；融媒体采访中心记者吕梅、袁慧，先后深入旺苍县高阳镇，对茶产业持续宣传报道，共计发稿25篇。

大雁群飞靠头雁
三位种茶客掀起高阳种茶热

灵芽千叶醒于辰。

10年间，我们去高阳采访，选择的时间都是采摘明前茶鲜叶的时候。这10年，三位种茶客的故事，深深打动了我——他们是遭受过两次下岗打击的余刚，父亲不准她种茶的种茶大户邓禹国，茶苗送到家门口都不愿接招的贫困户李正义。

第一次采访余刚，是2013年3月28日。他给人的第一印象是黑、爱笑，笑起来更黑。

1989年，19岁的余刚在旺苍县矿业公司参加工作。1997年，到旺苍县氮肥厂（后来的川北化肥总厂、广元金虹化工有限公司）上班。打破余刚平静生活的是2008年"5·12"汶川那场大地震。厂房受损，设备更是遭到严重破坏，再加之国家收紧城区小化工厂政策，参加工作不到20年的余刚，再次失业了。

工作没有了，但生活得继续。在朋友的介绍下，余刚承包了高阳镇虎垭村350余亩老茶园。与其说是一片茶园，不如说是一片茅草坡更准确。"前两年，春夏秋冬，一年四季都是不停地挖茅草。"黑黑的余刚说。

天下所成之事，没有一件是一帆风顺的。先是余刚的父亲被查出肺癌，继而是4位合伙人看不到希望撤资。一连串的打击，并没有击垮"最穷的时候，连盐都买不起"的余刚。他把生活的磨难，化成一滴滴汗珠，倾注在镰刀、锄头、扁担、水桶上，倾注在脚下茅草乱石地里。

那些年，余刚觉得最对不起的人是自己的老婆。"看到别人的女人打扮得花枝招展，到歌厅K歌，而自己的女人在茶园的茅草地里整得灰头土脸，心里难受。"摆起创业之苦，一笑眼睛就眯成一条缝的余刚仍难以释怀。

2011年，旺苍县在虎垭村大搞基础设施建设，要求高阳镇大力发展茶产业。水利设施、营销等补助相继落地，这更坚定了余刚走茶业之路的信心。

黄茶在茶叶销售市场异军突起。2014年秋天，余刚将自己的100亩老茶园改种黄茶。2015年冬天，虎垭村异常寒冷，头年种下的黄茶幼苗，"基本上冻死了"。从浙江省丽水市购回20万株龙井43号茶苗，移栽的成活率不足50%……这些打击，对于经历过乱石堆、茅草齐人高的余刚来说，真是小菜一碟。

闯过险滩，便是一马平川。如今的余刚，有绿茶400余亩、黄茶近百亩，且都进入盛产期。

滔滔奔流的东河，穿高阳镇而过。种茶客余刚洒汗的虎垭村，在东河的西边，而种茶客邓禹国打拼的宋江村，则在东河的东边。

高阳坡上那棵千年古茶树，生长在海拔1000米的宋江村。那棵古茶树，传说它的叶子作为贡品，让皇帝享用。记者看见的古茶树，枝繁叶茂，盘根错节，但它的枝干并没伸入云天，甚至没有普通的松树高——虽然如此，但并不影响当地人对它的崇拜。

1991年，21岁的邓禹国嫁人了。女孩子嫁人，都盼望着开始新的生活。从宋江村六组嫁到二组，新家8口人，20亩山地种小麦、玉米、黄豆等传统农作物，一家人日子过得紧巴巴的。

邓禹国生活的转机发生在1999年。那一年，高阳镇落实国家退耕还林政策，为提高村民种茶的积极性，政府提供茶苗、肥料，后期还提供技术服务，帮助茶农念好"茶经"。雄心勃勃的邓禹国，跟随父亲学种茶。很快，为怎样种茶，父女俩发生了激烈的冲突。一怒之下，老父亲不让女儿参与种茶了。

父亲认为，好好的茶树，不需要修枝，修枝就影响嫩芽生长；也不需要浇灌、施肥、除虫，让其自然生长。学习过茶园管理技术的邓禹国，当然不认可父辈"靠天吃饭"的理念，认为应当相信现代技术。矛盾就这样产生了。

在镇、村干部的调解下，余怒未平的父亲划出一小块"自留地"，让心高气傲的女儿搞"试验"。第二年，邓禹国的"试验茶"以3倍的产叶量碾压

"老把式"的茶园。父亲认为女儿真的长大了，就将老茶园和新栽的20亩茶树放心地交给女儿打理。

2001年，邓禹国第一次卖茶就挣了7000元。尝到甜头的邓禹国，认定了种茶这条路。邓禹国不断扩大种茶规模，在2009年的时候还成立了高阳镇宋江村高阳坡茶叶专业合作社，带动周边72户农户一起发"茶财"。

余刚、邓禹国靠种茶致了富，李正义靠种茶脱了贫。

李正义是虎垭村七组人，翻看采访本，记者于2012年、2016年、2018年、2019年、2020年、2022年对他进行了7次采访。2014年，他家因病、因学被精准识别为贫困户。因为虎垭村为非贫困村，所以李正义又被称为插花贫困户。2018年，他家依托一片叶子顺利脱贫。

2012年10月，金色的阳光洒遍虎垭村的山山岭岭。记者见到衣衫不整的李正义时，他正吆喝着大黄牛在茶园里犁地。斯时，他刚收了黄豆，把茶垄间的地犁出来，准备种上小菜。采访中获知，他今年栽了21亩茶。6年后的2018年，高阳镇农技站王洪奇和虎垭村支部书记邬文举向记者揭他的老底："当年将茶苗拉到家门口，他都不想栽。"李正义难为情地解释："那个时候也不知哪根神经短了路，干部好说歹说，我就是不想种茶。"但最终，他还是做出了正确的选择。

2016年春天，李正义家的茶园采摘鲜叶150斤，卖给余刚的高阳碧峰茶业公司，收入7500元。因为自家茶园需要管护，曾在北京、山东等地打工的儿子李茂春不再外出，专心"伺候"自家的茶树。闲时，李正义一家给别人采摘鲜叶，佣金是20元／斤，一个人一天大约能挣80元。一年下来，一家人的收入有30000元。

2017年，李正义家迎来乔迁之喜。原来，他家享受易地扶贫搬迁政策，修了新房。后来，又加盖一层。2020年4月7日，记者再次来到虎垭村时，他满脸笑容，热情地邀请我去他家两层小楼房做客。脱了贫，有了产业，人的精气神就完全变了！

2022年4月1日，记者再次见到李正义，他家21亩茶树早已进入盛产期。"今年春茶长势好，自己一家人摘不完，就请人，给请的人佣金是20元／斤。"曾几何时，李正义给别人采摘鲜叶，人家给他的佣金是20元／斤。如今，他请人来采摘鲜叶了！

一片鲜叶的涅槃

重重淬炼后细品高阳茶飘香

一片鲜叶的涅槃，来自重重淬炼。千锤百炼之后，醉了诗酒，醉了年华。

2016年春茶采摘季，记者再次来到虎垭村。李茂春给记者泡了一杯自制的手工茶，新茶之味扑鼻。细品之后，又觉水味重。余义红一语道破"玄机"，在摊晾、揉捻、提香环节上出了纰漏。

茶叶加工，是人们品尝佳茗的关键。产茶重镇高阳，制茶之路先是手工炒茶，如今是机械设备生产干茶。

侯新民说，邓开文、柏丛林、杜培文是手工炒茶的翘楚。2016年4月13日，在虎垭村七组黄荣德家，记者目睹了杜培文手工炒茶全过程。下午2点35分，5斤头天采的茶叶下锅。手工制茶，核心步骤有六大环节：杀青、揉捻、第二次杀青、第二次揉捻、焙干、提香。囿于篇幅，记者不能"全景式"详述炒茶细节，甚憾。下午4点35分，历时两小时，这锅春茶在已有27年手工炒茶技艺的杜培文手上出锅。

在场人员纷纷拿出水杯，细品山间仙醪。"浓香扑鼻""汤色莹黄""回味悠长"……众人赞不绝口。

对杜培文传授的"秘绝"，李茂春看得特别仔细，并说第二天自己要亲自试炒。

但在邓禹国看来，手工炒茶弊端也多。首先是效率低下，其次是火候不好把握，炒煳会影响茶形，口感也不好。当然，在市场上也卖不起价。

当邓禹国茶叶生意做大后，毫不犹豫选择了机械设备制茶。2012年，邓禹国购买了一台电茶锅。电茶锅能控制温度，炒出来的茶叶质量稳定，拿到市场上销售，很快售罄。但电茶锅的"胃口"小，一天只能生产10余斤，无法满足市场需求。2013年，邓禹国又添置了多功能扁茶机，日产茶叶达到100斤。

2016年，在绿茶种植基地改建项目资金支持下，邓禹国新建厂房215平方米，购回大型扁茶机、揉捻机、杀青机、理条机，制茶设备可谓"鸟枪换炮"。邓禹国制茶，开始流水线作业，不仅生产能力大幅提高，还可制作雀舌、毛峰等不同品相的茶叶。

高阳碧峰茶业的余刚，制茶不走寻常路。他重金聘请专业的制茶师，来为茶叶"保驾护航"，满足老茶客舌尖上的"奢侈"。

2013年4月初，记者第一次品尝余刚操弄设备制出的明前茶，只觉茶香四溢。余刚谦虚地说，口感不如师傅的好。记者再三询问师傅之名，余刚守口如瓶不愿说出来，只说师傅来自浙江缙云，有16年制茶经验。"好功夫真的掌握在操作机器设备的制茶师上，翻炒加温多一圈少一圈，那味道就不一样。"余刚说得玄，记者也听得云里雾里不甚明了。

5年之后的2018年4月3日，余刚对师傅不再"保密"："你可以随便问。"

来自浙江丽水的制茶师傅胡彩菊说，这已是她第三次来高阳镇了。高阳茶的香味很特别，她们那里的茶出不来这个味。

碧峰茶业公司的加工车间紧挨茶园，500平方米的厂房内，机器聒噪之声不绝。胡彩菊穿梭于整齐排列的各类加工设备间，敏锐地注视着茶叶的微小变化，炮制这片大山、这个季节独有的明前茶。

余刚说，好的制茶师俏得很，花大价钱不一定请得来。

2020年4月7日，余刚请来的是丽水另一位师傅胡有富，他有近20年的制茶履历。"碧峰茶融合了本地手工制茶和龙井机器制茶的工艺。"胡有富说，"这样做出来的茶更香，摸起来也更滑。"

种茶客热衷于制茶，仅仅是保证茶的品质？"高阳的茶，从鲜叶到成品茶，差价是10倍以上，利润则是30%以上。"抓起一小把刚收的鲜叶，快人快语的邓禹国道出其中的奥妙。

会当水击三千里
走出深山高阳茶飞入百姓家

人间最美四月天。

春风拂面，高阳不仅采茶忙制茶忙，销售也忙得不亦乐乎。

高阳茶叶虽好，但最初的销售，也是上不得台面。把茶叶装进胶纸口袋，放进背篼，走街串巷甩卖。

2001年，邓禹国打理的老茶园新芽长势喜人，但销路成了拦路虎。情急之下，她把茶叶背到高阳镇政府，且理由"充足"——有困难找政府。在工作人员的帮助下，邓禹国的茶叶以30元／斤的价格卖给了消费者。

政府协助卖茶毕竟不是长久之计，邓禹国最终学会了在市场经济里"游泳"。

关于销售，记者印象最深的一次采访是2014年4月。国家狠刹"四风"，政府、企业订单减少，春茶遭遇"倒春寒"。高阳镇的茶叶，销售前景如何？

在云遮雾绕的虎垭村高阳碧峰茶叶加工厂，余刚说，他做茶叶，一直秉持品质第一，故而回头客多。今年的茶叶，很大一部分被预订了。

为适应市场，余刚决定将生产的3吨多干茶，一半简装，以400—500元／斤的"亲民"价格销售。所谓精装，茶叶包装精美，茶叶大小一致，形态美观。而简装，包装不华丽，茶叶参差不齐。但品质没啥区别，最终受益的是顾客。

广元市好茶客有限公司董事长张杰却说，市场没遇冷呀，他的高阳扁销量，与去年同期相比增加了30％。张杰深谙销售之道，他的目标人群是喜欢饮茶、喜欢茶文化的"茶粉"。他透露，在市城区好茶客门店达到8家，今年幽兰系列春茶已卖断货。

销售的竞争，品牌的力量尤为重要。余刚注册了"高阳碧峰"、邓禹国注册了"慕翠"和"阳坡臻贡"、张杰注册了"高阳扁"、米仓山茶业集团注册了"米仓山"……商场如战场，刀光剑影，只为占领市场高地。

余刚位于旺苍城区的茶叶门市部，三五好友品茗的茶几上，有多家出版社推出的《茶经》。从考察茶事至《茶经》面市，陆羽用时24年。北宋欧阳修在《新唐书》中这样评价陆羽对茶的贡献："羽嗜茶，著经三篇，言茶之源、之法、之具尤备，天下益知饮茶矣。……其后尚茶成风，时回纥入朝，始驱马市茶。"陆羽和诗僧皎然交好，故而中国之茶与禅有着千丝万缕的"纠缠"。

高阳镇之茶，在拼品质硬实力的同时，也拼茶文化软实力。张杰开发出禅喜、禅悟、慧心等高阳扁系列茶，还有幽兰系列茶。2015年暮春，记者深入米仓山茶叶集团采访。其负责人说，将把位于高阳镇东河边的茶叶加工中心改造成茶叶文化中心，将设置茶叶品尝区、茶叶展示区，味蕾不仅能感知茶的香韵，更能浸润深厚的茶文化。记者看到，品尝区、展示区正在加班加点赶工期，配套的雕塑、流水、植被等设施也加快推进，工程预计当年仲秋竣工。

高阳茶叶不愁销的背后，是一群弄潮儿的艰辛付出。

"今天上午就卖给余刚100多斤，收入8000多元。"脱贫户李正义说这话时中气很足。

茶叶不愁销，鲜叶就不愁找不到"婆家"。张杰今年春季收购鲜叶25000斤，支付给茶农的资金175万元左右。

快马加鞭未下鞍
振兴路上高阳茶业再立新功

十年鏖战酣，今朝奔腾急。

脱贫攻坚交出漂亮答卷，高阳正行进在乡村振兴的大道上。

2022年初，旺苍县倾力整治撂荒地，确保粮食产量不下降。记者担心发展了多年的片片茶园，会遭"重创"！

干部在决策时起着关键作用，在实践中仍然是"关键先生"。"宜粮则粮，宜特则特。"高阳镇党委书记任刚强头脑很清醒。为整治撂荒地，高阳镇组成镇村干部、村民参与的志愿队，采用大豆玉米套种，复耕撂荒地1431亩。

悬在记者心头的一块石头落了地。

截至2022年3月底，邓禹国的茶园达到了350亩，还新增了黄茶、龙井131等优良品种。当然，高阳镇的茶叶种植面积也创新高，达3.73万亩，其中绿茶3.2万亩、黄茶0.53万亩。预计今年茶叶产量1150吨，产值4.3亿元。该镇2011年农业总产值3640万元，10年后，仅茶业产值就超过4亿元，变化真大啊！

如何进一步提高茶叶附加值？高阳镇决定开发夏秋茶。9月7日，邓禹国兴冲冲地给记者来电话，说她目前做了700斤夏秋绿茶，市场价位150元／斤，走低端路线。虽没有春茶那么抢手，但销路还可以。而余刚做了400余斤夏秋红茶，定价480元／斤，走中端路线。

如何进一步做大做强茶产业？任刚强认为，首先是抓技术保好茶叶品质这个"根本"；其次是抓宣传立好品牌这个"灵魂"；最后是抓融合打好文旅这张"和牌"，促进茶文旅融合共促发展。

10年筚路蓝缕，10年持续推进。记者10年的跟踪采访，见证了茶产业成为高阳镇毫无争议的主导产业、富民产业。

日照山林，月映江流。高阳大地，人民安居乐业！